笑傲江湖

前頁圖／朱耷「魚圖」──朱耷（音答，大耳也），明末清初大畫家，江西人，明朝宗室，號八大山人，畫上題字有如「哭之笑之」，為人清高狂傲。圖中之魚寥寥數筆而神態生動，似是在江湖間自在游蕩。

右頁及本頁圖／藍瑛「華岳高秋」——藍瑛，浙江錢塘人，明萬曆十三年生，善山水、人物、花鳥，浙派大畫家。

本圖構圖雄偉，筆法蒼勁。原圖狹長，右為上半部，左為下半部。

泰山十八盤道──石階約七千級，終點即為「南天門」。泰山派劍法中有一路由此悟出。攝影者時盤棋。

泰山碧霞祠——

雄峙代頂，建於宋代。

正殿覆蓋銅瓦，

配殿及山門用鐵瓦。

攝影者是香港著名攝影家陳復禮。

泰山都尉孔宙碑——

漢碑拓片。

武當山之一角。

少室山石闕銘——
漢碑拓片。
少室山為少林寺之所在地。

鄭重「達摩過江圖」——鄭重，明代畫家。傳說中達摩來到中國後，與梁武帝議論不合，憑一根蘆葦而過長江，赴少室山面壁坐禪。

少林寺初祖庵——
據說為當年達摩面壁處。
達摩為中國禪宗之初祖。

少林寺塔林——
冀連波攝。
小塔為少林寺歷代高僧圓寂後
骨灰舍利存放處。

吳昌碩「達摩圖」──題詩云：「折葦過江勝盃渡，道成隻履西歸去。十年面壁空山中，影入石中坐禪處。我今畫像一寫之，虬髯古貌心慈悲。易筋經法真傳少，技擊空言游俠兒。謂當世豪士自誇技擊，其實未得達摩易筋經真傳，武功平平而已。」

吳昌碩「桃花圖」——吳昌碩，清末民初大畫家，此圖為原圖之上半部，題字云：「灼灼桃之花，頹顏如中酒，一開三千年，結實大於斗」及「曼倩移來」，意為此桃乃仙桃。桃谷六仙如見此圖，必定大喜若狂。

石濤「潑墨山水卷」——

石濤，明末清初大畫家，
作畫自創一格，氣韻極高。

本圖題字中云：
「從窠臼中死絕心眼，
自是化子臨風，
膚骨逼現靈氣。」

意謂擺脫前人一切規範，
在困境中忽得靈感。
中國一切藝術最高境界
皆如此，武學亦然。

恆山高處。

遠眺恆山——顧棣攝。

右圖／
北嶽題碑「塞北第一山」。

左圖／
恆山絕壁上之巨字…「恆宗」。

恆山金龍峪——
楊家將三關故壘。
本書中方證、沖虛、令狐沖三人
曾指點金龍峪而議論。

恆山懸空寺──寺在翠屏峯的峭壁上，依山附崖，懸空架屋。寺始建於一千四百年前的北魏時期，現存者為十四世紀時重建。攝影者孫志江。

懸空寺之另一角度。

恒山

北京

泰山

朱仙鎮

嵩山

杭州

龍泉

仙霞嶺

衡陽

福州

黄　河

蘭州

華山

青城山

長

衡

宋代名琴——琴名「海月清輝」，背面有梁詩正等名人題字，有「乾隆御府珍藏」等印記。

笑傲江湖

(三)

金庸

《笑傲江湖》 目録

黑白子微覺不妥，手腕已遭對方抓住，當即右手急旋，反打擒拿，手臂向內急奪，左足疾踢而出，噹的一聲大響，左足三趾早斷。

二

囚居

令狐冲也不知昏迷了多少時候，終於醒轉，腦袋痛得猶如已裂了開來，耳中仍似雷霆大作，轟轟不絕。睜眼漆黑一團，不知身在何處，支撐著想要站起，渾身更沒半點力氣，心想：「我定是死了，給埋在墳墓中了。」一陣傷心，一陣焦急，又暈了過去。

第二次醒轉時仍頭腦劇痛，耳中響聲卻輕了許多，只覺得身下又涼又硬，似是臥在鋼鐵之上，伸手去摸，果覺草蓆下是塊鐵板，右手這麼一動，竟發出一聲嗆啷啷輕響，同時覺得手上有甚麼冰冷的東西縛住，伸左手去摸時，也發出嗆啷一響，左手竟也有物縛住。他又驚又喜，又是害怕，自己顯然沒死，身子卻已爲鐵鍊所繫，左手再摸，察覺手上所繫的是根細鐵鍊，雙足微一動彈，立覺足脛上也繫了鐵鍊。

他睜眼出力凝視，眼前更沒半分微光，心想：「我暈去之時，是在和任老先生比劍，不知如何中了江南四友的暗算，看來也是給囚於湖底的地牢中了。但不知是否和任老前輩囚於一處。」當即叫道：「任老前輩，任老前輩。」叫了兩聲，不聞絲毫聲息，驚懼更增，縱聲大叫：「任老前輩！任老前輩！」

黑暗中只聽到自己嘶嘎而焦急的叫聲，大叫：「大莊主！四莊主！你們爲甚麼關我在這裏？快放我出去！快放我出去！」可是除了自己的叫喊之外，始終沒聽到半點別的聲息。由惶急轉爲憤怒，破口大罵：「卑鄙無恥的奸惡小人，你們鬥劍不勝，便想關住我不放嗎？」想到要像任老先生那樣，此後一生便給囚於這湖底的黑牢之中，霎時間心中充滿了絕望，不由得全身毛髮皆豎。

他越想越怕，又張口大叫，叫了一會，只聽得叫出來的聲音竟變成了號哭，不知從

886

甚麼時候起，已然淚流滿面，嘶啞著嗓子叫道：「你梅莊這四個……這四個卑鄙狗賊，我……我……令狐冲他日得脫牢籠，把你們……你們的眼睛刺瞎，把你們雙手雙足都割了……我出了黑牢之後……」突然間靜了下來，一個聲音在心中大叫：「我能出這黑牢麼？我能出這黑牢麼？任老前輩如此本領，尚且不能出去，我……我怎能出去？」一陣焦急，哇的一聲，噴出了幾口鮮血，又暈了過去。

昏昏沉沉之中，似乎聽得喀的一聲響，跟著亮光耀眼，驀地驚醒，一躍而起，卻沒記得雙手雙足均已為鐵鏈縛住，兼之全身乏力，只躍起尺許，便即摔落，四肢百骸似乎都斷折了一般。他久處暗中，陡見光亮，眼睛不易睜開，但生怕這一線光明稍現即隱，就此失去了脫困良機，雖雙眼刺痛，仍使力睜得大大地，瞪著光亮來處。

亮光是從一個尺許見方的洞孔中射進來，隨即想起，任老前輩所居的黑牢，鐵門上有一方孔，便與此一模一樣，再一瞥間，自己果然也是處身於這樣的一間黑牢之中。他大聲叫嚷：「快放我出去！黑白子、禿頭鬼，卑鄙狗賊，有膽的快放我出去！」

只見方孔中慢慢伸進來一隻大木盤，盤上放了一大碗飯，飯上堆著些菜餚，另有一個瓦罐，當是裝著湯水。

令狐冲一見，更加惱怒，心想：「你們送飯菜給我，定是要將我在此長期拘禁了。」

大聲罵道：「四個狗賊，你們要殺便殺，要刷便刷，沒的來消遣大爺。」只見那隻木盤停著不動，顯是要他伸手去接，他憤怒已極，伸出手去用力一擊，嗆噹噹幾聲響，飯碗和瓦罐掉在地下打得粉碎，飯菜湯水潑得滿地都是。那隻木盤慢慢縮了出去。

887

令狐冲狂怒之下，撲到方孔上，只見一個滿頭白髮的老者左手提燈，右手拿著木盤，正緩緩轉身。這老者滿臉都是皺紋，卻是從來沒見過的。令狐冲叫道：「你去叫黃鍾公來，叫丹青生來，那四個狗賊，有種的就來跟大爺決個死戰！」那老者竟頭也不理睬，彎腰曲背，一步步的走遠。令狐冲大叫：「喂，喂，你聽見沒有？」那老者竟頭也不回的走了。

令狐冲眼見他背影在地道轉角處消失，燈光也逐漸暗淡，終於瞧出去一片漆黑。過了一會，隱隱聽得門戶轉動之聲，再聽得木門和鐵門依次關上，地道中便又黑沉沉地，既無一絲光亮，亦無半分聲息。令狐冲又一陣暈眩，凝神半晌，躺倒床上，尋思：「這送飯的老者定然奉有嚴令，不得跟我交談。我向他叫嚷也是無用。」

又想：「這牢房和任老前輩所居一模一樣，看來梅莊地底築有不少黑牢，可不知囚禁著多少英雄好漢。我若能和任老前輩通上消息，又或能和那一個被囚於此的難友連絡上了，同心合力，或有脫困之機。」當下伸手往牆壁上敲去。

牆壁上噹噹幾響，發出鋼鐵之聲，回音既重且沉，顯然隔牆並非空房，而是實土。

走到另一邊牆前，伸手在牆上敲了幾下，傳出來的亦是極重實的聲響，他仍不死心，坐回床上，伸手向身後敲去，聲音仍然如此。他摸著牆壁，細心將三面牆壁都敲遍了，除了裝有鐵門的那面牆壁之外，似乎這間黑牢竟是孤另另的深埋地底。這地底當然另有囚室，至少尚有一間囚禁那姓任老者的地牢，但既不知在甚麼方位，亦不知和自己的牢房相距多遠。

他倚在壁上，將昏暈過去以前的情景，仔仔細細的想了一遍，只記得那老者劍招越越使越急，呼喝越來越響，陡然間一聲驚天動地的大喝，自己便暈了過去，至於如何為江南四友所擒，如何給送入這牢房監禁、上了銬鐐，便一無所知了。

心想：「這四個莊主面子上都是高人雅士，連日常遣興的也是琴棋書畫，暗底裏竟卑鄙齷齪，無惡不作。武林中這一類小人甚多，原不足為奇。所奇的是，這四人於琴棋書畫這四門，確是喜愛出自真誠，要假裝也假裝不來。禿筆翁在牆上書寫那首『裴將軍詩』，大筆淋漓，決非尋常武人所能。」又想：「師父曾說：『真正大奸大惡之徒，必是聰明才智之士。』這話果然不錯，江南四友所設下的奸計，委實令人難防難避。」

忽然間叫了一聲：「啊喲！」情不自禁的站起，心中怦怦亂跳：「向大哥卻怎樣了？不知是否也遭了他們毒手？」尋思：「向大哥聰明機變，看來對這江南四友的為人早有所知，他縱橫江湖，身為魔教的光明右使，自不會輕易著他們的道兒。只須他不為江南四友所困，定會設法救我。我縱然被囚在地底之下百丈深處，以向大哥的本事，自有法子救我出去。」想到此處，不由得大為寬心，嘻嘻一笑，自言自語：「令狐沖啊令狐沖，你這人忒也膽小沒用，適才竟嚇得大哭起來，要是給人知道了，顏面往那裏擱去？」

心中一寬，慢慢坐下，登覺又餓又渴，心想：「可惜剛才大發脾氣，將好好一碗飯和一罐水都打翻了。若不吃得飽飽地，向大哥來救我出去之後，那有力氣來和這江南四狗廝殺？哈哈，不錯，江南四狗！這等奸惡小人，又怎配稱江南四友？江南四狗之中，黑白子不動聲色，最為陰沉，一切詭計多半是他安排下的。我脫困之後，第一個便要殺

了他。丹青生較爲老實，便饒了他狗命，卻又何妨？只是他的窖藏美酒，卻非給我喝個乾淨不可了。」一想到丹青生所藏美酒，更加口渴如焚，心想：「我不知已昏暈了多少時候，怎地向大哥還不來救？」

忽然又想：「啊喲，不好！以向大哥的武功，倘若單打獨鬥，勝這江南四狗自綽綽有餘，但如他四人聯手，向大哥便難操必勝之算，縱然向大哥大奮神勇，將四人都殺了，要覓到這地道的入口，卻也千難萬難。誰又料想得到，牢房入口竟會在黃鍾公的床下？」

只覺體困神倦，便躺了下來，忽爾想到：「任老前輩武功之高，只在向大哥之上，決不在他之下，而機智閱歷，料事之能，也非向大哥所及。以他這等人物，尚且給關入黑牢，爲甚麼向大哥便一定能勝？自來光明磊落的君子，多遭小人暗算，常言道明槍易躲，暗箭難防。向大哥隔了這許多時候仍不來救我，只怕他也已身遭不測了。」一時忘了自己受困，卻爲問天的安危躭起心來。

如此胡思亂想，不覺昏昏睡去，一覺醒來時，睜眼漆黑，也不知已是何時，尋思：「憑我自己，無論如何是不能脫困的了。如向大哥也不幸遭了暗算，又有誰來搭救？師父已傳書天下，將我逐出華山一派，正派中人自然不會來救。盈盈，盈盈⋯⋯」

一想到盈盈，精神一振，當即坐起，心想：「她曾叫老頭子他們在江湖上揚言，務須將我殺死，那些旁門左道之士，自也不會來救我的了。可是她自己呢？她如知我被禁於此，定會前來相救。左道中人聽她號令的人極多，她只須傳一句話出去，嘻嘻⋯⋯」

忽然之間，忍不住笑了出來，心想：「這個姑娘臉皮子薄得要命，最怕旁人說她喜歡了

我，就算她來救我，也必孤身前來，決不肯叫幫手。若有人知道她前來救我，這人還多半性命難保。唉，姑娘家的心思，真好教人難以捉摸。像小師妹……」

一想到岳靈珊，心頭驀地一痛，傷心絕望之意又深了一層：「我為甚麼只想有人來救我？這時候，說不定小師妹已和林師弟拜堂成親，我便脫困而出，做人又有甚麼意味？還不如便在這黑牢中給囚禁一輩子，甚麼都不知道的好。」想到在地牢中被囚，倒也頗有好處，至少不會知曉岳靈珊與林平之的事，登時便不怎麼焦急，竟然有些洋洋自得。

但這自得其樂的心情挨不了多久，只覺飢渴難忍，想起昔日在酒樓中大碗飲酒、大塊吃肉的樂趣，總覺還是脫困出去要好得多，心想：「小師妹和林師弟成親卻又如何？反正我自給人家欺侮得夠了。我內力全失，早已是廢人一個，平大夫說我已活不了多久，小師妹就算願意嫁我，我也不能娶她，難道叫她終身為我守寡嗎？」

但內心深處總覺得：倘若岳靈珊真要相嫁，他固不會答允，可是岳靈珊另行愛上了林平之，卻又令他痛心之極。最好……最好怎樣？「最好小師妹仍然和以前一樣，最好這一切事情都未有過，我仍和她在華山的瀑布中練劍，林師弟沒到華山來，我和小師妹永遠這樣快快活活的過一輩子。唉，田伯光、桃谷六仙、儀琳師妹……」

想到恆山派的小尼姑儀琳，臉上登時露出了溫柔的微笑，心想：「這個儀琳師妹，現今不知怎樣了？她如知道我給關在這裏，一定焦急得很。她師父收到了我師父的信後，當然不會准許她前來救我。但她會求她的父親不戒和尚設法，說不定還會邀同桃谷六仙一齊前來。唉，這七個人亂七八糟，說甚麼也成不了事。只不過有人來救，總是勝

891

於沒人理睬。」想起桃谷六仙的纏七夾八，不由得嘻嘻一笑，當和他們共處之時，對這六兄弟不免有些輕視，這時卻恨不得他們也在這牢房內作伴，那些莫名其妙的怪話，這時倘能聽到，實如仙樂綸音一般了，想了一會，又復睡去。

黑獄之中，不知時辰，朦朦朧朧間，又見方孔中射進微光。令狐冲大喜，當即坐起，一顆心怦怦亂跳：「不知是誰來救我了？」但這場歡喜維持不了多久，隨即聽到緩慢滯重的腳步之聲，顯然便是那送飯的老人。他頹然臥倒，叫道：「叫那四隻狗賊來，瞧他們有沒臉見我？」聽得腳步聲漸漸走近，燈光也漸明亮，跟著一隻木盤從方孔中伸了進來，盤上仍放著一大碗米飯，一隻瓦罐。

令狐冲早餓得肚子乾癟，乾渴更是難忍，微一躊躇，便接過木盤。那老人木盤放手，轉身便行。令狐冲叫道：「喂，喂，你慢走，我有話問你。」那老人毫不理睬，但聽得踢躂、踢躂，拖泥帶水的腳步聲漸漸遠去，燈光也即隱沒。

令狐冲詛咒了幾聲，提起瓦罐，將口就到瓦罐嘴上便喝，罐中果是清水。他一口氣喝了半罐，這才吃飯，飯上堆著菜餚，黑暗中辨別滋味，是些蘿蔔、豆腐之類。

如此在牢中挨了七八日，每天那老人總是來送一次飯，跟著接去早一日的碗筷、瓦罐，以及盛便溺的罐子。不論令狐冲跟他說甚麼話，他臉上總是絕無半分表情。

也不知是第幾日上，令狐冲一見燈光，便撲到方孔之前，抓住了木盤，叫道：「你為甚麼不說話？到底聽見我的話沒有？」

那老人一手指了指自己耳朵，搖了搖頭，示意耳朵是聾的，跟著張開口來。令狐冲

一見之下，驚得呆了，只見他口中舌頭只賸下半截，模樣甚為可怖。他「啊」的一聲大叫，說道：「你的舌頭給人割去了？是梅莊這四名狗莊主下的毒手？」那老人並不答話，慢慢將木盤遞進方孔，顯然他聽不到令狐沖的話，就算聽到了，也沒法回答。

令狐沖心頭驚怖，直等那老人去遠，兀自靜不下心來吃飯，那老人給割去了半截舌頭的可怖模樣，不斷出現在眼前。他恨恨的自言自語：「這江南四狗如此可惡。令狐沖終身不能脫困，那便罷了，有一日我得脫牢籠，定當將這四狗一個個割去舌頭、鑽聾耳朵、刺瞎眼睛⋯⋯」

突然之間，內心深處出現了一絲光亮：「莫非是那些人⋯⋯那些人⋯⋯」想起那晚在藥王廟外刺瞎一十五名漢子的雙目，這些人來歷如何，始終不知。「難道他們將我囚於此處，是為了報當日之仇麼？」想到這裏，嘆了口長氣，胸中積蓄多日的惡氣，登時便消了大半：「我刺瞎這一十五人的眼睛，他們要報仇，那也是應當的。」

他氣憤漸平，日子也就容易過了些。黑獄中日夜不分，自不知已給囚了多少日子，只覺過一天便熱一天，想來已到盛夏。

小小一間囚室中沒半絲風息，濕熱難當。這一天實在熱得受不住了，但手足上都縛了鐵鍊，衣褲沒法全部脫除，只得將衣衫拉上，褲子褪下，又將鐵板床上所鋪的破蓆捲起，赤身裸體的睡在鐵板上，登時感到一陣清涼，大汗漸消，不久便睡著了。

睡了個把時辰，鐵板給他身子煨熱了，迷迷糊糊的向裏挪去，換了個較涼的所在，

左手按在鐵板上，覺得似乎刻著甚麼花紋，其時睡意正濃，也不加理會。

這一覺睡得甚是暢快，醒轉來時，頓覺精神飽滿。過不多時，那老人又送飯來了。

令狐冲對他甚為同情，每次他托木盤從方孔中送進來，必去捏捏他手，或在他手背上輕拍數下，表示謝意，這一次仍然如此。他接了木盤，縮臂回轉，突然之間，在微弱的燈光之下，只見自己左手手背上凸起了四個字，清清楚楚是「我行被困」四字。

他大感奇怪，不明白這四字的來由，微一沉吟，忙放下木盤，伸手去摸床上鐵板，原來竟刻滿了字跡，密密麻麻的也不知有多少字。他登時省悟，這鐵板上的字是早就刻下的，只因前時床上有蓆，因此未曾發覺，昨晚赤身在鐵板上睡臥，手背上才印了這四個字，反手在背上、臀上摸了摸，不禁啞然失笑，觸手處盡是凸起的字跡。每個字約有銅錢大小，印痕甚深，字跡卻頗潦草。

其時送飯老人已然遠去，囚室又漆黑一團，他喝了幾大口水，顧不得吃飯，伸手從頭去摸鐵床上的字跡，慢慢一個字、一個字的摸索下去，輕輕讀了出來……

「老夫生平快意恩仇，殺人如麻，囚居湖底，亦屬應有之報。唯老夫任我行被困……」讀到這裏，心想：「原來『我行被困』四字，是在這裏印出來的。」繼續摸下去，那字跡寫道：「……於此，一身通天徹地神功，不免與老夫枯骨同朽，後世小子，不知老夫之能，亦憾事也。」

令狐冲停手抬起頭來，尋思：「老夫任我行！老夫任我行！刻這些字跡之人，自是叫做任我行了。原來這人也姓任，不知與任老前輩有沒干係？」又想：「這地牢不知建

成已有多久，說不定刻字之人，在數十年或數百年前便已逝世了。」

繼續摸下去，以後的字跡是：「茲將老夫神功精義要旨，留書於此，後世小子習之，自可縱橫天下，老夫死且不朽矣。第一，坐功……」以下所刻，都是調氣行功的法門。

令狐沖自習「獨孤九劍」之後，於武功中只喜劍法，而自身內力既失，一摸到「坐功」二字，便自悵然，只盼以後字跡中留有一門奇妙劍法，不妨便在黑獄之中習以自遣，脫困之望越來越渺茫，坐困牢房，若不尋此事情做做，日子委實難過。

可是此後所摸到的字跡，盡是「呼吸」、「意守丹田」、「氣轉金井」、「任脈」等等修習內功的用語，直摸到鐵板盡頭，也尋不著一個「劍」字。他好生失望：「甚麼通天徹地的神功？這不是跟我開玩笑麼！甚麼武功都好，我就是不能練內功，一凝內息，胸腹間立時氣血翻湧。我去練內功，那是自找苦吃。」

嘆了口長氣，端起飯碗吃飯，心想：「這任我行不知是甚麼人物？他口氣好狂，甚麼通天徹地，縱橫天下，似乎世上更無敵手。原來這地牢是專門用來囚禁武學高手的。」

初發現鐵板上的字跡時，原有老大一陣興奮，此刻不由得意興索然，心想：「老天真是弄人，我沒尋到這些字跡，倒還好些。」又想：「那個任我行若確如他所自誇，功夫這等了得，又怎會仍被困於此，無法得脫？可見這地牢固密之極，縱有天大本事，一入牢籠，也只有慢慢在這裏等死了。」對鐵板上的字跡不再理會。

杭州一到炎暑，全城猶如蒸籠。地牢深處湖底，不受日晒，本該陰涼得多，但一來不通風息，二來潮濕無比，身居其中，另有一般困頓。令狐沖每日都拉高了衣褲，睡上

鐵板取涼，一伸手便摸到字跡，不知不覺間，已將其中許多字句記在心中。

一日正自思忖：「不知師父、師娘、小師妹他們現今在那裏？已回到華山沒有？」忽聽得遠遠傳來一陣腳步聲，既輕且快，和那送飯老人全然不同。他困處多日，已不怎麼熱切盼望有人來救，突然聽到這腳步聲，不由得驚喜交集，本想一躍而起，但狂喜之下，突然全身無力，竟躺在床上一動也不能動。只聽腳步聲極快的便到了鐵門外。

只聽門外有人說道：「任先生，這幾日天氣好熱，你老人家身子好罷？」

話聲入耳，令狐冲便認出是黑白子，倘若此人在一個多月以前到來，令狐冲定然破口大罵，甚麼惡毒的言語都會罵出來，但經過這些時日的囚禁，已然火氣大消，沉穩得多，又想：「他爲甚麼叫我任先生？是走錯了牢房麼？」

只聽得黑白子道：「有一句話，我每隔兩個月便來請問你老人家一次。今日七月初一，我問的還是這一句話，老先生到底答不答允？」語氣甚是恭謹。

令狐冲暗暗好笑：「這人果然走錯了牢房，以爲我是任老前輩了，怎地如此胡塗？」

隨即心中一凜：「梅莊這四個莊主之中，顯以黑白子心思最爲縝密。如是禿筆翁、丹青生，說不定還會走錯了牢房。黑白子卻怎會弄錯？其中必有緣故。」當下仍默不作聲。

只聽得黑白子道：「任老先生，你一世英雄了得，何苦在這地牢之中與腐土同朽？只須你答允了我這事，在下言出如山，自當助你脫困。」

令狐冲心中怦怦亂跳，腦海中轉過了無數念頭，卻摸不到半點頭緒，黑白子來跟自

896

己說這幾句話，實不知是何用意。只聽黑白子又問：「老先生到底答不答允？」令狐冲心知眼前是個脫困機會，不論對方有何歹意，總比不死不活、不明不白的困在這裏好得多，但沒法揣摸到對方用意所在，生怕答錯了話，致令良機坐失，只好仍然不答。

黑白子嘆了口氣，說道：「任老先生，你怎麼不作聲？上次那姓風的小子來跟你比劍，你在我三個兄弟面前，絕口不提我向你問話之事，足感盛情。我想老先生經過那一場比劍，當年的豪情勝概，不免在心中又活了起來罷？外邊天地多廣闊，你老爺子出得黑牢，普天下的男女老幼，你要殺那一個便殺那一個，沒人敢與老爺子違抗，豈不痛快之極？你答允我這件事，於你絲毫無損，卻為甚麼十二年來總不肯應允？」

令狐冲聽他語音誠懇，確是將自己當作了那姓任的前輩，心下更加起疑，只聽黑白子又說了一會話，翻來覆去只是求自己答允那件事。令狐冲急欲獲知其中詳情，但料想自己只須一開口，情形立時會糟，只有硬生生的忍住，不發半點聲息。

黑白子道：「老爺子如此固執，只好兩個月後再見。」忽然輕笑幾聲，說道：「老爺子這次沒破口罵我，看來已有轉機。這兩個月中，請老爺子再好好思量罷。」說著轉身向外。令狐冲著急起來，他這一出去，須得再隔兩月再來，在這黑獄中渡日如年，怎能再等得兩個月？等他走出幾步，便即壓低嗓子，粗聲道：「你求我答允甚麼？」

黑白子轉身縱到方孔之前，行動迅捷之極，顫聲問：「你……你肯答允了麼？」

令狐冲轉身向著牆壁，將手掌蒙在口上，含糊不清的道：「答允甚麼？」黑白子道：「十二年來，每年我都有六次冒險來到此處，求懇你答允，老爺子怎地明知故問？」

897

令狐冲哼的一聲，道：「我忘記了。」黑白子道：「我求老爺子將那大法的秘要傳授在下，在下學成之後，自當放老爺子出去。」

令狐尋思：「他是真的將我錯認作那姓任的前輩？還是另有陰謀詭計？」一時無法知他真意，只得又模模糊糊的咕嚕幾句，連自己都不知說的是甚麼，黑白子自然更加聽不明白了，連問：「老爺子答不答允？老爺子肯答允了？」

令狐冲道：「你言而無信，我才不上這當呢。」

黑白子道：「老爺子要在下作甚麼保證，才能相信？」令狐冲道：「你自己說好了。」黑白子道：「老爺子定是就心傳授了這大法的秘要之後，在下食言而肥，不放老爺子出去，是不是？這一節在下自有安排。總是教老爺子信得過便是。」令狐冲道：「甚麼安排？」黑白子道：「請問老爺子，你是答允了？」語氣中顯得驚喜不勝。

令狐冲腦中念頭轉得飛快：「他求我傳授大法的秘要，我又有甚麼大法的秘要可傳？但不妨聽聽他有甚麼安排。他如真的能放我出去，我便將鐵板上那些祕訣說給他聽，管他有用無用，先騙一騙他再說。」

黑白子聽他不答，又道：「老爺子將大法傳我之後，我便是老爺子門下的弟子了。本教弟子欺師滅祖，向來須受剝皮凌遲之刑，數百年來沒人能逃得過。在下如何膽敢不放老爺子出去？」令狐冲哼的一聲，說道：「原來如此。三天之後，你來聽我回話。」

黑白子道：「老爺子今日答允了便是，何必在這黑牢中多就三天？」

令狐冲心想：「他比我還心急得多，且多挨三天再說，看他到底有何詭計。」當下

重重哼了一聲，顯得甚為惱怒。

黑白子道：「是！是！三天之後，在下再來向你老人家請教。」

令狐冲聽得他走出地道，關上了鐵門，心頭思潮起伏：「難道他當真將我錯認為那姓任的前輩？此人甚是精細，怎會鑄此大錯？」突然想起一事：「莫非黃鍾公窺知了他的秘密，暗中將任前輩囚於別室，卻將我關在此處？不錯，這黑白子十二年來，每隔兩月便來一次，多半給人察覺了。定是黃鍾公暗中布下了機關。」

突然之間，想起了黑白子適才所說的一句話來：「本教弟子欺師滅祖，向來須受剝皮凌遲之刑，數百年來沒人能逃得過。」尋思：「本教？甚麼教？難道是魔教，莫非那姓任的前輩和江南四狗都是魔教中人？向大哥是魔教右使，此事自必跟他相干。也不知他們搞甚麼鬼，卻將我牽連在內。」一想到「魔教」，便覺其中詭秘重重，難以明白，也就不再多想，只琢磨著兩件事：「黑白子此舉出於真情，還是作偽？三天之後他再來問我，那便如何答覆？」

東猜西想，種種古怪的念頭都轉到了，卻想破了頭也沒法猜到黑白子的真意，到後來疲極入睡。一覺醒轉之後，第一個念頭便是：「倘若向大哥在此，他見多識廣，頃刻間便能料到黑白子的用意。那姓任的前輩智慧之高，顯然更在向大哥之上……啊唷！」

脫口一聲大叫，站起身來。睡了這一覺之後，腦子大為清醒，心道：「十二年來，任老前輩始終沒答允他，自因深知此事答允不得。他是何等樣人，豈不知其中的利害關節？」隨即又想：「任老前輩固不能答允，我可不是任老前輩，又為甚麼不能？」

情知此事十分不妥，中間含有極大凶險，但脫困之心企急，當下打定主意：「三天後黑白子再來問我，我便答允了他，將鐵板上這些練氣的秘訣傳授於他，聽他如何應對，再隨機應變便是。」

於是摸著鐵板上的字跡默默記誦，心想：「我須當讀得爛熟，教他時脫口而出，他便不會起疑。只是我口音和那任老前輩相差太遠，只好拚命壓低嗓子。是了，我大叫兩日，把喉嚨叫得啞了，到那時再說得加倍含糊，他當不易察覺。」

當下讀一會口訣，便大嚷一會，知道黑牢深處地底，門戶重疊，便在獄室裏大放炮仗，外面也聽不到半點聲息。他放大了喉嚨，一會兒大罵江南四狗，一會兒唱唱戲，唱到後來，自覺實在難聽，不禁大笑一場，便又去記誦鐵板上的口訣，突然間讀到幾句話：

「當令丹田常如空箱，恆似深谷，須知空箱方可貯物，深谷始能容水。丹田中若有絲毫內息，便即散之於任脈諸穴。」

這幾句話，以前也曾摸到過好幾次，只是心中對這些練氣的法門存著厭惡之意，字跡過指，從不去思索其中含意，此刻卻覺大為奇怪：「師父教我修習內功，基本要義在於充氣丹田，丹田之中須當內息密實，越是渾厚，內力越強。為甚麼這口訣卻說丹田之中不可存絲毫內息？丹田中若無內息，內力從何而來？任何練功的法門都不會如此，這不是跟人開玩笑麼？哈哈，黑白子此人卑鄙無恥，我便將這法門傳他，教他上一個大當，有何不可？」

摸著鐵板上的字跡，慢慢琢磨其中含意，起初數百字都是教人如何散功，如何化去自身內力，越來越感駭異：「天下有那一個人如此蠢笨，居然肯將畢生勤修苦練而成的內力設法化去？除非他是決意自盡了。若要自盡，橫劍抹脖子便是，何必如此費事？這般化散內功，比修積內功還著實艱難得多，練成了又有甚麼用？」想了一會，不由得大是沮喪：「黑白子一聽這些口訣法門，便知是消遣他的，怎肯上當？看來這條計策是行不通的了。」

越想越煩惱，口中翻來覆去的只唸著那些口訣：「丹田有氣，散之任脈，如竹中空，似谷恆虛……」唸了一會，心中有氣，搥床大罵：「他媽的，這人在這黑牢中給關得怒火難消，便安排這詭計來捉弄旁人。」罵了一會，便睡著了。

睡夢之中，似覺正在照著鐵板上的口訣練功，甚麼「丹田有氣，散之任脈」，便有一股內息向任脈中流動，四肢百骸，竟說不出的舒服。

過了好一會，迷迷糊糊的似睡非睡，似醒非醒，覺丹田中的內息仍在向任脈流動，突然動念：「啊喲，不好！我內力如此不絕流出，豈不是轉眼變成廢人？」一驚之下，坐了起來，內息登時從任脈中轉回，只覺氣血翻湧，頭暈眼花，良久之後，這才定下神來。

驀地裏想起一事，不由得驚喜交集：「我所以傷重難愈，全因體內積蓄了桃谷六仙和不戒和尚的七八道異種真氣，以致連平一指大夫也沒法醫治。少林寺方丈方證大師言道，只有修習《易筋經》，才能將這些異種真氣逐步化去。這鐵板上所刻的內功秘要，不就正是教我如何化去自身內力嗎？哈哈，令狐冲，你這人當真蠢笨之極，別人怕內力消

失，你卻是怕內力不能消失。有此妙法，練上一練，那是何等的美事？」

自知適才在睡夢中練功，乃日有所思，夜有所夢。清醒時不斷唸誦口訣，腦中所想，盡是鐵板上的練功法門，入睡之後，不知不覺的便依法練了起來，但畢竟思緒紛亂，並非全然照著法門而行。這時精神一振，重新將口訣和練法摸了兩遍，心下想得明白，這才盤膝而坐，循序修習。只練得一個時辰，便覺長期鬱積在丹田中的異種真氣，已有一些散入了任脈，雖未能驅出體外，氣血翻湧的苦況卻已大減。

他站起身來，喜極而歌，卻覺歌聲嘶啞，甚是難聽，原來早一日大叫大嚷以求喊啞喉嚨，居然已收功效，心道：「任我行啊任我行，你留下這些口訣法門，想要害人。那知道撞在我手裏，反而於我有益無害。你死而有知，只怕要氣得你大翹鬍子罷！哈哈，哈哈！」

如此毫不間歇的散功，多練一刻，身子便舒服一些，心想：「我將桃谷六仙和不戒和尚的真氣盡數散去之後，再照師父所傳的法子，重練本門內功。雖然一切從頭做起，要花上不少功夫，但我這條性命，只怕就此撿回來了。如向大哥終於來救我出去，江湖之上，豈不是另有一番天地？」忽爾又想：「師父既已將我逐出華山派，我又何必再練華山派內功？武林中各家各派的內功甚多，我便跟向大哥學，又或是跟盈盈學，卻又何妨？」心中一陣淒涼，又一陣興奮。

這日吃了飯後，散了一會功，只覺說不出的舒服，不由自主的縱聲大笑。

忽聽得黑白子的聲音在門外說道：「前輩你好，晚輩在這裏侍候多時了。」原來不知不覺間三日之期已屆，令狐冲潛心練功散氣，連黑白子來到門外亦未發覺，幸好嗓子已啞，他並未察覺，於是又乾笑幾聲。

黑白子道：「前輩今日興致甚高，便收弟子入門如何？」

令狐冲尋思：「我如答允收他為弟子，傳他這些練功的法門，他一開門進來，發見是我風二中而不是那姓任的前輩，自然立時翻臉。再說，就算傳他功夫的真是任前輩，黑白子練成之後，多半會設法將他害死，譬如在飯菜中下毒之類。是了，這黑白子要下毒害死我，當真易如反掌，他學到了口訣，怎會再將我放出？任前輩十二年來所以不肯傳他，自是為此了。」

黑白子聽他不答，說道：「前輩傳功之後，弟子即去拿美酒肥雞來孝敬前輩。」令狐冲遭囚多日，每日吃的都是青菜豆腐，一聽到「美酒肥雞」，不由得饞涎欲滴，說道：「好，你先去拿美酒肥雞來，我吃了之後，心中一高興，或許便傳你些功夫。」

黑白子忙道：「好好，我去取美酒肥雞來。不過今天是不成了，明日如有機緣，弟子自當取來奉獻。」令狐冲道：「幹麼今日不成？」黑白子道：「來到此處，須得經過我大哥的臥室，只有乘著我大哥靜坐用功、全神出竅之時，才能……才能……」令狐冲嗯了一聲，便不言語了。

黑白子記掛著黃鍾公坐功完畢，回入臥室，當下不敢多躭，告辭而去。

令狐冲心想：「怎生才能將黑白子誘進牢房，打死了他？此人狡猾之極，決不會上

當。何況扯不斷手足的鐵鍊，就算打死了黑白子，我仍然不能脫困。」心中轉著念頭，右手幾根手指伸到左腕的鐵圈中，用力一扳，那是無意中的隨手而扳，決沒想真能扯開鐵圈，可是那鐵圈竟然張了開來，又扳了幾下，左腕竟從鐵圈中脫出。

這一下大出意外，驚喜交集，摸那鐵圈，原來中間竟然有一斷口，但若自己內力未曾散開，稍一使力，便欲昏暈，圈上雖有斷口，終究也扳不開來。此刻他已散了兩天內息，桃谷六仙與不戒大師注入他體內的真氣有部分到了任脈之中，自然而然生出強勁內力，而不致如往日般氣血翻湧。再摸右腕上的鐵圈，果然也有一條細縫。這條細縫以前不知曾摸到過多少次，但說甚麼也想不到這竟是斷口。當即左手使勁，將右腕上的鐵圈也扳開了，跟著摸到箍在兩隻足脛上的鐵圈，也都有斷口，運勁扳開，一一除下，只累得滿身大汗，氣喘不已。鐵圈既除，鐵鍊隨之脫落，身上已無束縛。他好生奇怪：「為甚麼每個鐵圈上都有斷口？這樣的鐵圈，怎能鎖得住人？」

次日那老人送飯來時，令狐冲就著燈光一看，只見鐵圈斷口處有一條細微的鋼絲鋸紋，顯是有人以一條極細的鋼絲鋸子，將足鐐手銬上四個鐵圈都鋸斷了，斷口處閃閃發光，並未生鏽，鐵圈鋸斷必是在不久以前，何以這些鐵圈又合了起來，套在自己手足上？「那多半有人暗中在設法救我。這地牢如此隱密，外人決計無法入來，救我之人必是梅莊中的人物。想來他不願這等對我暗算，因此在我昏迷不醒之時，暗中用鋼絲鋸子將腳鐐手銬鋸開了。此人自不肯和梅莊中餘人公然爲敵，只有覷到機會，再來放我出去。」

想到此處，精神大振，心想：「這地道的入口處在黃鍾公的臥床之下，如是黃鍾公

想救我，隨時可以動手，不必躭擱這許多時光。黑白子當然不會。禿筆翁和丹青生二人之中，丹青生和我是酒中知己，交情與眾不同，十之八九是丹青生。」再想到黑白子明日來時如何應付：「我只跟他順口敷衍，騙他些酒肉吃，教他些假功夫，有何不可？」

隨即又想：「丹青生隨時會來救我出去，須得趕快將鐵板上的口訣法門記熟了。」先前摸到這些字跡時並不在意，此時真要記誦得絕無錯失，倒也不是易事。鐵板上字跡潦草，他讀書不多，有些草字便不識得，只好強記筆劃，胡亂唸個別字充數。心想這些上乘功夫的法門，一字之錯，當再無機會重來讀訣，難免走火入魔。出此牢後，成敗逆轉，只要練得稍有不對，往往令得練功者人鬼殊途，非記得沒半點錯漏不可。他唸了一遍又一遍，不知讀了多少遍，幾乎倒背也背得出了，這才安心入睡。

睡夢之中，果見丹青生前來打開牢門，放他出去，令狐冲一驚而醒，待覺是南柯一夢，卻也並不沮喪，心想：「他今日不來救，只不過未得其便，不久自會來救。」

心想這鐵板上的口訣法門於我十分有用，於別人卻有大害，日後如再有人給囚於這黑牢之中，那人自然是好人，可不能讓他上了那任我行的大當。當下摸著字跡，又從頭至尾的讀了十來遍，拿起除下的鐵鋳，將其中的字跡刮去了十幾個字。

這一天黑白子並未前來，令狐冲也不在意，照著口訣法門，繼續修習。其後數日，黑白子始終沒來。令狐冲自覺練功大有進境，桃谷六仙和不戒和尚留在自己體內的異種真氣，已有六七成從丹田中驅出，散之於任脈、督脈，以及陽維、陰維、陽蹻、陰蹻、

以至衝脈、帶脈等奇經八脈。雖要散入帶脈、衝脈較為艱難，但鐵板上所刻心法詳加教導，令狐冲以前修習過華山派內功，於這經脈之學倒也知之甚稔，心想即使目前不成，只須持之有恆，自能盡數驅出。

他每日背誦口訣數十遍，刮去鐵板上的字跡數十字，自覺力氣越來越大，用鐵銼刮削鐵板，已花不了多大力氣。如此又過了一月有餘，他雖在地底，亦覺得炎暑之威漸減，心想：「冥冥之中果有天意，我若是冬天被囚於此，決不會發見鐵板上的字跡。說不定熱天未到，丹青生已將我救了出去。」

正想到此處，忽聽得甬道中又傳來了黑白子的腳步聲。

令狐冲本來橫臥在床，當即轉身，面向裏壁，只聽得黑白子走到門外，說道：「任……任老前輩，真正萬分對不起。這一個多月來，我大哥一直不出室門。在下每日裏焦急萬狀，只盼來跟你老人家請安問候，總不得其便。你……你老人家千萬別見怪才好！」

一陣酒香雞香，從方孔中傳了進來。

令狐冲這許多日子滴酒未沾，一聞到酒香，那裏還忍得住，轉身道：「把酒菜拿來吃了再說。」黑白子道：「是，是。前輩答允傳我神功的秘訣了？」令狐冲道：「每次你送三斤酒，一隻雞來，我便傳你四句口訣。等我喝了三千斤酒，吃了一千隻雞，口訣也傳得差不多了。」黑白子道：「這樣未免太慢，只怕日久有變。晚輩每次送六斤酒，兩隻雞，前輩每次便傳八句口訣如何？」令狐冲笑道：「那也可以。拿來，拿來！」

黑白子托著木盤，從方孔中遞將進去，盤上果是一大壺酒，一隻肥雞。

令狐冲心想：「我未傳口訣，你總不能先毒死我。」提起酒壺，骨嘟嘟的便喝。這酒並不甚佳，但這時喝在口裏，實在醇美無比，似乎丹青生四釀四蒸的吐魯番葡萄濃酒也有所不及，當下一口氣便喝了半壺，跟著撕下一條雞腿大嚼起來，頃刻之間，將一壺酒、一隻雞吃得乾乾淨淨，拍了拍肚子，讚道：「好酒，好酒！」

黑白子笑道：「老爺子吃了肥雞美酒，便請傳授口訣了。」令狐冲聽他再也不提拜師之事，只道自己喝酒吃雞之餘，一時記不起了，當下也就不提，說道：「好，這四句口訣，你牢牢記住了：『奇經八脈，中有內息，聚之丹田，會於膻中。』你懂得解麼？」

鐵板上原來的口訣是：「丹田內息，散於四肢，膻中之氣，分注八脈。」他故意將之倒了轉來。黑白子一聽，覺這四句口訣平平無奇，乃練氣的尋常法門，說道：「這四句，在下領會得，請前輩再傳四句。」

令狐冲心想：「這四句經我一改，變得毫無特色，他自感不足了，須當唸四句十分古怪的，嚇唬嚇唬他。」說道：「今天是第一日，索性多傳四句，你記好了。『震裂陽維，塞絕陰蹻，八脈齊斷，神功自成。』」

黑白子大吃一驚，道：「這……這……這人身的奇經八脈倘若斷絕了，那裏還活得成？這……這四句口訣，晚輩可當真不明白了。」令狐冲道：「這等神功大法，倘若人人都能領會，那還有甚麼希奇？這中間自然有許多精微奇妙之處，常人不易索解。」

黑白子聽到這裏，越來越覺他說話的語氣、所用的辭句，與那姓任之人大不相同，

不由得疑心大起。前兩次令狐冲說話極少，辭語又十分含糊，這一次吃了酒後，精神振奮，說話多了，黑白子十分機警，登時便生疑竇，料想他有意改變口訣，戲弄自己，說道：「你說『八脈齊斷，神功自成』，難道老爺子自己這奇經八脈都已斷絕了嗎？」

令狐冲道：「這個自然。」他從黑白子語氣之中，聽出他已起了疑心，不敢跟他多說，道：「全部傳完，你融會貫通，自能明白。」說著將酒壺放在盤上，從方孔中遞將出去。黑白子伸手來接。

令狐冲突然「啊喲」一聲，身子向前一衝，噹的一響，額頭撞上鐵門。

黑白子驚道：「怎樣了？」他這等武功高強之人，反應極快，一伸手，已探入方孔，抓住木盤，生怕酒壺掉在地下摔碎。

便在這電光石火的一瞬之間，令狐冲左手翻上，抓住了他右手手腕，笑道：「黑白子，你瞧瞧我到底是誰？」黑白子大驚，顫聲道：「你……你……」

令狐冲將木盤遞出去之時，並未有抓他手腕的念頭，待在油燈微光下見到黑白子手掌在方孔外一晃，只待接他木盤，突然之間，心中起了一股難以抑制的衝動。自己在這裏囚禁多日，全是出於這人的狡計，若能將他手腕扭斷了，也足稍出心中的惡氣；又想他出其不意的給自己抓住，必然大吃一驚，這人如此奸詐，嚇他一跳，又有何不可？也不知是出於報復之意，還是一時童心大盛，便這麼假裝摔跌，引得他伸手進來，抓住了他手腕。

黑白子本來十分機警，只是這一下實在太過突如其來，事先更沒半點朕兆，待得心

中微覺不安，手腕已遭對方抓住，只覺對方五根手指便如是一隻鐵箍，牢牢的扣住了自己右腕上「內關」、「外關」兩處穴道，當即手腕急旋，反打擒拿。

噹的一聲大響，左足三根足趾立時折斷，痛得啊啊大叫。

何以他右手手腕遭扣，立即想到有性命之憂，忙不迭的使出一招「蛟龍出淵」。這一招乃手腕為人扣住時所用，手臂向內急奪，左足無影無蹤的疾踢而出，這一腳勢道厲害已極，正中敵人胸口，非將他踢得當場吐血不可。敵人若是高手，知所趨避，便須立時放開他手腕，否則沒法躲得過這當胸一腳。也是事出倉卒，黑白子急於脫困，沒想到自己和對方之間隔了一道厚厚的鐵門，這一招「蛟龍出淵」確是使對了，這一腳也踢得部位既準，力道又凌厲之極，只是噹的一聲大響，踢中的乃是鐵門。

令狐冲聽到鐵門這一聲大響，這才明白，自己全仗鐵門保護，才逃過了黑白子如此厲害的當胸一腳，忍不住哈哈大笑，說道：「再踢一腳，踢得也這樣重，我便放你。」

突然之間，黑白子猛覺右腕「內關」、「外關」兩處穴道中內力源源外洩，不由得想起生平最害怕的一件事來，登時魂飛天外，一面運力凝氣，一面哀聲求告：「老……老爺子，求你……」他一說話，內力更大量湧出，只得住口，但內力還是不住飛快洩出。

令狐冲自練了鐵板上的功夫之後，丹田已然如竹之虛，如谷之空，這時覺得丹田中有氣注入，卻也並不在意。只覺黑白子的手腕不住顫抖，顯是害怕之極，心中氣他不過，索性嚇他一嚇，喝道：「我傳了你功夫，你便是本門弟子了，你欺師滅祖，該當何

罪？」

黑白子只覺內力愈洩愈快，勉強凝氣，還暫時能止得住，但呼吸終究難免，一呼一吸之際，內力便大量外洩，這時早忘了足趾上的疼痛，只求右手能從方孔中脫出，縱然少了一隻手一隻腳也所甘願，一想到此處，伸手便去腰間拔劍。

他身子這麼一動，右腕上內關、外關兩處穴道便如開了兩個大缺口，立時全身內力急瀉而出，有如河水決堤，再難堵截。黑白子知道只須再捱得一刻，全身內力便盡數為對方吸去，當下奮力抽出腰間長劍，咬緊牙齒，舉將起來，便欲將自己手臂砍斷。但這麼一使力，內力奔騰而出，耳朵中嗡的一聲，便暈了過去。

令狐冲抓住他手腕，只不過想嚇他一嚇，最多也是扭斷他腕骨，以洩心中積忿，沒料到他竟會嚇得如此的魂不附體，以致暈去，哈哈一笑，便鬆了手。他這一鬆手，黑白子身子倒下，右手便從方孔中縮回。

令狐冲腦中突如電光般閃過一個念頭，急忙抓住他的手掌，其時出手迅捷異常，及時拉住，心想：「我何不用鐵鋳將他鋳住，逼迫黃鍾公他們放我？」當下使力將黑白子的手腕拉近，沒料想用力一拉，黑白子的腦袋竟從方孔中鑽了進來，呼的一聲，整個身子都進了牢房。

這一下實大出意料之外，他一呆之下，暗罵自己愚不可及，這洞孔有尺許見方，只要腦袋通得過，身子便亦通得過，黑白子既能進來，自己又何嘗不能出去？以前四肢為鋳鍊所繫，自然無法越獄，但鋳鍊早已暗中給人鋸開，卻為何不逃？又忖：「丹青生暗

910

中給我鋸斷了銬鍊，日日盼望我跟著那送飯的老人越獄逃走，想必心焦之極了。」他發覺銬鍊已爲人鋸斷之時，正自全副精神貫注於散功，其時鐵板上的功訣尚未背熟，自不願就此離去，只因內心深處不願便即離開牢房，是以也未曾想到逃獄。

他略一沉吟，已有了主意，匆匆除下黑白子和自己身上的衣衫，對調了穿好，連黑白子那頭罩也套在頭上，心想：「出去時就算遇上了旁人，他們也只道我便是黑白子。」將黑白子的長劍插在自己腰間，一劍在身，更加精神大振，又將黑白子的手足都銬在銬鐐的鐵圈之中，用力揑緊，這一揑便覺察自己力氣大極，鐵圈深陷入肉。

黑白子痛得醒了過來，呻吟出聲。令狐沖笑道：「咱哥兒倆扳扳位！那老頭兒每天會送飯送水來。」黑白子呻吟道：「任……任老爺子……你……你的吸星大法……」令狐沖那日在荒郊和向問天聯手抗敵，聽得對方人羣中有人叫過「吸星大法」，這時又聽黑白子說起，便問：「甚麼吸星大法？」黑白子道：「我……我……該……該死……」

令狐沖脫身要緊，也不去理他，從方孔中探頭出去，兩隻手臂也伸到了洞外，手掌在鐵門上輕輕一推，身子射出，穩穩站在地下，只覺丹田中又積蓄了大量內息，頗不舒服。他不知這些內力乃從黑白子身上吸來，只道久不練功，桃谷六仙和不戒和尚的內力又回入了丹田。這時只盼盡快離開黑獄，當下提了黑白子留下的油燈，從地道中出去。

地道中門戶都是虛掩，料想黑白子要待出去時再行上鎖，這一來，令狐沖便毫不費力的脫離了牢籠。他邁過一道道堅固的門戶，想起這些在黑牢中的日子，當真如同隔世，突然之間，對黃鍾公他們也已不怎麼懷恨，但覺身得自由，便甚麼都不在乎了。

走到了地道盡頭，拾級而上，頭頂是塊鐵板，側耳傾聽，上面並無聲息。自從經過這次失陷，他一切小心謹慎得多了，並不立即衝上，站在鐵板之下等了好一會，仍沒聽得任何聲息。確知黃鍾公當真不在臥室，這才輕輕托起鐵板，縱身而上。

他從床上的孔中躍出，放好鐵板，拉上蓆子，躡手躡足的走出來，忽聽得身後一人陰惻惻的道：「二弟，你下去幹甚麼？」

令狐冲一驚回頭，只見黃鍾公、禿筆翁、丹青生三人各挺兵刃，圍在身周。他不知秘門上裝有機關消息，這麼貿然闖出，機關上鈴聲大作，將黃鍾公等三人引了來，只是他戴著頭罩，穿的又是黑白子的長袍，無人認他得出。令狐冲一驚之下，說道：「我……我……」黃鍾公冷冷的道：「我甚麼？我看你神情不正，早料到你是要去求任我行教你練那吸星妖法，哼哼，當年你發過甚麼誓來？」

令狐冲心中混亂，不知是暴露自己真相好呢，還是冒充黑白子到底，一時拿不定主意，拔出腰間長劍，向禿筆翁刺去。禿筆翁怒道：「好二哥，當真動劍嗎？」舉筆一封。令狐冲這一劍只是虛招，乘他舉筆擋架，便即發足奔出。黃鍾公等三人直追出來。

令狐冲提氣疾奔，腳步奇速，片刻間便奔到了大廳。突見迎面一人站在大門正中，說道：「二莊主，請留步！」

令狐冲奔得正急，收足不住，砰的一聲，重重撞在他身上。這一衝之勢好急，那人直挺挺的橫在當地，直飛出去，摔在數丈之外。令狐冲忙中看時，見是一字電劍丁堅，

身子倒確是作「一」之形，只是和「電劍」二字卻拉不上干係了。

令狐冲足不停步的向小路上奔去。黃鍾公等一到莊子門口，便不再追來。丹青生大叫：「二哥，二哥，快回來，咱們兄弟有甚麼事不好商量……」

令狐冲只揀荒僻的小路飛奔，到了一處無人的山野，顯是離杭州城已遠。他如此迅捷飛奔，停下來時竟既不疲累，也不氣喘，似乎功力尚勝過了受傷之前。

其時黑夜四野無人，他除下頭上罩子，聽到淙淙水聲，口中正渴，當下循聲過去，來到一條山溪之畔，正要俯身去捧水喝，月光掩映下，水中映出一個人來，頭髮蓬鬆，滿臉污穢，神情甚是醜怪。

令狐冲吃了一驚，隨即啞然失笑，囚居數月，從不梳洗，自然是如此齷齪了，霎時間只覺全身奇癢，當下除去外袍，跳在溪水中好好洗了個澡，心想：「身上的老泥便沒半擔，也會有三十斤。」渾身上下擦洗乾淨，喝飽清水後，將頭髮挽在頭頂，提起劍來，剃去了滿腮鬍渣，水中一照，已回復了本來面目，與那滿臉浮腫的風二中已沒半點相似之處。

穿衣之際，覺得胸腹間氣血不暢，當下在溪邊行功片刻，便覺丹田中的內息已散入奇經八脈，丹田內又是如竹之空、似谷之虛，而全身振奮，說不出的暢快。他不知自己已練成了當世第一等厲害功夫，桃谷六仙和不戒和尚的八道真氣、在少林寺療傷時方生大師注入他體內的內力，均已為他散入經穴，盡皆化為己有，而適才抓住黑白子的手腕，又已將他畢生修習的內力吸了過來貯入丹田，再散入奇經八脈，那便是又多了一個

高手的功力，自是精神大振。須知不同內力若只積於丹田，不加融合，則稍一運使，便互相衝突，內臟如經刀割，但如散入經穴，再匯而為一，那便多一分強一分了。

他躍起身來，拔出腰間長劍，對著溪畔一株綠柳的垂枝隨手刺出，手腕略抖，嗤的一聲輕響，長劍還鞘，這才左足落地，抬起頭來，只見五片柳葉緩緩從空中飄落。長劍二次出鞘，在空中轉了個弧形，五片柳葉都收到了劍刃之上。他左手從劍刃上取過一片柳葉，說不出的又歡喜，又奇怪。

在溪畔悄立片時，陡然間心頭一陣酸楚：「我這身功夫，師父師娘是無論如何教不出來的了。可是我寧可像從前一樣，內力劍法，一無足取，卻在華山門中逍遙快樂，和小師妹朝夕相見，勝於這般在江湖上孤身一人，做這遊魂野鬼。」

自覺一生武功從未如此刻之高，卻從未如此刻這般寂寞淒涼。他天生愛好熱鬧，喜友好酒，過去數月受囚於地牢，孤身一人那是當然之理。此刻身得自由，卻仍是孤另另地。獨立溪畔，歡喜之情漸消，清風拂體，冷月照影，心中惆悵無限。

任我行提起酒壺，斟滿了一杯酒，說道：「你我今日在此相聚，大是有緣，你若聽我良言相勸，便請乾了此杯，萬事都可商量。」

脱
困

三

令狐沖悄立良久，眼見月至中天，夜色已深，心想種種疑竇，務當到梅莊去查個明白，那姓任的前輩如此不是大奸大惡之輩，也當救他脫困。

當下認明路徑，向梅莊行去。上了孤山後，從斜坡上穿林近莊，耳聽得莊中寂靜無聲，輕輕躍進圍牆。見幾十間屋子都黑沉沉地，只右側一間屋子窗中透出燈光，提氣悄步走到窗下，便聽得一個蒼老的聲音喝道：「黃鍾公，你知罪麼？」聲音甚是嚴厲。

令狐沖大感奇怪，以黃鍾公如此身分，居然會有人對他用這等口吻說話，矮下身子從窗縫中向內張去。只見四人分坐在四張椅中，其中三人都是五六十歲的老者，另一人是個中年婦人。四人都身穿黑衫，腰繫黃帶。令狐沖見了他們的服色，便知是魔教中的人物。又見黃鍾公、禿筆翁、丹青生站在四人之前，背向窗外，令狐沖瞧不見他三人的神情，但一坐一站，顯然尊卑有別。

只聽黃鍾公道：「是，屬下知罪。四位長老駕臨，屬下未曾遠迎，罪甚，罪甚。」

令狐沖暗暗好笑：「黑白子給我關在地牢之中，黃鍾公他們卻當他已經逃走了。」

又想：「怎麼是長老、屬下？是了，他們全都是魔教中人。」只聽黃鍾公道：「四位長老，屬下管教不嚴，這黑白子性情乖張，近來大非昔比，這幾日竟不在莊中。」

那老者雙目瞪視著他，突然眼中精光大盛，冷冷的道：「黃鍾公，教主命你們駐守梅莊，是叫你們在這裏彈琴喝酒，繪畫玩兒，是不是？」黃鍾公躬身道：「屬下四人奉

黑白子呢？怎不來見我？」

令狐冲道：「哼，不曾遠迎有甚麼罪了？又裝甚麼腔。」

坐在中間一個身材瘦削的老者冷笑道：

了教主令旨，在此看管要犯。」那老者道：「這就是了。那要犯看管得怎樣了？」黃鍾公道：「啓稟長老，那要犯拘禁地牢之中，十二年來屬下寸步不離梅莊，不敢有虧職守。如此說來，那要犯仍拘禁在地牢之中了？」那老者道：「很好，很好。你們寸步不離梅莊，不敢有虧職守。」

那老者抬起頭來，眼望屋頂，突然間打個哈哈，登時天花板上灰塵簌簌而落。他隔了片刻，說道：「很好！你帶那名要犯來讓我們瞧瞧。」黃鍾公道：「四位長老諒鑒，當日教主嚴旨，除非教主他老人家親臨，否則不論何人，均不許探訪要犯，違者……」

那老者一伸手，從懷中取出一塊東西，高高舉起，跟著便站起身來。黃鍾公等三人躬身說道：「教主黑木令牌駕到，上面彫刻有花紋文字，看來十分詭異。黃鍾公等三人躬身說道：「教主黑木令牌駕到，有如教主親臨，屬下謹奉令旨。」那老者道：「好，你去將那要犯帶上來。」

黃鍾公躊躇道：「那要犯手足鑄於精鋼鑄鍊之中，沒法……沒法提至此間。」那老者冷笑道：「直到此刻，你還在強辭奪理，意圖欺瞞。我問你，那要犯到底是怎生逃出去的？」

黃鍾公驚道：「那要犯……那要犯逃出去了？決……決無此事。此人好端端的便在地牢之中，不久之前屬下還親眼見到，怎……怎能逃得出去？」

那老者臉色登和，溫言道：「哦，原來他還在地牢之中，那倒是錯怪你們了，對不起之至。」和顏悅色的站起身來，慢慢走近身去，似乎要向三人賠禮，突然間一伸手，

919

在黃鍾公肩頭一拍。禿筆翁和丹青生同時急退兩步。可是他們行動固十分迅捷，那老者出手更快，啪啪兩聲，禿筆翁和丹青生的右肩也讓他先後拍中。那老者這三下出手，實是不折不扣的偷襲，臉上笑吟吟的甚是和藹，竟連黃鍾公這等江湖大行家也沒提防。禿筆翁和丹青生武功較弱，雖及時察覺，卻已無法閃避。

丹青生大聲叫道：「鮑長老，我們犯了甚麼罪？怎地你使這等毒手對付我們？」叫聲中既有痛楚之意，又顯得大爲憤怒。

鮑長老嘴角垂下，緩緩的道：「教主命你們在此看管要犯，給那要犯逃了出去，你們該不該死？」黃鍾公道：「那要犯倘若眞的逃走，屬下自然罪該萬死，可是他好端端的便在地牢之中。鮑長老濫施毒刑，可教我們心中不服。」他說話之時身子略側，令狐冲在窗外見到他額角上黃豆大的汗珠不住滲將出來，心想這鮑長老適才這麼一拍，定然十分厲害，以致連黃鍾公這等武功高強之人，竟也抵受不住。又想：黃鍾公的武功該當不在此人之下，這鮑長老若非使詐偷襲，未必便制他得住。

鮑長老道：「你們再到地牢去看看，倘若那要犯確然仍在牢中，我……哼……我鮑大楚給你們三位磕頭賠罪，自當立時給你們解了這藍砂手之刑。」黃鍾公道：「好，請四位在此稍待。」當即和禿筆翁、丹青生走了出去。令狐冲見他三人走出房門時都身子微微顫抖，也不知是因心下激動，還是由於身中藍砂手之故。

他生怕給屋中四人發覺，不敢再向窗中張望，緩緩坐倒在地，尋思：「他們說的甚麼教主，自必是號稱當世武功第一的東方不敗。他命江南四友在此看守要犯，已看守了

920

十二年，自不是指我而言，當是指那姓任的前輩了。難道他竟已逃出去？他逃出地牢，居然連黃鍾公他們都不知道，確是神通廣大。不錯，他們一定不知，否則黑白子也不會將我錯認作了任前輩。」心想黃鍾公等一入地牢，自然立時將黑白子認了出來，這中間變化曲折甚多，想來又希奇，又好笑，又想：「他們卻為何將我囚在牢中？多半是我和那姓任的前輩比劍之後，他們怕我出去洩漏了機密，是以將我關住。哼，這雖非殺人滅口，跟殺人滅口也相差無幾。此刻他們身中藍砂手，滋味定然極不好受，也算是為我出了口惡氣。」

那四人坐在室中，一句話不說。令狐冲連大氣也不敢透一口，和那四人雖有一牆之隔，但相距不過丈許，只須呼吸稍重，立時便會給他們察覺。

萬籟俱寂之中，忽然傳來「啊」的一聲悲號，聲音中充滿痛苦和恐懼之意，靜夜聽來，不由得令人毛骨悚然。令狐冲聽得是黑白子的叫聲，不禁微感歉仄，雖然他為了暗算自己而遭此報，可說自作自受，但他落在鮑大楚諸人手中，定然凶多吉少。跟著聽得腳步聲漸近，黃鍾公等進了屋中。令狐冲又湊眼到窗縫上去張望，只見禿筆翁和丹青生分在左右扶著黑白子。黑白子臉上一片灰色，雙目茫然無神，與先前所見的精明強幹情狀已全然不同。

黃鍾公躬身道：「啟……啟稟四位長老，那要犯果然……果然逃走了。屬下在四位長老跟前領罪。」他似明知已然無倖，話聲頗為鎮定，反不如先前激動。

鮑大楚森然道：「你說黑白子不在莊中，怎地他又出現了？到底是怎麼一回事？」

921

黃鍾公道：「種種原由，屬下實在莫名其妙。唉，玩物喪志，都因屬下四人耽溺於琴棋書畫，給人窺到了這老大弱點，定下奸計，將那人……將那人劫了出去。」

鮑大楚道：「我四人奉了教主命旨，前來查明那要犯脫逃的真相。你們倘若據實稟告，確無分毫隱瞞，那麼……那麼……那麼我們或可向教主代你們求情，請教主慈悲發落。」

黃鍾公長長嘆了口氣，說道：「就算教主慈悲，四位長老眷顧，屬下又怎有面目再活在世上？只是其中原委曲折，屬下如不明白真相，縱然死了也不瞑目。鮑長老，教主……教主他老人家是在杭州麼？」

鮑大楚長眉一軒，說道：「誰說他老人家在杭州？」黃鍾公道：「然則那要犯怎今晚剛逃走，教主他老人家怎地便知道了？立即便派遣四位長老前來梅莊？」鮑大楚哼的一聲，道：「你這人越來越胡塗啦，誰說那要犯是今晚逃走的？」

黃鍾公道：「那人確是今日傍晚越獄的，當時我三人還道他是黑白子，沒想到他移花接木，將黑白子關入地牢，穿了黑白子的衣冠衝將出來。這件事，我三弟、四弟固然看得清清楚楚，還有那丁堅，給他一撞之下，肋骨斷了十幾根……」鮑大楚轉頭向其餘三名長老瞧去，皺眉道：「這人胡說八道，不知說些甚麼。」一個肥肥矮矮的老者道：「咱們是上月十四得到的訊息。」說著屈指計算，道：「到今日是第十七天了。」

黃鍾公猛退兩步，砰的一聲，背脊重重撞上牆壁，說道：「決……決無此事！我們的的確確，今晚是親眼見到他逃出去的。」

他走到門口，大聲叫道：「施令威，將丁堅抬來。」施令威在遠處應道：「是！」

922

鮑大楚走到黑白子身前，抓住他胸口，將他身子提起，只見他手足軟軟的垂下，似乎全身骨骼俱已斷絕，只臍下一個皮囊，大有惶恐之意，一鬆手，黑白子摔在地下，竟站不起身。另一個身材魁梧的老者道：「不錯，這是中了那廝的……」

那廝的吸星大法，將全身精力都吸乾了。」語音顫抖，十分驚懼。

鮑大楚問黑白子道：「你在甚麼時候著了他道兒？」黑白子道：「我……我……的確是今晚不久之前，那廝……那廝抓住了我右腕，我……我便半點動彈不得，只好由他擺布。」鮑大楚甚為迷惑，臉上肌肉微微顫動，眼神迷惘，問道：「那便怎樣？」黑白子道：「他將我從鐵門的方孔中拉進牢去，除下我衣衫換上了，又……又將足鐐手銬都套在我手足之上，然後從那方孔中鑽……鑽了出去。」

鮑大楚皺眉道：「今晚？怎能是今晚？」那矮胖老者問道：「足鐐手銬都是精鋼所鑄，又怎地弄開的？」黑白子道：「我……我實在不知道。」禿筆翁道：「屬下細看過足鐐手銬的斷口，是用鋼絲鋸子鋸斷的。這鋼絲鋸子，不知那廝何處得來？」

說話之間，施令威已引著兩名家人將丁堅抬了進來。他躺在一張軟榻上，身上蓋著一張薄被。鮑大楚揭開被子，伸手在他胸口輕輕一按。丁堅長聲大叫，顯是痛楚已極。

鮑大楚點點頭，揮了揮手。施令威和兩名家人將丁堅抬了出去。

鮑大楚道：「這一撞之力果然了得，顯然是那廝所為。」

坐在左面那中年婦人一直沒開口，這時突然說道：「鮑長老，倘若那廝確是今晚才越獄逃走，那麼上月中咱們得到的訊息只怕是假的了。那廝的同黨在外面故布疑陣，令

咱們心慌意亂。」鮑大楚搖頭道：「不會是假的。」那婦人道：「不會假？」鮑大楚道：「薛香主一身金鐘罩、鐵布衫的橫練功夫，尋常刀劍也砍他不入，可是給人五指插入胸膛，將一顆心硬生生的挖了出去。對頭中除了這廝之外，當世更沒第二人……」

令狐冲正聽得出神，突然之間，肩頭有人輕輕一拍。這一拍事先更沒半點朕兆，他一驚之下，躍出三步，拔劍在手，回過頭來，只見兩個人站在當地。

這二人臉背月光，瞧不見面容。一人向他招了招手，道：「兄弟，咱們進去。」正是向問天的聲音。令狐冲大喜，低聲道：「向大哥！」

令狐冲急躍拔劍，又和向問天對答，屋中各人已然聽見。鮑大楚喝問：「甚麼人？」

只聽得一人哈哈大笑，發自向問天身旁之人口中。這笑聲聲震屋瓦，令狐冲耳中嗡嗡作響，但覺胸腹間氣血翻湧，說不出的難過。那人邁步向前，遇到牆壁，雙手一推，轟隆一聲響，牆上登時穿了一個大洞，那人便從牆洞中走了進去。向問天伸手挽住令狐冲的右手，並肩走進屋去。

鮑大楚等四人早已站起，手中各執兵刃，臉上神色緊張。令狐冲急欲看到這人是誰，只不過他背向自己，但見他身材甚高，一頭黑髮，穿的是一襲青衫。

鮑大楚顫聲道：「原……原來是任……任前輩到了。」那人哼了一聲，踏步而前。

鮑大楚、黃鍾公等自然而然退開了兩步。那人轉過身來，往中間的椅中一坐，令狐冲這才看清楚，只見他一張長長的臉孔，臉色雪白，更無正是鮑大楚適才坐過的。令狐冲這才看清楚，只見他一張長長的臉孔，臉色雪白，這張椅子

半分血色，眉目清秀，只臉色實在白得怕人，便如剛從墳墓中出來的殭屍一般。

他對向問天和令狐沖招手，道：「向兄弟，令狐兄弟，過來請坐。」令狐沖一聽到他聲音，驚喜交集，問道：「你……你是任前輩？」那人微微一笑，道：「正是。你劍法可高明得緊啊。」令狐沖道：「你果然已經脫險了。我正想來救……」那人笑道：

「你想來救我脫困，是不是？哈哈，哈哈！向兄弟，你這位兄弟很夠朋友啊。」

向問天拉著令狐沖的手，讓他在那人右側坐了，自己坐在那人左側，說道：「令狐兄弟肝膽照人，是當世少有的堂堂血性男兒。」那人笑道：「令狐兄弟，委屈你在西湖底下的黑牢住了兩個多月，我可抱歉得很哪，哈哈，哈哈！」

這時令狐沖心中已隱隱知道了此端倪，但仍未能全然明白。

那姓任的笑吟吟的瞧著令狐沖，說道：「你雖爲我受了兩個多月牢獄之災，但練成了我刻在鐵板上的吸星大法，嘿嘿，那也足以補償而有餘了。」令狐沖奇道：「那鐵板上的秘訣是前輩刻下的？」那人微笑道：「若不是我刻的，世上更有何人會這吸星大法？」

向問天道：「兄弟，任教主的吸星神功，當世便只你一個傳人，委實可喜可賀。」

令狐沖奇道：「任教主？」向問天道：「原來你到此刻還不知任教主的身分，這一位便是日月神教的任教主，他名諱是上『我』下『行』，你可曾聽見過嗎？」

令狐沖知「日月神教」就是魔教，只不過他本教之人自稱日月神教，教外之人則稱之爲魔教，但魔教教主向來是東方不敗，怎地又出來一個任我行？他囁嚅道：「任……任教主的名諱，我是在那鐵板上摸到的，卻不知他是教主。」

那身材魁梧的老者突然喝道：「他是甚麼教主了？我日月神教的教主，普天下皆知是東方教主。這姓任的反教作亂，早已除名開革。向問天，你附逆為非，罪大惡極。」

任我行緩緩轉過頭來，凝視著他，說道：「你叫秦偉邦，是不是？」那魁梧老人道：「不錯。」任我行道：「我掌執教中大權之時，你在江西任青旗旗主，是不是？」秦偉邦道：「正是。」任我行道：「我掌執教中大權之時，你在江西任青旗旗主，是不是？」秦偉邦道：「正是。」任我行嘆了口氣，道：「你現今身列本教十長老之位，升得好快哪。東方不敗為甚麼這樣看重你？你是武功高強呢，還是辦事能幹？」秦偉邦道：「我盡忠本教，遇事向前，十多年來積功而升為長老。」任我行點頭道：「原來如此。」

任我行突然身子一晃，欺到鮑大楚身前，左手疾探，向他咽喉抓去。鮑大楚大駭，右手單刀已不及揮過來砍對方手臂，只得左手手肘急抬，護住咽喉，同時左足退後一步，右手單刀順勢劈下。這一守一攻只在一剎那間完成，守得嚴密，攻得凌厲，的是極高明手法。但任我行右手還是快了一步，鮑大楚單刀尚未砍落，已抓住他胸口，嗤的一聲響，撕破了他長袍，左手將一塊物事從他懷中抓出，正是那塊黑木令。他右手掠落，抓住了鮑大楚右腕，將他手腕連刀扭轉。只聽得噹噹噹三聲響，卻是向問天遞出長劍，向秦偉邦以及其餘兩名長老分別遞了一招。三長老各舉兵刃相架。向問天攻這三招，只是阻止他們出手救援鮑大楚，三招一過，鮑大楚已全在任我行掌握之中。

任我行微笑道：「我的吸星大法尚未施展，你想不想嘗嘗滋味？」

鮑大楚在這一瞬之間，已知若不投降，便送了性命，除此之外更無第三條路好走。他決斷也是極快，說道：「任教主，我鮑大楚自今而後，效忠於你。」任我行道：「當

年你曾立誓向我效忠，何以後來反悔？」鮑大楚道：「求任教主准許屬下戴罪圖功，將功贖罪。」任我行道：「好，吃了這顆丸藥。」放開他手腕，伸手入懷，取出一個瓷瓶，倒出一枚火紅色的藥丸，向鮑大楚拋去。鮑大楚一把抓過，看也不看，便吞入了腹中。

秦偉邦失聲道：「這……這是『三尸腦神丹』？」任我行道：「不錯，這正是『三尸腦神丹』！」又從瓷瓶中倒出六粒「三尸腦神丹」，隨手往桌上擲去，六顆火紅色的丹丸在桌上滴溜溜轉個不停，道：「你們知道這『三尸腦神丹』的厲害嗎？」

任我行點點頭，說道：「你說得甚是。你既知我這腦神丹的靈效，卻何以大膽吞服？」鮑大楚道：「屬下自今而後，永遠對教主忠心不二，這腦神丹便再厲害，也跟屬下並不相干。」

任我行哈哈一笑，說道：「很好，很好。這裏的藥丸那一個願服？」

鮑大楚道：「服了教主的腦神丹後，便當死心塌地，永遠聽從教主驅使，否則丹中所藏尸蟲便由僵伏而活動，鑽而入腦，咬嚙腦髓，痛楚固不必說，更且行事狂妄顛倒，比瘋狗尚且不如。」任我行道：

黃鍾公和禿筆翁、丹青生面面相覷，都是臉色大變。他們與秦偉邦等久在魔教，早知這「三尸腦神丹」中藏有尸蟲，平時並不發作，一無異狀，但若到了每年端午節的午時不服剋制尸蟲的藥物，原來的藥性一過，尸蟲脫伏而出。一經入腦，其人行動如妖如鬼，再也不可以常理測度，理性一失，連父母妻子也會咬來吃了。當世毒物，無逾於此。再者，不同藥主所煉丹藥，藥性各不相同，東方教主的解藥，解不了任我行所製丹

藥之毒。

眾人正驚惶躊躇間，黑白子忽然大聲道：「教主慈悲，屬下先服一枚。」說著掙扎著走到桌邊，伸手去取丹藥。

任我行袍袖輕輕一拂，黑白子立足不定，仰天一交摔了出去，砰的一聲，腦袋重重撞在牆上。任我行冷笑道：「你功力已失，廢人一個，沒的蹧蹋了我的靈丹。」轉頭說道：「秦偉邦、王誠、桑三娘，你們不願服我這靈藥，是不是？」

那中年婦人桑三娘躬身道：「屬下謹供教主驅策。」兩人走到桌邊，各取一枚丸藥吞入腹中。他二胖老者王誠道：「屬下誓願自今而後，向教主效忠，永無貳心。」那矮人對任我行向來十分忌憚，眼見他脫困復出，已嚇得心膽俱裂，積威之下，再也不敢反抗。雖然東方教主也有自製丹藥，逼他們服了之後受到控制，不敢稍起異心，但火燒眉毛，且顧眼下，日後如何為患作祟，也只有到時再說了。

那秦偉邦是從中級頭目升上來的，任我行掌教之時，他在江西管轄數縣之地，還沒資格領教過這位前任教主的厲害手段，叫道：「少陪了！」雙足一點，向牆洞竄出。

任我行哈哈一笑，也不起身阻攔。待他身子已縱出洞外，向問天左手輕揮，袖中倏地竄出一條黑色細長軟鞭，眾人眼前一花，只聽得秦偉邦「啊」的一聲叫，長鞭從牆洞中縮轉，已然捲住他左足，倒拖了回來。這長鞭鞭身極細，還沒一根小指頭粗，但秦偉邦給捲住了左足足踝，不住在地下翻滾，竟沒法起立。

任我行道：「桑三娘，你取一枚腦神丹，將外皮小心剝去了。」桑三娘應道：

「是！」從桌上拿了一枚丹藥，用指甲將外面一層紅色藥殼剝了下來，露出裏面灰色的一枚小圓球。任我行道：「餵他吃了。」桑三娘道：「是！」走到秦偉邦身前，叫道：

「張口！」

秦偉邦一轉身，呼的一掌，向桑三娘劈去。他本身武功雖較桑三娘略遜，但相去也不甚遠，可是足踝給長鞭捲住了，穴道受制，手上已無多大勁力。桑三娘左足踢他手腕，右足飛起，啪的一聲，踢中胸口，左足鴛鴦連環，跟著在他肩頭踢了一腳，接連三腳，踢中了三處穴道，左手揎住他臉頰，右手便將那枚脫殼藥丸塞入他口中，右手隨即在他喉頭一揎，咕的一聲響，秦偉邦已將藥丸吞入肚中。

令狐冲聽了鮑大楚之言，知「三尸腦神丹」中藏有僵伏的尸蟲，全仗藥物剋制，桑三娘所剝去的紅色藥殼，想必是剋制尸蟲的藥物，又見桑三娘這幾下手腳兔起鶻落，乾淨利落，倒似平日習練有素，專門逼人服藥，心想：「這婆娘手腳伶俐得緊！」他不知桑三娘擅於短打擒拿功夫，此刻歸附任我行，自是抖擻精神，施展生平絕技，既賣弄手段，又是向教主表示效忠。

任我行微微一笑，點了點頭。桑三娘站起身來，神色不動，恭恭敬敬的站在一旁。

任我行目光向黃鍾公等三人瞧去，顯是問他們服是不服。

禿筆翁一言不發，走過去取過一粒丹藥服下。丹青生口中喃喃自語，不知在說些甚麼，終於也過去取了一粒丹藥吃了。

黃鍾公臉色慘然，從懷中取出一本冊子，正是那〈廣陵散〉琴譜，走到令狐冲身

929

前，說道：「尊駕武功固高，智謀又富，設此巧計將這任我行救了出去，嘿嘿，在下佩服得緊。這本琴譜害得我四兄弟身敗名裂，原物奉還。」說著舉手一擲，將琴譜投入了令狐冲懷中。

令狐冲一怔之際，只見他轉過身去，走向牆邊，心下不禁頗為歉仄，尋思：「相救這位任教主，全是向大哥的計謀，事先我可半點不知。但黃鍾公他們心中恨我，也是情理之常，我可沒法分辯了。」

黃鍾公轉過身來，靠牆而立，說道：「我四兄弟身入日月神教，本意是在江湖上行俠仗義，好好作一番事業。但任教主性子暴躁，威福自用，我四兄弟早萌退志。東方教主接任之後，寵信奸佞，鋤除教中老兄弟。我四人更加心灰意懶，討此差使，一來得以遠離黑木崖，不必與人勾心鬥角，二來閒居西湖，琴書遣懷。十二年來，清福也已享得夠了。人生於世，憂多樂少，本就如此……」說到這裏，輕哼一聲，身子慢慢軟垂下去。

禿筆翁和丹青生齊叫：「大哥！」搶過去將他扶起，只見他心口插了一柄匕首，雙目圓睜，卻已氣絕。禿筆翁和丹青生連叫：「大哥，大哥！」哭了出來。

王誠喝道：「這老兒不遵教主令旨，畏罪自盡，須當罪加一等。你們兩個像伙又吵些甚麼？」丹青生滿臉怒容，轉過身來，便欲向王誠撲將過去，和他拚命。王誠道：「怎樣？你想造反麼？」丹青生想起已然服了三尸腦神丹，此後不得稍有違抗任我行的意旨，一股怒氣登時消了，只得低頭拭淚。

原本倒在一旁的秦偉邦突然發出一聲嘶叫，圓睜雙目，對著任我行吼道：「我跟你

930

拚了！」但他穴道受點，又怎掙扎得起身？只見他肌肉扭曲，呼呼喘氣，顯得極為痛

苦。向問天走上前去，重重一腳，將他踢死。

任我行道：「把屍首和這廢人都攙了出去，取酒菜來，今日我和向兄弟、令狐兄弟

要共謀一醉。」禿筆翁和丹青生齊道：「是！」抱了黃鍾公和秦偉邦的屍身，以及軟癱

在地的黑白子出去。

跟著便有家丁上來擺陳杯筷，共設了六個座位。鮑大楚道：「擺三副杯筷！咱們怎

配和教主共席？」一面幫著收拾。任我行道：「你們也辛苦了，且到外面喝一杯去。」

鮑大楚、王誠、桑三娘一齊躬身，道：「謝教主恩典。」慢慢退出。

令狐冲見黃鍾公自盡，心想此人倒是個義烈漢子，想起那日他要修書薦自己去見少

林寺方證大師，求他治病，對己也是一番好意，不由得有些傷感。

向問天笑道：「兄弟，你怎地機緣巧合，學到了教主的吸星大法？這件事倒要你說

來聽聽。」令狐冲便將如何自行修習，如何無意中練成等情一一說了。向問天笑道：

「恭喜，恭喜，這種種機緣，缺一不成。做哥哥的好生為你歡喜。」說著舉起酒杯，一口

乾了。任我行和令狐冲也都舉杯乾了。

任我行笑道：「此事說來也是險極。我當初在那鐵板上刻這套練功秘訣，雖是在黑

獄中悶得很了，聊以自遣，卻未必存著甚麼好心。神功秘訣固然是真，但若非我親加指

點，助其散功，依法修習者非走火入魔不可，能避過此劫者千中無一。練這神功，有兩

大難關。第一步是要散去全身內力，使得丹田中一無所有，只要散得不盡，或行錯了穴道，立時便會走火入魔，輕則全身癱瘓，重則經脈逆轉，七孔流血而亡。這門功夫創成已達數百年，但得獲傳授的固已稀有，幸而能練成的更寥寥無幾，實因散功這一步太過艱難之故。令狐兄弟卻佔了極大的便宜，你內力本已全失，原無所有，要散便散，不費半點力氣，於旁人最艱難最凶險的一步，在你竟不知不覺間便邁過去了。散功之後，又須吸取旁人的內力，貯入自己丹田，再依法驅入奇經八脈以供己用。這一步本來也甚艱難，自己內力已然散盡，再要吸取旁人內力，豈不是以卵擊石，徒然送命？令狐兄弟卻又有巧遇，聽向兄弟說，你身上早已有幾名高手所注的八道異種真氣，雖只各人的一部分，亦已極為厲害。令狐兄弟，你居然輕輕易易的渡此兩大難關，練成大法，也真是天意了。」

令狐冲手心中捏了把冷汗，說道：「幸好我內力全失，否則當真不堪設想。向大哥，任教主到底怎生脫困，兄弟至今仍不明所以。」

向問天笑嘻嘻的從懷中取出一物，塞在令狐冲手中，道：「這是甚麼？」令狐冲覺得入手之物是一枚堅硬的圓球，正是那日他要自己拿去交給任我行的，攤開手掌，見是一枚鋼球，球上嵌有一粒小小鋼珠。令狐冲一撥鋼珠，那鋼珠輕輕轉得幾轉，便拉了一條極細的鋼絲出來。這鋼絲一端連在鋼球之上，鋼絲上都是鋸齒，正是一把打造得精巧之極的鋼絲鋸子。令狐冲恍然大悟，道：「原來教主手足上的鋸鐐，是用此物鋸斷的。」

任我行笑道：「我在幾聲大笑之中運上了內力，將你們五人盡皆震倒，隨即鋸斷鋸

鏢。你後來怎樣對付黑白子，當時我便怎樣對付你了。」令狐冲笑道：「原來你跟我換了衣衫，將銬鐐套在我手足之上，難怪黃鍾公等都沒察覺。」向問天道：「本來此事也不易瞞得過黃鍾公和黑白子，但他們醒轉之後，教主和我早已出了梅莊。黑白子他們見到我留下的棋譜書畫，各人神魂顛倒，歡喜得緊，又那裏會疑心到獄中人已掉了包。」

令狐冲道：「大哥神機妙算，人所難及。」心想：「原來你一切早已安排妥當，投這四人所好，引其入轂。但教主脫困已久，卻何以遲遲不來救我？」

向問天鑒貌辨色，猜到了他心意，笑道：「兄弟，教主脫困之後，有許多大事要辦，可不能讓對頭得知，只好委屈你在西湖底下多住幾天，咱們今日便是救你來啦。好在你因禍得福，練成了不世神功，總算有了補償。哈哈哈，做哥哥的給你賠不是了。」

說著在三人酒杯中都斟滿了酒，自己一口喝乾。任我行哈哈大笑，道：「我也陪一杯。」主的神功後，內傷竟霍然而愈，得回了一條性命。」三人縱聲大笑，甚是高興。

向問天道：「十二年之前，教主離奇失蹤，東方不敗篡位。我知事出蹊蹺，只有隱忍，與東方不敗敷衍。直到最近，才探知了教主被囚的所在，便即來助教主脫困。豈知我一下黑木崖，東方不敗那廝便派出大隊人馬來追殺我，又遇上正教中一批混帳王八蛋擠在一起趕熱鬧。兄弟，那日兩派的王八蛋追殺你我之時，在山道上你說了內功盡失的緣由，我當時便想，要散去你體內的諸般異種真氣，當世惟教主的『吸星大法』。教主脫困之後，我便會求他老人家傳你這項神功，救你性命，想不到不用我出口懇求，教主已

933

「自傳你了。」三人又一起乾杯大笑。

令狐冲心想：「向大哥去救任教主，固然是利用了我，卻也確是存了救我性命之心。他當日曾說要辦一件大事，坦言是要利用我，要委屈我多時，當時我一口答允，為此坐牢，無可抱怨。何況我若不是在這件事上出了大力，那『吸星大法』何等神妙，任教主又怎肯輕易便即傳給我這毫不相干的外人？」不禁對向問天好生感激，轉頭問道：

「任教主，你這門神功出神入化，任誰都難以猜度，來歷如何，尚請指教。」

任我行喝了一口酒，說道：「我這門神功，始創者是北宋年間的『逍遙派』，後來分為『北冥神功』和『化功大法』兩門（作者按：請參閱《天龍八部》）。修習北冥神功的是大理段氏。那位段皇爺初覺將別人畢生修習的功力吸了過來作為己用，似乎不合正道，不肯修習。後來讀了逍遙派一位前輩高人的遺書，才明白了這門神功的至理。那遺書中說道：不論好人壞人，學武功便是要傷人殺人。武功本身無所謂善惡，用之為善即善，用之為惡即惡。拳腳兵刃都是一般。同一招『黑虎偷心』，打死了惡人那是好招，打死了好人便是惡招。寶刀寶劍用來殺了好人，那是壞刀壞劍，用來殺了奸人，那是好刀好劍。

令狐兄弟，你說是不是啊？」令狐冲點頭道：「任教主宏論，精闢之極。」

任我行道：「那不是我的宏論，我不過複述北宋年間那位先輩的遺言而已。有人掄刀使劍殺傷善人良民，咱們就當把他手中的刀劍奪了過來，令他手中沒了兵刃，此事乃是為善。壞人內力越強，作惡越厲害，將他的內功吸個乾淨，便是廢了他用以作惡的本領，猶似奪了他的寶刀利劍。逍遙派的傳人有善有惡，大理段氏卻志在為善，只要所吸

的是奸人惡人的內力，那就不錯。少林神拳、武當長拳，是污穢功夫嗎？一樣能用以傷

人殺人，只不過千百年來他們不用這拳法去濫傷無辜而已。」他為了要收服令狐沖，言

語之中，將「吸星大法」說成具有大篇道理。

任我行又道：「哈哈！其實人家來打我，便是敵人，管他是好人壞人，老子便吸他

媽的內力，以其內功為我所用，何樂不為？逍遙派的前輩言道，百川匯海，是百川自行

流入大海，並不是大海去強搶百川之水，這話再對也沒有了。敵人不以內力來打我，我

便吸他不到，『北冥神功』立意人不犯我，我不犯人。但那『化功大法』卻不同了。創

始者本出於逍遙派，但因他不得師門真傳，不明散功吸功的道理，便將他常使的下毒法

門用之於這神功，敵人中毒之後，經脈受損，內力散失，似乎為對方所吸去。我這『吸

星大法』源於『北冥神功』正宗，並非下毒，這中間的分別，你可須仔細了。」

令狐沖一直心中嘀咕，自覺吸人內力頗有不當，聽了任我行這番講論，心想：「人

不犯我，我不犯人。我不去立意害人，但若有人想來殺我害我，那麼我吸他內力，自衛

保命，也不能說是惡事。不過人家辛辛苦苦練成的內功，我吸了它來作為己用，跟任意

取人錢財也相差不遠。」

又飲得十幾杯酒後，令狐沖覺這位任教主談吐豪邁，識見非凡，不由得大為心折，

先前見他對付秦偉邦和黑白子，手段未免過於毒辣，但聽他談論了一會後，頗信英雄處

事，有不能以常理測度者，心中本來所存的不平之意逐漸淡去。

任我行道：「令狐兄弟，我對待敵人，出手極狠，御下又是極嚴，你或許不大看得

慣。但你想想，我在西湖湖底的黑牢中關了多久？你在牢中躭過，知道這些日子的滋味。人家待我如何？對於敵人叛徒，難道能心慈麼？」

令狐冲點頭稱是，忽然想起一事，站起身來，說道：「我有一事相求教主，盼教主能夠允可。」任我行道：「甚麼事？」令狐冲道：「我當日在地牢初見教主，曾聽黃鍾公言道，教主倘若脫困，重入江湖，單是華山一派，少說便會死去一大半人。又聽教主言道，他日見到我師父，要令他大大難堪。教主功力通神，倘欲和華山派為難，沒人能夠抵擋……」

任我行道：「我聽向兄弟說，你師父已傳言天下，將你逐出了華山派門牆。我去將他們大大折辱一番，索性就此滅了華山一派，將之在武林中除名，為你出一口惡氣。」

令狐冲搖頭道：「在下自幼父母雙亡，蒙恩師、師娘收入門下，撫養長大，名雖師徒，情同父子。師父將我逐出門牆，一來確是我的不是，二來只怕也有些誤會。在下可萬萬不敢怨怪恩師。」任我行微笑道：「原來岳不羣對你無情，你倒不肯對他不義？」

令狐冲道：「在下想求教主的，便是請你寬宏大量，別跟我師父、師娘，以及華山派的師弟、師妹們為難。」任我行沉吟道：「我得脫黑牢，你出力甚大，但我傳了你吸星大法，救了你命，兩者已然相抵，誰也不虧負誰。我重入江湖，未了的恩怨大事甚多，可不能對你許下甚麼諾言，以後行事未免縛手縛腳。」

令狐冲聽他這麼說，竟是非和岳不羣為難不可，不由得焦急之情，見於顏色。

任我行哈哈一笑，說道：「小兄弟，你且坐下。今日我在世上，只有向兄弟和你二

人，才是真正親信之人，你有事來求我，總也有個商量處。這樣罷，你先答允我一件事，我也就答允你，今後見到華山派中師徒，只要他們不是對我不敬，我便不去惹他。縱然要教訓他們，也當瞧在你面上，手下留情三分。你說如何？」

令狐冲大喜，躬身道：「如此感激不盡。教主有何囑咐，在下無有不遵。」

任我行道：「我和你二人結爲金蘭兄弟，今後有福同享，有難同當。向兄弟爲日月神教的光明左使，你便爲我教的光明右使。你意下如何？」

令狐冲一聽，登時愕然，萬沒料到他要自己加入魔教。他自幼便聽師父和師娘說及魔教的種種奸邪惡毒事跡，自己雖遭逐出門牆，只盼閒雲野鶴，在江湖上做個無門無派的散人，要自己身入魔教，卻是萬萬不能，一時間心中亂成一團，難以回答。

任我行和向問天兩對眼睛凝視著他，霎時之間，室中更無半點聲息。

過了好一會，令狐冲才道：「教主美意，想我令狐冲乃未學後進，如何敢和教主比肩稱兄道弟？再說，在下雖已不屬華山一派，仍盼師父能回心轉意，收回成命……」

任我行淡淡一笑，說道：「你叫我教主，其實我此刻雖得脫牢籠，仍然性命朝不保夕，『教主』二字，也不過說來好聽而已。今日普天之下，人人都知日月神教的教主乃東方不敗。此人武功之高，決不在我之下，權謀智計，更遠勝於我。他麾下人才濟濟，憑我和向兄弟二人，要想從他手中奪回教主之位，確是以卵擊石、痴心妄想之舉。你不願和我結爲兄弟，原是明哲保身的美事。來來來，咱們杯酒言歡，這話再也休提了。」

令狐冲道：「教主的權位如何給東方不敗奪去，又如何給囚在黑牢之中，種種情

937

事，在下全然不明，不知兩位能賜告否？」

任我行搖了搖頭，淒然一笑，說道：「湖底一居，十二年，甚麼名利權位，本該瞧得淡了。嘿嘿，偏偏年紀越老，越是心熱。」他滿滿斟了一杯酒，一口乾了，哈哈一聲長笑，笑聲中卻滿是蒼涼之意。

向問天道：「兄弟，那日東方不敗派出多人追我，手段之辣，你是親眼見到的了。若不是你仗義出手，我早已在那涼亭中給他們砍為肉醬。你心中尚有正派魔教之分，可是那日他們數百人聯手，圍殺你我二人，那裏還分甚麼正派，甚麼魔教？其實事在人為，正派中固有好人，何嘗沒有卑鄙奸惡之徒？魔教中壞人確是不少，但等咱們三人掌了大權，好好整頓一番，將那些作惡多端的敗類給清除了，豈不教江湖上豪傑之士揚眉吐氣？」

令狐沖點頭道：「大哥這話，說得甚是。」

向問天道：「想當年教主對待東方不敗猶如手足一般，提拔他為教中的光明左使，教中一應大權都交了給他。其時教主潛心修習這吸星大法，要將其中若干小小的缺陷都糾正過來，教中日常事務便無暇多管。不料那東方不敗狼子野心，面子上對教主十分恭敬，甚麼事都不違背，暗中卻培植一己勢力，假借諸般藉口，將所有忠於教主的部屬或撤或革、或逕行處死，數年之間，教主的親信凋零殆盡。教主是忠厚至誠之人，見東方不敗處處恭謹小心，而本教在他手中也算一切井井有條，始終沒加懷疑。」

任我行嘆了口氣，說道：「向兄弟，這件事我實在好生慚愧。你曾對我進了數次忠言，叫我提防。可是我對東方不敗信任太過，忠言逆耳，反怪你對他心懷嫉忌，責你挑

撥離間，多生是非。以至於你一怒而去，高飛遠走，從此不再見面。」

向問天道：「屬下決不敢對教主有何怨怪之意，只是見情勢不對，那東方不敗部署周密，發難在即，屬下若隨侍教主身側，非先遭了他毒手不可。雖然為本教殉難，份所當為，但屬下思前想後，總覺還是先行避開為是。如教主能洞燭他的奸心，令他逆謀不逞，自是上上大吉，否則屬下身在外地，至少也能讓他心有所忌，不敢太過放肆。」

任我行點頭道：「是啊，可是我當時怎知道你的苦心？見你不辭而別，心下大是惱怒，其時練功正當緊要關頭，還險些出了亂子。那東方不敗卻來大獻殷勤，勸我不可煩惱。這一來，我更加中了他的奸計，竟將本教的秘籍《葵花寶典》傳了給他。」

令狐冲聽到《葵花寶典》四字，不禁「啊」了一聲。

向問天道：「兄弟，你也知道《葵花寶典》麼？」令狐冲道：「我曾聽師父說起過這部寶典的名字，知是博大精深的武學秘笈，卻不知曾在教主手中。」

任我行道：「多年以來，《葵花寶典》一直是日月神教的鎮教之寶，歷來均是上代教主傳給下一代教主。其時我修習吸星大法廢寢忘食，甚麼事都不放在心上。不久之後，我便會主之位傳給東方不敗。將《葵花寶典》傳給他，原是向他表明清楚……不久之後，我便會以教主之位相授。唉，東方不敗是個聰明人，這教主之位明明已交在他手裏，他為甚麼以教主之位相授。唉，東方不敗是個聰明人，這教主之位明明已交在他手裏，他為甚麼這樣心急，不肯等到我正式召開總壇，正式公布於眾？卻偏偏要幹這叛逆篡位之事？」

他皺起了眉頭，似乎直到此刻，對這件事仍弄不明白。

向問天道：「他一來是等不及，不知教主到何時才正式相傳……二來是不放心，只怕

939

突然之間，大事有變。」

任我行道：「其實他一切已部署妥當，又怕甚麼突然之間大事有變？當真令人好生難以索解。我在黑牢中靜心思索，對他的種種奸謀已一一想得明白，只是他何以迫不及待的忽然發難，至今仍想他不通。本來嘛，他對你頗有所忌，怕我說不定會將教主之位傳了給你。但你既不別而行，已去了他眼中之釘，盡管慢慢的等下去好了。」

向問天道：「東方不敗發難那一年，端午節晚上大宴，小姐在席上說了一句話，教主還記得麼？」任我行搔了搔頭，道：「端午節？那小姐說過甚麼話啊？那有甚麼干係？我可全不記得了。」

向問天道：「教主別說小姐是小孩子。她明明伶俐，心思之巧，實不輸於大人。那年小姐是七歲罷？她在席上點點人數，忽然問你：『爹爹，怎麼咱們每年端午節喝酒，一年總是少一個人？』你一怔，問道：『甚麼一年少一個人？』小姐說道：『我記得去年有十一個人，前年有十二個。今年一、二、三、四、五……咱們只賸下了十個。』」

任我行嘆了口氣，道：「是啊，當時我聽了小姑娘這句話，心下甚是不快。早一年，東方不敗處決了郝賢弟。再早一年，丘長老不明不白的死在甘肅，此刻想來，自也是東方不敗暗中安排的毒計了。再先一年，文長老遭革出教，受嵩山、泰山、衡山三派高手圍攻而死，此事起禍，自也是在東方不敗身上。唉，小姑娘無意中吐露真言，當時我猶在夢中，竟自不悟。」

他頓了一頓，喝了口酒，又道：「這門『吸星大法』，原是繼承了北宋年間的『北冥

神功』，只是學者不得其法，其中頗有缺陷。其時我修習吸星大法已在十年以上，在江湖

上這神功大法也大有聲名，正派中人聞者無不喪膽。可是我卻知這神功之中實有幾個重

大缺陷，初時不覺，其後禍患卻慢慢顯露出來。那幾年中我已深明其患，心知若不及早

補救，終有一日會得毒火焚身。他人功力既是吸取而來，終非己有，會突然反噬作怪，

吸來的功力愈多，反撲之力愈大。」

令狐冲聽到這裏，心下隱隱覺得有一件大事十分不安。

任我行又道：「那時我身上已積聚了十餘名正邪高手的功力。但這十餘名高手分屬

不同門派，所練功力各不相同。我須得設法將之融合為一，以為己用，否則總是心腹大

患。那幾年中，我日思夜想，所掛心的便是這件事。那日端午節大宴席上，我雖在飲酒

談笑，心中卻兀自在推算陽蹻二十二穴和陽維三十二穴，在這五十四個穴道之間，如何

使內息遊走自如，既可自陽蹻入陽維，亦可自陽維入陽蹻。因此小姑娘那幾句話，我聽

了當時心下雖然不快，但片刻間便也忘了。」

向問天道：「屬下也一直奇怪。教主向來機警萬分，別人只須說得半句話，立時便

知他心意，十拿九穩，從不失誤。可是在那幾年中，不但對東方不敗的奸謀全不察覺，

而且日常……日常……咳……」任我行微笑道：「而且日常渾渾噩噩，神不守舍，一副

心不在焉的模樣，是也不是？」

向問天道：「是啊。小姐說了那幾句話後，東方不敗哈哈一笑，道：『小姐，你愛

熱鬧，是不？明年咱們多邀幾個人來一起喝酒便是。』他說話時滿臉堆歡，可是我從他

眼光之中，卻看出滿是疑慮之色。他必定猜想，教主早已胸有成竹，眼前只不過假痴假呆，試他一試。他素知教主精明，料想對這樣明顯的事，決不會不起疑心。」

任我行皺起眉頭，說道：「小姑娘那日在端午節大宴中說過這幾句話，這十二年來，我卻從來沒記起過。此刻經你一提，我才記得確有此言。不錯，東方不敗聽了那幾句話，焉不大起疑心？」向問天道：「再說，小姐一天天長大，越來越聰明，便在一二年間，只怕便會給她識破機關。等她成長之後，教主又或許會將大位傳她。東方不敗以不敢多等，寧可冒險發難，其理或在於此。」

任我行連連點頭，向令狐冲道：「兄弟，教主適才言道，他這吸星大法之中，不免有重大缺陷。以我所知，教主雖在黑牢中被囚四十二年，大大受了委屈，可是由此脫卻俗務羈絆，潛心思索，已解破了這神功中的秘奧。教主，是也不是？」

任我行摸摸濃密的黑髯，哈哈一笑，極是得意，說道：「正是。從此而後，吸到別人的功力，盡為我用，再也不用就心這些異種真氣突然反撲了。哈哈！令狐兄弟，你深深吸一口氣，是否覺得玉枕穴和膻中穴中有真氣鼓盪，猛然竄動？」

令狐冲依言吸了口氣，果覺玉枕穴和膻中穴兩處有真氣隱隱流竄，不由得臉色微變。

任我行道：「你不過初學乍練，還不怎麼覺得。可是當年我尚未解破這秘奧之時，這兩處穴道中真氣鼓盪，當真是天翻地覆，實難忍受。外面雖靜悄悄地一無聲息，我耳

向問天轉過頭來，向令狐冲道：「唉，此刻我女兒若在我身邊，咱們多了一人，也不致如此勢孤力弱了。」

任我行歎了口氣，道：

942

中卻滿是萬馬奔騰之聲，有時又似一個個焦雷連續擊打，轟轟發發，一個響似一個。

唉，若不是我體內有如此重大變故，那東方不敗的逆謀焉能得逞？」

令狐冲知他所言不虛，又知向問天對他說這番話，用意是要自己向他求教，但若自己不允加入日月神教，求教之言自是說不出口，心想：「練他這吸星大法，是要吸取旁人功力以為己用。這功夫自私陰毒，我若非受攻被逼，決計不使。至於我體內異種真氣沒法化除，本來便已如此，我這條性命原是撿來的。令狐冲豈能貪生怕死，便去做大違素願之事？」當下轉過話題，說道：「教主，在下有一事不明，還想請教。在下曾聽師父言道，那《葵花寶典》是武學中至高無上的秘笈，練成了寶典中的武功，固然無敵於天下，而且長生延年，壽過百歲。教主何以不練那寶典中的武功，卻去練那甚為凶險的吸星大法？」

任我行淡淡一笑，道：「此中原由，便不足為外人道了。」

令狐冲臉上一紅，道：「是，在下冒昧了。」

向問天道：「兄弟，教主年事已高，你大哥也比他老人家小不了幾歲。你若入了本教，他日教主的繼承人非你莫屬。就算你嫌日月神教的聲名不好，難道不能在你手中力加整頓，為天下人造福麼？」

令狐冲聽他這番話入情入理，微覺心動，只見任我行左手拿過酒杯，重重在桌上一放，右手提起酒壺，斟滿了一杯酒，說道：「數百年來，我日月神教和正教諸派為仇，你如固執己見，不入我教，自己內傷難愈，性命不保，固不必說，只怕向來勢不兩立。你如固執己見，不入我教，自己內傷難愈，性命不保，固不必說，只怕

你師父、師娘的華山派……嘿嘿，我要使華山派師徒盡數覆滅，華山一派從此在武林中除名，卻也不是甚麼難事。你我今日在此相聚，大是有緣，你若聽我良言相勸，便請乾了此杯，萬事都可商量。」

這番話充滿了威脅之意，令狐沖胸口熱血上湧，朗聲說道：「教主，大哥，我本就身患絕症，命在旦夕，無意中卻學得了教主的神功大法，此後如沒法化解，也不過回復舊狀而已，那也沒甚麼。我於自己這條性命早已不怎麼看重，生死有命，且由他去。華山派開派數百年，當有自存之道，未必別人一舉手間便能予以覆滅。今日言盡於此，後會有期！」說著站起身來，向二人躬身爲禮，轉身便走。

向問天欲待再有話說，令狐沖早去得遠了。

令狐沖出得梅莊，重重吁了口氣，拂體涼風，適意暢懷，一抬頭，只見一鉤殘月斜掛柳梢，遠處湖水中映出月亮和浮雲的倒影。

走到湖邊，悄立片刻，心想：「任教主眼前的大事當是去向東方不敗算帳，奪回教主之位，自不會去尋華山派的晦氣。但若師父、師娘、師弟妹們不知內情，撞上了他，那可非遭毒手不可。須得盡早告知，好讓他們有所防備。卻不知他們從福州回來了沒有？這裏去福州不遠，左右無事，我就去福建走一趟。倘若他們已動身回來，在途中或能遇上。」

隨即想到師父傳書武林，將自己逐出了師門，胸口不禁又是一酸，又想：「我將任

教主逼我入教之事，向師父、師娘稟明。他們當能明白，我並非有意和魔教中人結交。說不定師父能收回成命，只罰我去思過崖上面壁三年，那便好了。」一想到重入師門有望，精神爲之一振，當下去找了家客店歇宿。

這一覺睡到午時方醒，心想在見到師父、師娘之前，別要顯了自己本來面目，何況盈盈曾叫祖千秋他們傳言江湖，要取自己性命，還是喬裝改扮，免惹麻煩。卻扮作甚麼樣子才好？心下沉吟，從房中踱了出來，剛走進天井，突然間豁喇一聲，一盆水向他身上潑將過來。令狐冲立時倒縱避開，那盆水便潑了個空。只見一個軍官手中正捧著一隻木臉盆，向著他怒目而視，粗聲道：「走路也不帶眼睛？你不見老爺在倒水嗎？」

令狐冲氣往上衝，心想天下竟有這等橫蠻之人，見這軍官四十來歲年紀，滿腮虬髯，倒也頗爲威武，一身服色，似是個校尉，腰中掛了把腰刀，挺胸凸肚，顯是平素作威作福慣了的。那軍官喝道：「還瞧甚麼？不認得老爺麼？」

令狐冲靈機一動：「扮成這個軍官，倒也有趣。我大模大樣的在江湖上走動，武林中朋友也不會來向我多瞧一眼。」那軍官喝道：「笑甚麼？你奶奶的，有甚麼好笑？」

原來令狐冲想到得意處，臉上不禁露出微笑。

令狐冲走到櫃台前付了房飯錢，低聲問道：「那位軍爺是甚麼來頭？」那掌櫃的愁眉苦臉的道：「誰知他是甚麼來頭？他自稱是北京城來的，只住了一晚，服侍他的店小二倒已吃了他三記耳光。好酒好肉叫了不少，也不知給不給房飯錢呢。」

令狐冲點了點頭，走到附近一家茶館中，泡了壺茶，慢慢喝著等候。

等了半個時辰，只聽得馬蹄聲響，那軍官騎了匹棗紅馬，從客店中出來，馬鞭揮得啪啪作響，大聲吆喝：「讓開，讓開，你奶奶的，還不快走！」幾個行人讓得稍慢，給他馬鞭抽去，呼痛聲不絕。

令狐冲早已付了茶錢，站起身來，快步跟在馬後。他內力充沛，腳步疾奔，見那軍官出了西門，向西南大路上馳去，便緊緊跟隨。奔得數里，路上行人漸稀。令狐冲加快腳步，搶到馬前，右手一揚。那馬吃了一驚，嘘溜溜一聲叫，人立起來，那軍官險些掉下馬來。令狐冲喝道：「你奶奶的，走路不帶眼睛麼？你這畜生險些踹死了老子！」

他不開口，那軍官已然大怒，這三聲一罵，那軍官自更怒不可遏，待那馬前足落地，颼的一鞭，便向令狐冲頭上抽落。

令狐冲見大道上不便行事，叫聲：「啊喲！」一個跟蹌，抱頭便向小路上逃去。那軍官怎肯就此罷休，躍下馬來，匆匆將馬韁繫在樹上，狂奔追來。令狐冲叫道：「啊喲，我的媽啊！」逃入樹林。那軍官大叫大嚷的追來，突然間脅下一麻，咕咚一聲，栽倒在地。

令狐冲左足踏住他胸口，笑道：「你奶奶的，本事如此不濟，怎能行軍打仗？」在他懷中一搜，掏了隻大信封出來，上面蓋有「兵部尚書大堂正印」的朱紅大印，寫著「告身」兩個大字。打開信封，抽了一張厚紙出來，卻是兵部的一張委任令，寫明委任河北滄州游擊吳天德升任福建泉州府參將，剋日上任。令狐冲笑道：「原來是位參將大人，你便是吳天德麼？」

946

那軍官給他踏住了動彈不得，一張臉皮脹得發紫，喝道：「快放我起來，你……你……膽大妄爲，侮辱朝廷命官，不……不怕王法嗎？」嘴裏雖然吼喝，氣勢卻已餒了。

令狐冲笑道：「老子沒了盤纏，要借你的衣服去當一當。」反掌在他頭頂一拍，那軍官登時暈去。

令狐冲迅速剝下他衣服，心想這人如此可惡，教他多受些罪，將他內衣內褲一起剝下，全身赤條條地一絲不掛。一提他包袱重甸甸地，打開一看，竟有好幾百兩銀子，還有三隻金元寶，心想：「這都是這狗官搜刮來的民脂民膏，難以物歸原主，只好讓我吳天德參將大人拿來買酒喝了。」想著不禁好笑，脫去衣衫，將那參將的軍服、皮靴、腰刀、包裹都換到了自己身上，撕爛自己衣衫，將他反手綁了，縛在樹上，再在他口中塞滿了爛泥。轉念一想，回身抽出單刀，將他滿臉虬髯都剃了下來，將剃下的鬍子揣入懷中，笑道：「你變成了小白臉，這可美得多啦！」

走到大路之上，解開繫在樹上的馬韁，縱身上馬，舉鞭一揮，喝道：「讓開，讓開，你奶奶的，走路不帶眼睛嗎？哈哈，哈哈！」長笑聲中，縱馬南馳。

當晚來到餘杭投店，掌櫃的和店小二「軍爺前，軍爺後」的，賞了五錢銀子，掌櫃和店小二恭恭敬敬的直送出店門外。令狐冲心想：「總算你們時運好，遇上了我這位冒牌參將，要是真參將吳天德前來投宿，你們可有得苦頭吃了。」去店鋪買了面鏡子，一瓶膠水，出城後來到荒僻處，對著鏡子將一根根鬍子膠在臉上。這番細功夫花了幾有一個時辰，黏完後對鏡一狐冲次晨向掌櫃問明了去福建的道路，走路

照，滿臉虬髯，蓬蓬鬆鬆，著實神氣，不禁哈哈大笑。

一路向南，到金華府、處州府後，南方口音已和中州大異，甚難聽懂。好在人人見他是軍官，都捲起了舌頭跟他說官話。他一生手頭從未有過這許多錢，喝起酒來盡情暢懷，頗為自得其樂。

只是體內的諸般異種真氣逼入了自己各處經脈之中，半分也沒驅出體外，時時突然間湧向丹田，令他頭暈眼花，煩惡欲嘔。每當發作，只得依照任我行在鐵板上所刻的法門，將之驅離丹田，散入經脈。只要異種真氣一離丹田，立即精神奕奕，舒暢無比。如此每練一次，自知功力便深了一層，卻也是陷溺深了一層，好在總是想到：「我這條命是撿來的。多活一日，已多佔了一分便宜。」便即坦然。

這日午後，過了衢州府，已進入仙霞嶺。山道崎嶇，漸行漸高，嶺上人煙稀少。再行出二十餘里後，始終沒見到人家，已知貪著趕路，錯過了宿頭。眼見天色已晚，於是採些野果裹腹。見懸崖下有個小山洞，頗為乾燥，不致有蟲蟻所擾，便將馬繫在樹上，讓其自行吃草，找些乾草來鋪在洞裏，預備過夜。忽覺丹田中氣血不舒，當即坐下行功。任我行所傳的那神功每多一次修習，便多受一次羈縻，越來越覺滋味無窮。直練了一個更次，但覺全身舒泰，飄飄欲仙，直如身入雲端一般。

他吐了口長氣，站起身來，不由得苦笑，心想：「那日我問任教主，他既有武功絕學《葵花寶典》在手，何以還要練這吸星大法，他不肯置答。此中情由，這時我卻明白了。原來這吸星大法一經修習，便再也無法罷手。」想到此處，不由得暗暗心驚：「曾

聽師娘說過苗人養蠱之事，一養之後，縱然明知其害，也已難以捨棄，若不放蠱害人，蠱蟲便會反噬其主。將來我可別成爲養蠱的苗人才好。」

走出山洞，但見繁星滿天，四下裏蟲聲唧唧，忽聽得山道上有人行來，其時相距尚遠，但他內力既強，耳音便亦及遙，心念一動，當即過去放開了馬韁，在馬臀上輕輕一拍，那馬緩緩走向山坳。

他隱身樹後，過了好一會，聽得山道上腳步聲漸近，人數著實不少，星光下但見一行人均穿黑衣，其中一人腰纏黃帶，瞧裝束是魔教中人，其餘高高矮矮的一共三十餘人，都默不作聲的隨在其後。令狐冲心想：「他們此去向南入閩，莫非和我華山派有關？難道是奉了任教主之命，去跟師父師娘爲難？」待一行人去遠，便悄悄跟隨。

行出數里，山路突然陡峭，兩旁山峯筆立，中間留出一條窄窄的山路，已不能兩人並肩而行。那三十餘人排成一字長蛇，向山道上爬去。令狐冲心道：「我如跟著上去，這些人居高臨下，只須有一人偶一回頭，便見到了我。」於是閃入草叢躲起，要等他們上了高坡，從南坡下去後再追趕上去。那知這行人將到坡頂，突然散開，分別隱在山石之後，頃刻間藏得一個人影也不見了。

令狐冲吃了一驚，第一個念頭是：「他們已見到了我。」但隨即知道不是，尋思：「他們在此埋伏，要襲擊上坡之人。是了，此處地勢絕佳，在此陡然發難，上坡之人勢必難逃毒手。他們要伏擊的是誰？難道師父師娘他們北歸之後，又有急事要回福建？否則怎會連夜趕路？今晚我又能和小師妹相會？」

949

一想到岳靈珊，登時全身皆熱，悄悄在草叢中爬了開去，直爬到遠離山道，這才從亂石間飛奔下山，轉了幾個彎，回頭已望不見那高坡，再轉到山道上向北而行。

他一路疾走，留神傾聽對面是否有人過來，走出十餘里後，忽聽得左側山坡上有人斥道：「令狐冲這混帳東西，你還要為他強辯！」

注：今日浙閩間已築有不少隧道穿過仙霞嶺，行人或汽車不必爬山。

儀琳急忙回身，伸手去拉。

令狐沖湊手過去，握住了她手。

儀琳運勁一提，令狐沖左手在地下連撐，

這才站定，神情狼狽不堪。

他身後的幾名女弟子忍不住咭咭咯咯的嘻笑。

伏擊

二三

黑夜之中，荒山之上，突然聽到有人清清楚楚的叫出自己姓名，令狐沖不禁大吃一驚，第一個念頭便是：「是師父他們！」但這明明是女子聲音，卻不是師娘，更不是岳靈珊。跟著又聽得一個女子的話聲，只相隔既遠，話聲又低，聽不清說些甚麼。令狐沖向山坡上望去，只見影影綽綽的站著三四十人，心中一酸：「不知是誰在罵我？如果眞是華山派一行，小師妹聽別人這般罵我，不知又如何說？」

當即矮身鑽入道旁灌木叢中，繞到那山坡之側，弓腰疾行，來到一株大樹之後，聽得一個女子聲音說道：「師伯，令狐師兄行俠仗義……」只聽得這半句話，腦海中便映出一張俏麗清秀的臉蛋來，胸口微微一熱，知說話之人是恆山派的小尼姑儀琳。他既知這些人是恆山派而不是華山派，不免失望，心神一激動間，儀琳下面兩句話便沒聽見。

只聽前那尖銳而蒼老的聲音怒道：「你小小年紀，卻恁地固執？難道華山派掌門岳先生的來信是假的？岳先生傳書天下，將令狐沖逐出了門牆，說他與魔教中人勾結，還能冤枉他麼？令狐沖以前救過你，他多半要憑著這一點點小恩小惠，向咱們暗算下手。」

儀琳道：「師伯，那可不是小恩小惠，令狐師兄不顧自己性命……」那蒼老的聲音喝道：「你還叫他令狐師兄？這人多半是個工於心計的惡賊，裝模作樣，欺騙你們小孩子家。江湖上人心鬼蜮，甚麼狡猾伎倆都有。你們年輕人沒見識，便容易上當。」儀琳道：「師伯的吩咐，弟子怎敢不聽？不過……不過……令狐師……」底下這個「兄」字終於沒說出口，硬生生的給忍住了。那老人問道：「不過怎樣？」儀琳似乎甚爲害怕，不敢再說下去。

那老人道：「這次嵩山左盟主傳來訊息，魔教大舉入閩，企圖劫奪福州林家的《辟邪劍譜》。左盟主要五嶽劍派一齊設法攔阻，以免給這些妖魔歹徒奪到了劍譜，武功大進，五嶽劍派不免人人死無葬身之地。那福州姓林的孩子已投入岳先生門下，劍譜若為華山派所得，自然再好不過。就怕魔教詭計多端，再加上個華山派舊徒令狐冲，他熟知內情，咱們的處境便十分不利了。掌門人既將這副重擔放在我肩頭，命我率領大夥兒入閩，此事有關正邪雙方氣運消長，萬萬輕忽不得。再過三十里，便是浙閩交界之處。今日大家辛苦些，連夜趕路，到廿八鋪歇宿。咱們趕在頭裏，等魔教人眾大舉趕到之時，咱們便佔了以逸待勞的便宜。但仍須事事小心。」只聽得數十名女子齊聲答應。

令狐冲心想：「這位師太既非恆山派掌門，儀琳師妹又叫她師伯，『恆山三定』，那麼是定靜師太了。她接到我師父傳書，將我當作歹人，那也怪她不得。她只道自己趕在頭裏，殊不知魔教教眾已埋伏在前。幸好給我發覺了，卻怎生去告知她們才好？」

只聽定靜師太道：「一入閩境，須得步步提防，要當四下裏全是敵人。說不定飯店中的店小二，茶館裏的茶博士，都是魔教的奸細。別說隔牆有耳，就是這草叢之中，也難免沒藏著敵人。自今而後，大夥兒決不可提一句《辟邪劍譜》，連岳先生、令狐冲、東方必敗的名頭也不可提。」羣女弟子齊聲應道：「是。」

令狐冲知魔教教主東方不敗神功無敵，自稱不敗，但正教中人提到他時，往往稱之為「必敗」，一音之轉，含有長自己志氣、滅敵人威風之意，聽她竟將自己的名字和師父及東方不敗相提並論，不禁苦笑，心道：「我這無名小卒，你恆山派前輩竟如此瞧得

955

起，那可不敢當了。」

只聽定靜師太道：「大夥兒這就走罷！」眾弟子又應了一聲，便見七名女弟子從山坡上疾馳而下，過了一會，又有七人奔下。恆山派輕功另有一路，在武林中頗有聲名，前七人、後七人相距都一般遠近，宛似結成陣法一般，十四人大袖飄飄，同步齊進，遠遠望去，美觀之極。再過一會，又有七人奔下。

過不多時，恆山派眾弟子一批批都動身了，一共六批，最後一批卻有八人，想是多了個定靜師太。這些女子不是女尼，便是俗家女弟子，黑夜之中，令狐沖難辨儀琳在那一隊中，心想：「這些恆山派的師姊師妹雖各有絕技，但一上得那陡坡，雙峯夾道，魔教教眾忽施奇襲，勢必傷亡慘重。」

當即摘了些青草，擠出草汁，搽在臉上，再挖些爛泥，在臉上手上塗抹一陣，繞到山道左側，提氣追了上去。他輕功本來並不甚佳，但輕功高低，全繫於內力強弱，他身上既集桃谷六仙、不戒和尚、黑白子等眾高手的部分內力，較之當世高手，已然遠勝，此時隨意邁步，都是一步跨出老遠。這一提氣急奔，頃刻間便追上了恆山派眾人。他怕定靜師太武功了得，聽到他奔行的聲息，是以兜了個大圈子，這才趕在眾人頭裏，一上山道後，奔得更加快了。

他來到陡坡之下，站定了靜聽，竟無半點聲息，心想：「若不是我親眼見到魔教教眾埋伏在側，又怎想得到此處危機四伏，凶險無比。」慢慢走上陡坡，來到雙峯夾道處的山口，離魔教教眾埋伏處約有里許，坐了下來，尋思：「魔教中人多半已見到了我，

只是他們生怕打草驚蛇，想來不會對我動手。」等了一會，索性臥倒在地。

終於隱隱聽到山坡下傳來了腳步聲，心下轉念：「最好引得魔教教眾來和我動手，只須稍稍打鬥一下，恆山派自然知道了。」於是自言自語：「老子生平最恨的，便是暗箭傷人，有本事的何不真刀真槍，狠狠打上一架？躲了起來，鬼鬼祟祟的害人，那是最無恥的卑鄙行逕！」他對著高坡提氣說話，藉著充沛內力遠遠傳送出去，料想魔教人眾定然聽到。豈知這些人真能沉得住氣，竟毫不理睬。

過不多時，恆山派第一撥七名弟子已到了他身前。

七弟子在月光下見一名軍官伸張四肢，睡在地下。這條山道便只容一人行過，兩旁均是峭壁，若要上坡，非跨過他身子不可。這些弟子只須輕輕一縱，便能躍過他身子，但男女有別，在男人頭頂縱躍而過，未免太過無禮。

一名中年女尼朗聲說道：「勞駕，這位軍爺，請借一借道。」令狐沖唔唔兩聲，忽然間鼾聲大作。那女尼法名儀和，性子卻毫不和氣，見這軍官深更半夜的睡在當道，情狀已極突兀，而這等大聲打鼾，十九是故意做作。她強抑怒氣，說道：「你如不讓開，我們可要從你身上跳過去了。」令狐沖鼾聲不停，迷迷糊糊的道：「這條路上妖魔鬼怪多得緊，可過去不得啊。唔唔，苦海無邊，回……回……回頭是岸！」

儀和一怔，聽他這幾句話似乎意帶雙關。另一名女尼扯了扯她衣袖，七人都退開幾步。一人悄聲道：「師姊，這人有點古怪。」又一人道：「說不定他是魔教奸人，在此向咱們挑戰。」另一人道：「魔教中人決不會去做朝廷軍官，就算喬裝改扮，也當扮作

別種裝束。」儀和道：「不管他！他再不讓道，咱們就跳了過去。」邁步上前，喝道：

「你真的不讓，我們可要得罪了。」

令狐冲伸個懶腰，慢慢坐起。他仍怕給儀琳認了出來，臉向山坡，背脊對著恆山派眾弟子，右手撐在峭壁上，身子搖搖晃晃，似是喝醉了酒一般，說道：「好酒啊，好酒！」便在此時，恆山派第二撥弟子已然到達。一名俗家弟子問道：「儀和師姊，這人在這裏幹甚麼？」儀和皺眉道：「誰知道他了！」

令狐冲大聲道：「剛才宰了一條狗，吃得肚子發脹，酒又喝得太多，只怕要嘔。啊喲，不好，真的要嘔！」當下嘔聲不絕。眾女弟子皺眉掩鼻，紛紛退開。令狐冲嘔了幾聲，卻嘔不出甚麼。眾女弟子竊竊私議間，第三撥又已到了。

只聽得一個清柔的聲音道：「這人喝醉了，怪可憐的，讓他歇一歇，咱們再走不遲。」令狐冲聽到這聲音，心頭微微一震，尋思：「儀琳小師妹心地真好。」

儀和卻道：「這人故意在此搗亂，並非安著好心！」邁步上前，喝道：「讓開！」伸掌往令狐冲左肩撥去。令狐冲身子連晃，叫道：「啊喲，乖乖不得了！」跌跌撞撞的向上走了幾步。這幾步一走，局勢更加艦尬，他身子塞在窄窄的山道之中，後面來人除非從他頭頂飛躍而過，否則再也沒法超越。

儀和跟著上去，喝道：「讓開了！」令狐冲道：「是，是！」又走上幾步。他越行越高，將上山的道路塞得更死了，突然大聲叫道：「喂，上面埋伏的朋友們留神了，你們等的人正上來啦。你們這一殺出來，那可誰也逃不了啦！」

958

儀和等一聽，當即退回。一人道：「此處地勢奇險，倘若敵人在此埋伏襲擊，可難以抵擋。」儀和道：「倘若有人埋伏，他怎會叫了出來？這是虛者實之，實者虛之，上面定然沒人。咱們如顯得畏縮，可讓敵人笑話了。」另兩名中年女尼齊聲道：「是啊！咱三人在前開路，師妹們在後跟來。」三人長劍出鞘，又奔到了令狐沖身後。

令狐沖不住大聲喘氣，說道：「這道山坡可當真陡得緊，唉，老人家年紀大了，走不動啦。」一名女尼喝道：「喂，你讓在一旁，給我們先走行不行？」令狐沖道：「出家人火氣別這麼大，走得快是到，走得慢也是到。咳咳，唉，去鬼門關嗎，還是走得慢些的好。」那女尼道：「你不是繞彎子罵人嗎？」呼的一劍，從令狐身側刺出，指向令狐沖背心。她只是想將令狐沖嚇得讓開，這一劍將刺到他身子，便即凝力不發。

令狐沖恰於此時轉過身來，見劍尖指著自己胸口，大聲喝道：「喂！你……你……你這是幹甚麼來了？我是朝廷命官，你竟敢如此無禮。來人哪，將這尼姑拿了下來！」幾名年輕女弟子忍不住笑出聲來，此人在這荒山野嶺之上，還在硬擺官架子，實是滑稽之至。

一名尼姑笑道：「軍爺，咱們有要緊事，心急趕路，勞你駕往旁邊讓一讓。」令狐沖道：「甚麼軍爺不軍爺？我是堂堂參將，你該當叫我將軍，才合道理。」七八名女弟子齊聲笑著叫道：「將軍大人，請你讓道！」

令狐沖哈哈一笑，挺胸凸肚，神氣十足，突然間腳下一滑，摔跌下來。眾弟子尖聲驚呼：「小心！」便有二人拉住了他手臂。令狐沖又滑了一下，這才站定，罵道：「他

959

奶奶……地下這樣滑。地方官全是飯桶，也不差些民伕，將山道給好好修一修。」

他這麼兩滑一跌，身子已縮在山壁微陷的凹處，恆山女弟子展開輕功，一一從他身旁掠過。有人笑道：「地方官該得派輛八人大轎，把將軍大人抬過嶺去，才是道理。」

有人道：「將軍是騎馬不坐轎的。」

令狐冲怒道：「胡說八道！我騎馬幾時摔跌過？上個月那該死的畜牲作老虎跳，我才從馬背上滑了一滑，摔傷了膀子，那也算不得甚麼。」眾女弟子一陣大笑，如風般上坡。

令狐冲眼見一個苗條身子一晃，正是儀琳，便跟在她身後。這一來，可又將後面眾弟子阻住了去路。幸好他雖腳步沉重，氣喘吁吁，三步兩滑，又爬又跌，走得倒也快捷。

後面一名女弟子又笑又埋怨：「你這位將軍大人真是……咳，一天也不知要摔多少交！」

儀琳回過頭來，說道：「儀清師姊，你別催將軍了。他心裏一急，別真的摔了下去。這山坡陡得緊，摔下去可不是玩的。」

令狐冲見到她一雙大眼，清澄明澈，猶如兩泓清泉，一張俏臉在月光下秀麗絕俗，更沒半分人間煙火氣，想起那日為了逃避青城派的追擊，她在衡山城中將自己抱出來，自己也曾這般怔怔的凝視過她，突然間心底升起一股柔情，心想：「這高坡之上，伏得有強仇大敵想要害她。我便性命不在，也要保護她平安周全。」

儀琳見他雙目呆滯，容貌醜陋，向他微微點頭，露出溫和笑容，又道：「儀清師姊，這位將軍倘若摔跌，你可得快拉住他。」儀清笑道：「他這麼重，我怎拉得住？」

本來恆山派戒律甚嚴，這些女弟子輕易不與外人說笑。但令狐沖大裝小丑模樣，不住逗她們的樂子，眾女弟子年輕喜事，四周又並無長輩，黑夜趕路，說幾句無傷大雅的笑話，亦有振奮精神之效。

令狐沖怒道：「你們這些女孩子說話便不知輕重。我堂堂將軍，想當年在戰場上破陣殺賊，那般威風凜凜、殺氣騰騰的模樣，你們要是瞧見了，嘿嘿，還有不佩服得五體投地的？這區區山路，壓根兒就沒瞧在我眼裏，怎會摔交？當真信口開河……啊喲，不好！」腳下似乎踏到一塊小石子，便即俯跌下去。他伸出雙手，在空中亂揮亂抓。在他身後的幾名女弟子都尖聲叫了出來。

儀琳急忙回身，伸手去拉。令狐沖湊手過去，握住了她手。儀琳運勁一提，令狐沖左手在地下連撐，這才站定，神情狼狽不堪。他身後的幾名女弟子忍不住咭咭咯咯的嘻笑。令狐沖道：「我這皮靴走山路太過笨重，倘若穿了你們的麻鞋，那就包管不會摔交。再說，我只不過滑了一滑，又不是摔交，有甚麼好笑？」儀琳緩緩鬆開了手，說道：「是啊，將軍穿了馬靴，走山道確是不大方便。」令狐沖道：「雖然不便，可威風得緊，要是像你們老百姓那樣，腳上穿雙麻鞋草鞋，可又太不體面了。」眾女弟子聽他死要面子，又都笑了起來。

這時後面幾撥人已絡繹到了山腳下，走在最先的將到坡頂。

令狐沖大聲嚷道：「這一帶所在，偷雞摸狗的小賊最多，冷不妨的便打人悶棍，搶人錢財。你們出家人身邊雖沒多大油水，可是辛辛苦苦化緣得來的銀子財物，卻也小心

別讓人給搶了去。」儀清笑道：「有咱們大將軍在此，諒來小毛賊也不敢前來太歲頭上動土。」令狐冲叫道：「喂，喂，小心了，我好像瞧見上面有人探頭探腦。」

一名女弟子道：「你這位將軍當真囉唆，難道咱們還怕了幾個小毛賊不成？」一言甫畢，突然聽得兩名女弟子叫聲：「哎唷！」骨碌碌滾將下來。兩名女弟子急忙搶上，同時抱住。前面幾名女弟子叫了起來：「賊子放暗器，小心了！」叫聲未歇，又有一人滾跌下來。儀和叫道：「大家伏低！小心暗器！」當下眾人都伏低了身子。令狐冲罵道：「大膽毛賊，你們不知本將軍在此麼？」儀琳拉拉他手臂，急道：「快伏低了！」

在前的女弟子掏出暗器，袖箭、鐵菩提紛紛向上射去。但上面敵人隱伏石後，一個也瞧不見，暗器盡數落空。

定靜師太聽得前面現了敵蹤，縱身急上，從一眾女弟子頭頂躍過，來到令狐冲身後時，呼的一聲，也從他頭頂躍了過去。

令狐冲叫道：「出門大吉！晦氣，晦氣！」吐了幾口口水。只見定靜師太大袖飛舞，當先攻上，敵人的暗器嗤嗤射來，有的釘上了她衣袖，有的給她袖力激飛。

定靜師太幾個起落，到了坡頂，尚未站定，但覺風聲勁急，一條熟銅棍從頭頂砸到。聽這兵刃劈風之聲，便知十分沉重，當下不敢硬接，側身從棍旁竄過，卻見兩柄鏈子槍一上一下的同時刺到，來勢迅疾。敵人在這隘口上伏著三名好手，扼守要道。定靜師太喝道：「無恥！」反手拔出長劍，一劍破雙槍，格了開去。那熟銅棍又攔腰掃來。

定靜師太長劍在棍上一搭，乘勢削下，一條鏈子槍卻已刺向她右肩。只聽得山腰中女弟子尖聲驚呼，跟著砰砰砰之聲大作，原來敵人從峭壁上將大石推將下來。

恆山派眾弟子擠在窄道之中，窺高伏低，躲避大石，頃刻間便有數人為大石砸傷。

定靜師太退了兩步，叫道：「大家回頭，下坡再說！」她舞劍斷後，以阻敵人追擊。卻聽得轟轟轟之聲不絕，頭頂不住有大石擲下，接著聽得下面兵刃相交，山腳下竟也伏有敵人。這些人待恆山派眾人上坡，上面一發動，便現身堵住退路。

下面傳上訊息：「師伯，攔路的賊子功夫硬得很，衝不下去。」接著又傳訊上來：

「兩位師姊受了傷。」

定靜師太大怒，如飛奔下，只見兩名漢子手持鋼刀，正逼得兩名女弟子不住倒退。

定靜師太一聲呼叱，長劍疾刺，忽聽得呼呼兩聲，兩個拖著長鏈的鑌鐵八角鎚從下飛擊而上，直攻她面門。定靜師太舉劍撩去，一枚八角鎚一沉，逕砸她長劍，另一枚卻向上飛起，自頭頂壓落。定靜師太微微一驚：「好大的膂力。」如在平地，她也不會對這等硬打硬砸的武功放在心上，只須展開小巧功夫，便能從側搶攻，但山道狹窄，除了正面衝下之外，別無他途。敵人兩柄八角鐵鎚正舞得勁急，猶如兩團黑霧撲面而來，定靜師太沒法施展精妙劍術，只得一步步倒退上坡。

猛聽上面「哎唷」聲連作，又有幾名女弟子中了暗器，摔跌下來。定靜師太定了定神，覺得還是坡頂的敵人武功稍弱，較易對付，便又衝上，從眾女弟子頭頂躍過，跟著又越過令狐冲頭頂。

令狐沖大聲叫道：「啊喲，幹甚麼啦，跳田雞麼？這麼大年紀，還鬧著玩。你在我頭頂跳來跳去，人家還能賭錢麼？」定靜師太急於破敵解圍，沒將他的話聽在耳中。儀琳歉然道：「對不住，我師伯不是故意的。」令狐沖嘮嘮叨叨的埋怨：「我早說這裏有毛賊，你們就是不信。」心中卻道：「我只見魔教人眾埋伏在坡頂，卻原來山坡下也伏有好手。恆山派人數雖多，擠在這條山道中施展不出手腳，大事當真不妙。」

定靜師太將到坡頂，驀見杖影晃動，一條鐵禪杖當頭擊落，原來敵人另調好手把守。定靜師太心想：「今日我如衝不破此關，帶出來的這些弟子們只怕要覆沒於此。」身形側過，長劍斜刺，身子離鐵杖禪不過數寸，便已閃過，長劍和身撲前，急刺那手揮禪杖的胖大頭陀。這一招可說險到了極點，直是不顧性命、兩敗俱傷的打法。那頭陀悍勇已極，一不及防，收轉禪杖已自不及，嗤的一聲輕響，長劍從他身下刺入。那頭陀猝聲大叫，左拳擊落，將長劍打得斷成兩截，拳上自也是鮮血淋漓。

定靜師太叫道：「快上來，拿劍來！」儀和飛身而上，橫劍叫道：「師父，劍！」

定靜師太轉身去接，斜刺裏一柄鏈子槍攻向儀和，另一柄鏈子槍向定靜師太刺到。儀和只得揮劍擋格，那使鏈子槍之人著著進逼，又將儀和逼得退下山道，長劍竟沒能遞到定靜師太手中。

跟著上面搶過三人，二人使刀，一人使一對判官筆，將定靜師太圍在垓心。定靜師太一雙肉掌上下翻飛，使開恆山派「天長掌法」，在四般兵刃間翻滾來去。她年近六旬，身手矯捷卻不輸少年。魔教三名好手合力圍攻，竟奈何不了這位赤手空拳的老尼。

964

儀琳輕輕驚叫：「啊喲，那怎麼辦？」令狐冲大聲道：「這些小毛賊太不成話，讓道，讓道！本將軍要上去捉拿毛賊了。」儀琳急道：「去不得！他們不是毛賊，都是武功很好的人，你一上去，他們便要殺了你。」令狐冲胸口一挺，昂然叫道：「青天白日之下……」抬頭一看，天剛破曉，還說不上是「青天白日」，他也不以為意，繼續說道：「這些小毛賊攔路打劫，欺侮女流之輩，哼哼，難道不怕王法麼？」儀琳道：「我們不是尋常的女流之輩，敵人也不是攔路打劫的小毛賊……」令狐冲大踏步上前，從一眾女弟子身旁硬擠過去。眾女弟子只得貼緊石壁，讓他擦身而過。

令狐冲將上坡頂，伸手去拔腰刀，拔了好一會，假裝拔不出來，罵道：「他奶奶的，這刀子硬是搗亂，要緊關頭卻生了鏽。將軍刀鏽，怎生拿賊？」

儀和正挺劍和兩名魔教教眾劇鬥，拚命守住山道，聽他在身後嘮嘮叨叨，刀子生了鏽，拔不出來，又好氣，又好笑，叫道：「快讓開，這裏危險！」只這麼叫了一聲，微一疏神，一柄鏈子槍嗤的一聲，刺向她肩頭，險些中槍。儀和退了半步，那人又挺槍刺到。

令狐冲叫道：「反了，反了！大膽毛賊，不見本將軍在此嗎？」斜身閃在儀和身前。那使鏈子槍的漢子一怔，此時天色漸明，見他服色打扮確是朝廷命官模樣，當下凝槍不發，槍尖指住他胸口，喝道：「你是誰？剛才在下面大呼小叫，便是你這狗官麼？」

令狐冲罵道：「你奶奶的，你叫我狗官？你才是狗賊！你們在這裏攔路打劫，本將軍到此，你們還不逃之夭夭，當真無法無天！本將軍拿住了你們，送到縣衙門去，每人打五十大板，打得你們屁股開花，鮮血淋漓，每人大叫我的媽啊！」

965

那使槍漢子不願戕殺朝廷命官，惹下麻煩，罵道：「快滾你媽的臭鴨蛋！再囉唆不清，老子在你這狗官身上戳三個透明窟窿。」

令狐冲見定靜師太一時尚無敗象，而魔教教眾也不再向下發射暗器、投擲大石，大聲喝道：「大膽毛賊，快跪下叩頭，本將軍看在你們家有八十歲老娘，或者還可從輕發落，否則的話，哼哼，將你們狗頭一個個砍將下來……」

恆山派眾弟子聽得都皺眉搖頭，均想：「這人是個瘋子。」儀和走上一步，挺劍相護，如敵人發槍刺他，便出劍招架。

令狐冲又使勁拔刀，罵道：「你奶奶的，臨急上陣，這柄祖傳的寶刀偏偏生了鏽。哼，我這寶刀只消不生鏽哪，你毛賊便有十個腦袋也都砍了下來。」那使槍漢子呵呵大笑，喝道：「去你媽的！」橫槍向令狐冲腰裏砸來。令狐冲一扯之下，連刀帶鞘都扯了下來，叫聲：「啊喲！」身子向前直撲，摔了下去。儀和叫道：「小心！」令狐冲摔跌之時，腰刀遞出，刀鞘頭正好點中那使槍漢子腰眼。那漢子哼也不哼，便已軟倒。

令狐冲啪的一聲，摔倒在地，掙扎著爬起，「咦」的一聲，叫道：「啊哈，你也摔了交，大家扯個直，二一添作五，老子不算輸，咱們再來打過。」

魔教中三人衝將過來，意圖救人。令狐冲叫道：「啊哈，乖乖不得了，小小毛賊真要拒捕。」提起腰刀，指東打西，使的全然不成章法。「獨孤九劍」本來便無招數，固可使得瀟洒優雅，但使得笨拙醜怪，一樣的威力奇大，其要點乃在劍意而不在招式。他

儀和一把抓起那漢子，向後摔出，心想有了一名俘虜在手，事情便易辦了些。

966

並不擅於點穴打穴，激鬥之際，難以認準穴道，但精妙劍法附之以渾厚內力，雖非戳中

要害，但教撞在穴道之側，敵人一般的也禁受不住，隨手戳出，便點倒一人。

但見他腳步踉蹌，跌跌撞撞，一把連鞘腰刀亂揮亂舞，忽然間收足不住，向一名敵

人撞去，噗的一聲響，刀鞘尖頭剛好撞正那人小腹。那人吐了口長氣，登時軟倒。令狐

冲叫聲「啊喲」，向後一跳，刀柄又撞中一人肩後。那人立時摔倒，在地下打滾。令狐冲

雙腳在他身上一絆，罵道：「他奶奶的！」身子直撞出去，刀鞘戳中一名持刀教眾。此

人是圍攻定靜師太的三名好手之一，背心受撞，單刀脫手飛出。定靜師太乘機發掌，砰

的一聲，擊正那人胸口。那人口噴鮮血，眼見不活了。

令狐冲叫道：「小心，小心！」退了幾步，背心撞向那使判官筆之人。那人挺筆向

他背脊點去。令狐冲一個踉蹌，向前衝出，刀鞘到處，又有兩名教眾受戳倒地。那使判

官筆之人向他疾撲而至。令狐冲大叫：「我的媽啊！」拔步奔逃，那人發足追來。令狐

冲突然停步彎腰，刀柄從腋下露出半截，那人萬料不到他奔跑正速之際忽然站定不動，

他武功雖高，變招卻已不及，急衝之下，將自己胸腹交界處撞上了令狐冲向後伸出的刀

柄。那人臉上露出古怪之極的神情，對適才之事似是絕不相信，可是身子卻慢慢軟倒。

令狐冲轉過身來，見坡頂打鬥已停，恆山派眾弟子一小半已然上坡，正和魔教眾人

對峙而立，其餘弟子正自迅速上來。他大聲叫道：「小小毛賊，見到本將軍在此，還不

快快跪下投降，真正奇哉怪也！」手舞刀鞘，大叫一聲，向魔教人叢中衝了進去。

魔教教眾登時刀槍交加。恆山派眾弟子待要上前相助，卻見令狐冲大叫：「厲害，

厲害！好兇狠的毛賊！」已從人叢中奔了出來。他腳步沉重，奔跑時拖泥帶水，一不小

心，砰的摔了一交，刀鞘彈起，擊上自己額頭，登時暈去。但他在魔教人叢中一入一

出，又已戳倒了五人。雙方見他如此，無不驚得呆了。

儀和、儀清雙雙搶上，叫道：「將軍，你怎麼啦？」令狐冲雙目緊閉，佯作不醒。

魔教領頭的老人眼見片刻間已方一人身亡，更有十一人為這瘋瘋顛顛的軍官戳倒，

適才見他衝入陣來，自己接連出招要拿他，都反而險些給他刀鞘戳中，刀鞘鞘尖所指

處雖非穴道所在，但來勢淩厲，方位古怪，生平從所未見，此人武功之高，委實深不可

測。又見已方給戳倒的人之中，五人已遭恆山派擒住，今日無論如何討不了好去，當即

朗聲說道：「定靜師太，你們中了暗器的弟子，要不要解藥？」

定靜師太見已方中了暗器的幾名弟子昏迷不醒，傷處流出的都是黑血，知暗器淬有

劇毒，聽他這句話，已明其意，叫道：「拿解藥來換人！」那人點了點頭，低語數句。

一名教眾拿了一個瓷瓶，走到定靜師太身前，微微躬身。定靜師太接過瓷瓶，厲聲道：

「解藥倘若有效，自當放人。」那老人道：「好，恆山定靜師太，當非食言之人。」將手

一揮。眾人抬起傷者和死者屍體，齊從西側山道下坡，頃刻之間，走得一個不賸。

令狐冲悠悠醒轉，叫道：「好痛！」摸了摸額頭腫起的一個硬塊，奇道：「咦，那

些毛賊呢？都到那裏去啦？」儀和嗤的一笑，道：「你這位將軍當真希奇古怪，剛才幸

虧你衝入敵陣，胡打一通，那些小毛賊居然給你嚇退了。」

令狐冲哈哈大笑，說道：「妙極，妙極！大將軍出馬，果然威風八面，與眾不同。

小毛賊望風披靡，哎唷……」伸手一摸額頭，登時苦起了臉。儀清道：「將軍，你可砸傷了嗎？咱們有傷藥。」令狐沖道：「沒傷，沒傷！大丈夫馬革裹屍，也是閒事……」

儀和抿嘴笑道：「只怕是馬革裹屍罷，甚麼叫馬革裹屍？」儀清橫了她一眼，道：「你就是愛挑眼，這會兒說這些幹甚麼？」令狐沖道：「我們北方人，就讀馬革裹屍，你們南方人讀法有些不同。」儀和轉過了頭，笑道：「我們可也是北方人。」

定靜師太將解藥交給了身旁弟子，囑她們救治中了暗器的同門，走到令狐沖身前，躬身施禮，說道：

令狐沖心中一凜：「這位恆山派前輩果然眼光厲害，瞧出了我年紀不大，又是個冒牌將軍。」當下躬身抱拳，恭恭敬敬的還禮，說道：「老師太請了。本將軍姓吳，官名天德，天恩浩蕩之天，道德文章之德，官拜泉州參將之職，這就上任去也！」

定靜師太料他不願以真面目示人，未必真是將軍，但見他禮數周到，心有好感，說道：「今日我恆山派遭逢大難，得蒙將軍援手相救，大恩大德，不知如何報答才是。將軍武功深湛，貧尼卻瞧不出將軍的師承門派，確實佩服。」

令狐沖哈哈大笑，說道：「老師太誇獎，不過老實說，我的武功倒的確有兩下子，上打雪花蓋頂，下打老樹盤根，中打黑虎偷心……哎唷，哎唷！」一面說，一面手舞足蹈，一拳打出，似乎用力過度，自己弄痛了關節，偷眼看儀琳時，見她吃了一驚，頗有關切之意，心想：「這位小師妹良心真好，倘若知道是我，不知她心中有何想法？」

定靜師太自然明知他是假裝，微笑道：「將軍既真人不露相，貧尼只有朝夕以清香

一炷，禱祝將軍福體康健，萬事如意了。」

令狐冲道：「多謝，多謝。請你求求菩薩，保祐我升官發財。小將也祝老師太和眾位小師太一路順風，逢凶化吉，萬事順利。哈哈，哈哈！」大笑聲中，向定靜師太一躬到地，揚長而去。他雖狂妄做作，但久在五嶽劍派，對這位恆山派前輩卻也不敢缺了禮數。

恆山派羣弟子望著他腳步蹣跚的向南行去，圍著定靜師太，嘰嘰喳喳的紛紛詢問：「師伯，這人是甚麼來頭？」「他是真的瘋瘋顛顛，還是假裝的？」「他是不是武功很高，還是不過運氣好，誤打誤撞的打中了敵人？」「師父，我瞧他不像將軍，好像年紀也不大，是不是？」

定靜師太嘆了口氣，轉頭去瞧身中暗器的眾弟子，見她們敷了解藥後，黑血轉紅，脈搏加強，已無險象，她恆山派治傷靈藥算得是各派之冠，自能善後，當下解開了五名魔教教眾的穴道，令其自去，說道：「大夥兒到那邊樹下坐下休息。」

她獨自在一塊大巖石畔坐定，閉目沉思：「這人衝入魔教陣中之時，魔教領頭的長老向他動手。但他仍能在頃刻間戳倒五人，卻又不是打穴功夫，所用招式竟絲毫沒顯示他的家數門派。當世武林之中，竟有這般厲害的年輕人，卻是那一位高人的弟子？這樣的人物是友非敵，實是我恆山派的大幸了。」

她沉吟半晌，命弟子取過筆硯，一張薄絹，寫了一信，說道：「儀質，取信鴿來。」儀質答應了，從背上所負竹籠中取出一隻信鴿。定靜師太將薄絹書信捲成細細的一條，塞入一個小竹筒中，蓋上了蓋子，再澆了火漆，用鐵絲縛在鴿子的左足上，心中默禱，

將信鴿往上一擲。鴿兒振翅北飛，漸高漸遠，頃刻間成為一個小小黑點。

定靜師太自寫書以至放鴿，每一行動均十分遲緩，和她適才力戰羣敵時矯捷若飛的情狀全然不同。她抬頭仰望，那小黑點早在白雲深處隱沒不見，但她兀自向北遙望。眾人誰都不敢出聲，適才這一戰，雖有那小丑般的將軍插科打諢，似乎頗為熱鬧有趣，其實局面凶險之極，各人都可說是死裏逃生。

隔了良久，定靜師太轉過身來，向一名十五六歲的小姑娘招了招手。那少女立即站起，走到她身前，低聲叫道：「師父！」定靜師太輕輕撫了撫她頭髮，說道：「絹兒，你剛才怕不怕？」那少女點了點頭，道：「怕的！幸虧這位將軍勇敢得很，將這些惡人打跑了。」定靜師太微微一笑，說道：「這位將軍不是勇敢得很，而是武功好得很。」

那少女道：「師父，他武功好得很麼？我瞧他出招亂七八糟，一不小心，把刀鞘砸在自己頭上。怎麼他的刀又會生鏽，拔不出鞘？」

這少女秦絹是定靜師太所收的關門弟子，聰明伶俐，甚得師父憐愛。恆山派女弟子中，出家的尼姑約佔六成，其餘四成是俗家弟子，有些是中年婦人，五六十歲的婆婆也有，秦絹在恆山派中年紀最小。眾弟子見定靜師太和小師妹秦絹說話，慢慢都圍了上來。

儀和插口道：「他出招那裏亂七八糟了？那都是假裝出來的。將上乘武功掩飾得一點不露痕跡，那才叫高明呢！師父，你看這位將軍是甚麼來頭？是那一家那一派的？」

定靜師太緩緩搖頭，說道：「這人的武功，只能以『深不可測』四字來形容，其餘的我一概不知。」

秦絹問道：「師父，你這封信是寫給掌門師叔的，是不是？馬上能送到嗎？」定靜師太道：「鴿兒到蘇州白衣庵換一站，從白衣庵到濟南妙相庵又換一站，再在老河口清靜庵換一站。四隻鴿兒接力，當可送到恆山了。」

儀和道：「幸好咱們沒損折人手，那幾個師姊妹中了餵毒暗器的，過得兩天相信便沒大礙。給石頭砸傷和中了兵刃的，也沒性命之憂。」

定靜師太抬頭沉思，沒聽到她的話，心想：「恆山派這次南下，行蹤甚秘，晝宿宵行，如何魔教人眾竟能得知訊息，在此據險伏擊？」轉頭對眾弟子道：「敵人遠遁，諒來一時不敢再來。大家都累得很了，便在這裏吃些乾糧，到那邊樹蔭下睡一忽兒。」

大家答應了，便有人支起鐵架，烹水泡茶。

眾人睡了幾個時辰，用過了午餐。定靜師太見受傷的弟子神情委頓，說道：「咱們行跡已露，以後不用晚間趕路了，受傷的人也須休養，咱們今晚在廿八鋪歇宿。」

從這高坡上一路下山，行了三個多時辰到了廿八鋪。那是浙閩間的交通要衝，仙霞領上行旅必經之所。進得鎮來，天還沒黑，但鎮上竟無一人。

儀和道：「福建風俗真怪，這麼早大家便睡了。」定靜師太道：「咱們且找一家客店投宿。」恆山派和武林中各地尼庵均互通聲氣，但廿八鋪並無尼庵，不能前去掛單，只得找客店投宿。所不便的是俗人對尼姑頗有忌諱，認為見之不吉，往往多惹閒氣，好在一眾女尼受之已慣，也從來不加計較。

但見一家家店鋪都上了門板。廿八鋪說大不大，說小不小，也有兩三百家店鋪，可是一眼望去，竟似一座死鎮。落日餘暉未盡，廿八鋪街上已如深夜一般。眾人在街上轉了個彎，見一家客店前挑出一個白布招子，寫著「仙居客店」四個大字，但大門緊閉，靜悄悄地沒半點聲息。女弟子鄭萼當下便上前敲門。這鄭萼是俗家弟子，一張圓圓的臉蛋常帶笑容，能說會道，很討人喜歡。一路上凡有與人打交道之事，總是由她出馬，免得旁人一見尼姑，便生拒卻之心。

鄭萼敲了幾下門，停得片刻，又敲幾下，過了良久，卻沒人應門。鄭萼叫道：「店家大叔，請開門來。」她聲音清亮，又是習武之人，聲音頗能及遠，便隔著幾重院子，也當聽見了。可是客店中竟沒一人應聲，情形顯甚突兀。

儀和走上前去，附耳在門板上一聽，店內全無聲息，轉頭道：「師父，店內沒人。」

定靜師太隱隱覺得不對，眼見店招甚新，門板也洗刷得十分乾淨，決不是歇業不做的模樣，說道：「過去瞧瞧，這鎮上該不止這一家客店。」

向前走過數十家門面，又有一家「南安客店」。鄭萼上前拍門，一模一樣，仍沒人答應。鄭萼道：「儀和師姊，咱們進去瞧瞧。」儀和道：「好！」兩人越牆而入。鄭萼叫道：「店裏有人嗎？」不聽有人回答，兩人拔劍出鞘，並肩走進客堂，再到後面廚房、馬廄、客房各處查看，果然一人也無。但桌上、椅上未積灰塵，連桌上一把茶壺中的茶也尚有微溫。鄭萼打開大門，讓定靜師太等進來，將情形說了。各人都嘖嘖稱奇。

定靜師太道：「你們七人一隊，分別到鎮上各處去瞧瞧，打聽一下到底是何緣故。

七人不可離散，一有敵蹤便吹哨為號。」眾弟子答應了，分別快步行出。客堂上便只賸下定靜師太一人。初時尚聽到眾弟子的腳步之聲，到後來便寂無聲息。這廿八鋪鎮上，靜得令人只感毛骨悚然，偌大一個鎮甸，人聲俱寂，連雞鳴犬吠之聲也聽不到半點，確實大異尋常。

定靜師太突然趹心：「莫非魔教布下了陰毒陷阱？女弟子們沒多大江湖閱歷，別要中了詭計，給魔教一網打盡。」走到門口，見東北角人影晃動，西首又有幾人躍入店鋪屋中，都是本派弟子，她心中稍定。又過一會，眾弟子絡繹回報，都說鎮上並無一人。

儀和道：「別說沒人，連畜生也沒一隻。」儀清道：「看來鎮上各人離去不久，許多屋中箱籠打開，大家把值錢的東西都帶走了。」定靜師太點點頭，問道：「你們以為怎麼？」儀和道：「弟子猜想，那是魔教妖人驅散了鎮民，不久便會大舉來攻。」定靜師太道：「不錯！這一次魔教妖人要跟咱們明槍交戰，那好得很啊。你們怕不怕？」眾弟子齊聲道：「降魔滅妖，乃我佛門弟子的天職。」定靜師太道：「咱們便在這客店中宿歇，做飯飽餐一頓再說。先試試水米蔬菜中有無毒藥。」

儀清忽然心生一計，說道：「師父，咱們去將許多屋中的燈燭都點了起來，教敵人不知咱們的所在。」定靜師太道：「這疑兵之計甚好。你們七人去點燈。」

她從大門中望出去，只見大街西首許多店鋪的窗戶中，一處處透了燈火出來，再過批吃過後，出去替換外邊守衛的弟子進來吃飯。

恆山派會餐之時，本就不許說話，這一次更人人豎起了耳朵，傾聽外邊聲息。第一

974

一會，東首許多店鋪的窗中也有燈光透出。大街上燈光處處，便是沒半點聲息。定靜師太一抬頭，見到天邊月亮，心中默禱：「菩薩保祐，讓我恆山派諸弟子此次得能全身而退。弟子定靜若能復歸恆山，從此青燈禮佛，再也不動刀劍了。」

她昔年叱吒江湖，著實幹下了不少轟轟烈烈的事跡，但昨晚仙霞嶺上這一戰，局面之凶險，此刻思之猶有餘悸，所以心的是率領著這許多弟子，若她孤身一人，情境便再可怖十倍，也不放在心上，又再默禱：「大慈大悲、救苦救難觀世音菩薩，如我恆山諸人此番非有損折不可，只讓弟子定靜一人身當此災，諸般殺業報應，只由弟子一人承當。」

便在此時，忽聽得東北方傳來一個女子聲音大叫：「救命，救命哪！」萬籟俱寂之中，尖銳之音特別顯得淒厲。定靜師太微微一驚，聽聲音並非本派弟子，凝目向東北角望去，並未見到有何動靜，隨見儀清等七名弟子向東北角上奔去，自是前去察看。過了良久，不見儀清等回報。儀和道：「師父，弟子和六位師妹過去瞧瞧。」定靜點點頭，儀和率領六人，循著呼叫聲來處奔去。黑夜中劍光閃爍，不多時便即隱沒。

隔了好一會，忽然那女子聲音又尖叫起來：「殺了人哪，救命，救命！」恆山派羣徒面面相覷，不知那邊出了甚麼事，何以儀清、儀和兩批人過去多時，始終沒來回報，若說遇上了敵人，卻又不聞打鬥之聲。但聽那女子一聲聲的高叫「救命」，大家瞧著定靜師太，候她發令派人再去施救。

定靜師太道：「于嫂，你帶領六名師妹前去，不論見到甚麼事，即刻派人回報。」

于嫂是個四十來歲的中年婦人，原是恆山白雲庵中服侍定閒師太的傭婦。後來定閒師太

見她忠心能幹，收爲弟子，此次隨同定靜師太出來，卻是第一次闖蕩江湖。于嫂躬身答應，帶同六名師妹向東北方而去。

可是這七人去後，仍如石沉大海，有去無回。定靜師太越來越驚，猜想敵人布下了陷阱，誘得衆弟子前去，一一擒住；又等片刻，仍無半點動靜，那高呼「救命」之聲卻也不再響了。定靜師太道：「儀質、儀眞，你們留在這裏，照料受傷的師姊、師妹，不論見到甚麼古怪，總之不可離開客店，以免中了調虎離山之計。」儀質、儀眞二人躬身答應。

定靜師太對鄭萼、儀琳、秦絹三名年輕弟子道：「你們三個跟我來。」抽出長劍，向東北方奔去。來到近處，但見一排房屋，黑沉沉地既無燈火，亦無聲息，定靜師太厲聲喝道：「魔教妖人，有種的便出來決戰，在這裏裝神弄鬼，是甚麼英雄好漢？」停了片刻，聽屋中沒人回答，飛腿向身畔一座屋子的大門上踢去。喀喇一聲，閂閂斷截，大門向內彈開，屋內一團漆黑，也不知有人沒人。

定靜師太不敢貿然闖進，叫道：「儀和、儀清、于嫂，你們聽到我聲音麼？」她叫聲遠遠傳了開去，過了片刻，遠處傳來一些輕微回聲，回聲既歇，便又是一片靜寂。

定靜師太回頭道：「你們三人緊緊跟著我，不可離開。」提劍繞著這排屋子奔行一周，沒見絲毫異狀，縱身上屋，凝目四望。其時微風不起，樹梢俱定，冷月清光鋪在瓦面之上，這情景便如昔日在恆山午夜出來步月時所見一般，但在恆山是一片寧靜，此刻卻蘊藏著莫大詭秘和殺氣。定靜師太空有一身武功，敵人始終沒露面，當眞束手無策。

她又焦躁，又後悔：「早知魔教妖人鬼計多端，可不該派她們分批過來……」突然

976

間心中一凜，雙手一拍，縱下屋來，展開輕功，急馳回到南安客店，叫道：「儀質、儀真，見到甚麼沒有？」客店中竟沒人答應。

她疾衝進內，店內已無一人，本來睡在榻上養傷的幾名弟子也都已不知去向。

這一下定靜師太便修養再好，卻也無法鎮定了，劍尖在燭光下不住躍動，閃出一絲絲青光，知自己握著長劍的手已忍不住顫抖。數十名女弟子突然無聲無息的就此失蹤，到底甚麼緣故？卻又如何是好？一霎那間，但覺唇乾舌燥，全身筋骨俱軟，竟爾無法移動。

但這癱軟只頃刻間事，她吸一口氣，在丹田中一加運轉，立即精神大振，在客店各處房舍庭院中迅速兜了一圈，不見絲毫端倪，叫道：「萼兒、絹兒，你們過來。」可是黑夜之中，只聽到自己的叫聲，鄭萼、秦絹和儀琳三人均無應聲。定靜師太暗叫：「不好！」急衝出門，叫道：「萼兒、絹兒、儀琳，你們在那裏？」門外月光淡淡，那三個小弟子也已影蹤不見。

當此大變，定靜師太不驚反怒，躍上屋頂，叫道：「魔教妖人，裝神弄鬼，成甚麼樣子？」她連呼數聲，四下裏靜悄悄地沒半點聲音。她不住口大聲叫罵，但廿八鋪偌大一座鎮甸，似乎便只剩下她一人。

正無法可施之際，忽然靈機一動，朗聲說道：「魔教眾妖人聽了，你們再不現身，那便顯得東方不敗無恥膽怯，不敢派人和我正面為敵。甚麼東方不敗，只不過是東方必敗而已。東方必敗，有種敢出來見見老尼嗎？東方必敗，你既然必敗，我料定你就是不敢！」她知魔教中上上下下對教主奉若神明，如有人辱及教主之名，教徒聞聲而不出來

捨命維護教主令譽，實爲罪大惡極。果然她叫了幾聲「東方必敗」，突見幾間屋中擁出七人，悄沒聲的躍上屋頂，四面將她圍住。

敵人一現身形，定靜師太心中一喜，心想：「你們這些妖人終究給我罵了出來，便將我亂刀分屍，也勝於這般鬼影也見不到半個。」可是這七人只一言不發的站在她身周。定靜師太怒道：「我那些女弟子呢？將她們綁架到那裏去了？」那七人仍默不作聲。

定靜師太見站在西首的兩人年紀均有五十來歲，臉上肌肉便如僵了一般，不露半分喜怒之色。她吐了一口氣，叫道：「好，看劍！」挺劍向西北角上那人胸口刺去。

她身在重圍之中，自知這一劍沒法當眞刺到他，這一刺只是虛招。眼前那人可也當眞了得，他料到這劍只是虛招，竟然不閃不避。定靜師太這一劍本擬收回，見他毫不理會，刺到中途卻不收回了，力貫右臂，逕自疾刺過去。卻見身旁兩個人影一閃，兩人各伸雙手，分別往她左肩、右肩插落。

見他手上似是戴有黑色手套，料想是刀劍不入之物，這才敢赤手來奪長劍。

定靜師太身形略側，疾如飄風般轉了過來，攻向東首那身形甚高之人。那人滑開半步，嗆啷一聲，兵刃出手，乃是一面沉重的鐵牌，舉牌往她劍上砸去。定靜師太長劍早已圈轉，嗤的一聲，刺向身左一名老者。那老者伸出左手，逕來抓她劍身，月光下隱隱

轉鬥數合，定靜師太已和七名敵人中的五人交過了手，只覺這五人無一不是好手，倘若單打獨鬥，甚或以一敵二，她決不畏懼，還可佔到七八成贏面，但七人齊上，只要稍有破綻空隙，旁人立即補上，她變成只有挨打、絕難還手的局面。

越鬥下去，越是心驚：「魔教中有那些出名人物，十之八九我都早有所聞。他們的武功家數、所用兵刃，我五嶽劍派並非不知。但這七人是甚麼來頭，我卻全然猜想不出。料不到魔教近年來勢力大張，竟收羅了這許多身分隱秘的高手。」

堪堪鬥到六七十招，定靜師太左支右絀，已氣喘吁吁，一瞥眼間，忽見屋面上又多了十幾個人影。這二人顯然早已隱伏在此，到這時才突然現身。她暗叫：「罷了，罷了！眼前這七人我已對付不了，再有這些敵人窺伺在側，定靜今日大限難逃，與其落入敵人手中，苦受折辱，不如及早自尋了斷。這臭皮囊只是我暫居的舍宅，毀了殊不足惜，只是所帶出來的數十名弟子盡數斷送，定靜老尼卻愧對恆山派的列位先人了。」

唰唰唰疾刺三劍，將敵人逼開兩步，忽地倒轉長劍，向自己心口插了下去。

劍尖將及胸膛，突然噹的一聲響，手腕劇震，長劍盪開。只見一個男子手中持劍，站在自己身旁，叫道：「定靜師太勿尋短見，嵩山派朋友在此！」自己長劍自是他擋開的。

只聽得兵刃撞擊之聲急響，伏在暗處的十餘人紛紛躍出，和那魔教的七人鬥了起來。定靜師太死中逃生，精神一振，當即仗劍上前助戰。嵩山派那些人以二對一，魔教的七人立處下風。那七人眼見寡不敵眾，齊聲唿哨，從南方退了下去。

定靜師太持劍疾追，迎面風聲響動，屋簷上十多枚暗器同時發出。定靜師太舉起長劍，凝神將攢射過來的暗器一一拍開。黑夜之中，唯有星月微光，長劍飛舞，但聽得叮叮之聲連響，十多枚暗器給她盡數擊落。只是給暗器這麼一阻，那魔教七人卻逃得遠

了。只聽得身後那人叫道：「恆山派萬花劍法精妙絕倫，今日教人大開眼界。」

定靜師太長劍入鞘，緩緩轉身，剎那之間，由動入靜，一位適才還在奮劍劇鬥的武林健者，登時變成了謙和仁慈的有道老尼，雙手合什行禮，說道：「多謝鍾師兄解圍。」

她認得眼前這個中年男子是嵩山派左掌門的師弟，姓鍾名鎮，外號人稱「九曲劍」。當年泰山日觀峯五嶽劍派大會，定靜師太曾和他有一面之緣。其餘的嵩山派人物中，她也有三四人相識。

這並非因他所用兵刃是彎曲的長劍，而是恭維他劍法變幻無方，人所難測。

鍾鎮抱拳還禮，微笑道：「定靜師太以一敵七，力鬥魔教的『七星使者』，果然劍法高超，佩服，佩服！」

定靜師太尋思：「原來這七個傢伙叫做甚麼『七星使者』。」她不願顯得孤陋寡聞，當下也不再問，心想日後慢慢打聽不遲，既知道了他們的名號，那就好辦。

嵩山派餘人一一過來行禮，有二人是鍾鎮的師弟，其餘是低一輩弟子。定靜師太還禮罷，說道：「說來慚愧，我恆山派這次來到福建，所帶出來的數十名弟子，突然在這鎮上失蹤。鍾師兄你們各位是幾時來到廿八鋪的？可曾見到一些線索嗎？」她想嵩山派這些人早就隱伏在旁，卻要等到自己勢窮力竭，挺劍自盡，這才出手相助，顯是要自己先行出醜，再來顯他們的威風，心下暗暗不悅。只數十名女弟子突然失蹤，實在事關重大，不得不向他們打聽，若是她個人之事，那就寧可死了，也不會出口向這些人相求，此時向鍾鎮問到這一聲，已是委屈之至了。

鍾鎮道：「魔教妖人詭計多端，深知師太武功卓絕，力敵難以取勝，便暗設陰謀，將貴派弟子盡數擒了去。師太也不用著急，魔教雖然大膽，料來也不敢立時加害貴派諸位師妹。咱們下去詳商救人之策便是。」說著左手一伸，請她下屋。

定靜師太點了點頭，一躍落地。鍾鎮等跟著躍下。

鍾鎮向西走去，說道：「在下引路。」走出數十丈後折而向北，來到仙居客店之前，推門進去，說道：「師太，咱們便在這裏商議。」他兩名師弟一個叫「神鞭」滕八公，另一個叫「錦毛獅」高克新，三人都身居「嵩山十三太保」之列。三人引著定靜師太走進一間寬大的上房，點了蠟燭，分賓主坐下。嵩山弟子們獻上茶後，退了出去。高克新便將房門門關上了。

鍾鎮說道：「我們久慕師太劍法恆山派第一……」定靜師太搖頭道：「不對，我劍法不及掌門師妹，也不及定逸師妹。」鍾鎮微笑道：「師太不須過謙。我和兩個師弟素仰英名，企盼見識師太神妙劍法，以致適才救援來遲，其實絕無不敬之意，謹此謝過，師太請勿怪罪。」定靜師太心意稍平，見三人站起身來抱拳行禮，便也站起合什還禮，道：「好說。」

鍾鎮待她坐下，說道：「我五嶽劍派結盟之後，同氣連枝，原不分彼此。只是近年來大家見面的時候少，好多事情又沒聯手共為，致令魔教坐大，氣燄日甚。」

定靜師太「嗯」的一聲，心道：「這當兒卻來說這些閒話幹甚麼？」鍾鎮又道：

「左師哥日常言道：合則勢強，分則力弱。我五嶽劍派若能合而為一，魔教固非咱們敵

手，便是少林、武當這些享譽已久的名門大派，聲勢也遠遠不及咱們了。左師哥他老人家有個心願，想把咱們有如一盤散沙般的五嶽劍派，歸併為一個『五嶽派』。那時人多勢眾，齊心合力，實可成為武林中諸門派之冠。不知師太意下如何？」

定靜師太長眉一軒，說道：「貧尼在恆山派中乃是閒人，素來不理事。鍾師兄所提的大事，該當去跟我掌門師妹說才是。眼前最要緊的，是設法將敝派失陷了的女弟子搭救出來。其餘種種，儘可從長計議。」鍾鎮微笑道：「師太放心。這件事既教嵩山派給撞上了，便是我嵩山派的事，說甚麼也不能讓貴派諸位師妹們受委屈吃虧。」定靜師太道：「那可多謝了。但不知鍾師兄有何高見？有甚麼把握說這句話？」

鍾鎮微笑道：「師太親身在此，恆山派鼎鼎大名的高手，難道還怕了魔教的幾名妖人？再說，我們師兄弟和幾名師姪，自也當盡心竭力，倘若仍奈何不了魔教中這幾個二流腳式，嘿嘿，那也未免太不成話了。」

定靜師太聽他說來說去，始終不著邊際，又焦躁，又氣惱，站起身來，說道：「鍾師兄這般說，自是再好不過，咱們這便去罷！」

鍾鎮道：「師太那裏去？」定靜師太道：「去救人啊！」鍾鎮問道：「到那裏去救人？」這一問之下，定靜師太不由得啞口無言，頓了一頓，道：「我這些弟子們失蹤不久，定然便在左近，越耽誤得久，那就越難找了。」鍾鎮道：「據小弟所知，魔教在離

廿八鋪不遠之處有一巢穴，那些師妹們，多半已給囚禁在那裏，依小弟……」

定靜師太忙問：「這巢穴在那裏？咱們便去救人。」

982

鍾鎮緩緩的道：「魔教有備而發，咱們貿然前去，若有錯失，說不定人還沒救出來，先著了他們的道兒。依小弟之見，還是計議定當，再去救人，較爲安善。」

定靜師太無奈，只得又坐了下來，道：「願聆鍾師兄高見。」

鍾鎮道：「小弟此次奉掌門師兄之命，來到福建，原是有一件大事要和師太會商。此事攸關中原武林氣運，關連我五嶽劍派的盛衰，實是非同小可。待大事商定，其餘救人等等，也只是舉手之勞。」定靜師太道：「卻不知是何大事？」

鍾鎮道：「那便是小弟適才所提，將五嶽劍派合而爲一之事了。」他口口聲聲自稱「小弟」，倒似五嶽劍派已合併爲一，而他是同一派的師弟。

定靜師太霍地站起，臉色發青，道：「你……你……你這……」鍾鎮微笑道：「師太千萬不可誤會，還道小弟乘人之危，逼師太答允此事。」定靜師太怒道：「你自己說了出來，就免得我說。你這不是乘人之危，那是甚麼？」鍾鎮道：「貴派是恆山派，敝派是嵩山派。貴派之事，敝派雖然關心，畢竟是刀劍頭上拚命之事。小弟自然願意爲師太效力，卻不知衆位師弟、師姪們意下如何。但若兩派合而爲一，是自己本派的事，便不容推委了。」

定靜師太道：「照你說來，如我恆山派不允與貴派合併，嵩山派對恆山弟子失陷之事，便要袖手旁觀了？」鍾鎮道：「話可也不是這麼說。小弟奉掌門師兄之命，趕來跟師太商議這件大事。其他的事嘛，未得掌門師兄命令，小弟可不敢胡亂行事。師太莫怪。」

定靜師太氣得臉都白了，冷冷的道：「兩派合併之事，貧尼可作不得主。就算是我

983

答允了，我掌門師妹不允，也是枉然。」

鍾鎮上身移近尺許，低聲道：「只須師太答允了，到時候定閒師太非允不可。自來每一門每一派的掌門，十之八九由本門大弟子執掌。師太論德行、論武功、論入門先後，原當執掌恆山派門戶才是……」

定靜師太左掌倏起，啪的一聲，將板桌的一角擊落，厲聲道：「你這是想來挑撥離間？我師妹出任掌門，原係我向先師力求，又向定閒師妹竭力勸說而致。定靜倘若要做掌門，當年早就做了，還用得著旁人來攛掇擺弄？」

鍾鎮嘆了口氣，道：「左師哥之言，果然不錯。」定靜師太道：「他說甚麼了？」

鍾鎮道：「我此番南下之前，左師哥言道：『恆山派定靜師太人品甚好，武功也是極高，大家向來都是很佩服的，就可惜不識大體。』我問他這話怎麼說。他說：『我素知定靜師太為人，她生性清高，不愛虛名，又不喜理會俗務，你跟她去說五派合併之事，定會碰個老大釘子。只是這件事實在牽涉太廣，咱們是知其不可而為之。倘若定靜師太只顧一人享清閒之福，不顧正教中數千人的生死安危，那是武林的大劫難逃，卻也無可如何了。』」

定靜師太站起身來，冷冷的道：「你種種花言巧語，在我跟前全然無用。你嵩山派這等行逕，不但乘人之危，簡直是落井下石。」

鍾鎮道：「師太此言差矣。師太倘若瞧在武林同道的份上，肯毅然挑起重擔，促成我嵩山、恆山、泰山、華山、衡山五派合併，則我嵩山派必定力舉師太出任『五嶽派』

984

掌門。可見我左師哥一心為公，絕無半分私意……」

定靜師太連連搖手，喝道：「你再說下去，沒的污了我耳朵。」雙掌一起，掌力揮出，砰的一聲大響，兩扇木門板脫臼飛起。她身影晃動，便出了仙居客店。

出得門來，金風撲面，熱辣辣的臉上感到一陣清涼，尋思：「那姓鍾的說道，魔教在廿八鋪左近有一巢穴，本派的女弟子們都失陷在那裏。不知此言有幾分真，幾分假？」

她徬徨無策，踽踽獨行，其時月亮將沉，照得她一條長長的黑影映在青石板上。

走出數丈後，停步尋思：「單憑我一人之力，說甚麼也不能救出眾弟子了。古來英雄豪傑，無不能屈能伸。我何不暫且答允了那姓鍾的？待眾弟子獲救之後，我立即自刎以謝，教他宣揚我無恥食言，一應污名，都由我定靜承擔便了。」

她一聲長嘆，回過身來，緩緩向仙居客店走去，忽聽得長街彼端有人大聲吆喝叫嚷：「你奶奶的，本將軍要喝酒睡覺，你奶奶的店小二，怎不快快開門？」正是昨日在仙霞嶺上所遇那參將吳天德的聲音。定靜師太一聽之下，便如溺水之人抓到了一條大木材。

令狐冲在仙霞嶺上助恆山派脫困，心下得意，快步趕路，到了廿八鋪鎮上。其時飯店剛打開門，他走進店去，大喝一聲：「拿酒來！」店小二見是一位將軍，何敢怠慢，斟酒做飯，殺雞切肉，畢恭畢敬、戰戰兢兢的侍候他飽餐一頓。令狐冲喝得微醺，心想：「魔教這次大受挫折，定不甘心，十九又會去向恆山派生事。定靜師太有勇無謀，不是魔教對手，我暗中還得照顧著她們才是。」結了酒飯帳後，便到仙居客店中開房睡覺。

睡到下午，剛醒來起身洗臉，忽聽得街上有人大聲吆喝：「亂石崗黃風寨的強人今晚要來洗劫廿八鋪，逢人便殺，見財便搶。大家這便趕快逃命罷！」片刻之間，吆喝聲東邊西邊到處響起。店小二在他房門上擂得震天價響，叫道：「軍爺，大事不好！」

令狐沖道：「你奶奶的，甚麼大事不好？」店小二道：「軍爺，軍爺，亂石崗黃風寨的大王們，今晚要來洗劫。家家戶戶都在逃命了。」令狐沖打開房門，罵道：「你奶奶的，青天白日，朗朗乾坤，那有甚麼強盜了？本將軍在此，他們敢放肆麼？」店小二苦著臉道：「那些大王，可兇……兇狠得緊，他……他們不知將軍你……你在這裏。」

令狐沖道：「你去跟他們說去。」店小二道：「小……小人萬萬不敢去說，沒的讓強人將我腦袋瓜子砍了下來。」令狐沖道：「亂石崗在甚麼地方，倒沒聽說過，只知道黃風寨的強人厲害之極。兩天之前，剛洗劫了廿八鋪東三十里的大榕頭，殺了六七十人，燒了一百多間屋子。將軍，你……你老人家雖武藝高強，可是雙拳難敵四手。山寨裏大王爺爺不算，單是小嘍囉便有三百多人。」

令狐沖罵道：「你奶奶的，三百多人便怎樣？本將軍在千軍萬馬的戰陣之中，可也七進七出，八進八出。」店小二道：「是！是！」浙語閩音，令狐沖懂不了一成，料想都是些甚麼「阿毛的娘啊，你拿了被頭沒有？」甚麼「大寶，小寶，快走，強盜來啦！」之類。走到門外，只見已有數十人背負包裹，手提箱籠，向南逃去。

令狐沖心想：「此處是浙閩交界之地，杭州和福州的將軍都管不到，致令強盜作

986

亂，爲害百姓。我泉州府參將吳天德大將軍既撞上了，可不能袖手不理，將那些強盜頭子殺了，也算立了功勞。這叫作食君之祿，忠君之事。你奶奶的，有何不可，哈哈！」想到此處，忍不住笑出聲來，叫道：「店小二，拿酒來！本將軍要喝飽了酒殺賊。」

但其時店中住客、掌櫃、掌櫃的大老婆、二姨太、三姨太，以及店小二、廚子都已紛紛奪門而出，唯恐走得慢了一步，給人撞上了。令狐冲叫聲再響，也沒人理會。

令狐冲無奈，只得自行到灶下去取酒，坐在大堂上，自斟自飲，但聽得雞鳴犬吠、馬嘶豬嚎之聲大作，料想是鎮人帶了牲口逃走。又過一會，聲息漸稀，再喝得三碗酒，一切惶急驚怖的聲音盡皆消失，鎮上更沒半點聲息。尋思：「這次黃風寨的強人運氣不好，不知如何走漏了風聲，待得來到鎮上時，可甚麼也搶不到了。」

這樣偌大一座鎮甸，只賸下他孤身一人，倒也是生平未有之奇。萬籟俱寂之中，忽聽得遠處處馬蹄聲響，有四匹馬從南急馳而來。

令狐冲心道：「大王爺到啦，但怎地只這麼幾個人？」耳聽得四匹馬馳到了大街，馬蹄鐵和青石板相擊，發出錚錚之聲。一人大聲叫道：「廿八鋪的肥羊們聽著，亂石崗黃風寨的大王有令，男的女的老的小的，通統站到大門外來。在門外的不殺，不出來的一個個都砍了腦袋。」口中呼喝，縱馬在大街上奔馳而來。令狐冲從門縫中向外張望，只見到馬上乘者的背影，心念一動：「這可不對了！瞧這四人騎在馬上的神態，顯然武功不弱。強盜窩中的小嘍囉，怎會有如此人物？」

推門出來，在空無一人的鎮上走出十餘丈，見一座土地廟側有株大槐樹，枝葉茂

987

密，當即縱身而上，此時內力既盛，輕輕一躍高過槐樹頂不少，緩緩落上枝幹，在最高的一根橫枝上坐下。四下裏更無半點聲息。他越等得久，越知其中必有蹊蹺，黃風寨先行的嘍囉來了這麼久，大隊人馬仍沒到來，難道是派幾名嘍囉先來通風報信，好讓鎮上百姓逃避一空？

直等了大半個時辰，才隱約聽到人聲，卻是嘰嘰喳喳的女子聲音。凝神聽得幾句，便知是恆山派眾人到了，心想：「她們怎地這時候方到？是了，她們日間定是在山野中休息過了。」耳聽得她們到仙居客店打門，又去另一家客店打門。南安客店和土地廟相距頗遠，恆山派眾人進了客店後幹些甚麼，說些甚麼，便聽不到了。他心下隱隱覺得：「這多半是魔教安排下陷阱，要讓恆山派上鉤。」當下仍隱身樹頂，靜以待變。

過了良久，見到儀清等七人出來點燈，大街上許多店鋪的窗戶中都透了燈光出來。

又過一會，忽聽得東北角上有女子聲音大叫：「救命！」令狐沖一驚：「啊喲不好，恆山派的弟子中了魔教毒手。」當即從樹上躍下，奔到那女子呼救處的屋外。

從窗縫中向內張去，屋內並無燈火，窗中照入淡淡月光，見七八名漢子貼牆而立，一個女子站在屋子中間，大叫：「救命，救了人哪！」令狐沖只見到她側面，但見她臉上帶著微笑，神情奸險，顯是候人前來上鉤。

果然她叫聲未歇，外邊便有一個女子喝道：「甚麼人在此行兇？」那屋子大門並未關上，門一推開，便有七個女子竄了進來，當先一人正是儀清。這七人手中都執長劍，為了救人，進來甚急。

988

突見那呼救的女子右手一揚，一塊約莫四尺見方的青布抖起，儀清等七人立時身子發顫，似是頭暈眼花，轉了幾個圈子，便即裁倒。令狐冲大吃一驚，心念電轉：「那女子手中這塊布上，定有厲害的迷魂毒藥。我若衝進去救人，定也著了她道兒，只有等著瞧瞧再說。」見貼牆而立的漢子一擁而上，取出繩子，將儀清等七人手足都綁住了。

過不多時，外面又有聲響，一個女子尖聲喝道：「甚麼人在這裏？」令狐冲在過仙霞嶺時，曾和這個急性子的尼姑說過許多話，心知是儀和到了，心想：「你這人魯莽暴躁，這番又非變成一隻福建大粽子不可。」只聽得儀和又叫：「儀清師妹，你們在這裏麼？」接著砰的一聲，大門踢開，儀和等人兩個一排，並肩齊入。一踏進門，便使開劍花，分別護住左右，以防敵人從暗中來襲。第七人卻倒退入內，使劍護住後路。

屋中眾人屏息不動，直等七人一齊進屋，那女子又展開青布，將七人都迷倒了。

令狐冲縱上屋頂，弓著身子跟去，正行之間，忽聽得前面屋的屋脊邊伏下，和他藏身處相距不過數丈。令狐冲溜牆輕輕下來，見定靜師太率領著三名弟子正向這邊趕來。令狐冲心道：「不好，這是調虎離山之計。留在客店中的尼姑可要糟糕。」遙遙望見幾個人影向南安客店急奔過去，正想趕去看個究竟，忽聽得屋頂上有人低聲道：「待會那老尼姑過來，你們七人在這裏纏住他。」這聲音正在他頭頂，令狐冲只須一移動身子，立時

跟著嫂率領六人進屋，又給迷倒，前後二十一名恆山女弟子，盡數昏迷不醒，給綁縛了置在屋角。隔了一會，一個老者打了幾下手勢，眾人從後門悄悄退出。

在屋脊邊一伏，便見十來名漢子互打手勢，分別在一座大屋的屋脊邊伏下，忙

989

便給發覺，只得躲在牆角後貼牆而立。

耳聽得定靜師太踢開板門，大叫：「儀和、儀清、于嫂，你們聽到我聲音嗎？」叫聲遠遠傳了過去，又見她繞屋奔行，跟著縱上屋頂，卻沒進屋察看。令狐冲心想：「她不進去幹麼不進去瞧瞧？一進去便見到廿一名女弟子給人綁縛在地。」隨即省悟：「她不進去倒好。魔教人眾守在屋頂，只待她進屋，便即四下裏團團圍困，成了甕中捉鱉。」

眼見定靜師太東馳西奔，顯是六神無主，突然間她奔回南安客店，奔行奇速，身後三名女弟子追趕出數人，青布一揚，那三名女弟子又即栽倒，給人拖進了屋中，朦朧月光下隱約見那三人中似有儀琳在內。令狐冲心念一動：「是否須當即去救了儀琳小師妹出來？」隨即又想：「我此刻一現身，便是一場大打。恆山派這許多人給魔教擒住了，投鼠忌器，可不能跟他們正面相鬥，還是暗中動手的為是。」

跟著便見定靜師太從南安客店中出來，又縱上屋頂，高聲叫罵，更大罵東方必敗，果然魔教人眾忍耐不住，有七人上前纏鬥。令狐冲看得幾招，尋思：「定靜師太劍術精湛，雖然以一敵七，一時不致落敗。我還是先去救了儀琳師妹的為是。」

當下閃身進了那屋，只見廳堂中一人持刀而立，三個女子給綁住了，橫臥在地。令狐冲一躍而前，腰刀連鞘挺出，直刺其喉。那人尚未驚覺，已然送命。令狐冲不禁一呆：「我這一刀怎地如此快法？手剛伸出，刀鞘已戳中了他咽喉要害？」自己也不知自從修習了「吸星大法」之後，桃谷六仙、不戒和尚、黑白子等人留在他體內的真氣已盡為其用，高強內力再加獨孤九劍，那便勢不可當。他原意是這刀刺出，敵人舉刀封擋，

刀鞘便戳他雙腿，教他栽倒在地，然後救人，不料對方竟無絲毫招架還手的餘暇，一下便制了他死命。

令狐冲心下微有歉意，拖開死屍，低頭看去，果見地下所臥的三個女子中有儀琳在內，伸手探她鼻息，呼吸調勻，除了昏迷不醒之外並無他礙，當即到灶下取了一杓冷水，潑了少許在她臉上。

過得片刻，儀琳嚶嚀一聲，醒了轉來。她初時不知身在何地，微微睜眼，突然省悟，當即躍起，想去摸身邊長劍時，才知手足被縛，險些重又跌倒。

令狐冲道：「小師太，別怕，那壞人已給本將軍殺了。」拔刀割斷了她手足上繩索。

儀琳在黑暗中乍聞他聲音，依稀便是自己日思夜想的那個「令狐師兄」，又驚又喜，叫道：「你……你是令狐師……」這個「兄」字沒說出口，便覺不對，只羞得滿臉通紅，囁嚅道：「你……你是誰？」

令狐冲聽她已將自己認了出來，卻又改口，低聲道：「本將軍在此，那些小毛賊不敢欺侮你們。」儀琳道：「啊，原來是吳將軍。我……我師伯呢？」令狐冲道：「她在外邊和敵人交戰，咱們便過去瞧瞧。」儀琳道：「鄭師姊、秦師妹……」從懷中摸出火摺晃亮了，見二人臥在地下，說道：「嗯，她們都在這裏。」忙去割斷她們手足上的繩索，取冷水潑醒了二人。令狐冲道：「咱們快去幫定靜師太要緊。」儀琳、鄭萼、秦絹三人齊道：「正是。」

令狐冲轉身出外，儀琳和鄭萼、秦絹跟在他身後。沒走出幾步，只見七個人影如飛

991

般竄了出去，跟著便聽得叮叮噹噹的擊落暗器之聲，又聽得有人大聲稱讚定靜師太劍法高強，定靜師太認出對方是嵩山派的人物，不久見定靜師太隨著十幾名漢子走入仙居客店。令狐冲向儀琳等三人招招手，跟著潛入客店，站在窗外偷聽。

只聽到定靜師太在屋中和鍾鎮說話，那姓鍾的口口聲聲要定靜師太先行答允恆山派贊同併派，才能助她去救人。令狐冲聽他乘人之危，不懷好意，心下暗暗生氣，又聽得定靜師太越說越怒，獨自從店中出來。

令狐冲待定靜師太走遠，便去仙居客店外打門大叫：「你奶奶的，本將軍要喝酒睡覺，你奶奶的店小二，怎不快快開門？」

定靜師太正當束手無策之際，聽得這冒牌將軍呼喝，心下大喜，當即搶上。鄭萼、秦絹和儀琳迎了上去。秦絹眼眶含淚，叫道：「師父！」定靜師太又是一喜，忙問：「剛才你們在那裏？」鄭萼道：「弟子們給魔教妖人擒住了，是這位將軍救了我們……」

這時令狐冲已推開店門，走了進去。定靜師太等也跟了進去。

大堂上點了兩枝明晃晃的蠟燭。鍾鎮坐在正中椅上，陰森森的道：「甚麼人在這裏大呼小叫，給我滾了出去。」

令狐冲破口大罵：「你奶奶的，本將軍乃堂堂朝廷命官，你膽敢出言衝撞？掌櫃的，老闆娘，店小二，大家快快都給我滾出來！」

嵩山派諸人聽他罵了兩句後，便大叫掌櫃的、老闆娘，顯是色屬內荏，心中已大存

992

怯意，都覺好笑。鍾鎮心想正有大事在身，半夜裏卻撞來了這狗官，低聲道：「把這傢伙點倒了，可別傷他性命。」錦毛獅高克新點了點頭，笑嘻嘻走上前去，說道：「原來是一位官老爺，這可失敬了。」

令狐沖道：「你知道了就好，你們這些蠻子老百姓，就是不懂規矩……」高克新笑道：「是，是！」閃身上前，伸出食指，往令狐沖腰間戳去。令狐沖見到他出指的方位，急運內息，鼓於腰間。高克新這指正中令狐沖「笑腰穴」，對方本當大笑一陣，隨即昏暈。不料令狐沖只嘻的一笑，說道：「你這人沒規沒矩，動手動腳的，跟本將軍開甚麼玩笑？」

高克新大為詫異，第二指又即點出，這一次勁貫食指，已使上了十成力。令狐沖哈哈一笑，跳了起來，笑罵：「你奶奶的，在本將軍腰裏摸啊摸的，想偷銀子呢，還是瞧中了本將軍一表人才？你這傢伙相貌堂堂，卻幹麼不學好？」

高克新左手一翻，已抓住了令狐沖右腕，向右急甩，要將他拉倒在地。不料手掌剛和他手腕相觸，自己內力立時從掌心中傾瀉而出，再也收束不住，不由得驚怖異常，想要大叫，可是張大了口，卻發不出半點聲息。

令狐沖察覺對方內力正注向自己體內，便如當日自己抓住了黑白子手腕的情形一般，心下一驚：「這邪法可不能使用。」當即用力一甩，摔脫了他手掌。

高克新猶如遇到皇恩大赦，一呆之下，向後縱開，只覺全身軟綿綿的恰似大病初愈，叫道：「吸星大法，吸……吸星大法！」聲音嘶啞，充滿了惶懼之意。鍾鎮、滕八

993

公和嵩山派諸弟子同時躍起，齊問：「甚麼？」高克新道：「這……這人會使吸……吸星大法。」

霎時間青光亂閃，鏘鏘聲響，各人長劍出鞘，神鞭滕八公手握的卻是一條軟鞭。鍾鎮劍法最快，寒光一顫，劍尖便已疾刺令狐冲咽喉。

當高克新張口大叫之時，令狐冲便料到嵩山派諸人定會一擁而上，向自己攢刺，眼見眾人長劍出手，當即取下腰刀，連刀帶鞘當作長劍使用，手腕抖動，向各人手背上點去。但聽得嗆啷、嗆啷響聲不絕，長劍落了一地。鍾鎮武功最高，手背雖給他刀鞘頭刺中，長劍卻不落地，驚駭之下，向後躍開。滕八公可狼狽了，鞭柄脫手，那軟鞭卻倒捲上來，捲住了他頭頸，箍得他氣也透不過來。

鍾鎮背靠牆壁，臉上已無半點血色，說道：「江湖上盛傳，魔教前任教主復出，你……你……便是任我行麼？」

令狐冲笑道：「他奶奶的甚麼任我行，任你行，任他行，本將軍坐不改姓，行不改名，姓吳，官諱天德的便是。你們卻是甚麼崗、甚麼寨的小毛賊啊？」

鍾鎮雙手一拱，道：「閣下重臨江湖，鍾某自知不是敵手，就此別過。」縱身躍起，破窗而出。滕八公和高克新跟著躍出，餘人一一從窗中飛身出去，滿地長劍，誰也不敢去拾。

令狐冲左手握刀鞘，右手握刀柄，作勢連拔數下，那把刀始終拔不出來，說道：「這把寶刀可真鏽得厲害，明兒得找個磨剪刀的，給打磨打磨才行。」

994

定靜師太合什道：「吳將軍，咱們去救了幾個女徒兒出來如何？」

令狐冲喝想鍾鎮等人一去，再也沒人抵擋得住定靜師太的神劍，說道：「本將軍要在這裏喝幾碗酒，老師太，你也喝一碗麼？」

儀琳聽他又提到喝酒，心想：「這位將軍倘若遇到令狐師兄，二人倒是一對酒友。」妙目向他偷看過去，卻見這將軍的目光也在向她凝望，臉上微微一紅，便低下了頭。

定靜師太道：「恕貧尼不飲酒，將軍，少陪了！」合什行禮，轉身而出。

鄭萼等三人跟著出去。將出門口時，儀琳忍不住轉頭又向他瞧了一眼，只見他起身找酒，大聲呼喝：「他奶奶的，這客店裏的人都死光了，這會兒還不滾出來。」她心中想：「聽他口音，似乎有點兒像令狐師兄。但這位將軍出口粗俗，每一句話都帶個他甚麼的，令狐師兄決不會這樣，他武功也比令狐師兄高得多了。我……我居然會這樣胡思亂想，唉，當真……」

令狐冲找到了酒，將嘴就在酒壺上喝了半壺，心想：「這些尼姑、婆娘、姑娘們就要回來，嘰嘰喳喳、囉囉唆唆的說個沒完沒了，一個應付不當，可別露出了馬腳，還是溜之大吉的為妙。將這二人一個個的救醒來，總得花上小半個時辰，肚子可餓得狠了，先得找些吃的。」

將一壺酒喝乾，走到灶下想去找些吃的，忽聽得遠遠傳來秦絹尖銳的叫聲：「師父，你在那裏？」聲音大是惶急。

令狐冲急衝出店，循聲而前，只見鄭萼、儀琳、秦絹三人站在長街上，大叫：「師

伯，師父！」令狐沖問道：「怎麼啦？」鄭萼道：「我和儀琳師妹、秦師妹去找尋受縛的眾師姊們，豈知這麼一忙亂，可又……不知師伯她老人家到那裏去啦。」

令狐沖眼見鄭萼不過二十一二歲，秦絹年齡更稚，只十五六歲年紀，心想：「這些年輕姑娘毫沒見識，恆山派派她們出來幹甚麼？」微笑道：「我知道她們在那裏，你們跟我來。」快步向東北角上那間大屋走去，到得門外，飛腳踢開大門，生怕那女子還在裏面，又抖迷魂藥害人，說道：「你們用手帕掩住口鼻，裏面有個臭婆娘會放毒。」左手捏住鼻孔，嘴唇緊閉，直衝進屋，一進大堂，不禁呆了。

本來大堂中躺滿了恆山派女弟子，這時卻已影蹤全無。他「咦」的一聲，見桌上有隻燭台，晃火摺點著了，廳堂中空蕩蕩地，那裏還有人在？在大屋各處搜了一遍，沒見到絲毫端倪，叫道：「這又奇哉怪也！」

鄭萼、儀琳、秦絹三人眼睜睜的望著他，臉上盡是疑色。令狐沖道：「他奶奶的，你們這許多師姊們，都給一個會放毒的婆娘迷倒了，給綁了放在這裏，個個變成了福建粽子，只這麼一轉眼功夫，怎地都不見啦？」鄭萼問道：「吳將軍，你見到我們那些師姊，是給迷倒在這裏的麼？」令狐沖道：「昨晚我睡覺發夢，親眼目睹，見到許多尼姑婆娘，橫七豎八的在這廳堂上躺了一地，怎會有錯？」鄭萼道：「你……你……你……」她本想說你做夢見到，怎作得準？但知他喜歡信口胡言，說是發夢，其實是親眼見到，當即改口道：「你想她們都到那裏去了啦？」

令狐沖沉吟道：「說不定甚麼地方有大魚大肉，她們都去大吃大喝了，又或者甚麼

地方做戲文，她們在看戲。」招招手道：「你們三個小妮兒，最好緊緊跟在我身後，不可離開，要吃肉看戲，卻也不忙在一時。」

秦絹年紀雖少，卻也知情勢凶險，眾師姊都已落入了敵手，這將軍瞎說一通，全當不得真，恆山派數十人出來，只剩下了自己三個年輕弟子，除了聽從這位將軍吩咐之外，別無其他計較，當下和儀琳、鄭萼二人跟著他走到門外。

令狐沖自言自語：「難道我昨晚這個夢發得不準，眼花看錯了人？今晚非得再好好做過一個夢不可。」心下尋思：「這些女弟子就算給人擄了去，怎麼定靜師太也突然失了蹤跡？只怕她落了單，遭了敵人暗算，該當立即去追尋才是。儀琳她們三個年輕女子倘若留在廿八鋪，卻大大不安，只得帶了她們同去。」說道：「咱們左右也沒甚麼事，這就去找你們的師伯，看她在那裏玩兒，你們說好不好？」

鄭萼道：「那好極了！將軍武藝高強，見識過人，若不是你帶領我們去找，只怕難以找到。」令狐沖笑道：「『武藝高強、見識過人』，這八個字倒說得不錯。本將軍將來掛帥平番，升官發財，定要送一百兩白花花的銀子，給你們三個小妮兒買新衣服穿。」

他信口開河，將到廿八鋪盡頭，躍上屋頂，四下張望。其時朝暾初上，白霧瀰漫，樹梢上煙霧靄靄，極目遠眺，兩邊大路上一個人影也無。突然見到南邊大路上有一件青色物事，相距遠了，看不清楚。但一條大路空蕩蕩地，路中心放了這樣一件物事，顯得頗為觸目。他縱身下屋，發足奔去，拾起那物，卻是一隻青布女履，似乎便和儀琳所穿的相同。

他等了一會，儀琳等三人跟著趕到。他將那女履交給儀琳，問道：「是你的鞋子嗎？怎麼落在這裏？」儀琳接過女履，明知自己腳上穿著鞋子，還是不自禁的向腳下瞧了一眼，見兩隻腳上好端端都穿著鞋子。鄭萼道：「這……這是我們師姊妹穿的，怎麼會落在這裏？」秦絹道：「定是那一位師姊給敵人擄去，在這裏掙扎，鞋子落了下來。」

鄭萼道：「也說不定她故意留下一隻鞋子，好讓我們知道。」令狐沖道：「不錯，你也武藝高強、見識過人。咱們該向南追，還是向北？」鄭萼道：「自然是向南了。」

令狐沖發足向南疾奔，頃刻間便在數十丈外，初時鄭萼她們三人，唯恐相距過遠，救援不及，這三人又給敵人擄了去，奔出里許，便住足等候。

待得儀琳等三人追了上來，又再前奔，如此數次，已奔出了十餘里。眼見前面道路崎嶇，兩旁樹木甚多，若敵人在轉彎處設伏，將儀琳等擄去，那可救援不及，又見秦絹久奔之下，已然雙頰通紅，知她年幼，不耐長途奔馳，便放慢了腳步，大聲道：「他奶奶的，咱們慢慢走罷。」

後來便相距甚遠。令狐沖沿途察看，不時轉頭望著她們三人，救援不及，奔出里許，便住足等候。

本將軍足登皮靴，這麼快跑，皮靴磨穿了底，可還真有些捨不得，咱們慢慢走罷。」

四人又走出七八里路，秦絹突然叫道：「咦！」奔到一叢灌木之下，拾起了一頂青布帽子，正是恆山派眾女尼所戴的。鄭萼道：「將軍，我們那些師姊確是給敵人擄了，當下加快腳步，令狐沖反落在後面。

中午時分，四人在一家小飯店打尖。飯店主人見一個將軍帶了一名小尼姑、兩個年輕姑娘同行，甚是詫異，側過了頭不住打量。令狐沖拍桌罵道：「你奶奶的，有甚麼好

從這條路上去的。」三名女弟子見走對了路，

998

看？和尚尼姑沒見過麼？」那漢子道：「是，是！小人不敢。」

鄭萼問道：「這位大叔，你可見到好幾個出家人，從這裏過去了麼？」那漢子道：「好幾個是沒有，一個倒是有的。有一個老師太，可比這小師太年紀老得多了⋯⋯」令狐沖喝道：「囉裏囉唆！一位老師太，難道還會比小師太年紀小？」那漢子道：「是，是。」鄭萼忙問：「那老師太怎樣啦。」那漢子道：「那老師太匆匆忙忙的問我，可見到有好幾個出家人，從這條路上過去。我說沒有，她就奔下去了。唉，這樣大的年紀，奔得可真快了，手裏還拿著一把明晃晃的寶劍，倒像是戲台上做戲的。」

秦絹拍手道：「那是師父了，咱們快追。」令狐沖道：「她對師父如此孝心，我雖欲對師父盡孝，卻不可得。」四人匆匆吃了飯，臨去時秦絹買了四個饅頭，說要給師父吃。令狐沖心中一酸：「不忙，吃飽了再說。」

可是直趕到天黑，始終沒見到定靜師太和恆山派眾人的蹤跡。一眼望去盡是長草密林，道路越來越窄，又走一會，草長及腰，到後來路也不大看得出了。

突然之間，西北角上隱隱傳來兵刃相交之聲。

令狐沖叫道：「那裏有人打架，可有熱鬧瞧了。」秦絹道：「啊喲，莫不是我師父？」令狐沖循聲奔去，奔出數十丈，眼前忽地大亮，十數枝火把高高點起，兵刃相交之聲卻更加響了。

他加快腳步，奔到近處，只見數十人點了火把，圍成個圈子，圈中一人大袖飛舞，

長劍霍霍，正是定靜師太。圈子之外躺著數十人，一看服色，便知是恆山派的眾女弟子。令狐冲見對方個個都蒙了面，當下一步步走近。眾人都在凝神觀鬥，一時誰也沒發見他。令狐冲哈哈大笑，叫道：「七個打一個，有甚麼味兒？」

一眾蒙面人見他突然出現，都是一驚，回頭察看。只有正在激鬥的七人恍若不聞，仍圍著定靜師太，諸般兵刃往她身上招呼。令狐冲見定靜師太布袍上已有好幾攤鮮血，連臉上也濺了不少血，同時左手使劍，顯然右手受傷。

這時人叢中有人呼喝：「甚麼人？」兩條漢子手挺單刀，躍到令狐冲身前。

令狐冲喝道：「本將軍東征西戰，馬不停蹄，天天就是撞到你們小毛賊。來將通名，本將軍刀下不斬無名之將。」一名漢子笑道：「原來是個渾人。」揮刀向令狐冲腿上砍來。令狐冲叫道：「啊喲，真的動刀子嗎？」身子一晃，衝入戰團，提起刀鞘，啪啪啪連響七下，分別擊中七人手腕，七件兵器紛紛落地。跟著嗆的一聲響，定靜師太一劍插入了一名敵人胸膛。那人突遭擊落兵刃，駭異之下，不及閃避定靜師太這迅如雷電的一劍。

定靜師太身子晃了幾下，再也支持不住，一交坐倒。

秦絹叫道：「師父，師父！」奔過去想扶她起身。

一名蒙面人舉起單刀，架在一名恆山派女弟子頸中，喝道：「退開三步，否則我一刀先殺了這女子！」

令狐冲笑道：「很好，很好，退開便退開好了，有甚麼希奇？別說退開三步，三十

步也行。」腰刀忽地遞出，刀鞘頭戳在他胸口。那人「啊喲」一聲大叫，身子向後直飛出去。令狐冲沒料到自己內力竟如此強勁，卻也一呆，順手揮過刀鞘，劈劈啪啪幾聲響，擊倒了三名蒙面漢子，喝道：「你們再不退開，我將你們一一擒來，送到官府裏去，每個人打你奶奶的屁股三十大板。」

蒙面人的首領見到他武功之高，簡直匪夷所思，拱手道：「衝著任教主的金面，我們且讓一步。」左手一揮，喝道：「魔教任教主在此，大家識相些，這就走罷！」眾人抬起一具死屍和給擊倒的四人，拋下火把，向西北方退走，頃刻間都隱沒在長草之中。

秦絹將本門治傷靈藥服侍師父服下。儀琳和鄭萼分別解開眾師姊妹綁縛。四名女弟子拾起地下火把，圍在定靜師太四周。眾人見她傷重，都臉有憂色，默不作聲。

定靜師太胸口不住起伏，緩緩睜開眼來，向令狐冲道：「你……你果真便是當年……當年魔教的……教主任……我行麼？」令狐冲搖頭道：「不是。」定靜師太目光茫然無神，出氣多，入氣少，顯然已難支持，喘了幾口氣，突然厲聲道：「你若是任我行，我恆山派縱然一敗塗地，盡……盡數覆滅，也不……不要……」說到這裏，一口氣已接不上來。令狐冲見她命在垂危，不敢再胡說八道，說道：「在下這一點兒年紀，難道會是任我行麼？」定靜師太問道：「那麼你為甚麼……為甚麼會使吸星妖法？你是任我行的弟子……」

令狐冲想起在華山時師父、師娘日常說起的魔教種種惡行，這兩日來又親眼見到魔教偷襲恆山派的鬼蜮伎倆，說道：「魔教為非作歹，在下豈能與之同流合污？那任我行魔

決不是我師父。師太放心，在下的恩師人品端方，行俠仗義，乃武林中眾所欽仰的前輩英雄，跟師太也頗有淵源。」

定靜師太臉上露出一絲笑容，斷斷續續的道：「那……那我就放心了。我……我是不成的了，相煩足下將恆山派……這……這些弟子們，帶……帶……」她說到這裏，呼吸急促，隔了一陣，才道：「帶到福州無相庵中……安頓，我掌門師妹……日內……就會趕到。」

令狐冲道：「師太放心，你休養得幾天，就會痊可。」定靜師太道：「你……你答允了嗎？」令狐冲見她雙眼凝望著自己，滿臉是企盼之色，唯恐自己不肯答允，便道：「師太如此吩咐，自當照辦。」定靜師太微微一笑，道：「阿彌陀佛，這副重擔，我……我本來……本來是不配挑的。少俠……你到底是誰？」

令狐冲見她眼神渙散，呼吸極微，已命在頃刻，不忍再瞞，湊嘴到她耳邊，悄聲道：「定靜師伯，晚輩便是華山派門下棄徒令狐冲。」

定靜師太「啊」的一聲，道：「你……你……多謝少俠……」顫巍巍的伸手抓住了他手，目光中盡是感激之意，忽然一口氣轉不過來，就此氣絕。

令狐冲叫道：「師太。」探她鼻息，呼吸已停，不禁淒然。恆山派羣弟子放聲大哭，荒原之上，一片哀聲。幾枝火把掉在地下，逐次熄滅，四周登時黑沉沉地。

令狐冲心想：「定靜師太也算得一代高手，卻遭宵小所算，命喪荒郊。她是個與人無爭的出家老尼，魔教卻何以總是放她不過？」突然間心念一動：「那蒙面人的首腦臨

1002

去之時，叫道：「魔教任教主在此，大家識相些，這就去罷！」魔教中人自稱本教為『日月神教』，聽到『魔教』二字，認為是污辱之稱，往往便因這二字稱呼，就此殺人。他既說『魔教』，便決不是魔教中人。況且，這人若是魔教中的首腦人物，又怎會不認得任教主，卻錯認了我？那麼這一夥人到底是甚麼來歷？」耳聽得眾弟子哭聲甚悲，當下也不去打擾，倚在一株樹旁，片刻便睡了。

次晨醒來，見幾名年長的弟子在定靜師太屍身旁守護，年輕的姑娘、女尼們大都蜷縮著身子，睡在其旁。令狐冲心想：「要本將軍帶領這一批女人趕去福州，當真古裏古怪、不倫不類之至。好在我本來也要去福州見師父、師娘，帶領是不必了，我沿途保護便是。」當下咳嗽一聲，走將過去。

儀和、儀清、儀質、儀真等幾名為首的弟子都向他合什行禮，說道：「貧尼等俱蒙大俠搭救，大恩大德，無以為報。師父不幸遭難，圓寂之際重託大俠，此後一切還望吩咐指點，自當遵行。」她們都不再叫他作將軍，自然明白他這將軍是個冒牌貨了。

令狐冲道：「甚麼大俠不大俠，難聽得很。你們如果瞧得起我，還是叫我將軍好了。」儀和等互望一眼，都只得點頭。令狐冲道：「我前晚發夢，夢見你們給一個婆娘用毒藥迷倒，都躺在一間大屋之中。後來怎地到了這裏？」

儀和道：「我們給迷倒後人事不知，後來那些賊子用冷水澆醒了我們，鬆了我們腳下綁縛，從鎮後小路上繞了出來，一路足不停步的拉著我們快奔。走得慢一步的，這些賊子便使用鞭子抽打。天黑了仍然不停，後來師父追來，他們便圍住了師父，叫她投降…

……」說到這裏，喉頭哽咽，哭了出來。

令狐冲道：「原來另外有條小路，怪不得片刻之間，你們便走了個沒影沒蹤。此後如何行止，還請示下。」令狐冲搖頭道：「將軍，我們想眼前的第一件大事，是火化師父的遺體。此後如何行止，還請示下。」令狐冲搖頭道：「和尚尼姑們的事情，本將軍一竅不通，要我吩咐示下，當真瞎纏三官經了。本將軍升官發財，最是要緊，這就去也！」邁開大步，疾向北行。

眾弟子大叫：「將軍，將軍！」令狐冲那去理會？

他轉過山坡後，便躲在一株樹上，直等了兩個多時辰，才見恆山一眾女弟子悲悲切切的上路。他遠遠跟在後面，暗中保護。

令狐冲到了前面鎮甸投店，尋思：「我已跟魔教人眾及嵩山派那些傢伙動過手。泉州府參將吳天德這副大鬍子模樣，在江湖上不免已有了點兒小小名聲。他奶奶的，老子這將軍只好不做啦！」當下將店小二叫了進來，取出二兩銀子，買了他全身衣衫鞋帽，說道要改裝之後，辦案拿賊，囑咐他不得洩漏風聲，倘若教江洋大盜跑了，回來捉他去抵數。

次日行到僻靜處，換上了店小二的打扮，扯下滿腮虬髯，連同參將的衣衫皮靴、腰刀文件，一古腦兒的掘地埋了，想到從此不能再做「將軍」，一時竟有點茫然若失。

兩日之後，在建寧府兵器鋪中買了一柄長劍，裹在包袱之中。

且喜一路無事，令狐冲直到眼見恆山派一行進了福州城東的一座尼庵，那尼庵的匾額確是寫著「無相庵」三字，這才噓了一口長氣，心想：「這副擔子總算是交卸了。我

1004

答允定靜師太，將她們帶到福州無相庵，帶雖沒帶，這可不都平平安安的進了無相庵麼？」

圖中所繪達摩左手放在背後，

似是捏著個劍訣，右手食指指向屋頂。

白髮老者雙掌對準了圖中達摩食指所指之處，

掌發勁力，擊向屋頂。

一團紅色物事從屋頂洞中飄了下來。

蒙冤

令狐沖轉身走向大街，向行人打聽了福威鏢局的所在，一時卻不想便去，只在街巷間漫步而行。到底是不敢去見師父、師娘呢，還是不敢親眼見到小師妹和林師弟現下的情狀，可也說不上來，自己找尋藉口拖延，似乎挨得一刻便好一刻。突然之間，一個極熟悉的聲音鑽進耳中：「小林子，你到底陪不陪我去喝酒？」

令狐沖登時胸口熱血上湧，腦中一陣暈眩。他千里迢迢的來到福建，爲的就是想聽到這聲音，想見到這聲音主人的臉龐。可是此刻當真聽見了，卻不敢轉過頭去。霎時之間，竟似泥塑木彫般呆住了，淚水湧到眼眶之中，望出來模糊一片。

只這麼一個稱呼，這麼一句話，便知小師妹跟林師弟親熱異常。

只聽林平之道：「我沒功夫。師父交下來的功課，我還沒練熟呢。」岳靈珊道：

「這三招劍法容易得緊。你陪我喝了酒，我就教你其中的竅門，好不好呢？」林平之道：

「師父、師娘吩咐，要咱們這幾天別在城裏胡亂行走，以免招惹是非。我說呢，咱們還是回去罷。」岳靈珊道：「難道街上逛一逛也不許麼？我就沒見到甚麼武林人物。再說，就是有江湖豪客到來，咱們跟他河水不犯井水，又怕甚麼了？」兩人說著漸漸走遠。

令狐沖慢慢轉過身來，只見岳靈珊苗條的背影在左，林平之高高的背影在右，二人並肩而行。岳靈珊穿件湖綠衫子，翠綠裙子。林平之穿的是件淡黃色長袍。兩人衣履鮮潔，單看背影，便是一雙才貌相當的璧人。令狐沖胸口便如有甚麼東西塞住了，幾乎氣也透不過來。他和岳靈珊一別數月，雖思念不絕，但今日一見，才知對她相愛之深。突然之間，眼前一黑，只覺天旋地轉，一手按劍柄，恨不得抽出劍來，就此橫頸自刎。

交便坐倒在街上。

過了好一會，他定了定神，慢慢站起，腦中兀自暈眩，心想：「我是永遠不能跟他二人相見的了。徒自苦惱，復有何益？今晚我暗中去瞧一瞧師父師娘，留書告知，任我行重入江湖，要與華山派作對，此人武功奇高，要他兩位老人家千萬小心。我也不必留下名字，從此遠赴異域，再不踏入中原一步。」回到店中呼酒而飲。大醉之後，和衣倒在床上便睡。

睡到中夜醒轉，越牆而出，逕往福威鏢局而去。鏢局建構宏偉，極是易認。見鏢局中燈火盡熄，更沒半點聲息，心想：「不知師父、師娘住在那裏？此刻當已睡了。」便在此時，只見左邊牆頭人影一閃，一條黑影越牆而出，瞧身形是個女子，這女子向西南角上奔去，所使輕功正是本門身法。令狐沖提氣追了上去，瞧那背影，依稀便是岳靈珊，心想：「小師妹半夜三更卻到那裏去？」

但見岳靈珊挨在牆邊，快步而行，令狐沖好生奇怪，跟在她身後四五丈遠，腳步輕盈，沒讓她聽到半點聲息。福州城中街道縱橫，岳靈珊東一轉，西一彎，這條路顯是平素走慣了的，在岔路上沒半分遲疑，奔出二里有餘，在一座石橋之側轉入了一條小巷。

令狐沖飛身上屋，見她走到小巷盡頭，縱身躍進一間大屋牆內。大屋黑門白牆，牆頭盤著一株老藤，屋內好幾處窗戶中都透出光來。

岳靈珊走到東邊廂房窗下，湊眼到窗縫中向內一張，突然吱吱吱吱的尖聲鬼叫。

令狐沖本來料想此處必是敵人所居，她是前來窺敵，突然聽到她尖聲叫了起來，大

出意料之外，但一聽到窗內那人說話之聲，便即恍然。

窗內那人說道：「師姊，你想嚇死我麼？嚇死了變鬼，最多也不過和你一樣。」

岳靈珊笑道：「臭林子，死林子，你罵我是鬼，小心我把你心肝挖了出來。」林平之道：「不用你來挖，我自己挖給你看。」岳靈珊笑道：「師娘要是問你，這句話我是在甚麼時候、甚麼地方說的，你怎生回答？」岳靈珊道：「我便說是今日午後，在練劍場上說的。你不用心練劍，卻儘跟我說這些閒話。」林平之道：「師娘一惱，定然把我關了起來，三個月不能見你面。」岳靈珊道：「呸！我希空麼？不見就不見！喂，臭林子，你還不開窗，幹甚麼啦？」

林平之長笑聲中，呀的一聲，兩扇木窗推開。岳靈珊縮身躲在一旁。林平之自言自語：「我還道是師姊來了，原來沒人。」作勢慢慢關窗。岳靈珊縱身從窗中跳進。

令狐沖蹲在屋角，聽著兩人一句句調笑，渾不知自己是否尚在人世，只盼一句也不聽見，偏偏每一句話都清清楚楚的鑽入耳來。但聽得廂房中兩人笑作一團。

窗子半掩，兩人的影子映上窗紙，兩個人頭相偎相倚，笑聲卻漸漸低了。

令狐沖輕輕嘆了口氣，正要掉頭離去。忽聽得岳靈珊說道：「這麼晚還不睡，幹甚麼來著？」林平之道：「我在等你啊。」岳靈珊笑道：「呸，說謊也不怕掉了大牙，你怎知我會來？」林平之笑道：「山人神機妙算，心血來潮，屈指一算，便知我的好師姊要大駕光臨。」岳靈珊道：「我知道啦，瞧你房中亂成這個樣子，定是又在找那部劍譜了，是不是？」

令狐冲已然走出幾步，突然聽到「劍譜」二字，心念一動，又回轉身來。只聽得林平之道：「幾個月來，這屋子也不知給我搜過幾遍了，連屋頂上瓦片也都一張張翻過了，就差著沒將牆上的磚頭拆下來瞧瞧……啊，師姊，這座老屋反正也沒甚麼用了，咱們眞的將牆頭都拆開來瞧瞧，好不好？」岳靈珊道：「這是你林家的屋子，拆也好，不拆也好，你問我幹甚麼？」林平之道：「是林家的屋子，就得問你。」岳靈珊道：「爲甚麼？」林平之笑道：「不問你問誰啊？難道你……你將來不姓……不姓我這個……哼……哼……嘻嘻。」岳靈珊笑罵：「臭林子，死林子，你討我便宜是不是？」又聽得啪啪作響，顯是她在用手拍打林平之。

他二人在屋內調笑，令狐冲心如刀割，本想即行離去，但那辟邪劍譜卻與自己有莫大干係。林平之的父母臨死之時，有幾句遺言要自己帶給他們兒子，其時只自己一人在側，由此便蒙了冤枉。偏生自己後來得風太師叔傳授，學會了獨孤九劍的神妙劍法，華山門中，人人都以爲自己吞沒了辟邪劍譜，連素來知心的小師妹也大加懷疑。平心而論，此事原也怪不得旁人，自己上思過崖那日，還曾與師娘對過劍來，而這劍法又與本門劍法大不相同，若不是自己得了別派的劍法秘笈，怎能如此？而這別派的劍法秘笈，若不是林家的辟邪劍譜，又會是甚麼？

他身處嫌疑之地，只因答允風太師叔決不洩漏他的行跡，當眞有口難辯。中夜自思，師父所以將自己逐出門牆，處事如此決絕，雖說由於自己與魔敎妖人交結，但另一

重要原因，多半認定自己吞沒辟邪劍譜，行止卑鄙，不容再列於華山派門下。此刻聽到岳、林二人談及劍譜，雖然他二人親暱調笑，也當強忍心酸，聽個水落石出。

只聽得岳靈珊道：「你已找了幾個月，既然找不到，劍譜自然不在這兒了，還拆牆幹甚麼？大師哥……大師哥隨口一句話，你也作得真的？」令狐沖又是心中一痛：「她居然還叫我『大師哥』！」林平之道：「大師哥傳我爹爹遺言，說道向陽巷老宅中的祖先遺物，不可妄自翻看。我想那部劍譜，縱然是大師哥借了去，暫不歸還……」令狐沖黯然冷笑，心道：「你說得客氣，不說我吞沒，卻說是借了去暫不歸還，哼哼，那也不用如此委婉其詞。」

只聽林平之接著道：「但想『向陽巷老宅』這五個字，卻不是大師哥所能編造得出的，定是我爹爹媽媽的遺言。大師哥和我家素不相識，又從沒來過福州，不會知道福州有個向陽巷，更不會知道我林家祖先的老宅是在向陽巷。即使福州本地人，知道的也不多。」岳靈珊道：「就算確是你爹爹媽媽的遺言，那又怎樣？」

林平之道：「大師哥轉述我爹爹的遺言，又提到『翻看』兩字，那自不會翻看甚麼四書五經，或是甚麼陳年爛帳，想來想去，必與劍譜有關。我想，爹爹遺言中既提到向陽巷老宅，即使劍譜早已不在，在這裏當也能發現一些端倪。」

岳靈珊道：「那也說得是。這些日子來，我見你總是精神不濟，晚上又不肯在鏢局裏睡，定要回到這裏，我不放心，因此過來瞧瞧。原來你白天練劍，又要強打精神陪我，晚間卻在這裏掏窩子。」

1012

林平之淡淡一笑，隨即嘆了口氣，道：「我爹爹媽媽死得好慘，我若找到了劍譜，能以林家祖傳劍法手刃仇人，方得慰爹爹媽媽在天之靈。」

岳靈珊道：「不知大師哥此刻在那裏？我能見到他就好了，定要代你向他索還劍譜。他劍法早已練得高明之極，這劍譜也該當物歸原主啦。我說，小林子，你乘早死了這條心，不用在這舊屋子裏東翻西尋啦。就沒這劍譜，練成了我爹爹的紫霞神功，也報得了仇。」林平之道：「這個自然。只我爹爹媽媽生前遭人折磨侮辱，又死得這等慘，若能以我林家祖傳劍法報仇，我入門最遲，縱然恩師、師娘看顧，眾位師兄、師姊也都不服，定要說……

輕傳弟子，才真正是為爹娘出了這口氣。再說，本門紫霞神功向來不定要說……」岳靈珊道：「定要說甚麼？」

林平之道：「說我跟你好未必是真心，只不過瞧在紫霞神功的面上，討恩師、師娘的歡心。」岳靈珊道：「呸！旁人愛怎麼說，讓他們說去。只要我知道你是真心就行啦。」林平之笑道：「你怎知我是真心？」岳靈珊啪的一聲，不知在他肩頭還是背上重重打了一下，啐道：「我知道你是假情假意，是狼心狗肺！」

林平之笑道：「好啦，來了這麼久，該回去啦，我送你回鏢局子。要是給師父、師娘知道了，那可糟糕。」岳靈珊道：「你趕我回去，是不是？你趕我，我就走。誰要你送了？」語氣甚是不悅。令狐冲知她這時定是撅起了小嘴，輕嗔薄怒，自是另有一番繫人心處。

林平之道：「師父說道，魔教前教主任我行重現江湖，聽說已到了福建境內，此人

武功深不可測，心狠手辣。你深夜獨行，如不巧遇上了他，那……那怎麼辦？」

令狐冲心道：「原來此事師父已知道了。是了，我在仙霞嶺這麼一鬧，人人都說是

任我行復出，師父豈有不聽到訊息之理？我也不用寫這封信了。」

岳靈珊道：「哼，你送我回去，如不巧遇上了他，難道你便能殺了他，拿住他？」

林平之道：「你明知我武功不行，又來取笑？我自然對付不了他，但只須跟你在一

起，就是要死，也死在一塊。」

岳靈珊柔聲道：「小林子，我不是說你武功不行。你這般用功苦練，將來一定比我

強。其實除了劍法還不怎麼熟，要是真打，我可還真不是你對手。」

林平之輕輕一笑，說道：「除非你用左手使劍，或許咱們還能比比。」

岳靈珊道：「我幫你找找看。你對家裏的東西看得熟了，見怪不怪，或許我能見到

此甚麼惹眼的東西。」林平之道：「好啊，你就瞧瞧這裏又有甚麼古怪。」

接著便聽得開抽屜、拉桌子的聲音。過了半晌，岳靈珊道：「這裏甚麼都平常得

緊。你家裏可有甚麼異乎尋常的地方？」林平之沉吟一會，道：「異乎尋常的地方？沒

有。」岳靈珊道：「你家練武場在那裏？」林平之道：「也沒甚麼練武場。我曾祖父創

辦鏢局子後，便搬到鏢局去住。我祖父、父親，都是在鏢局子練功夫。再說，我爹爹遭

言中有『翻看』二字，練武場中也沒甚麼可翻看的。」岳靈珊道：「對啦，咱們到你家

書房去瞧瞧。」林平之道：「我們是保鏢世家，只有帳房，沒有書房。帳房可也是在鏢

局子裏。」岳靈珊道：「那可真難找了。在這座屋子中，有甚麼可翻看的？」

林平之道：「我琢磨大師哥那句話，他說我爹爹命我千萬不可翻看祖宗的遺物，其實多半是句反話，叫我定要去翻看這老宅中祖宗的遺物。但這裏有甚麼東西好翻看的呢？想來想去，只有我曾祖的一些佛經了。」岳靈珊跳將起來，拍手道：「佛經！那好得很啊。達摩老祖是武學之祖，佛經中藏有劍譜，精神為之一振，心道：「林師弟如能在佛經中找到了那部劍譜，可就好了，免得他們再疑心是我吞沒了。」

令狐冲聽到岳靈珊這般說，精神為之一振，心道：「林師弟如能在佛經中找到了那部劍譜，可就好了，免得他們再疑心是我吞沒了。」

卻聽得林平之道：「我早翻過啦。不但是翻一遍兩遍，也不是十遍八遍，只怕一百遍也翻過了。我還去買了金剛經、法華經、心經、楞伽經來和曾祖父遺下的佛經逐字對照，確是一個字也不錯。那些佛經，便是尋常的佛經。」岳靈珊道：「那就沒甚麼可翻看的了。」她沉吟半晌，突然說道：「佛經的夾層之中，你可找過沒有？」

林平之一怔，說道：「夾層？我可沒想到。咱們這便去瞧瞧。」

二人各持一隻燭台，手拉手的從廂房中出來，走向後院。令狐冲在屋面上跟去，見燭光從一間間房子的窗戶中透出來，最後到了西北角一間房中。令狐冲跟著過去，輕輕縱下院子，湊眼窗縫向內張望。只見裏面是座佛堂。居中懸著一幅水墨畫，畫的是達摩老祖背面，自是描寫他面壁九年的情狀。佛堂靠西有個極舊的蒲團，桌上放著木魚、鐘磬，還有一疊佛經。

令狐冲心想：「這位創辦福威鏢局的林老前輩，當年威名遠震，手下傷過的綠林大盜定然不少，想來到得晚年，在這裏懺悔生平殺業。」想像一位叱吒江湖的英雄豪傑，

1015

白髮蒼蒼之時，坐在這間陰沉沉的佛堂中敲木魚唸經，那心境可著實寂寞淒涼。

岳靈珊取過一部佛經，道：「咱們把經書拆了開來，查一查夾層中可有物事。如果查不到，再將經書重行釘好便是。你說好不好？」林平之道：「好！」拿起一本佛經，拉斷釘書的絲線，將書頁平攤開來，查看夾層之中可有字跡。

岳靈珊拆開另一本佛經，一張張拿起來在燭光前映照。

令狐冲瞧著她背影，但見她皓腕如玉，左手上仍戴著那隻銀鐲子，有時臉龐微側，與林平之四目交投，相對便是一笑，又去查看書頁，也不知是燭光照射，還是她臉頰暈紅，但見半邊俏臉，當真艷若春桃。令狐冲悄立窗外，瞧得痴了。

二人拆了一本又一本，堪堪便要將桌上十二本佛經拆完，突然之間，令狐冲聽得背後輕輕一響。他身子一縮，回過頭來，只見兩條人影從南邊屋面上欺將過來，互打手勢，躍入院子，落地無聲。二人隨即都湊眼窗縫，向內張望。

過了好一會，聽得岳靈珊道：「都拆完啦，甚麼都沒有。」語氣甚是失望，忽然又道：「小林子，我想到啦，咱們去打盆水來。」聲音轉得頗為興奮。林平之問道：「幹甚麼？」岳靈珊道：「我小時候曾聽爹爹說過個故事，說有一種草，浸了酸液出來，用來寫字，乾了後字跡便即隱沒，但如浸濕了，字跡卻又重現。」

令狐冲心中一酸，記得師父說這個故事時，岳靈珊還只八九歲，自己卻有十五六歲了。當年舊事，霎時間湧上心來，記得那天和她去捉蟋蟀來打架，自己把最大最壯的蟋蟀讓了給她，偏偏還是她的輸了。她哭個不停，自己哄了她很久，她才回嗔作喜，兩個

人同去請師父講故事。念及這些往事，淚水又湧到眼眶之中。

只聽林平之道：「對，不妨試一試。」轉身出來。岳靈珊道：「我和你同去。」

兩人手拉手的出來。躲在窗後的那二人屏息不動。過了一會，林平之和岳靈珊各捧一盆水走進佛堂，將七八張佛經的散頁浸在水中。林平之迫不及待的將一頁佛經提起，在燭光前映照，不見有甚麼字跡。兩人試了二十餘頁，沒發見絲毫異狀。

林平之嘆了口氣，道：「不用試啦，沒寫上別的字。」

他剛說了這兩句話，躲在窗外那二人悄沒聲的繞到門口，推門而入。林平之喝道：「甚麼人？」那二人直撲進門，勢疾如風。林平之舉手待要招架，脅下已讓人出指點中。岳靈珊長劍只拔出一半，敵人兩隻手指已向她眼中插去，岳靈珊只得放脫劍柄，舉手上擋。那人右手連抓三下，都是指向她咽喉。岳靈珊大駭，退得兩步，背脊已靠在供桌邊上，沒法再退。那人左手向她天靈蓋劈落，岳靈珊雙掌上格，不料那人這一掌乃是虛招，右手點出，岳靈珊左腰中指，斜倚在供桌之上，再也不能動彈了。

這一切令狐冲全瞧在眼裏，見林岳二人一時並無性命之憂，心想不忙出手相救，且看敵人是甚來頭。只見這二人在佛堂中東張西望，一人提起地下蒲團，撕成兩半，另一人啪的一掌，將木魚劈成了七八片。林平之和岳靈珊既不能言，亦不能動，見到這二人掌力如刀，撕蒲團，碎木魚，顯然便是來尋那辟邪劍譜，均想：「怎沒想到劍譜或許藏在蒲團和木魚之中。」

但見蒲團和木魚中並沒藏有物事，心下均是一喜。

那二人都是五十來歲年紀，一個禿頭，另一個卻滿頭白髮。二人行動迅疾，頃刻間便將佛堂中供桌等物一一劈碎；直至無物可碎，兩人目光都向那幅達摩老祖畫像瞧去。禿頭老者左手伸出，便去抓那畫像。白髮老者伸手一格，喝道：「且慢，你瞧他的手指！」

令狐冲、林平之、岳靈珊三人的目光都向畫像瞧去，但見圖中達摩老祖左手放在背後，似是揑著個劍訣，右手食指指向屋頂。禿頭老者伸手一格道：「他手指有甚麼古怪？」白髮老者道：「不知道！且試試看。」身子縱起，雙掌對準了圖中達摩食指所指之處，掌發勁力，擊向屋頂。蓬的一聲，泥沙灰塵簌簌而落。禿頭老者道：「那有甚麼……」只說了四個字，一團紅色物事從屋頂洞中飄了下來，卻是一件和尚所穿的袈裟。

白髮老者伸手接住，在燭光下一照，喜道：「在……在這裏了。」他大喜若狂，聲音也發顫了。禿頭老者道：「怎麼？」白髮老者道：「你瞧！」

令狐冲凝目瞧去，只見袈裟之上隱隱似寫滿了無數小字。

禿頭老者道：「這難道便是辟邪劍譜？」白髮老者道：「十之八九，該是劍譜。哈哈，咱兄弟二人今日立此大功。兄弟，收了起來罷。」禿頭老者喜得嘴也合不攏來，將袈裟小心摺好，放入懷中，左手向林岳二人指了指，道：「斃了嗎？」

令狐冲手持劍柄，只待白髮老者一露殺害林岳二人之意，立時搶入，先將這兩名老者殺了。那知那白髮老者道：「劍譜既已得手，不必跟華山派結下深仇，讓他們去罷。」

兩人並肩走出佛堂，令狐冲也即躍出牆外，跟隨其後。兩名老者腳步十分迅疾。令狐冲生怕黑暗之中走

失了二人，加快腳步，和二人相距不過三丈。

兩名老者奔行甚急，令狐沖便也加快腳步。突然之間，兩名老者倏地站住，轉過身來，眼前寒光一閃，令狐沖只覺右肩、右臂一陣劇痛，竟已給對方雙刀同時砍中。兩人這一下突然站定，突然轉身，突然出刀，來得當真便如雷轟電閃一般。

令狐沖只是內力渾厚，劍法高明，這等臨敵應變的奇技快招，別說拔劍招架，連手指也不及碰到劍柄，便已身受重傷。

兩名老者的刀法快極，一招既已得手，第二刀跟著砍到。令狐沖大駭之下，忙向後躍出，幸好他內力奇厚，這倒退一躍，已在兩丈之外，跟著又是一縱，又躍出了兩丈。

兩名老者見他重傷之下，倒躍仍如此快捷，也吃了一驚，隨即撲上。

令狐沖轉身便奔，肩頭臂上初中刀時還不怎麼疼痛，此時卻痛得幾欲暈倒，心想：

「這二人盜去的袈裟，上面所寫的多半便是辟邪劍譜。我身蒙不白之冤，說甚麼也要奪了回來，去還給林師弟。」當下強忍疼痛，伸手去拔長劍。

一拔之下，長劍只出鞘一半，右臂中刀之後，力氣半點也沒法使出。

耳聽得腦後風響，敵人鋼刀砍到，當即提氣向前急躍，左手用力一扯，拉斷了腰帶，這才將長劍握在手中，使勁急抖，摔落劍鞘。堪堪轉身，但覺寒氣撲面，雙刀同時砍到。

他又倒躍一步。其時天色將明，但天明之前一刻最是黑暗，除了刀光閃閃之外，睜眼不見一物。他所學的獨孤九劍，要旨是看到敵人招數的破綻所在，乘虛而入，此時敵人的身法招式全然無法見到，劍法便使不出來。只覺左臂又是一痛，給敵人刀鋒劃了一

道口子，只得斜向長街急衝出去，左手握劍，將拳頭按住右肩傷口，以免流血過多，不支倒地。

兩名老者追了一陣，見他腳步極快，追趕不上，好在劍法秘譜已經奪到，不願多生枝節，當即停步不追，轉身回去。令狐冲叫道：「喂，大膽賊子，偷了東西想逃嗎？」反而轉身追來。兩名老者大怒，又即轉身，揮刀向他砍去。令狐冲不和他們正面交鋒，返身又逃，心下暗暗禱祝：「有人提一盞燈籠過來，那就好了。」奔得幾步，靈機一動，躍上屋頂，四下張望，見左前方一間屋中有燈光透出，忙向燈光處奔去。兩名老者卻又停步不追。

令狐冲俯身拿起兩張瓦片，向二人投去，喝道：「你們盜了林家辟邪劍譜，一個禿頭，一個白髮，便逃到天涯海角，武林好漢也要拿到你們碎屍萬段。」帕喇喇一聲響，兩張瓦片在大街青石板上跌得粉碎。

兩名老者聽他叫出《辟邪劍譜》的名稱，當即上屋向他追去。

令狐冲只覺腳下發軟，力氣越來越弱，猛提一口氣，向燈光處狂奔一陣，突然一個踉蹌，從屋面上摔了下來，急忙一個「鯉魚打挺」，翻身站起，靠牆而立。

兩名老者輕輕躍下，分從左右撲上。禿頭老者獰笑道：「老子放你一條生路，你偏不走。」令狐冲見他禿頭上油光晶亮，心頭一凜：「原來天亮了。」笑道：「兩位是那一家那一派的，為甚麼定要殺我而甘心？」

白髮老者單刀一舉，向令狐冲頭頂疾劈而下。

令狐冲劍交右手，輕輕一刺，劍尖刺入了他咽喉。

禿頭老者大驚，舞刀直撲而前。令狐冲長劍削出，正中其腕，連刀帶手，一齊切了下來，劍尖隨即指住他喉頭，喝道：「你二人到底是甚麼門道，說了出來，饒你一命。」

禿頭老者嘿嘿一笑，跟著淒然道：「我兄弟橫行江湖，罕逢敵手，今日死在尊駕劍下，佩服，佩服。只不知尊駕高姓大名，我死了……死了也是個胡塗鬼。」

令狐冲見他雖斷了一手，仍氣概昂然，敬重他是條漢子，道：「在下被迫自保，其實跟兩位素不相識，失手傷人，可對不住了。那件袈裟，閣下交了給我，咱們就此別過。」

禿頭老者森然道：「禿鷹豈是投降之人？」左手一翻，一柄匕首插入自己心窩。

令狐冲心道：「這人寧死不屈，倒是個人物。」俯身去他懷中掏那件袈裟。只覺一陣頭暈，知是失血過多，於是撕下衣襟，胡亂紮住肩頭和臂上的傷口，這才在禿頭老者懷中將袈裟取出。

這時又覺一陣頭暈，當即吸了幾口氣，辨明方向，逕向林平之的那向陽巷老宅走去。

走出數十丈，已感難以支持，心想：「我如倒了下來，不但性命不保，死後人家還道我偷了辟邪劍譜，贓物在身，死後還是落了污名。」當下強自支撐，終於走進了向陽巷。

但林家大門緊閉，林平之和岳靈珊又為人點倒，沒人開門，要他此刻躍牆入內，卻無論如何無此力氣，只得打了幾下門，跟著出腳往大門上踢去。

這一腳大門沒踢開，一下震盪，暈了過去。

待得醒轉，只覺身臥在床，一睜眼，便見到岳不羣夫婦站在床前，令狐沖大喜，叫道：「師父、師娘……我……」心情激動，淚水不禁滾滾而下，掙扎著坐起身來。岳不羣不答，只問：「卻是怎麼會事？」令狐沖道：「小師妹呢？她……她平安無事嗎？」岳夫人道：「沒事！你……你怎麼到了福州？」語音中充滿了關懷之意，眼眶卻不禁紅了。

令狐沖道：「林師弟的辟邪劍譜，給兩個老頭兒奪了去，我殺了那二人，搶了回來。那兩人多半是魔教中的好手。」一摸懷中，袈裟已然不見，忙問：「那……那件袈裟呢？」岳夫人問道：「甚麼？」令狐沖道：「袈裟上寫得有字，多半便是林家的辟邪劍譜。」岳夫人道：「那麼這是平之的物事，該當由他收管。」令狐沖道：「正是。師娘，你和師父都好？眾位師弟師妹也都好？」

岳夫人眼眶紅了，舉起衣袖拭了拭眼淚，道：「大家都好。」

令狐沖道：「我怎麼到了這裏？是師父、師娘救我回來的麼？」岳夫人道：「我今兒一早到平之的向陽巷老宅去，在門外見你暈在地下。」令狐沖「嗯」了一聲，道：「幸虧師娘到來，否則如給魔教的妖人先見到，孩兒就沒命了。」他知師娘定是早起不見了女兒，便趕到向陽巷去找尋，只這件事不便跟自己說起。

岳不羣道：「你說殺了兩名魔教妖人，怎知他們是魔教的？」令狐沖道：「弟子南來，一路上遇到不少魔教中人，跟他們動了幾次手。這兩個老頭兒武功怪異，顯然不是我正派中人。」心下暗暗歡喜：「我奪回了林師弟的辟邪劍譜，師父、師娘、小師妹便不會再對我生疑……而我殺了這兩名魔教妖人，師父當也不再怪我和魔教勾結了。」

那知岳不羣臉色鐵青，哼了一聲，厲聲道：「你到這時還在胡說八道！難道我便如此容易受騙麼？」令狐冲大驚，忙道：「弟子決不敢欺瞞師父。」岳不羣森然道：「誰是你師父了？岳某早跟你脫卻了師徒名份。」

令狐冲從床上滾下地來，雙膝跪地，磕頭道：「弟子做錯了不少事，願領師父重責，只是……只是逐出門牆的責罰，務請師父收回成命。」

岳不羣向旁避開，不受他大禮，冷冷的道：「魔教任教主的小姐對你青眼有加，你早跟他們勾結在一起，還要我這師父幹麼？」令狐冲奇道：「魔教任教主的小姐？師父這話不知從何說起？雖然聽說那任……任我行有個女兒，可是弟子從來沒見過。」

岳夫人道：「冲兒，到了此刻，你又何必再說謊？」嘆了口氣，道：「那位任小姐召集江湖上旁門左道之士，在山東五霸岡上給你治病，那天我們又不是沒去……」

令狐冲大爲駭異，顫聲道：「五霸岡上那位姑娘，她……她……盈盈……她是任教主的女兒？」岳夫人道：「你起來說話。」令狐冲慢慢站起，心下一片茫然，喃喃的道：「她……她是任教主之女？這……這真是從何說起？」

岳夫人怫然不悅，道：「誰是他師父、師娘了？」伸手在桌上重重一擊，啪的一聲響，桌角登時掉下了一塊。令狐冲惶恐道：「弟子決不敢欺騙師父、師娘……」

岳不羣怒道：「爲甚麼對著師父、師娘，你還要說謊？」

岳不羣厲聲道：「岳某當初有眼無珠，收容了你這無恥小兒，實是愧對天下英豪。你是不是要我長此負這污名？你再叫一聲『師父、師娘』，我立時便將你斃了！」怒喝時

臉上紫氣忽現，委實惱怒已極。

令狐冲應道：「是！」伸手扶著床緣，臉上全無血色，身子搖搖欲墜，說道：「他們給我治傷療病，那是有的。可是……可是誰也沒跟我說過，她……她便是任教主的女兒。」岳夫人道：「你聰明伶俐，何等機警，怎會猜想不到？她一個年紀輕輕的姑娘，只這麼一句話，便調動了三山五嶽的左道之士，個個爭著來給你治病。除了魔教的任小姐，又誰能有這樣的天大面子？」令狐冲道：「弟……我……我當時只道她是一位年老婆婆。」岳夫人道：「她易容改裝了麼？」令狐冲道：「沒有，只不過……只不過我當時一直沒見到她臉。」岳不羣「哈」的一聲笑了出來，臉上卻無半分笑意。

岳夫人嘆了口氣，道：「冲兒，你年紀大了，性格兒也變了。我的說話，你再也不放在心上啦。」令狐冲道：「師……師……我對你老人家的說話，可……可……可豈不……」他想要說「我對你老人家的說話，可真不敢違背」，但事實俱在，師父、師娘一再命他不可與魔教中人結交，他和盈盈、向問天、任我行這些人的干係，又豈僅是「結交」而已？

岳夫人又道：「就算那個任教主的小姐對你好，你為了活命，讓她召人給你治病，或者說情有可原……」岳不羣怒道：「甚麼情有可原？為了活命，那就可以無所不為麼？」他平時對這位師妹兼夫人向來彬彬有禮，當真相敬如賓，今日卻一再疾言厲色的打斷她話頭，可見實是怒不可遏。岳夫人明白丈夫的心情，也不和他計較，繼續說道：「但你為甚麼又和魔教那大魔頭向問天勾結在一起，殺害了不少我正派同道？你雙手染滿

1024

了正教人士的鮮血，你……你快快走罷！」

令狐沖背上一陣冰冷，想起那日在涼亭之中、深谷之前，和向問天並肩迎敵，確有不少正教中人因自己而死，雖說當其時惡鬥之際，自己若不殺人，便是被殺，委實出於無奈，可是這大筆血債，總是算在自己身上了。

岳夫人道：「在五霸岡下，你又與魔教的任小姐聯手，殺害了好幾個少林派和崑崙派弟子。沖兒，我從前視你有如我的親兒，但事到如今，你……你師娘無能，可再沒法子庇護你了。」說到這裏，兩行淚水從面頰上直流下來。

令狐沖黯然道：「孩兒確是做了錯事，罪不可赦。但一人做事一身當，決不能讓華山派名頭蒙污。請兩位老人家大開法堂，邀集各家各派英雄與會，將孩兒當場處決，以正華山派的門規便是。」

岳不羣長歎一聲，說道：「令狐師傅，你今日倘若仍是我華山派門下弟子，此舉原也使得。你性命雖亡，我華山派清名得保，你我師徒之情尚在。可是我早已傳書天下，將你逐出門牆。你此後的所作所為，與我華山派何涉？我又有甚麼身分來處置你？嘿嘿，正邪勢不兩立，下次你再為非作歹，撞在我手裏，妖孽奸賊，人人得而誅之，那就容你不得了。」

正說到這裏，房外一人叫道：「師父、師娘。」卻是勞德諾。岳不羣問道：「怎麼？」勞德諾道：「外面有人拜訪師父、師娘，說道是嵩山派的鍾鎮，還有他的兩個師弟。」岳不羣道：「九曲劍鍾鎮，他也來福建了嗎？好，我便出來。」逕自出房。

1025

岳夫人向令狐冲瞧了一眼，眼色中充滿了柔情，似是叫他稍待，回頭尚有話說，跟著走了出去。

令狐冲自幼對師娘便如與母親無異，見她對自己愛憐，心中懊悔已極，尋思：「種種情事，總是怪我行事任性，是非善惡，不辨別清楚。向大哥明明不是正人君子，我怎地不問情由，上前便幫他打架？我一死不足惜，可教師父、師娘沒臉見人。華山派門中出了這樣一個不肖弟子，連眾師弟、師妹們也都臉上少了光采。」

又想：「原來盈盈是任教主的女兒，怪不得老頭子、祖千秋他們對她如此尊崇。她隨口一句話，便將許多江湖豪士充軍到東海荒島，七八年不得回歸中原。唉，我原該想到才是。武林之中，除了魔教的大頭腦，又有誰能有這等權勢？但她和我在一起之時，扭扭捏捏，嬌羞靦腆，比之小師妹尚且勝了三分，又怎想得到她竟是魔教中的大人物？然而那時任教主尚給東方不敗囚在西湖底下，他的女兒又怎會有偌大權勢？」

正自思潮如潮，起伏不定，忽聽得腳步聲細碎，一人閃進房來，正是他日思夜想、念茲在茲的小師妹。令狐冲叫道：「小師妹！你……」下面的話便接不下去了。岳靈珊道：「大師哥，快……快離開這兒，嵩山派的人找你晦氣來啦。」語氣甚是焦急。

令狐冲只一見到她，天大的事也都置之腦後，甚麼嵩山派不嵩山派，壓根兒便沒放在心上，雙眼怔怔的瞧她，一時甜、酸、苦、辣，諸般滋味盡皆湧向心頭。

岳靈珊見他目不轉睛的望著自己，臉上微微一紅，說道：「有個甚麼姓鍾的，帶著兩個師弟，說你殺了他們嵩山派的人，一直追尋到這兒來。」

令狐冲一呆，茫然道：「我殺了嵩山派的人？沒有啊。」

突然間砰的一聲，房門推開，岳不羣容滿臉走了進來，厲聲道：「令狐冲，你幹的好事！你殺了嵩山派屬下的武林前輩，卻說是魔教妖人，欺瞞於我。」令狐冲奇道：

「弟……我……我殺了嵩山派屬下的武林前輩？我……我沒有……」

岳不羣怒道：「『白頭仙翁』卜沉，『禿鷹』沙天江，這兩人可是你殺的？」

令狐冲聽到這二人的外號，記起那禿頂老者自殺之時，曾說過「禿鷹豈是投降之人」這句話，那麼另一個白髮老者，便是甚麼「白頭仙翁」卜沉了，便道：「一個白頭髮的老人，一個禿頭老者，那確是我殺的。我……我可不知他們是嵩山派門下。他們使的是單刀，全不是嵩山派武功。」岳不羣神色愈是嚴峻，問道：「那麼這兩個人，確是你殺的？」令狐冲道：「正是。」

岳靈珊道：「爹，那個白頭髮和那禿頂的老頭兒……」岳不羣喝道：「出去！誰叫你進來的？我在這裏說話，要你插甚麼嘴？」岳靈珊低下了頭，慢慢走到房門口。

令狐冲心下一陣淒涼，一陣歡喜：「師妹雖和林師弟要好，畢竟對我仍有情誼。她干冒父親申斥，前來向我示警，要我儘速避禍。」

岳不羣冷笑道：「五嶽劍派各派的武功，你都明白麼？這卜沙二人出於嵩山派的旁支，你心存不規，不知用甚麼卑鄙手段害死了他們，卻將血跡帶到了向陽巷平之的老宅。嵩山派一查，便跟著查到了這裏。眼下嵩山派的鍾師兄便在外面，向我要人，你有甚麼話說？」

1027

岳夫人走進房來，說道：「他們又沒親眼見到是冲兒殺的？單憑幾行血跡，也不能認定是咱們鏢局中人殺的。咱們給他們推個一乾二淨便是了。」

岳不羣怒道：「師妹，到了這時候，你還要包庇這無惡不作的無賴子。我堂堂華山派掌門，豈能為了這小畜生而說謊？你……你……咱們這麼幹，非搞到身敗名裂不可。」

令狐冲這幾年來，常想師父、師娘是師兄妹而結成眷屬，自己若能和小師妹也有這麼一天，那當真萬事俱足，更無他求，此刻見師父對師娘說話，竟如此的聲色俱厲，心中忽想：「倘若小師妹是我妻子，她要幹甚麼，我便由得她幹甚麼，是好事也罷，是壞事也罷，我決不會有半點拂逆她的意願。她便要我去幹十惡不赦的大壞事，我也不會皺一皺眉頭。」

岳不羣雙目盯在令狐冲臉上，忽然見他臉露溫柔微笑，目光含情，射向站在房門口的女兒，怒喝：「小畜生，在這當兒，你心中還在打壞主意麼？」

岳不羣這一聲大喝，登時教令狐冲從胡思亂想中醒覺過來，一抬頭，只見師父臉上紫氣隱隱，手掌提起，便要往自己頭頂擊落，突然間感到一陣說不出的歡喜，只覺在這世上委實苦澀無味之極，今日死在師父掌底，那是痛痛快快的解脫，尤其是小師妹在旁，看著自己給她父親一掌劈死，更是自己全心所企求之事。他微微一笑，目光向岳靈珊瞧去，只待師父揮掌打落。

但覺腦頂風生，岳不羣右掌劈將下來，卻聽得岳夫人叫道：「使不得！」手指便往丈夫後腦「玉枕穴」上點去。他二人自幼同門學藝，相互拆招，已熟極而流，岳夫人這

一指所點之處，乃致命要穴，岳不羣自然而然回掌拆格。岳夫人已閃身擋在令狐冲身前。

走！」岳不羣臉色鐵青，怒道：「你……你幹甚麼？」岳夫人急叫：「冲兒，快走！快

足道：「有我在這裏，他殺不了你的，快走，走得遠遠的，永遠別再回來。」岳夫人頓

走！」令狐冲搖頭道：「我不走，師父要殺我，便殺好了。我是罪有應得。」岳夫人頓

聲道：「好，我去見見他們。」說著大踏步往外走去。岳夫人叫道：「去不得，他們會

令狐冲心道：「原來師父躭心應付不了鍾鎮他們，我可須得去替他打發了。」朗

殺了你的。」但令狐冲走得極快，立時已衝入了大廳。

岳不羣道：「哼，他一走了之，外面廳上嵩山派那三人，咱們又如何對付？」

位。令狐冲往對面的太師椅中一坐，冷冷的道：「你們三個，到這裏幹甚麼來了？」

果見嵩山派的九曲劍鍾鎮、神鞭滕八公、錦毛獅高克新三人大剌剌的坐在西首賓

此刻令狐冲身上穿著店小二衣衫，除去虬髯，與廿八鋪客店中夜間相逢時的參將模

樣已全不相同。鍾鎮等三人突然見到這樣一個滿身血跡的市井少年如此無禮，都不禁勃

然大怒。高克新喝道：「你是甚麼東西？」令狐冲笑道：「你們三個，是甚麼南北？」

高克新一怔，心想：「怎叫做『是甚麼南北』？」但想那定然不是甚麼好話，怒道：

「快去請岳先生出來！憑你也配跟我們說話？」

這時岳不羣、岳夫人、岳靈珊以及華山派眾弟子都已到了屏門之後，聽著令狐冲跟

這三人對答。岳不羣聽他問「你們三個是甚麼南北？」不由得好笑，但知眼前這三人都

是嵩山派好手，大師哥殺了他們的人，又對他們如此無禮，待會定要動手，未免凶多吉少，而父親、母親看來決不會插手相助，可不知如何是好，心中一發愁，便笑不出來。

令狐冲道：「岳先生是誰？啊，你說的是華山派掌門。我正來尋他晦氣。嵩山派有兩個不肖之徒，一個叫甚麼白頭妖翁卜沉，一個叫禿梟沙天江，半夜裏去搶人家的辟邪劍譜，還點了年輕人的穴道，不懷好意。我要救人，便將這兩個傢伙殺了。聽說嵩山派還有三個傢伙，躲在福威鏢局之中。我要岳先生交出人來，岳先生卻不肯。氣死我也，氣死我也！」跟著縱聲大叫：「岳先生，嵩山派有三個無聊傢伙，一個叫爛鐵劍鍾鎮，一個叫小鬼膝八婆，還有一個癩皮貓高克新。請你快快交出人來，我要跟他們算帳。你想包庇他們，那可不成！你們五嶽劍派，同氣連枝，我可不賣這個帳！」

岳不羣等聽了，無不駭然，均知他如此叫嚷，是要表明華山派與殺人之事無關。可是嵩山派這三人成名已久，那九曲劍鍾鎮更加了得，在「嵩山十三太保」中排名甚高，聽令狐冲所嚷的言語，顯已知曉鍾鎮等三人的來歷。那日夜戰，他打敗劍宗封不平，刺瞎十五名江湖好手的雙眼，劍法確是非同小可，但他此刻受傷極重，只怕再站立一會便會倒下，何以這等膽大妄為，貿然向人挑釁？

高克新大怒躍起，長劍出鞘，便要向令狐冲刺出。鍾鎮舉手攔住，向令狐冲問道：

「尊駕是誰？」

令狐冲道：「哈哈，我認得你，你卻不認得我。你們嵩山派想將五嶽劍派合而為一，由你嵩山派吞併其餘四派。你們三個南北來到福建，一來是要搶奪林家的辟邪劍

譜，二來是要戕害華山、恆山各派的重要人物。種種陰謀，可全給我知悉了。只怕是徒勞無功，到頭一場空，嘿嘿，好笑啊好笑！」

岳不羣和岳夫人對瞧了一眼，均想：「他這話倒未必全是無稽之談。」

鍾鎮臉有驚疑之色，問道：「尊駕是那一派的人物？」

令狐冲道：「我大廟不收，小廟不受，是個無主孤魂，荒山野鬼，決不會來搶你們嵩山派的生意，你這可放心了罷？哈哈，哈哈！」笑聲中充滿了淒涼之意。

鍾鎮道：「尊駕既非華山派人物，咱們可不能騷擾了岳先生，這就借步到外面說話。」這幾句話語調平淡，但目露兇光，充滿了殺機，顯是令狐冲揭了他的底，已決心誅卻。他對岳不羣畢竟有所忌憚，不敢在福威鏢局中拔劍殺人，要將令狐冲引到鏢局之外再行動手。

這句話正合令狐冲心意，大聲叫道：「岳先生，你今後可得多加提防。魔教教主任我行復出，此人身有吸星大法，專吸旁人內力，他說要跟華山派為難。還有，嵩山派想併吞你華山派。你是彬彬君子，人家的狼心狗肺，卻不可不防。」他此番來到福州，為的便是要向師父說這幾句話，說罷便即大踏步出門。鍾鎮等跟了出來。

令狐冲邁步走出福威鏢局，只見一羣尼姑、婦女站在大門外，正是恆山派那批女弟子。儀和與鄭萼二人手持拜盒，走在最前，當是到鏢局來拜會岳不羣和岳夫人。令狐冲一怔，急忙轉頭，不讓她們見到，但已跟儀和她們打了個照面，好在儀琳遠遠在後，沒見到他面目。

鍾鎮等三人出來時，鄭萼卻認得他們，不禁一怔，停住了腳步。

令狐沖心想：「恆山派弟子既知我師父在此，自當前來拜會，有我師父、師娘照料，她們也不會吃虧了。」他不願給儀琳見到，斜刺裏便欲溜走。

鍾鎮、滕八公、高克新同時兵刃出手，攔在他面前，喝道：「你還想逃嗎？」

令狐沖笑道：「我手裏沒兵器，又怎生打法？」

這時岳不羣、岳夫人和華山派眾弟子都來到門前，要看令狐沖如何對付鍾鎮等三人。岳靈珊拔劍出鞘，叫道：「大……」想將長劍擲過去給他。岳不羣左手兩指伸出，搭在她劍刃之上，搖了搖頭。岳靈珊急道：「爹！」岳不羣又搖了搖頭。

這一切全瞧在令狐沖眼裏，心中大慰：「小師妹對我，畢竟還有昔日之情。」

突然之間，好幾人齊聲驚呼。

令狐沖情知必是有人偷襲，不及回頭，立即向前急縱而出。他內力奇厚，這一躍既高且速，但饒是如此，只覺腦後生風，一劍在背後直劈而下，剛才這一躍只須慢得剎那，又或力道不足，躍得近了半尺，身子已給人劈成兩半，當真凶險已極。

他站定後立即回頭，但聽得一聲呼叱，白光閃動，恆山派女弟子同時出手。七人一隊，分成三隊，七柄長劍指住一人，將鍾鎮等三人分別圍住。這一下拔劍、移步、圍敵、出招，動作迅捷無比，加之身法輕盈，姿式美觀，顯是習練有素的陣法。每柄長劍劍尖指住對方一處要害，頭、喉、胸、腹、腰、背、脅，每人身上七處要害，均給一柄長劍指住。陣法既成，七名女弟子便不再動。

適才出手向令狐冲偷襲的，便是鍾鎮。聽得令狐冲的言語對嵩山派甚是不利，當即

乘其不備，忽施殺手，意欲儘速滅口，以免他多嘴多舌，更增岳不羣的疑心。他出手固

然極毒，卻還是讓對方避了開去，而恆山派衆女弟子劍陣一成，他武功雖強，可也半點

動彈不得，只須那裏動上一動，料想便有一柄劍刺將過來。

原來恆山羣弟子早已從鄭萼、儀琳口中，得知鍾鎮等三人如何乘人之危，在廿八鋪

逼迫定靜師太同意五派合併之議，都心中有氣，此時得鄭萼示知，又見鍾鎮偷襲傷人，

當即使動劍陣，將嵩山派三人圍住。

岳不羣、岳夫人自不知恆山派與鍾鎮等在廿八鋪中曾有一番過節，突見雙方動手，

都大爲驚奇，眼見恆山派衆女弟子所結劍陣甚是奇妙，廿一人分成三堆，除了衣袖衫

角在風中飄動外，二十一柄長劍寒光閃閃，竟皆紋絲不動，其中卻蘊藏著無限殺機。

令狐冲見恆山劍陣凝式不動，七柄劍既攻敵，復自守，七劍連環，絕無破綻可尋，宛

然有獨孤九劍「以無招破有招」之妙詣，氣喘吁吁的喝采：「妙極！這劍陣精采之至！」

鍾鎮眼見受制，當即哈哈一笑，說道：「大家是自己人，開甚麼玩笑？我認輸了，

好不好？」噹的一聲，擲劍下地。圍住他的七人以儀和爲首，見對方擲劍認輸，當即長

劍一抖，收了轉去，其餘六人跟著收劍。不料鍾鎮左足足尖在地下長劍劍身上一點，那

劍猛地跳起。鍾鎮手指尖一碰劍柄，劍鋒如電，驀地刺出。

儀和「啊」的一聲驚呼，右臂中劍，手中長劍嗆啷落地。鍾鎮長笑聲中，寒光連

閃，恆山派衆弟子紛紛受傷。這麼一亂，其餘兩個劍陣中的十四名女弟子心神稍分，膝

八公和高克新同時乘隙發動，登時兵刃相交，錚錚之聲大作。

令狐冲搶起儀和掉在地下的長劍，揮劍擊出。但聽得嗆啷，啊，嘿，幾下聲響，高克新手腕受擊，長劍落地。膝八公的軟鞭倒了轉來，圈在自己頭頸之中。鍾鎮手腕給劍背擊中，退了幾步，長劍總算還握在手中，但整條手臂已酸軟無力。

兩個少女同時尖聲叫了起來，一個叫：「吳將軍！」一個叫：「令狐師兄！」

叫「吳將軍」的是鄭萼。適才令狐冲擊退三人所使手法，與在廿八鋪客店中對付這三人時所用劍招一模一樣，連高克新茫然失措、膝八公險些窒息、鍾鎮又驚又怒的神情也殊無二致。鄭萼心思機敏，當日曾見令狐冲如此出招，他容貌衣飾雖已大變，還是立即認了出來。另一個叫「令狐師兄」的卻是儀琳。她本來和儀貞、儀質等六位師姊結成劍陣，圍住了膝八公。每人全神貫注，雙目盯住敵人，絕不斜視，目中所見，僅只他身上一處要害，視頭則只見其頭，視胸則只見其胸，連敵人別處肢體都沒瞧見，自然更加沒見到旁人，直至劍陣散開，她才見到令狐冲。瞥別經年，陡然相遇，儀琳全身大震，險些暈去。

令狐冲真相既顯，眼見已無法隱瞞，笑道：「你奶奶的，你這三個傢伙太也不識好歹，恆山派眾位師太饒了你們一命，你們居然恩將仇報。本將軍可實在太瞧著不順眼了。我……我……」說到這裏，突然腦中暈眩，眼前發黑，咕咚倒地。

儀琳搶上扶起，急叫：「令狐師兄，令狐師兄！」只見他肩頭、臂上血如泉湧，忙捲起他衣袖，取出本門治傷靈藥白雲熊膽丸塞入他口中。鄭萼、儀貞等取過天香斷續膠

為他搽上傷口。恆山派眾女弟子個個感念他救援之德，當日若不是他出手相救，人人都已死於非命，不但慘死，說不定還會受賊子污辱，是以遞藥的遞藥，抹血的抹血，包紮的包紮，便在這長街之上盡心救治。天下女子遇到這等緊急事態，自不免嘰嘰喳喳，七嘴八舌，圍住了議論不休。恆山派眾女弟子雖是武學之士，卻也難免，或嘆息，或示關心，或問何人傷我將軍，或曰凶手狠毒無情，言語紛紜，且雜「阿彌陀佛」之聲。

華山派眾人見到這等情景，盡皆詫異。

岳不羣心想：「恆山派向來戒律精嚴，這些女弟子卻不知如何，竟給令狐沖這無行浪子迷得七顛八倒，在眾目睽睽之下，不避男女之嫌，叫師兄的叫師兄，呼將軍的呼將軍。這小賊幾時又做過將軍了？當真昏天黑地，一塌胡塗。怎地恆山派的前輩也不管管？」

鍾鎮向兩名師弟打個手勢，三人各挺兵刃，向令狐沖衝去。三人均知此人不除，後患無窮，何況兩番失手在他劍底，乘他突然昏迷，正是誅卻此人的良機。

儀和一聲呼哨，立時便有十四名女弟子排成一列，長劍飛舞，將鍾鎮三人擋住。這些女弟子各別武功並不甚高，但一結成陣，攻者攻，守者守，十四人便擋得住四五名一流高手。

岳不羣初時原有替雙方調解之意，只種種事端皆大出意料之外，既不知雙方何以結怨，又對嵩山、恆山雙方均生反感，心想暫且袖手旁觀，靜待其變。但見恆山派十四名女弟子守得極為嚴密，鍾鎮等連連變招，始終沒法攻近。高克新一個大意，攻得太前，反給儀清在大腿上刺了一劍，傷勢雖然不重，卻已鮮血淋漓，甚為狼狽。

令狐冲迷迷糊糊之中，聽得兵刃相交聲叮噹不絕，眼睜一線，見到儀琳臉上神色焦慮，口中喃喃唸佛：「眾生被困厄，無量苦遍身，觀音妙智力，能救世間苦……」他心下感激，站了起來，低聲道：「小師妹，多謝你，將劍給我。」儀琳道：「你……你別……」令狐冲微微一笑，從她手中接過劍來，左手扶著她肩頭，搖搖晃晃的走出去。儀琳本來眈心他傷勢，但一覺自己肩頭正承擔著他身子重量，登時勇氣大增，全身力氣都運上右肩。

令狐冲從幾名女弟子身旁走過，第一劍揮出，高克新長劍落地，第二劍揮出，滕八公軟鞭繞頸，第三劍噹的一聲，擊上鍾鎮的劍刃。鍾鎮知他劍法奇幻，自己決非其敵，但見他站立不定，正好憑內力將他兵刃震飛，雙劍相交，當即在劍上運足了內勁，猛覺自身內力急速外洩，竟收束不住。原來令狐冲的吸星大法在不知不覺間功力日深，不須肌膚相觸，只要對方運勁攻來，內力便會通過兵刃而傳入他體內。

鍾鎮大驚之下，急收長劍，跟著立即刺出。令狐冲見到他脅下空門大開，本來只須順勢一劍，即可制其死命，但手臂酸軟，力不從心，只得橫劍擋格。雙劍相交，鍾鎮又是內力急瀉，心跳不已，驚怒交集之下，鼓起平生之力，長劍疾刺，劍到中途，陡然轉向，劍尖竟刺向令狐冲身旁儀琳的胸口。

這一招虛虛實實，後著甚多，極為陰狠，令狐冲如橫劍去救，他便迴劍刺其小腹，如若不救，則這一劍眞的刺中了儀琳，也要教令狐冲心神大亂，便可乘機猛下殺手。

眾人驚呼聲中，眼見劍尖已及儀琳胸口衣衫，令狐冲長劍驀地翻過，壓上他劍刃。

鍾鎮的長劍突然在半空中膠住不動，用力前送，劍尖竟沒法向前推出分毫，劍刃卻向上緩緩弓起，同時內力急傾而出，急忙撤劍，向後躍出，背脊著地。已失，後力未繼，身在半空，突然軟癱，重重的直撞下來，砰的一聲大響，向後躍出，背脊著地。

這一下撞得如此狼狽，渾似個不會絲毫武功的常人。他雙手支地，慢慢爬起，但身子只起得一半，背心劇痛，又側身摔倒。

滕八公和高克新忙搶過將他扶起，齊問：「師哥，怎麼了？」鍾鎮雙目盯住在令狐冲臉上，隨即想起，數十年前便已威震武林的魔教教主任我行，決不能是這樣一個二十餘歲的青年，說道：「你是任我行的弟……弟子，會使吸星……吸星妖法！」高克新驚道：「師哥，你內力給他吸去了？」鍾鎮道：「正是！」但身子一挺，又覺內力漸增。

原來令狐冲所習吸星大法修為未深，又不是有意要吸他內力，只是鍾鎮突覺內勁傾瀉而出，惶怖之下，以致摔得狼狽不堪。

滕八公低聲道：「咱們去罷，日後再來找回場子。」鍾鎮將手一揮，對著令狐冲大聲道：「魔教妖人，你使這等陰毒絕倫的妖法，那是與天下英雄為敵。姓鍾的今日不是你對手，可是我正教的千千萬萬好漢，決不會屈服於你妖法的淫威之下。」說著轉過身來，向岳不羣拱了拱手，說道：「岳先生，這個魔教妖人，跟閣下沒甚麼淵源罷？」

岳不羣哼了一聲，並不答話。

鍾鎮在他面前也不敢如何放肆，說道：「真相若何，終當大白，後會有期。」帶著滕高二人，逕自走了。

岳不羣從大門的階石走了下來，森然道：「令狐沖，你好，原來你學了任我行的吸星妖法。」令狐沖確是學了任我行這一項功夫，雖是無意中學得，但事實如此，卻也無從置辯。岳不羣道：「我問你，是也不是？」令狐沖道：「是！」

岳不羣厲聲道：「你習此妖法，更是正教中人的公敵。今日你身上有傷，我不來乘人之危。第二次見面，不是我殺了你，便是你殺了我。」側身向衆弟子道：「這人是你們的死敵，那一個對他再有昔日的同門之情，那便自絕於正教門下。大家聽到了沒有？」

衆弟子齊聲應道：「是！」岳不羣見女兒嘴唇動了一下，想說甚麼話，說道：「珊兒，你雖是我女兒，卻也並不例外，你聽到了沒有？」岳靈珊低聲道：「聽到了。」

令狐沖本已衰弱不堪，聽了這幾句話，更覺雙膝無力，噹的一聲，長劍落地，身子慢慢垂了下去。

儀和站在他身旁，伸臂托在他右脅下，說道：「岳師伯，這中間必有誤會，你沒查問明白，便如此絕情，可忒也魯莽了。」岳不羣道：「有甚麼誤會？」儀和道：「我恆山派衆人爲魔教妖人所辱，全仗這位令狐吳將軍援手救命。他若是魔教教下，怎麼會來幫我們去跟魔教爲敵？」她聽儀琳叫他「令狐師兄」，岳不羣又叫「令狐沖」，自己卻只知他是「吳將軍」，只好兩個名字一起叫了。

岳不羣道：「魔教妖人鬼計多端，你們可別上了他的當。貴派衆位南來，是那一位師太爲首？」他想這些年輕的尼姑、姑娘們定是爲令狐沖的花言巧語所惑，只有見識廣

博的前輩師太，方能識破他的奸計。

儀和淒然道：「我師定靜師太，不幸為魔教妖人所害。」

岳不羣和岳夫人都「啊」的一聲，甚感驚惋。

便在此時，長街彼端一個中年尼姑快步奔來，說道：「白雲庵信鴿有書傳到。」走到儀和面前，從懷中掏出一個小小竹筒，雙手遞將過去。

儀和接過，拔開竹筒一端的木塞，倒出一個布捲，展開一看，驚叫：「啊喲，不好！」恆山派眾弟子聽得白雲庵有書信到來，早就紛紛圍攏，見儀和神色驚惶，忙問：「怎麼？」「師父信上說甚麼？」「甚麼事不好？」

儀和道：「師妹你瞧。」將布捲遞給儀清。儀清接了過來，朗聲誦讀布捲上的文字：「余與定逸師妹，被困於龍泉鑄劍谷。」又道：「這是掌門師叔的……的血書。她老人家怎地到了龍泉？」

儀真道：「咱們快去！」儀清道：「卻不知敵人是誰？」儀和道：「管他是甚麼凶神惡煞，咱們急速趕去。便是要死，也和師叔死在一起。」

儀清心想：「兩位師叔的武功何等了得，尚且被困，咱們這些人趕去，多半也無濟於事。」拿著血書，走到岳不羣身前，躬身說道：「岳師伯，我們掌門師叔來信，說道：『被困於龍泉鑄劍谷。』請師伯念在五嶽劍派同氣連枝之誼，設法相救。」

岳不羣接過書信，看了一眼，沉吟道：「定閒師太和定逸師太怎地會去浙南？她二位武功卓絕，怎麼會遭敵人所困，這可奇了？這通書信，可是師太親筆麼？」儀清道：

1039

「確是我掌門師叔親筆。只怕她老人家已受了傷，倉卒之際，蘸血書寫。」岳不羣道：

「不知敵人是誰？」儀清道：「多半是魔教中人，否則敝派也沒甚麼仇敵。」岳不羣斜眼向令狐冲瞧去，緩緩的道：「說不定是魔教妖人假造書信，誘你們去自投羅網。妖人鬼計層出不窮，不可不防。」頓了一頓，又道：「這事可須查個明白，從長計議才是。」

儀和朗聲叫道：「師叔有難，急如星火，快去救援要緊。儀清師妹，咱們速速趕去，岳師伯沒空，多求也是無用。」儀眞也道：「不錯，倘若遲到了一刻，那可是千古之恨。」恆山派見岳不羣推三阻四，不顧義氣，都心頭有氣。

儀琳道：「令狐師兄，你且在福州養傷。我們去救了師父、師伯回來，再來探你。」令狐冲大聲道：「大膽毛賊又在害人，本將軍豈能袖手旁觀？大夥兒一同前去救人便了。」儀琳道：「你身受重傷，怎能趕路？」令狐冲道：「本將軍為國捐軀，馬革裹屍，何足道哉？去，去，快去。」

恆山衆弟子本來全無救師尊脫險的把握，有令狐冲同去，膽子便大了不少，登時都臉現喜色。儀眞道：「那可多謝你了。我們去找坐騎給你乘坐。」

令狐冲道：「大家都騎馬！出陣打仗，不騎馬成甚麼樣子？走啊，走啊！」他眼見師父如此絕情，心下氣苦，狂氣便又發作。

儀清向岳不羣、岳夫人躬身說道：「晚輩等告辭。」儀和氣忿忿的道：「這種人跟他客氣甚麼？徒然多費時刻。哼，全無義氣，浪得虛名，叫甚麼『君子劍』，還不如……」

儀清喝道：「師姊，別多說啦！」

1040

岳不羣笑了笑，只當沒聽見。

勞德諾閃身而出，喝道：「你嘴裏不乾不淨的說些甚麼？我五嶽劍派本來同氣連枝，一派有事，四派共救。可是你們和令狐冲這妖人勾結在一起，行事鬼鬼祟祟，我師父自要考慮周詳。你們先得把令狐冲這妖人殺了，表明清白。否則我華山派可不能跟你恆山派同流合污。」

儀和大怒，踏上一步，手按劍柄，朗聲問道：「你說甚麼『同流合污』？」勞德諾道：「你們跟魔教勾勾搭搭，那便是同流合污了。」儀和怒道：「這位令狐大俠見義勇為，急人之難，那才是真正的大英雄、大丈夫，那像你們這種人，自居豪傑，其實卻是見死不救、臨難苟免的偽君子！」

岳不羣外號「君子劍」，華山門下最忌的便是「偽君子」這三字。勞德諾聽她言語中顯在譏諷師父，嗖的一聲，長劍出鞘，直指儀和咽喉。這一招正是華山劍法中的妙著「有鳳來儀」。儀和沒料到他竟會突然出手，不及拔劍招架，劍尖已及其喉，一聲驚呼。

跟著寒光閃動，七柄長劍已齊向勞德諾刺到。

勞德諾忙迴劍招架，可是只架開了刺向胸膛的一劍，嗤嗤聲響，恆山派的六柄長劍已在他衣衫上劃了六道口子，每一道口子都有一尺來長。總算恆山派弟子並沒想取他性命，每一劍都及身而止，只鄭蕚功夫較淺，出劍輕重拿捏不準，劃破他右臂袖子之後，劍尖又刺傷了他右臂肌膚。勞德諾大驚，急向後躍，啪的一聲，懷中掉下一本冊子。

日光照耀下，人人瞧得清楚，只見冊子上寫著「紫霞秘笈」四字。

勞德諾臉色大變，急欲上前搶還。令狐冲叫道：「阻住他！」儀和這時已拔劍在手，唰唰唰連刺三劍。勞德諾舉劍架開，卻進不得一步。

岳靈珊道：「爹，這本秘笈，怎地在二師哥身上？」

令狐冲大聲問道：「勞德諾，六師弟是你害死的，是不是？」

那日華山絕頂上六弟子陸大有遭害，《紫霞秘笈》失蹤，始終是一絕大疑團，不料此刻恆山女弟子割斷了勞德諾衣衫的帶子，又割破了他口袋，這本華山派鎮山之寶的內功秘笈竟掉了出來。

勞德諾喝道：「胡說八道！」突然矮身疾衝，闖入了一條小胡同中，飛奔而去。

令狐冲憤極，發足追去，只奔出幾步，便一晃倒地。儀琳和鄭萼忙奔過去扶起。

岳靈珊拾起冊子，交給父親，道：「爹，原來是給二師哥偷了去的。」

岳不羣臉色鐵青，接過一看，果然便是本派歷祖相傳的內功秘笈，幸喜書頁完整，未遭損壞，恨恨的道：「都是你不好，拿了去給人，才會給勞德諾偷去。」

儀和口舌上不肯饒人，大聲道：「這才叫同流合污呢！」

于嫂走到令狐冲跟前，問道：「令狐大俠，覺得怎樣？」令狐冲咬牙道：「我師弟給這奸賊害死了，可惜追他不上。」見岳不羣及眾弟子轉身入內，掩上了鏢局大門，心想：「師父的大弟子學了魔教陰毒武功，二弟子又是個戕害同門、偷盜秘本的惡賊，難怪他老人家氣惱！」說道：「尊師被困，事不宜遲，咱們火速趕去救人要緊。勞德諾這

惡賊，遲早會撞在我手裏。」于嫂道：「你身上有傷，如此……如此……唉，我不會說……」她是傭婦出身，此時在恆山派中雖身分已然不低，武功也自不弱，但知識有限，不知如何向他表示感激才好。

令狐冲道：「咱們快去驟馬市上，見馬便買。」掏出懷中金銀，交給于嫂。

但市上買不夠馬匹，身量較輕的女弟子便二人共騎，出福州北門，向北飛馳。

奔出十餘里，只見一片草地上有數十匹馬放牧，看守的是六七名兵卒，當是軍營中的官馬。令狐冲道：「去把馬搶過來！」于嫂忙道：「這是軍馬，只怕不妥。」令狐冲道：「救人要緊，皇帝的御馬也搶了，管他甚麼妥不妥。」儀清道：「得罪了官府，只怕……」令狐冲大聲道：「救師尊要緊，還是守王法要緊？去他奶奶的官府不官府！我吳將軍就是官府。將軍要馬，小兵敢不奉號令嗎？」儀和道：「正是。」令狐冲叫道：「把這三兵卒點倒了，拉了馬走。」儀清道：「拉十二匹就夠了。」令狐冲叫道：「盡數都拉了來，路上好換騎。」

他呼號喝令，自有一番威嚴。自從定靜師太逝世後，恆山派弟子悽悽惶惶，六神無主，聽令狐冲這麼一喝，眾人便拍馬衝前，隨手點倒幾名牧馬的兵卒，將幾十匹馬都拉了過來。那些兵卒從未見過如此無法無天的尼姑和姑娘們，只叫得一兩句「幹甚麼？」

「開甚麼玩笑？」已摔在地下，動彈不得。

眾弟子搶到馬匹，嘻嘻哈哈，嘰嘰喳喳，大為興奮。大家貪新鮮，都躍到官馬之上，疾馳一陣。中午時分，來到一處市鎮上打尖。

1043

鎮民見一羣女子和尼姑帶了大批馬匹，其中卻混著一個男人，無不大爲詫異。

吃過素餐粉條，儀清取錢會帳，低聲道：「令狐師兄，咱們帶的錢不夠了。」適才在驟馬市上買馬，眾人救師心切，那有心情討價還價，已將銀兩使了個乾淨，只剩下些銅錢。令狐沖道：「鄭師妹，你和于嫂牽一匹馬去賣了，官馬卻不能賣。」

鄭萼答應了，牽了馬和于嫂到市上去賣。眾弟子掩嘴偷笑，均想：「于嫂倒也罷了，鄭萼這樣嬌滴滴的一個小姑娘，居然在市上賣馬，倒也希罕得很。」但鄭萼聰明伶俐，能說會道，來到福建沒多日，天下最難講的福建話居然已給她學會了幾百句，不久便賣了馬，拿了錢來付帳。

傍晚時分，在山坡上遙遙望見一座大鎮，屋宇鱗比，至少有七八百戶人家。眾人到鎮上吃了飯，將賣馬錢會了鈔，已沒剩下多少。鄭萼興高采烈，笑道：「明兒咱們再賣一匹。」令狐沖低聲道：「你到街上打聽打聽，這鎮上最有錢的財主是誰，最壞的壞人是誰。」

鄭萼點點頭，拉了秦絹同去，過了小半個時辰，回來說道：「本鎮只一個大財主，姓白，外號叫做白剝皮，又開當鋪，又開米行。這人外號叫做白剝皮，想來爲人也好不了。」令狐沖笑道：「今兒晚上，咱們去跟他化緣。」鄭萼道：「這種人最是小氣，只怕化不到甚麼錢米。」令狐沖微笑不語，隔了一會，說道：「大夥兒上路罷。」

眾人眼見天色已黑，但想師尊有難，原該不辭辛勞，連夜趕路的爲是，當即出鎮向北。行不數里，令狐沖道：「行了，咱們便在這裏歇歇。」眾人依言在一條小溪邊坐地

休息。令狐沖閉目養神，過了大半個時辰，睜開眼來，向于嫂和儀和道：「你們兩位各

帶六位師妹，到白剝皮家去化緣，鄭師妹帶路。」

于嫂和儀和等心中奇怪，但還是答應了。令狐沖道：「至少得化五百兩銀子，最好

是二千兩。」儀和大聲道：「啊喲，那能化到這麼多？」令狐沖道：「小小二千兩銀

子，本將軍還不瞧在眼裏呢。」儀和道：「你是……是要咱們劫富濟貧？」令狐沖道：

「劫是不劫的，咱們是化富濟貧。咱們幾十個人，身邊湊起來也沒幾兩銀子，那是窮得到

了姥姥家啦。不請富家大舉布施，來周濟咱們這些貧民，怎到得了龍泉鑄劍谷哪？」

眾人聽到「龍泉鑄劍谷」五字，更無他慮，都道：「這就化緣去！」

令狐沖道：「這種化緣，只怕你們從來沒化過，法子有點兒小小不同。你們臉上用

帕子蒙了起來，跟白剝皮化緣之時，也不用開口，見到金子銀子，隨手化了過來便是。」

鄭萼笑道：「要是他不肯呢？」令狐沖道：「那就太也不識抬舉了。恆山派門下英傑，

都是武林中非同小可之輩，旁人便用八人大轎來請，輕易也請不到你們上門化緣，是不

是？白剝皮只不過是小小鎮上的一個土豪劣紳，在武林中有甚麼名堂位份？居然有十五

位恆山派高手登門造訪，大駕光臨，那不是給他臉上貼金麼？他倘若當真瞧你們不起，

那也不妨跟他動手過招，比劃比劃。也不必倚多為勝，儘管公公道道，單打獨鬥，且看

是白剝皮的武功厲害，還是咱們恆山派鄭師妹的拳腳了得。」

他這麼一說，眾人都笑了起來。羣弟子中幾個老成持重的如儀清等人，心下隱隱覺

得不妥，暗想恆山派戒律精嚴，戒偷戒盜，這等化緣，未免犯戒。但儀和、鄭萼等已快

步而去，那些心下不以爲然的，也已來不及再說甚麼。

麼？」儀琳避開他眼光，低聲道：「我不知道。你說該這麼做，我……我想總是不錯

令狐冲一回頭，只見儀琳一雙妙目正注視著自己，微笑道：「小師妹，你說不對

的。」令狐冲道：「那日我想吃西瓜，你不也曾去田裏化了一個來嗎？」

道：「怎麼不記得？」她轉過頭來，說道：「令狐師兄，這樣許願眞的很靈。」令狐冲

拖著一條長長的尾巴，閃爍而過。令狐冲道：「你記不記得心中許願的事？」儀琳低聲

儀琳臉上一紅，想起了當日和他在曠野共處的那段時光，便在此時，天際一個流星

道：「是嗎？你許了個甚麼願？」儀琳低頭不語，心中想：「我許過幾千幾百個願，盼

望能再見到你，眞的又見到你了。」

突然遠遠傳來馬蹄聲響，一騎馬自南疾馳而來，正是來自于嫂、儀和她們一十五人

的去路，但她們去時並未乘馬，難道出了甚麼事？衆人都站了起來，向馬蹄聲來處眺望。

只聽得一個女子聲音叫道：「令狐冲，令狐冲！」令狐冲心頭大震，那正是岳靈珊

的聲音，叫道：「小師妹，我在這裏！」儀琳身子一顫，臉色蒼白，退開一步。

黑暗中一騎白馬急速奔來，奔到離衆人數丈處，那馬一聲長嘶，人立起來，這才停

住，顯是岳靈珊突然勒馬。令狐冲見她來得倉卒，暗覺不妙，叫道：「小師妹！師父、

師母沒事嗎？」岳靈珊騎在馬上，月光斜照，雖只見到她半邊臉龐，卻也瞧見她鐵青著

臉，只聽她大聲道：「誰是你師父、師母？我爹爹媽媽，跟你又有甚相干？」

令狐冲胸口猶如給人重重的打了一拳，身子晃了一晃，本來岳不羣對他十分嚴厲，但岳夫人和岳靈珊始終顧念舊情，沒令他難堪，此刻聽她如此說，不禁淒然道：「是，我已給逐出華山派門牆，無福再叫師父、師娘了。」岳靈珊道：「你既知不能叫，又掛在嘴上幹甚麼？」令狐冲垂頭不語，心如刀割。

岳靈珊哼了一聲，縱馬上前數步，說道：「拿來！」伸出了右手。令狐冲有氣沒力的道：「甚麼？」岳靈珊道：「到這時候還在裝腔作勢，能瞞得了我麼？」突然提高嗓子，叫道：「拿來！」令狐冲搖頭道：「我不明白。你要甚麼？」岳靈珊道：「要甚麼？要林家的辟邪劍譜！」令狐冲大奇，道：「辟邪劍譜？你怎會向我要？」

令狐冲冷笑道：「不問你要，卻問誰要？那件袈裟，是誰從林家老宅中搶去的？」

岳靈珊道：「是嵩山派的兩個傢伙，一個叫甚麼『白頭仙翁』卜沉，一個叫『禿鷹』沙天江。」

令狐冲道：「這姓卜姓沙的兩個傢伙，是誰殺的？」岳靈珊道：「是我。」

令狐冲道：「那件袈裟，又是誰拿了？」岳靈珊道：「是我。」

令狐冲道：「那麼拿來！」

令狐冲道：「我受傷暈倒，蒙師……師……蒙你母親所救。此後這件袈裟，便不在我身上。」岳靈珊仰起頭來，打個哈哈，聲音中卻無半分笑意，說道：「依你說來，倒是我娘吞沒了？這等卑鄙無恥的話，虧你說得出口！」令狐冲道：「我決沒說是你母親吞沒。老天在上，令狐冲心中，可沒半分對你母親不敬之意。我只是說……只是說……」

岳靈珊道：「甚麼？」令狐冲道：「你母親見到這件袈裟，得知是林家之物，自然交給了林師弟。」

岳靈珊道：「甚麼？」

岳靈珊冷冷的道：「我娘怎會來搜你身上之物？就算要交還林師弟，是你拚命奪來的物事，哼哼，你醒過來後，自己不會交還麼？怎會不讓你做這個人情？」

令狐冲心道：「此言有理。難道這袈裟又給人偷去了？」心中一急，背上登時出了一身冷汗，說道：「既是如此，其中必有別情。」將衣衫抖了抖，說道：「我全身衣物，俱在此處，你如不信，儘可搜檢。」

岳靈珊又一聲冷笑，說道：「你這人精靈古怪，拿了人家的物事，難道會藏在自己身上？再說，你手下這許多尼姑和尚、不三不四的女人，那一個不會代你收藏？」

岳靈珊如此審犯人般的對付令狐冲，恆山派羣弟子早已俱都忿忿不平，待聽她如此說，登時有幾人齊聲叫了出來：「胡說八道！」「甚麼叫做不三不四的女人！」「這裏有甚麼和尚了？」「你自己才不三不四！」

岳靈珊手持劍柄，大聲道：「你們是佛門弟子，糾纏著一個大男人，跟他日夜不離，那還不是不三不四？呸！好不要臉！」

岳靈珊一按劍上簧扣，喇喇喇之聲不絕，七八人都拔出了長劍。

恆山羣弟子大怒，喇的一聲，長劍出鞘，叫道：「你們要倚多為勝，殺人滅口，儘管上來！岳姑娘怕了你們，也不是華山門下弟子了！」

令狐冲左手一揮，止住恆山羣弟子，嘆道：「你始終見疑，我也沒法可想。勞德諾呢？你怎不去問問他？他既會偷紫霞秘笈，說不定這件袈裟也是給他偷去了？」岳靈珊大聲道：「你要我去問勞德諾是不是？」令狐冲道：「正是！」岳靈珊喝道：「好，那

1048

你上來取我性命便是！你精通林家的辟邪劍法，我本來就不是你對手！」令狐冲奇道：「我……我怎會傷你？」岳靈珊道：「你要我去問勞德諾，你不殺了我，我怎能去陰世見著他？」

令狐冲又驚又喜，說道：「勞德諾他……他給師……師……給你爹爹殺了？」他知勞德諾帶藝投師，華山門下除自己之外，要數他武功最強，若非岳不羣親自動手，旁人也除不了他。此人害死陸大有，自己恨之入骨，聽說已死，實是一件大喜事。

岳靈珊冷笑道：「大丈夫一身做事一身當，你殺了勞德諾，又為何不認？」令狐冲奇道：「你說是我殺的？倘若眞是我殺的，卻何必不認？此人害死六師弟，早就死有餘辜，我恨不得親手殺了他。」

岳靈珊大聲道：「那你為甚麼又害死八師哥？他可沒得罪你啊，你……你好狠心！」

令狐冲更大吃一驚，顫聲道：「八師弟跟我向來很好，我……我怎會殺他？」岳靈珊道：「你……你自從跟魔教妖人勾結之後，行為反常，誰又知道你為甚麼……為甚麼要殺八師哥，你……你……」說到這裏，不禁垂下淚來。令狐冲踏上一步，說道：「小師妹，你可別胡亂猜想。八師弟他年紀輕輕，和人無冤無仇，別說是我，誰都不會忍心害他。」岳靈珊柳眉突然上豎，厲聲道：「那你又為甚麼忍心殺害小林子？」

令狐冲大驚失色，道：「林師弟……他……他也死了？」岳靈珊道：「現下還沒死，你一劍沒砍死他，可是……可是誰也不知他……他……能不能好。」說到這裏，嗚咽起來。令狐冲舒了口氣，問道：「他受傷很重，是嗎？他自然知道是誰砍他的。他怎

麼說？」岳靈珊道：「世上又有誰像你這般狡猾？你在他背後砍他，他……他背後又沒生眼睛。」

令狐沖心頭酸苦，氣不可遏，拔出腰間長劍，一提內力，運勁於臂，呼的一聲，擲了出去。那劍平平飛出，削向一株徑長尺許的大鳥柏樹，劍刃攔腰而過，將那大樹居中截斷。半截大樹搖搖晃晃的摔將下來，砰的一聲大響，地下飛沙走石，塵土四濺。

岳靈珊見到這等威勢，情不自禁的勒馬退了兩步，說道：「怎麼？你學會了魔教妖法，武功厲害，向我顯威風麼？」

令狐沖搖頭道：「我如要殺林師弟，不用在他背後動手，更不會一劍砍他不死。」

岳靈珊道：「誰知你心中打甚麼鬼主意了？哼，定是八師哥見到你的惡行，你這才殺他滅口，還將他面目剁得稀爛，便如你對付二……勞德諾一般。」

令狐沖沉住了氣，情知這中間定有一件自己眼下猜想不透的大陰謀，問道：「勞德諾的面目，也給人剁得稀爛了？」岳靈珊道：「是你親手幹下的好事，難道自己不知道？卻來問我！」令狐沖道：「華山派門下，更有何人受到損傷？」岳靈珊道：「你殺了兩個，傷了一個，這還不夠麼？」

令狐沖聽她這般說，知華山派中並沒旁人再受到傷害，心下略寬，尋思：「這是誰下的毒手？」突然間心中一涼，想起任我行在杭州孤山梅莊所說的話來，他說自己倘若不允加入魔教，便要將華山派盡數屠滅，莫非他已來到福州，起始向華山派下手？急道：「你……你快回去，稟告你爹爹、媽媽，恐怕……恐怕是魔教的大魔頭來對華山派

痛下毒手了。」

岳靈珊扁了扁嘴，冷笑道：「不錯，確是魔教的大魔頭在對我華山派痛下毒手。不過這個大魔頭，以前卻是華山派的。這才叫做養虎貽患，恩將仇報！」

令狐冲只有苦笑，心想：「我答允去龍泉相救定閒、定逸兩位師太，可是我師父、師娘他們又面臨大難，這可如何是好？倘若眞是任我行施虐，我自然也決不是他敵手，但恩師、師娘有難，縱然我趕去徒然送死，無濟於事，也當和他們同生共死。事有輕重，情有親疏，恆山派的事，只好讓她們自己先行料理了。要是能阻擋了任我行，當再趕去龍泉赴援。」他心意已決，說道：「今日自離福州之後，我跟恆山派的這些師姊們一直在一起，怎能分身去殺八師弟、勞德諾？你不妨問問她們。」

岳靈珊道：「哼，我問她們？她們跟你同流合污，難道不會跟你圓謊麼？」

恆山衆弟子一聽，又有七八個叫嚷起來。幾個出家人言語還算客氣，那些俗家弟子卻罵得甚是尖刻。

岳靈珊勒馬退開幾步，說道：「令狐冲，小林子受傷極重，昏迷之中仍掛念劍譜，你如還有半點人性，便該將劍譜還了給他。否則……否則……」令狐冲道：「你瞧我眞是如此卑鄙無恥之人麼？」岳靈珊怒道：「你若不卑鄙無恥，天下再沒卑鄙無恥之人了！」儀琳在旁聽著二人對答之言，心中激動，這時再也忍不住，說道：「岳姑娘，令狐師兄對你好得很。他心中對你實在是眞心誠意，你爲甚麼這樣兇的罵他？」岳靈珊冷笑道：「他對我好不好，你是出家人，又怎麼知道了？」儀琳突然感到一陣驕傲，只覺令

狐冲受人冤枉誣蔑，自己縱然百死，也要為他辯白，至於佛門中的清規戒律，日後師父如何責備，一時全都置之腦後，當即朗聲說道：「是令狐師兄親口跟我說的。」岳靈珊道：「哼，他連這種事也對你說。他……他就是想對我好，這才出手加害林師弟。」

令狐冲嘆了口氣，說道：「儀琳師妹，不用多說了。貴派的天香斷續膠和白雲熊膽丸治傷大有靈效，請你給一點我師……給一點岳姑娘，讓她帶去救人治傷。」

岳靈珊一抖馬頭，轉身而去，說道：「你一劍斬他不死，還想再使毒藥麼？我才不上你當。令狐冲，小林子倘若好不了，我……我……」說到這裏，語音已轉成了哭聲，急抽馬鞭，疾馳向南。

令狐冲聽著蹄聲漸遠，心中一片酸苦。

秦絹道：「這女人這樣潑辣，讓她那個小林子死了最好。」儀真道：「秦師妹，咱們身在佛門，慈悲為懷，這位姑娘雖然不是，卻也不可咒人死亡」。

令狐冲心念一動，道：「儀真師妹，我有一事相求，想請你辛苦一趟。」儀真道：「令狐師兄但有所命，自當遵依。」令狐冲道：「不敢。那個姓林之人，是我的同門師弟，據那位岳姑娘說受傷甚重。我想貴派的金創藥靈驗無比……」儀真道：「你要我送藥去給他，是不是？好，我這就回福州城去。儀靈師妹，你陪我同去。」令狐冲拱手道：「有勞兩位師妹大駕。」儀真道：「令狐師兄一直跟咱們在一起，怎會去殺人了？」

令狐冲搖頭苦笑，心想師父只當我已然投入魔教麾下，無所不為，無惡不作，那還這樣冤枉人，我們也須向岳師伯分說分說。」

能信你們的話？見儀真、儀靈二人馳馬而去，心想：「她們對我的事如此熱心，我若撇下

她們，回去福州，此心何安？何況定閒師太她們確是為敵所困，而任我行是否來到福州，

我卻一無所知……」見秦絹過去拾起斬斷大樹的長劍，給他插入腰間劍鞘，忽然想起：

「我說如要殺死林平之，何必背後斬他？又豈會一劍斬他不死？倘若下手之人是任我行，

他更怎會一劍斬他不死？那定是另有其人了。只須不是任我行，我師父怕他何來？」

想到此節，心下登時一寬，只聽得遠處腳步聲響，聽來人數目，當是于嫂她們化緣

回來了。果然過不多時，儀和等十五人奔到跟前。于嫂說道：「令狐少俠，咱們化……

化了不少金銀，可使不了……使不了這許多。黑夜之中，也不能分些去救濟貧苦。」儀

和道：「這當兒去龍泉要緊。濟貧的事，慢慢再辦不遲。」轉頭向儀清道：「剛才道上

遇到了個年輕女子，你們見到沒有？也不知是甚麼來頭，卻跟我們動上了手。」

令狐沖驚道：「跟你們動上了手？」儀和道：「是啊。黑暗之中，這女子騎馬衝

來，一見到我們，便罵甚麼不三不四的尼姑，甚麼也不怕醜。」令狐沖暗暗叫苦，忙

問：「她受傷重不重？」儀和奇道：「咦，你怎知她受了傷？」令狐沖心想：「她這樣

罵你們，你又是這等火爆霹靂的脾氣，她一個對你們一十五人，豈有不受傷的？」又

問：「她傷在那裏？」

儀和道：「我先問她，為甚麼素不相識，一開口就罵人？她說：『哼，我才識得你

們呢。你們是恆山派中一輩不守清規的尼姑。』我說：『甚麼不守清規？胡說八道，你

嘴裏放乾淨些。』她馬鞭一揚，不再理我，喝道：『讓開！』我伸手抓住了她馬鞭，也

喝道：「『讓開！』這樣便動起手來啦。」

于嫂道：「她拔劍出手，咱們便瞧出她是華山派的，黑暗之中當時看不清面貌，後來認出好像便是岳先生的小姐。我急忙喝阻，可是她手臂上已中了兩處劍傷，卻也不怎麼重。」儀和笑道：「我可早認出來啦。他們華山派在福州城中，對令狐師兄好生無禮，咱們恆山派有難，又都袖手不理，全沒義氣，全沒心肝。我有心要她吃點苦頭。」

鄭萼道：「儀和師姊對這岳姑娘確是手下留情，那一招『金針渡劫』砍中了她左膀，只輕輕一劃，便收了轉來，若是真打哪，還不卸下了她一條手臂。」

令狐冲心想一波未平，一波又起，小師妹心高氣傲，素來不肯認輸，今晚這一戰定然認為是畢生奇恥大辱，多半還要怪在自己頭上。一切都是運數使然，那也無可如何，好在她受傷不重，料想當無大礙。

鄭萼早瞧出令狐冲對這岳姑娘關心殊甚，說道：「咱們倘若早知是令狐師兄的師妹，就讓她罵上幾句也沒甚麼，偏生黑暗之中甚麼也瞧不清楚。日後見到，倒要向她賠個罪才是。」儀和氣忿忿的道：「賠甚麼罪？咱們又沒得罪她，是她一開口就罵人。走遍天下，也沒這個道理！」

令狐冲道：「幾位化到了緣，咱們走罷。那白剝皮怎樣？」他心中難過，不願再提岳靈珊之事，便岔開了話題。

儀和等人說起化緣之事，大為興奮，登時滔滔不絕，還道：「平時向財主化緣，要化一兩二兩銀子也為難得緊，今晚卻一化便是幾千兩。」鄭萼笑道：「那白剝皮躺在地

下，又哭又嚷，說道幾十年心血，一夜之間便化為流水。」秦絹笑道：「誰叫他姓白呢？他去剝人家的皮，搜刮財物，到頭來還是白白的一場空。」

眾人笑了一陣，但不久便想起二位師尊被困，心情又沉重起來。

令狐冲道：「咱們盤纏有了著落，這就趕路罷！」

幾碗酒一下肚，一個寒酸落拓的莫大先生

突然顯得逸興遄飛，連連呼酒，

只是他酒量和令狐冲差得甚遠，

喝得幾碗後，便已滿臉通紅，醉態可掬。

一行人縱馬疾馳，每天只睡一兩個時辰，沿途毫無躭擱，數日後便到了浙南龍泉。

令狐沖給卜沉和沙天江二人砍傷，流血雖多，畢竟只皮肉之傷。他內力渾厚，兼之內服外敷恆山派的治傷靈藥，到得浙江境內時已好了大半。

眾弟子心下焦急，甫入浙境便即打聽鑄劍谷的所在，但沿途鄉人均無所知。到得龍泉城內，見鑄刀鑄劍鋪甚多，可是向每家刀劍鋪打聽，竟沒一個鐵匠知道鑄劍谷的所在。眾人大急，再問可見到兩位年老尼姑，有沒聽到附近有人爭鬥打架。眾鐵匠都說並沒聽到有甚麼人打架，至於尼姑，那是常常見到的，城西水月庵中便有好幾個尼姑，卻也不怎麼老。

眾人問明水月庵的所在，當即馳馬前往，到得庵前，只見庵門緊閉。

鄭萼上前打門，半天也沒人出來。儀和見鄭萼又打了一會門，沒聽見庵中有絲毫聲音，不耐再等，便即拔劍出鞘，越牆而入。儀清跟著躍進。儀和道：「你瞧，這是甚麼？」指著地下。只見院子中有七八枚亮晶晶的劍頭，顯是給人用利器削下來的。儀和叫道：「庵裏有人麼？」尋向後殿。儀清拔門開門，讓令狐沖和眾人進來。她拾起一枚劍頭，交給令狐沖道：「令狐師兄，這裏有人動過手。」

令狐沖接過劍頭，見斷截處極是光滑，問道：「定閒、定逸兩位師伯，使的可是寶劍麼？」儀清道：「她二位老人家都不使寶劍。掌門師叔曾道，只須劍法練得到了家，便木劍竹劍，也能克敵制勝。她老人家又道，寶刀寶劍太過霸道，稍有失手，便取人性命，殘人肢體……」令狐沖沉吟道：「那麼這不是兩位師伯削斷的？」儀清點了點頭。

只聽得儀和在後殿叫道：「這裏又有劍頭。」眾人跟著走向後殿，見殿堂中地下桌上，到處積了灰塵。天下尼庵佛堂，必定洒掃十分乾淨，這等塵封土積，至少也有數日沒人居住了。令狐冲等又來到庵後院子，只見好幾株樹木為利器劈斷，檢視斷截之處，當也已歷時多日。後門洞開，門板飛出在數丈之外，似是給人踢開的。

後門外一條小徑通向羣山，走出十餘丈後，便分為兩條岔路。

儀清叫道：「大夥兒分頭找找，且看有無異狀。」過不多時，秦絹在右首的岔路上叫了起來：「這裏有一枝袖箭。」又有一人跟著叫道：「鐵錐！有一枚鐵錐。」眼見這條小路通入一片丘嶺起伏的羣山，眾人當即向前疾馳，沿途不時見到暗器和斷折的刀劍，草叢間尚有乾了的大片血漬。

突然之間，儀清「啊」的一聲叫了出來，從草叢中拾起一柄長劍，向令狐冲道：「本門的兵器！」令狐冲道：「定閒、定逸兩位師太和人相鬥，定是向這裏過去。」眾人皆知掌門人和定逸師太定是鬥不過敵人，從這裏逃了下去，令狐冲這麼說，不過措詞冠冕些而已。眼見一路上散滿了兵刃暗器，料想這場爭鬥定然十分慘烈，事隔多日，不知是否還來得及相救。眾人憂心忡忡，發足急奔。

山路越走越險，盤旋而上，繞入了後山。行得數里，遍地皆是亂石，已無道路可循。恆山派中武功較低的弟子儀琳、秦絹等已然墮後。

又走一陣，山中更無道路，亦不再見有暗器等物指示方向。

眾人正沒做理會處，突見左側山後有濃煙升起。令狐冲道：「咱們快到那邊瞧瞧。」

疾向該處奔去。但見濃煙越升越高，繞過一處山坡後，眼前好大一個山谷，谷中烈燄騰空，柴草燒得嗶啪作響。令狐冲隱身石後，回身揮手，叫儀和等人不可作聲。

便在此時，聽得一個蒼老的男子聲音叫道：「定閒、定逸，今日送你們一起上西方極樂世界，得證正果，不須多謝我們啦。」令狐冲心中一喜：「兩位師太並未遭難，幸喜沒來遲。」又有一個男子聲音叫道：「東方教主好好勸你們歸降投誠，你們偏偏固執不聽，自今而後，武林中可再沒恆山一派了。」先前那人叫道：「你們可怨不得我日月神教心狠手辣，只好怪自己頑固，累得許多年輕弟子枉自送了性命，實在可惜。哈哈，哈哈！」

眼見谷中火頭越燒越旺，顯是定閒、定逸兩位師太已給困在火中，令狐冲執劍在手，提一口氣，長聲叫道：「大膽魔教賊子，竟敢向恆山派眾位師太為難。五嶽劍派的高手四方來援，賊子還不投降？」口中叫嚷，向山谷衝了下去。

一到谷底，便是柴草阻路，枯枝乾草堆得兩三丈高，令狐冲更不思索，踴身從火堆中跳將進去。幸好火圈之中柴草燃著的還不甚多，他搶前幾步，見有兩座石窯，卻不見有人，便叫：「定閒、定逸兩位師太，恆山派救兵來啦！」

這時儀和、儀清、于嫂等眾弟子也在火圈外縱聲大呼，大叫：「師父、師叔，弟子們都到了。」跟著敵人呼叱之聲大作：「一起都宰了！」「都是恆山派的尼姑！」「虛張聲勢，甚麼五嶽劍派的高手。」隨即兵刃相交，恆山派眾弟子和敵人交上了手。

只見窯洞口中一個高大人影鑽了出來，滿身血跡，正是定逸師太，手執長劍，當門

而立，雖衣衫破爛，臉有血污，但這麼一站，仍神威凜凜，不失一代高手的氣派。

她一見令狐冲，怔了一怔，道：「你……你是……」令狐冲道：「弟子令狐冲。」

定逸師太道：「我正識得你是令狐冲！」她在衡山羣玉院外，曾隔窗見過令狐冲一面。

令狐冲道：「弟子開路，請眾位一齊衝殺出去。」俯身拾起一根長條樹枝，挑動燃著的柴草。定逸師太道：「你已投入魔教……」

便在此時，只聽得一人喝道：「甚麼人在這裏搗亂！」刀光閃動，一柄鋼刀在火光中劈將下來。令狐冲眼見火勢甚烈，情勢危急，而定逸師太對自己大有見疑之意，竟不肯隨己衝出，當此情勢，只有快刀斬亂麻，大開殺戒，方能救得眾人脫險，當即退了一步。那人一刀不中，第二刀又復砍下。令狐冲長劍削出，嗤的一聲響，將他右臂連刀一齊斬落。卻聽得外邊一個女子尖聲慘叫，當是恆山派女弟子遭了毒手。

令狐冲一驚，急從火圈中躍出，但見山坡上東一團、西一堆，數百人已鬥得甚急。

恆山派羣弟子七人一隊，組成劍陣與敵人相抗，但也有許多人落了單，不及組成劍陣，便已與敵人接戰。組成劍陣的即使未佔上風，一時之間也是無礙，但各自為戰的凶險百出，已有兩名女弟子在這頃刻之間屍橫就地。

令狐冲雙目向戰場掃了一圈，見儀琳和秦絹二人背靠背的正和三名漢子相鬥。他提氣急衝過去，猛見青光閃動，一柄長劍疾刺而至。令狐冲長劍挺出，刺向那人咽喉，登即了帳。幾個起落，已奔到儀琳之前，一劍刺入一名漢子背心，又一劍從另一名漢子脅下通入。第三名漢子舉起鋼鞭，正要往秦絹頭頂砸下，令狐冲長劍反迎上去，將他一條

手臂齊肩卸落。

儀琳臉色慘白，露出一絲笑容，說道：「阿彌陀佛，令狐師兄。」

令狐沖放眼見于嫂爲兩名好手攻得甚急，縱身過去，嚓嚓兩劍，一中小腹、一斷右腕，敵方兩名好手一死一傷；他回過身來，長劍到處，三名正和儀和、儀清劇鬥的漢子在慘呼聲中倒地不起。

只聽得一個蒼老的聲音叫道：「合力料理他，先殺了這廝！」三條灰影應聲撲至，三劍齊出，分指令狐沖咽喉、胸口和小腹。這三劍劍招精奇，勢道凌厲，實是第一流好手的劍法。令狐沖一驚，心道：「這是嵩山派劍法！難道他們竟是嵩山派的？」

他心念只這麼一動，敵人三柄長劍的劍尖已逼近他三處要害。令狐沖運起「獨孤九劍」中「破劍式」要訣，長劍圈轉，將敵人攻來的三劍一齊化解了，劍意未盡，又將敵人逼得退開了兩步。只見左首是個胖大漢子，四十來歲年紀，頷下一部短鬚。居中是個乾瘦老者，皮色黝黑，雙目炯炯。他不及瞧第三人，斜身竄出，反手嚓嚓兩劍，刺倒了兩名正在夾攻鄭萼的敵人。

那三人大聲吼叫，追了上來。令狐沖已打定主意：「這三人劍法甚高，一時三刻打發不了。纏鬥一久，恆山門下損傷必多。」他提起內力，足下絲毫不停，東刺一劍、西削一劍，長劍到處，必有一名敵人受傷倒地，甚或中劍身亡。

那三名高手大呼追來，可是和他始終相差丈許，追趕不及。只一盞茶功夫，已有三十餘名敵人死傷在令狐沖劍下，果真是當者披靡，無人能擋得住他的一招一式。敵方頃刻間損折了三十餘人，強弱之勢登時逆轉。令狐沖每殺傷得幾名敵人，恆山派女弟子便有數人

緩出手來，轉去相助同門，原是以寡敵眾，反過來漸漸轉爲以強凌弱，越來越佔上風。

令狐冲心想今日這一戰性命相搏，決不能有絲毫容情，若不在極短時刻內殺退敵人，火勢漸旺，困在石窯中的定閒師太等人便沒法脫險。他奔行如飛，忽而直衝，忽而斜進，足跡所到處，丈許內的敵人無一得能倖免，過不多時，又有二十餘人倒地。

定逸站在窯頂高處，見令狐冲如此神出鬼沒的殺傷敵人，劍法之奇，直是生平從所未見，心喜之餘，詫異中再加駭然。

餘下敵人尚有四五十名，眼見令狐冲如鬼如魅，直非人力所能抵擋，驀地裏發一聲喊，有二十餘人向樹叢中逃了進去。令狐冲再殺數人，其餘各人更無鬥志，也即逃個乾乾淨淨。只有那三名高手仍在他身後追逐，但相距漸遠，顯然也已大有怯意。

令狐冲立定腳步，轉過身來，喝道：「你們是嵩山派的，是不是？」

那三人急向後躍。一個高大漢子喝道：「閣下何人？」

令狐冲不答，向于嫂等人叫道：「快撥開火路救人。」眾弟子砍下樹枝，撲打燃著的柴草。儀和等幾名弟子已躍進火圈。枯枝乾草一經著火，再也撲打不熄，但十餘人合力撲打之下，火圈中已開了個缺口，儀和等人從窯中扶了幾名奄奄一息的尼姑出來。

令狐冲問道：「定閒師太怎樣了？」只聽得一個蒼老的女子聲音說道：「有勞掛懷！」一個中等身材的老尼從火圈中緩步而出。她月白色的衣衫上既無血跡，亦無塵土，手中不持兵刃，左手拿著一串念珠，面目慈祥，神定氣閒。令狐冲大爲詫異，心想：「這位定閒師太竟如此鎮定，身當大難，卻沒半分失態，當眞名不虛傳。」當即躬

身行禮，說道：「拜見師太。」定閒師太合什回禮，卻道：「有人偷襲，小心了。」

令狐冲應道：「是！」側身窺敵，反手揮劍，擋開了那胖大漢子刺過來的一劍，說道：「弟子赴援來遲，請師太恕罪。」噹噹連聲，又擋開身旁刺來的兩劍。

這時火圈中又有十餘名尼姑出來，更有人背負著屍體。定逸師太大踏步走出，厲聲罵道：「無恥奸徒，這等狼子野心……」她袍角著火，正向上延燒，她卻置之不理。于嫂過去為她撲熄。令狐冲道：「兩位師太無恙，實是萬千之喜。」

身後嗤嗤風響，三柄長劍同時刺到，令狐冲此刻不但劍法精奇，內功之強也已當世少有匹敵，火光濃煙之中，只一瞥之間，已知敵招來路，長劍揮出，反刺敵人手腕。那三人武功極高，急閃避過，但那高大漢子的手背還是給劃了一道口子，鮮血淋淋。

令狐冲道：「兩位師太，嵩山派是五嶽劍派之首，和恆山派同氣連枝，何以忽施偷襲，實令人大惑不解。」

定逸師太問道：「師姊呢？她怎麼沒來？」秦絹哭道：「師……師父為奸人圍攻，力戰圓……圓寂了……」定逸師太悲憤交集，罵道：「好賊子！」踏步上前，可是只走得兩步，身子一晃，便即坐倒，口中鮮血狂噴。

嵩山派三名高手接連變招，始終奈何不了令狐冲分毫，眼見他一面跟定閒、定逸兩位師太說話，只眼角微斜，反手持劍，劍招已神妙難測，倘若正面攻戰，更怎能是他之敵？三人暗暗叫苦，只想脫身逃走。

令狐冲轉過身來，唰唰數劍急攻，劍招之出，對左首敵人攻其左側，對右首敵人攻

其右側，逼得三人越擠越緊。他一柄長劍將三人圈住，連攻一十八劍，那三人擋了一十八招，竟沒餘裕能還得一手。三人所使均是嵩山派的精妙劍法，再也無可抵賴，眼見三人滿臉都是汗水，神情猙獰可怖，但劍法卻並不散亂，顯然每人數十年的修為，均是大非尋常。

定閒師太說道：「阿彌陀佛，善哉善哉！趙師兄、張師兄、司馬師兄，我恆山派和貴派無怨無仇，三位何以如此苦苦相逼，竟要縱火將我燒成焦炭？難道是奉了左掌門的號令嗎？貧尼不明，倒要請教。」

那嵩山派三名好手正是姓趙、姓張、姓司馬。三人極少在江湖上走動，只道自己身分十分隱秘，本已給令狐冲迫得手忙腳亂，忽聽定閒師太叫了姓氏出來，都是一驚。嗆啷、嗆啷兩響，兩人手腕中劍，長劍落地。令狐冲劍尖指在那姓趙矮小老者喉頭，喝道：「撤劍！」那老者長嘆一聲，說道：「天下居然有這等武功，這等劍法！趙某人栽在閣下劍底，卻也不算冤枉。」手腕一振，內力到處，手中長劍斷為七八截，掉在地下。

令狐冲退開幾步，儀和等七人各出長劍，圍住三人。

定閒師太緩緩的道：「貴派意欲將五嶽劍派合而為一，併成一個五嶽派。貧尼以恆山派傳世數百年，不敢由貧尼手中而絕，拒卻了貴派的倡議。此事本來盡可從長計議，何以各位竟冒充魔教，痛下毒手，要將我恆山派盡數誅滅。如此行事，那不是太霸道了此嗎？」

定逸師太怒道：「師姊跟他們多說甚麼？一概殺了，免留後患，咳……咳……」她

1065

咳得幾聲，又大口吐血。

那姓司馬的高大漢子道：「我們是奉命差遣，內中詳情，一概不知……」那姓趙老者怒道：「任他們要殺要剮便了，你多說甚麼？」那姓司馬的給他這麼一喝，便不再說，臉上頗有慚愧之意。

定閒師太說道：「三位三十年前橫行冀北，後來突然銷聲匿跡。貧尼還道三位已然大徹大悟，痛改前非，卻不料暗中投入嵩山派，另有圖謀。唉，嵩山派左掌門一代高人，卻收羅了許多左道……這許多江湖異士，和同道中人為難，真是居心……唉，令人大惑不解。」她雖當此大變，仍不願出言傷人，說話自覺稍有過份，便即轉口，長嘆一聲，問道：「我師姊定靜師太，也是傷在貴派之手嗎？」

那姓司馬的先前言語中露了怯意，急欲挽回顏面，大聲道：「不錯，那是鍾師弟……」那姓趙老者「嘿」的一聲，向他怒目而視。那姓司馬的才知失言，兀自說道：「事已如此，還隱瞞甚麼？左掌門命我們兵分兩路，各赴浙閩幹事。」

定閒師太道：「阿彌陀佛，阿彌陀佛。左掌門已身為五嶽劍派盟主，位望何等尊崇，何必定要歸併五派，由一人出任掌門？如此大動干戈，傷殘同道，豈不為天下英雄所笑？」定逸師太厲聲道：「師姊，賊子野心，貪得無厭……你……」定閒師太揮了揮手，向那三人說道：「天網恢恢，疏而不漏。多行不義，必遭惡報。你們去罷！相煩三位奉告左掌門，恆山派從此不再奉左掌門號令。敝派雖都是孱弱女子，卻也決計不屈於強暴。左掌門併派之議，恆山派恕不奉命。」

1066

儀和叫道：「掌門師叔，他們……他們好惡毒……」定閒師太道：「撤了劍陣！」

儀和應道：「是！」長劍一舉，七人收劍退開。

這三名嵩山派好手萬料不到居然這麼容易便獲釋放，向定閒師太躬身行禮，轉身飛奔而去。那姓趙的老者奔出數丈，停步回身，朗聲道：「請問這位劍法通神的少俠尊姓大名。在下今日栽了，不敢存報仇之望，卻想得知是栽在那一位英雄的劍底。」

令狐冲笑笑不答。儀和朗聲道：「這位令狐冲令狐少俠，以前是華山派的，現今無門無派，行俠江湖，是我恆山派的好朋友！」

那老者說道：「令狐少俠劍法高妙，在下拜服！」長嘆一聲，轉頭而去。

其時火頭越燒越旺，嵩山派死傷的人眾橫七豎八的躺在地下。十餘名傷勢較輕的慢慢爬起走開，重傷的臥於血泊之中，眼見火勢便要燒到，無力相避，有的便大聲呼救。

定閒師太道：「這事不與他們相干，皆因左掌門一念之差而起。于嫂、儀清，便救他們一救。」眾人知掌門人素來慈悲，不敢違拗，當下分別去檢視嵩山派中死傷之輩，只要尚有氣息的，便扶在一旁，取藥給之敷治。

定閒師太舉首向南，淚水滾滾而下，叫道：「師姊！」身子晃了兩下，向前直撲下去。眾人大驚，搶上扶起，只見她口中一道道鮮血流出，而定逸師太傷勢亦重。眾弟子十分惶急，不知如何是好，一齊望著令狐冲，要聽他的主意。

令狐冲道：「快給兩位師太服用傷藥。受傷的先裹傷止血。此處火氣仍烈，大夥兒

1067

到那邊休息。請幾位師姊去找些野果或甚麼吃的。」眾人應命，分頭辦事。鄭萼、秦絹用水壺裝了山水，服侍定閒、定逸以及受傷的眾位同門喝水服藥。

龍泉一戰，恆山派弟子死了三十七人。眾弟子想起定靜師太和戰死了的師姊師妹，盡皆傷感，突然有人放聲大哭，餘人也都哭了起來。霎時之間，山谷中充滿了悲號之聲。

定逸師太厲聲喝道：「死的已經死了，怎地如此想不開？大家平時學佛誦經，為的便是參悟這『生死』兩字，一副臭皮囊，又有甚麼好留戀的？」眾弟子素知這位師太性如烈火，誰也不敢拗她之意，當下便收了哭聲，但許多人兀自抽噎不止。定逸師太又道：「師姊到底如何遭難？萼兒，你口齒清楚些，給掌門人稟告明白。」

鄭萼應道：「是。」站起身來，將如何仙霞嶺中魔教之伏，得令狐冲援手，如何廿八鋪為敵人迷藥迷倒遭擒，如何定靜師太為嵩山派鍾鎮所脅，又受蒙面人圍攻，幸得令狐冲趕到殺退，而定靜師太終於傷重圓寂等情，一一說了。

定逸師太道：「這就是了。嵩山派的賊子冒充魔教，脅迫師姊贊同併派之議。哼，用心好毒。倘若你們皆為嵩山派所擒，師姊便欲不允，那也不可得了。」她說到後來，已易與之輩，信鴿傳書，要我們率眾來援，不料……不料……這件事，也落在敵人算中。」

定閒師太座下的二弟子儀文說道：「師叔，你請歇歇，弟子來述說咱們遇敵的經過。」定逸師太怒道：「有甚麼經過？水月庵中敵人夜襲，乒乒乓乓的一直打到今日。」

儀文道：「是。」仍簡述數日來遇敵的情景。

1068

原來當晚嵩山派大舉來襲，各人也都蒙面，冒充是魔教教眾。恆山派倉卒受攻，當時大有覆沒之虞，幸好水月庵也是武林一脈，庵中藏得五柄龍泉寶劍，住持清曉師太在危急中將寶劍分交定閒、定逸等禦敵。龍泉寶劍削鐵如泥，既將敵人兵刃削斷了不少，又傷了不少敵人，這才且戰且退，逃到了這山谷之中。清曉師太卻因護友殉難。這山谷舊產精鐵，數百年前原是鑄劍之所，後來精鐵採別處，只剩下幾座昔日煉焦的石窰。也幸得這幾座石窰，恆山派才支持多日，未遭大難。嵩山派久攻不下，堆積柴草，使起火攻毒計，倘若令狐冲等來遲半日，眾人勢難倖免了。

定逸師太不耐煩去聽儀文述說往事，雙目瞪著令狐冲，突然說道：「你……你很好啊。你師父為甚麼將你逐出門牆？說你和魔教勾結？」令狐冲道：「弟子交遊不慎，確是結識了幾個魔教中的人物。」定逸師太哼了一聲，道：「像嵩山派這等狼子野心，卻比魔教更加不如了。哼，正教中人，就一定比魔教好些嗎？」

儀和道：「令狐師兄，我不敢說你師父的是非。可是他……他明知我派有難，卻袖手旁觀，這中間……這中間……說不定他早已贊成嵩山派的併派之議了。」

令狐冲心中一動，覺這話也未嘗無理，但他自幼崇仰恩師，心中決不敢對他存絲毫不敬的念頭，道：「我恩師也不是袖手旁觀，多半他老人家另有要事在身……這個……」

定閒師太一直在閉目養神，這時緩緩睜開眼來，說道：「敝派數遭大難，均蒙令狐少俠援手，這番大恩大德……」令狐冲忙道：「弟子稍效微勞，師伯之言，弟子可萬不敢當。」定閒師太搖了搖頭，道：「少俠何必過謙？岳師兄不能分身，派他大弟子前來

效力，那也是一樣。儀和，可不能胡言亂語，對尊長無禮。」儀和躬身道：「是，弟子不敢了。不過……不過令狐師兄已給逐出華山派，岳師伯早已不要他了。他也不是岳師伯派來的。」定閒師太微微一笑，道：「你就是不服氣，定要辯個明白。」

儀和忽然嘆了口氣，說道：「令狐師兄若是女子，那就好了。」定閒師太問道：「為甚麼？」儀和道：「他已給逐出華山派，無所歸依，如是女子，便可改入我派。他和我們共歷患難，已是自己人一樣……」定逸師太喝道：「胡說八道，你年紀越大，說話越像個孩子。」定閒師太微微一笑，道：「岳師兄一時誤會，將來辨明真相，自會將令狐少俠重收門牆。嵩山派圖謀之心，不會就此便息，華山派也正要倚仗令狐少俠呢。就算他不回華山，以他這樣的胸懷武功，就是自行創門立派，也非難事。」

鄭萼道：「掌門師伯說得真對。令狐師兄，華山派這二人都對你這麼兇，你就來自創一個……創個『令狐派』給他們瞧瞧。哼，難道非回華山派不可，好希罕麼？」令狐冲臉現苦笑，道：「師伯獎飾之言，弟子何以克當？但願恩師日後能原恕弟子過失，得許重入門牆，弟子便更無他求了。」秦絹道：「你更無他求？你小師妹呢？」

令狐冲搖了搖頭，岔開話頭，說道：「一眾殉難的師姊遺體，咱們是就地安葬呢，還是火化後將骨灰運回恆山？」

定閒師太道：「都火化了罷！」她雖對世事看得透徹，但見這許多屍體橫臥地下，都是多年相隨自己的好弟子，說這句話時，聲音也不免哽咽了。眾弟子又有好幾人哭了出來。有些弟子已死數日，有的屍體還遠在數十丈外。眾弟子搬移同門屍身之時，無不

痛罵嵩山派掌門左冷禪居心險惡，手段毒辣。

待諸事就緒，天色已黑，當晚眾人便在荒山間露宿一宵。次晨眾弟子背負了定閒師太、定逸師太以及受傷的同門，到了龍泉城內，改行水道，僱了七艘烏篷船，向北進發。

令狐沖生怕嵩山派又再在水上偷襲，隨著眾人北上。恆山派既有兩位長輩同行，令狐沖深自收斂，再也不敢和眾弟子胡說八道了。定閒師太、定逸師太等受傷本來頗為不輕，幸好恆山派治傷丸散極具神效，過錢塘江後，便已脫險境。恆山派此次元氣大傷，不願途中再生事端，儘量避開江湖人物，到得長江邊上，便即另行僱船，溯江西上。如此緩緩行去，預擬到得漢口後，受傷眾人便會好得十之六七，那時再捨舟登陸，折向北行，回歸恆山。

這一日來到鄱陽湖畔，舟泊九江口。其時所乘江船甚大，數十人分乘兩船。令狐沖晚間在後稍和稍公水手同宿。睡到半夜，忽聽得江岸之上有人輕輕擊掌，擊了三下，停得一停，又擊三下。跟著西首一艘船上也有人擊掌三響，停得一停，再擊三下。擊掌聲本來極輕，但令狐沖內力既厚，耳音隨之極好，一聞異聲，立即從睡夢中醒覺，知是江湖上人物相互招呼的訊號。這二日來，他隨時隨刻注視水面上的動靜，防人襲擊，尋思：「不妨前去瞧瞧，若和恆山派無關，那是最好，否則暗中便料理了，免得驚動定閒師太她們。」

凝目往西首的船隻上瞧去，果見一條黑影從數丈外躍起，到了岸上，輕功卻也平平。

令狐沖輕輕一縱，悄沒聲息的上岸，繞到東首排在江邊的一列大油簍之後，掩將過去，只聽一人說道：「那船上的尼姑，果然是恆山派的。」另一人道：「你說怎麼辦？」

令狐沖慢慢欺近，星月微光之下，只見一人滿臉鬍子，另一人臉形又長又尖，不但是瓜子臉，而且是張葵花子臉。只聽這尖臉漢子說道：「單憑咱們白蛟幫，人數雖多，武功可及不上人家，明著動手是不成的。」那鬍子道：「誰說明著動手了？這些尼姑武功雖強，水上的玩藝卻未必成。明兒咱們駕船追下去，到得大江上，跳下水去鑿穿了她們坐船，還不一一的手到擒來？」那尖臉漢子喜道：「此計大妙。咱哥兒立此大功，九江白蛟幫的萬兒從此在江湖上可響得很啦。不過我還是有一件事就心。」

那鬍子道：「就心甚麼？」那尖臉的道：「他們五嶽劍派結盟，說甚麼五嶽劍派，同氣連枝。要是給莫大先生得知了，來尋咱們晦氣，白蛟幫可吃不了要兜著走啦。」那鬍子道：「哼，這幾年來咱們受衡山派的氣，可也受得夠啦。這一次咱們倘若不替朋友們出一番死力，下次有事之時，朋友們也不會出力相幫。這番大事幹成後，說不定衡山派也會鬧個全軍覆沒，又怕莫大先生作甚？」那尖臉的道：「好，就是這個主意。咱們去招集人手，可得揀水性兒好的。」

令狐沖一竄而出，反轉劍柄，在那尖臉的後腦一撞，那人登時量了過去。那鬍子揮拳打來，令狐沖劍柄探出，登的一聲，正中他左邊太陽穴。那鬍子如陀螺般轉了幾轉身，一交坐倒。令狐沖橫過長劍，削下兩隻大油簍的蓋子，提起二人，分別塞入了油簍。油簍中裝滿了菜油，每一簍裝三百斤，原是要次日裝船，運往下游去的。這二人一

浸入油簍，登時油過口鼻，冷油一激，便即醒轉，骨嘟骨嘟的大口吞油。

忽然背後有人說道：「令狐少俠，勿傷他們性命。」正是定閒師太的聲音。

令狐冲微微一驚，心想：「定閒師太何時到了身後，我竟沒知曉。」當下鬆開按在二人頭上的雙手，說道：「是！」那二人頭上一鬆，便欲躍出。令狐冲笑道：「別動！」伸劍在二人頭頂一擊，又將二人迫入了油簍。那二人屈膝而蹲，菜油及頸，雙眼難睜，竟不知何以會處此狼狽境地。

只見一條灰影從船上躍將過來，卻是定逸師太，問道：「師姊，捉到了小毛賊麼？」

定閒師太道：「是九江白蛟幫的兩位堂主，令狐少俠跟他們開開玩笑。」她轉頭向那鬍子道：「閣下姓易還是姓齊？史幫主可好？」那鬍子正是姓易，奇道：「我……我姓易，你怎知道？咱們史幫主很好啊。」定閒微笑道：「白蛟幫易堂主、齊堂主，江湖上人稱『長江雙飛魚』，鼎鼎大名，老尼早已如雷貫耳。」

定閒師太心細如髮，雖平時極少出庵，但於江湖上各門各派的人物，無一不瞭如指掌，否則怎能認出嵩山派中那三名為首的高手？以這姓易的鬍子、這姓齊的尖臉漢子而論，在武林中只是第三四流人物，但她一見到兩人容貌，便猜到了他們的身分來歷。

那尖臉漢子甚是得意，說道：「如雷貫耳，那可不敢。」令狐冲手上一用力，用劍刃將他腦袋壓入了油中，又再鬆手，笑道：「我是久仰大名，如油貫耳。」那漢子怒道：「你……你……」令狐冲道：「我問一句，你們就老老實實答一句，若有絲毫隱瞞，叫你『長江雙飛魚』變成一對『油浸雙泥鰍』。」說著將那

鬍子也按在油中浸了一下。那鬍子先自有備，沒吞油入肚，但菜油從鼻孔中灌入，卻也說不出的難受。

定閒和定逸忍不住微笑，均想：「這年輕人十分胡鬧頑皮。但這倒也不失為逼供的好法子。」

令狐冲問道：「你們白蛟幫幾時跟嵩山派勾結了？是誰叫你們來跟恆山派為難的？」

那鬍子道：「和嵩山派勾結？這可奇了。嵩山派英雄，咱們一位也不識啊。」令狐冲道：「啊哈！第一句話你就沒老實回答。叫你喝油喝一個飽！」挺劍平按其頂，將他按入油中。這鬍子雖非一流好手，武功亦不甚弱，但令狐冲渾厚的內力自長劍傳到，便如千斤之重的大石壓在他頭頂，絲毫動彈不得。菜油沒其口鼻，露出了雙眼，骨碌碌的轉動，甚是狼狽。

令狐冲向那尖臉漢子道：「你快說！你想做長江飛魚呢，還是想做油浸泥鰍？」

那姓齊的道：「遇上了你這位英雄，想不做油浸泥鰍，可也辦不到了。不過易大哥可沒說謊，咱們確是不識得嵩山派的人物。再說，嵩山派和恆山派結盟，武林中人所共知。嵩山派怎會叫咱們白蛟幫來跟……貴派過不去？」

令狐冲鬆開長劍，放了那姓易的抬起頭來，又問：「你說明兒要在長江之中，鑿沉恆山派的座船，用心如此險惡，恆山派到底甚麼地方得罪你們了？」

定逸師太後到，用心如此險惡，何以如此對待這兩名漢子，聽他一說，登時勃然大怒，喝道：「好賊子，想在長江中淹死我們啊。」她恆山派門下十之八九是北方女子，

全都不會水性，大江之中倘若坐船沉沒，勢不免葬身魚腹，想起來當真不寒而慄。

那姓易的生怕令狐冲再將他腦袋按入油中，搶先答道：「恆山派跟我們白蛟幫本來無怨無仇。我們只是九江碼頭上賺水腳、走私貨的一個小小幫會，又有甚麼能耐跟恆山派眾位師太結樑子了。只不過……只不過我想大家都是佛門一脈，貴派向西而去，多半是前去應援。因此……這個……我們不自量力，起下了歹心，下次再也不敢了。」

令狐冲越聽越胡塗，問道：「甚麼叫做佛門一脈，西去赴甚麼援？說得不清不楚，莫名其妙！」那姓易的道：「是，是！少林派雖不是五嶽劍派之一，但我們想和尚尼姑是一家人……」定逸師太喝道：「胡說！」那姓易的吃了一驚，自然而然的身子一縮，吞了一大口油，膩住了口，說不出話來。定逸師太忍住了笑，向那尖臉漢子道：「你來說。」

那姓齊的道：「是，是！有一個『萬里獨行』田伯光，不知師太是否和他相熟？」和他相熟？這斷竟敢問出這句話來，當真是莫大的侮辱，右手一揚，便要往他頂門拍落。

定閒師太伸手一攔，道：「師妹勿怒。這二位在油中躭得久了，腦筋不大清楚。且別和他們一般見識。」問那姓齊的道：「田伯光怎麼了？」那姓齊的道：「『萬里獨行』田伯光田大爺，跟我們史幫主是好朋友。早幾日田大爺……」定逸師太怒道：「甚麼田大爺？這等惡行昭彰的賊子，早就該將他殺了。你們反和他結交，足見白蛟幫就不是好人。」那姓齊的道：「是，是，是。我們不是……不是好人。」定逸師太問道：「我只問你，白蛟幫何以要和恆山派為難，又牽扯上田伯光甚麼了？」田伯光曾對她弟子儀

琳非禮，定逸師太一直未能殺之洩憤，心下頗以為恥，雅不願旁人提及此人名字。

那姓齊的道：「是，是。大夥兒要救任大小姐出來，生怕正教中人幫和尚的忙，因此我哥兒倆豬油蒙了心，打起了胡塗主意，這就想對貴派下手……」

定逸師太更摸不著半點頭腦，嘆道：「師姊，這兩個渾人，還是你來問罷。」

定閒師太微微一笑，問道：「任大小姐，可便是日月神教前教主的大小姐嗎？」

令狐冲心頭一震：「他們說的是盈盈？」登時臉上變色，手心出汗。

那姓齊的道：「是。田大爺……不，那田……田伯光前些時來到九江，在我白蛟幫總舵跟史幫主喝酒，說道預期十二月十五，大夥兒要大鬧少林寺，去救任大小姐出來。」

定逸師太忍不住插嘴：「大鬧少林寺？你們又有多大能耐，敢去太歲頭上動土？」

那姓齊的道：「是，是。我們自然是不成的。」

定閒師太道：「那田伯光腳程最快，由他來往聯絡傳訊，是不是？這件事，到底是誰在從中主持？」

那姓易的說道：「大家聽得任大小姐給少林寺的賊……不，少林寺的和尚扣住了，不約而同，都說要去救人，也沒甚麼人主持。大夥兒想起任大小姐的恩義，都說，便是為任大小姐粉身碎骨，也所甘願。」

一時之間，令狐冲心中起了無數疑團：「他們說的任大小姐，到底是不是便是盈盈？她怎麼會給少林寺的僧人扣住？她小小年紀，平素有甚麼恩義待人？為何這許多人一聽到她有難的訊息，便都奮不顧身的去相救？」

定閒道：「你們怕我恆山派去相助少林派，因此要將我們坐船鑿沉，是不是？」

定閒師太的忙道：「是，我們想和尚尼姑……這個那個……」定逸師太怒道：「甚麼這個那個？」那姓齊的道：「是，是。這個……小人不敢多說。小人沒說甚麼……」

定閒師太道：「十二月十五之前，你們白蛟幫也要去少林寺？」姓易姓齊二人齊聲道：「這可得聽史幫主號令。」姓齊的又道：「既然大夥兒都去少林寺，我們白蛟幫總也不能落在人家後面。」定閒師太問道：「大夥兒？到底有那些大夥兒？」那姓齊的道：「那田……田伯光說，浙西海沙幫、山東黑風會、湘西排教……」一口氣說了江湖上三十來個大大小小幫會的名字。此人武功平平，幫會門派的名稱倒記得挺熟。定逸師太皺眉道：「都是些不務正業的旁門左道人物，人數雖多，也未必是少林派的對手。」

令狐沖聽那姓齊的所說人名中，有天河幫幫主「銀髯蛟」黃伯流，長鯨島島主司馬大，還有幾人，也都是當日在五霸岡上會過的，心下更無懷疑，他們所要救的定然便是盈盈，斗然得到她的訊息，甚是歡喜，但想到她為少林派所扣押，而她曾殺過好幾名少林弟子，又不禁擔憂，問道：「少林派為甚麼要扣住這位……這位任大小姐？」

那姓齊的道：「這可不知道了。多半是少林派的和尚們吃飽了飯沒事幹，故意找這事來跟大夥兒為難。」

定閒師太道：「請二位回去拜上貴幫主，便說恆山派定閒、定逸和這位朋友路過九江，沒來拜會史幫主，多有失禮，請史幫主包涵則個。我們明日乘船西行，請二位大度包容，別再派人來鑿沉我們的船隻。」她說一句，二人便說一句：「不敢。」

定閒師太向令狐沖道：「月白風清，少俠慢慢領略江岸夜景。恕貧尼不奉陪了。」

攜了定逸之舟，緩步回舟。

令狐沖知她有意相避，好讓自己對這二人仔細再加盤問，一時之間，心亂如麻，竟想不出更有甚麼話要問，在岸邊走來走去，又悄立良久，只見半鉤月亮映在江心，大江滾滾東去，月光顫動不已，猛然想起：「今日已是十一月下旬。他們下月十五要去少林寺，為時已然無多。少林派方證、方生兩位大師待我甚好。這二人為救盈盈而去，勢必和少林派大動干戈，不論誰勝誰敗，雙方損折必多。我何不趕在頭裏，求方證方丈將盈盈放出，將一場血光大災化於無形，豈不甚好？」

又想：「定閒、定逸兩位師太傷勢已痊愈了大半。定閒師太外表瞧來跟尋常老尼無異，其實所知既博，見識又極高超，實是武林中一位了不起的高人。由她率眾北歸，只要不再遇到嵩山派這樣的大批強敵，該不會有甚麼應付不了的危難。只是我怎生向她們告辭才好？」這些日來，和這些尼姑、姑娘們共歷患難，眾人對他既恭敬，又親切，於他被逐出師門、為小師妹所棄之事，雖從不提及，但神情之間，顯然猶似他們自身遭此不幸一般。華山眾同門中，除陸大有外，反無人待他如此親厚，突然要中途分手，頗感難以啓齒。

只聽得腳步聲細碎，兩人緩緩走近，卻是儀琳和鄭萼，走到離令狐沖二三丈外，叫了聲：「令狐師兄。」便停住了腳步。令狐沖迎將上去，說道：「你們也給驚醒了？」

儀琳道：「令狐師兄，掌門師伯吩咐我們來跟你說……」推了推鄭萼，道：「你跟他

說。」鄭萼道：「掌門師伯要你說的。」儀琳道：「你說也是一樣。」

鄭萼說道：「令狐師兄，掌門師伯說道，大恩不言謝，今後你不論有甚麼事，恆山派都供你驅策。你如要去少林寺救那位任大小姐，大家自當盡力效命。」

令狐冲大奇，心想：「我又沒說要去相救盈盈，怎地定閒師太卻恁地說？啊喲，是了！羣雄在五霸岡上聚會，設法為我治病，都是瞧在盈盈的份上。此事鬧得沸沸揚揚，定閒師太焉有不知？」想及此事，不由得臉上一紅。

鄭萼又道：「掌門師伯說道，此事最好不要硬來。她老人家和我師父兩位，此刻已過江去了，要趕赴少林寺，去向方丈大師求情放人，請令狐師兄帶同我們，緩緩前去。」

令狐冲聽了這番話，登時呆了，半晌說不出話來，舉目向長江中眺望，果見一葉小舟，掛起了一張小小白帆，正自向北航去，心中又感激，又覺慚愧，心想：「兩位師太是佛門中有道大德，又是武林高人。她們肯親身去向少林派求情，原是再好不過，比之我這浪跡江湖、素行不端的一介無名小卒，面子是大上百倍了。多半方證方丈能瞧著二位師太的金面，肯放了盈盈。」想到此處，心下登時一寬。

回過頭來，只見那姓易、姓齊的兀自在油簍子中探頭探腦，不敢爬將出來，心想這二人一片熱心，為的是去救盈盈，自己可將他們得罪了，頗覺過意不去，邁步上前，拱了拱手，說道：「在下一時魯莽，得罪了白蛟幫『長江雙飛魚』兩位英雄，實因事先未知其中緣由，還請恕罪。」說著深深一揖。

「長江雙飛魚」突然見他前倨後恭，大感詫異，急忙抱拳還禮，這一手忙腳亂，無數

菜油飛濺出來，濺得令狐冲身上點點滴滴的都是油跡。

令狐冲微笑著點了點頭，向儀琳和鄭萼道：「咱們走罷！」

回到舟中，恆山派眾弟子竟絕口不提此事，連儀和、秦絹這些素來事事好奇之人，居然也不向他問一句話，自是定閒師太臨去時已然囑咐，免得令他尷尬。令狐冲暗自感激，但見到好幾名女弟子似笑非笑的臉色，卻又不免頗為狼狽，尋思：「她們這副模樣，心中可咬定盈盈是我的情人了。其實我和盈盈之間清清白白，並無甚麼逾規越禮之事。但見秦絹眼中閃著狡獪的光芒，忍不住道：「完全不是這麼一回事，你……你們可別胡思亂想。」

秦絹笑道：「我胡思亂想甚麼了？」令狐冲臉上一紅，道：「我猜也猜得到。」秦絹笑道：「猜到甚麼？」令狐冲還未答話，儀和道：「秦師妹，別多說了，掌門師叔吩咐的話，你忘了嗎？」秦絹抿嘴笑道：「是，是，我沒忘記。」

令狐冲轉過頭來，避開她眼光，只見儀琳坐在船艙一角，臉色蒼白，神情甚為冷漠，不禁心中一動：「她心中在想甚麼？為甚麼她不和我說話？」怔怔的瞧著她，忽然想到那日在衡山城外，自己受傷之後，她抱了自己在曠野中奔跑時的臉色。那時她又關切，又激動，渾不是眼前這般百事不理的模樣。為甚麼？為甚麼？

儀和忽道：「令狐師兄！」令狐冲一驚，回頭應道：「嗯，怎麼？」儀和道：「掌門師叔說道，明日咱們或改行陸道，或仍走水路，悉聽令狐師兄的意思。」

儀和大聲又叫：「令狐師兄！」令狐冲沒聽見，並沒答應。儀和道：「掌門師叔說道，明日咱們或

令狐冲心中只盼改行陸道，及早得知盈盈的訊息，但斜眼一瞅，見儀琳長長的睫毛下閃動著淚水，一副楚楚可憐的模樣，說道：「掌門師太叫咱們緩緩行去，那麼還是仍舊坐船罷。」諒來那白蛟幫也不敢對咱們怎地。」秦絹笑道：「你放心得下嗎？」令狐冲臉上微微一紅，尚未作答，儀和喝道：「秦師妹，小孩兒家，少說幾句行不行？」秦絹笑道：「行！有甚麼不行？阿彌陀佛，我可不大放心。」

次晨舟向西行，令狐冲命舟子將船靠近岸旁航行，以防白蛟幫來襲，但直至湖北境內，一直沒任何動靜。此後數日之中，令狐冲也不和恆山弟子多說閒話，每逢晚間停泊，便獨自一人上岸飲酒，喝得醺醺而歸。

這一日舟過夏口，折而向北，溯漢水而上，傍晚停泊在小鎮雞鳴渡旁。他又上岸去，在一家冷酒鋪中喝了幾碗酒，忽想：「小師妹的傷不知好了沒有？儀真、儀靈兩位師姊送去恆山靈藥，想來必可治好她劍傷。林師弟的傷勢又不知如何？倘若林師弟竟致傷重不治，她又怎樣？」想到這裏，心下不禁一驚：「令狐冲啊令狐冲，你直是個卑鄙小人！你雖盼小師妹早日痊愈，內心卻又似在盼望林師弟傷重而死？難道林師弟死了，小師妹便會嫁你不成？」自覺無聊，連盡了三碗酒，又想：「勞德諾和八師弟不知是誰殺的？那人為甚麼又去暗算林師弟？師父、師娘不知近來若何？」

端起酒碗，又一飲而盡，小店之中無下酒物，隨手抓起幾粒鹹水花生，拋入口中，忽聽背後有人嘆了口氣，說道：「唉！天下男子，十九薄倖。」

令狐冲轉過面來，向說話之人瞧去，搖晃的燭光之下，但見小酒店中除自己之外，便只店角落裏一張板桌旁有人伏案而臥。板桌上放了酒壺、酒杯，那人衣衫襤褸，身形猥瑣，不像是如此吐屬文雅之人。當下令狐冲也不理會，又喝了一碗酒，只聽得背後那聲音又道：「人家為了你，給幽禁在不見天日之處。自己卻整天在脂粉堆中廝混，小姑娘也好，光頭尼姑也好，老太婆也好，照單全收。唉，可嘆啊可嘆！」

令狐冲知他說的是自己，卻不回頭，尋思：「這人是誰？他說『人家為了你，給幽禁在不見天日之處』，說的是盈盈嗎？為甚麼盈盈是為了我而給人幽禁？」

只聽那人又道：「不相干之輩，倒是多管閒事，說要去拚了性命，將人救出來。偏生你要做頭子，我也要做頭子，人還沒救，自己夥裏已打得昏天黑地。唉，這江湖上的事，老子可真沒眼瞧的了。」

令狐冲拿著酒碗，走過去坐在那人對面，說道：「在下多事不明，要請老兄指教。」

那人仍伏在桌上，並不抬頭，說道：「唉，有多少風流，便有多少罪孽。恆山派的姑娘、尼姑們，這番可當真糟糕之極了。」

突然見到那人凳腳旁放著一把胡琴，琴身深黃，久經年月，心念一動，已知此人是誰，當即俯身便拜，說道：「晚輩令狐冲，有幸拜見衡山莫師伯。」

令狐冲更是心驚，站起身來，深深一揖，說道：「令狐冲拜見前輩，還望賜予指點。」

那人抬起頭來，雙目如電，冷冷的在令狐冲臉上一掃，正是衡山派掌門「瀟湘夜雨」莫大先生。他哼了一聲，道：「師伯之稱，可不敢當。令狐大俠，這些日來可快活哪！」

令狐沖躬身道：「莫師伯明鑒，弟子奉定閒師伯之命，隨同恆山派諸位師姊師妹回歸恆山。弟子雖然無知，卻決不敢對恆山師姊妹們有絲毫失禮。」莫大先生嘆了口氣，道：「請坐！唉，你怎不知江湖上人言紛紛，眾口鑠金？」令狐沖苦笑道：「晚輩行事狂妄，不知檢點，連本門也不能容，江湖上的閒言閒語，也顧不得這許多了。」

莫大先生冷笑道：「你自己甘負浪子之名，旁人自也不來理你。可是恆山派數百年的清譽，竟敗壞在你手裏，你也毫不動心嗎？江湖上傳說紛紜，說你一個大男人，混在恆山派一羣姑娘和尼姑中間。別說幾十位黃花閨女的名聲給你損了，甚至連……連那幾位苦守戒律的老師太，也給人作為笑柄，這……這可太不成話了。」

令狐沖退開兩步，手按劍柄，說道：「不知是誰造謠，說這些無恥荒唐的言語，請莫師伯示知。」莫大先生道：「你想去殺了他們嗎？江湖上說這些話的，沒有一萬，也有八千，你殺得乾淨麼？哼，人家都羨慕你艷福齊天，那又有甚麼不好了？」

令狐沖頹然坐下，心道：「我做事總是不顧前，不顧後，但求自己問心無愧，卻沒想到累了恆山派眾位上下的清譽。這……這便如何是好？」

莫大先生嘆了口氣，溫言道：「這五日裏，每天晚上，我都曾到你船上窺探……」令狐沖「啊」的一聲，心想：「莫師伯接連五晚來船窺探，我竟半點不知，可算是十分無能。」莫大先生續道：「我見你每晚總是在後梢和衣而臥，別說對恆山眾弟子並沒分毫無禮的行為，連閒話也不說一句。令狐世兄，你不但決不是無行浪子，實是一位守禮君子。對著滿船妙齡尼姑、如花少女，你竟絕不動心，不僅是一晚不動心，而且是數十

晚始終如一。似你這般男子漢、大丈夫，當真是古今罕有，我莫大好生佩服。」大拇指一翹，右手握拳，在桌上重重一擊，說道：「來來來，我莫大敬你一杯。」說著便提起酒壺斟酒。

令狐沖道：「莫師伯之言，倒教小姪好生惶恐。小姪品行不端，以致不容於師門，但恆山派同道的師姊師妹，卻如何可以得罪？」莫大先生呵呵笑道：「光明磊落，這才是男兒漢的本色。我莫大如年輕二十歲，教我晚陪著這許多姑娘，要像你這般守身如玉，那就辦不到。難得啊難得！來，乾了！」兩人舉碗一飲而盡，相對大笑。

令狐沖見莫大先生形貌落拓，衣飾寒酸，那裏像是一位威震江湖的潦倒漢子？偶爾眼光一掃，鋒銳如刀，但這霸悍之色一露即隱，又成為一個久困風塵的一派掌門，心想：「恆山掌門定閒師太慈祥平和，泰山掌門天門道長威嚴厚重，嵩山掌門左冷禪陰鷙險刻，我恩師是位彬彬君子，這位莫師伯外表猥葸平庸，似是個市井小人，實則武功驚人，可駭可怖。五嶽劍派的五位掌門人，其實個個是十分深沉多智之人。我令狐沖草包一個，可跟他們差得遠了。」

莫大先生道：「我在湖南，聽到你和恆山派的尼姑混在一起，甚是詫異，心想定閒師太是何等樣的人物，怎能容你下做出這等事來？後來聽得白蛟幫的人說起你們行蹤，便趕了下來。令狐老弟，你在衡山羣玉院中胡鬧，我莫大當時認定你是個儇薄少年。你到後一輩英俠之中，竟有你老弟這樣了不起的少年英雄。很好，很好！來來來，咱們同後來仗義助我劉正風師弟，我心中對你生了好感，只想趕將上來，善言相勸，不料卻見

乾三杯！」說著叫店小二添酒，和令狐冲對飲。

幾碗酒一下肚，一個寒酸落拓的莫大先生突然顯得逸興遄飛，連連呼酒，只是他酒量和令狐冲差得甚遠，喝得幾碗後，便已滿臉通紅，醉態可掬，說道：「令狐老弟，我知你最喜喝酒。莫大無以爲敬，只好陪你多喝幾碗。嘿嘿，武林之中，莫大肯陪他喝酒的，卻也沒幾個。那日嵩山大會，座上有個大嵩陽手費彬，不可一世，莫大越瞧越不順眼，當時便一滴不飲。此人居然還口出不遜之言，他臭妹子的，你說可不可惱？」

令狐冲笑道：「是啊，這種人不自量力，橫行霸道，終究沒好下場。」

莫大先生道：「後來聽說此人突然失了蹤，下落不明，不知到了何處，倒也奇怪。」

令狐冲心想，那日在衡山城外，莫大先生施展神妙劍法殺了費彬，他當日明明見到自己在旁，此刻卻又如此說，自是不願留下了形跡，便道：「嵩山派門下行事令人莫測高深，這費彬嘛，說不定是在嵩山那一處山洞中隱居了起來，正在勤練劍法，也未可知。」

莫大先生眼中閃出一絲狡獪的光芒，微微一笑，拍案叫道：「原來如此，若不是老弟提醒，我可想破了腦袋，也想不通其中緣由。」喝了一口酒，問道：「令狐老弟，你到底何以跟恆山派的人混在一起？魔教的任大小姐對你情深一往，你可千萬不能辜負她啊。」

令狐冲臉上一紅，說道：「莫師伯明鑒，小姪情場失意，於這男女之事，可早已瞧得淡了。」想起了小師妹岳靈珊，胸口一酸，眼眶不由得紅了，突然哈哈一笑，朗聲說道：「小姪本想看破紅塵，出家爲僧，就怕出家人的戒律太嚴，五大戒之一便是不准喝

酒，這才沒去做和尚。哈哈，哈哈！」雖是大笑，笑聲中畢竟大有淒涼之意。過了一會，便敘述如何遇到定靜、定閒、定逸三位師太的經過，說到自己如何出手援救，每次都只輕描淡寫的隨口帶過。

莫大先生靜靜聽完，瞪著酒壺呆呆出神，過了半晌，才道：「左冷禪意欲吞併四派，聯成一個大派，企圖和少林、武當兩大宗派鼎足而三，分庭抗禮。他這密謀由來已久，雖然深藏不露，我卻早已瞧出了此端倪。操他奶奶的，他不許我劉師弟金盆洗手，暗助華山劍宗去和岳先生爭奪掌門之位，歸根結底，都是為此。只是沒想到他居然如此膽大妄為，竟敢對恆山派明目張膽的下手。」

令狐冲道：「他倒也不是明目張膽，原本是假冒魔教，要逼得恆山派無可奈何之下，不得不答允併派之議。」

莫大先生點頭道：「不錯。他下一步棋子，當是去對付泰山派天門道長了。哼，魔教雖毒，卻也未必毒得過左冷禪。令狐兄弟，你現下已不在華山派門下，閒雲野鶴，無拘無束，也不必管他甚麼正教魔教。我勸你和尚倒也不必做，也不用為此傷心，儘管去將那位任大小姐救了出來，娶她做老婆便是。別人不來喝你的喜酒，我莫大偏來喝你三碗。他奶奶的，怕他個鳥卵蛋？」他有時出言甚是文雅，有時卻又夾幾句粗俗俚語，說他是一派掌門，也真有此不像。

令狐冲心想：「他只道我情場失意乃是為了盈盈，但小師妹之事，也不便跟他提起。」便問：「莫師伯，到底少林派為甚麼要拘留任小姐？」

莫大先生張大了口，雙眼直視，臉上充滿了驚奇之狀，道：「少林派為甚麼要拘留任小姐？你當真不知，還是明知故問？江湖上眾人皆知，你⋯⋯你⋯⋯還問甚麼？」

令狐冲道：「過去數月之中，小姪為人囚禁，江湖上之事一無所聞。那任小姐曾殺過少林派四名弟子，原也是從小姪身上而起，只不知後來怎地失手，竟為少林派所擒？」

莫大先生道：「如此說來，你是真的不明白其中原委了。你身中奇異內傷，無藥可治，聽說旁門左道中有數千人聚集五霸岡，為了討好這位任大小姐而來治你的傷，結果卻人人束手無策，是也不是？」令狐冲道：「正是。」莫大先生道：「這件事轟傳江湖，都說令狐冲這小子不知幾生修來的福氣，居然得到黑木崖聖姑任大小姐的垂青，就算這場病醫他們雖是一番好意，畢竟行事太過魯莽，這等張揚其事，難怪盈盈生氣。」

莫大先生問道：「你後來怎地卻好了？是修習了少林派《易筋經》神功，是不是？」

令狐冲道：「不是。少林寺方丈方證大師慈悲為懷，不念舊惡，答允傳授少林派無上內功。只是小姪不願改投少林派，而這門少林神功又不能傳授派外之人，只好辜負方丈大師的一番美意。」莫大先生道：「少林派是武林中的泰山北斗。你其時已給逐出華山門牆，正好改投少林。那是千載難逢的機緣，卻為何連自己性命也不顧了？」令狐冲道：「小姪自幼蒙恩師、師娘收留，養育之恩，粉身難報，只盼日後恩師能許小姪改過自新，重列門牆，決不願貪生怕死，另投別派。」

莫大先生點頭道：「這也有理。如此說來，你的內傷得愈，那是由於另一樁機緣

1087

了。」令狐冲道：「正是。其實小姪的內傷也沒完全治好。」

莫大先生凝視著他，說道：「少林派和你向來並無淵源，佛門中人雖說慈悲為懷，卻也不能隨便傳人以本門的無上神功。方證大師答應以《易筋經》相授，你當真不知是甚麼緣故嗎？」令狐冲道：「小姪確是不知，還望莫師伯示知。」

莫大先生道：「好！江湖上都說，那日黑木崖任大小姐親身背負了你，來到少林寺中，求見方證大師，說道只須方丈救了你的性命，她便任由少林派處置，要殺要剮，絕不皺眉。」

令狐冲「啊」的一聲，跳了起來，將桌上一大碗酒都帶翻了，全身登時出了一陣冷汗，手足發抖，顫聲道：「這……這……這……」腦海中一片混亂，想起當時自己身子一日弱似一日，一晚睡夢之中，聽到盈盈哭泣甚哀，說道：「你一天比一天瘦，我……我……」說得誠摯無比，自己心中感激，狂吐鮮血，就此人事不知。待得清醒，已是在少林寺的一間斗室之中，方生大師已費了無數心力為己施救。自己一直不知如何會到少林寺中，又不知盈盈到了何處，原來竟是她捨命相救，不由得熱淚盈眶，跟著兩道眼淚撲簌簌的直流下來。

莫大先生嘆道：「這位任大小姐雖出身魔教，但待你的至誠至情，卻令人好生相敬。少林派中，辛國樑、易國梓、黃國柏、覺月禪師四名大弟子命喪她手。她去到少林，自無生還之望，但為了救你，她……她……她是全不顧己了。方證大師不願就此殺她，卻也不能放她，因此將她囚禁在少林寺後的山洞之中。任大小姐屬下那許多三山五嶽之

輩，自然都要去救她出來。聽說這幾個月來，少林寺沒一天安寧，擒到的人，少說也有一百來人了。」

令狐冲心情激盪，良久不能平息，過了好一會，才問：「莫師伯，你剛才說，大家爭著要做頭子，自己夥裏已打得昏天黑地，那是怎麼一會事？」

莫大先生嘆了口氣，道：「這些旁門左道的人物，平日除了聽從任大小姐的號令之外，個個狂妄自大，好勇鬥狠，誰也不肯服誰。這次上少林寺救人，大家知道少林寺是天下武學的祖宗，事情很棘手，何況單獨去闖寺的，個個有去無回。因此上大家說要廣集人手，結盟而往。既然結盟，便須有個盟主。聽說這些日子來為了爭奪盟主之位，許多人動上了手，死的死，傷的傷，著實損折了不少人。令狐老弟，我看只有你急速趕去，才能制得住他們。你說甚麼話，那是誰也不敢違拗的，哈哈，哈哈！」

莫大先生這麼一笑，令狐冲登時滿臉通紅，情知他這番話說得不錯，但羣豪服了自己，只不過是瞧在盈盈的面上，而盈盈日後知道，定要大發脾氣，突然間心念一動：「盈盈對我情意深重，可是她臉皮子薄，最怕旁人笑話於她，說她對我落花有意，而我卻流水無情。我要報答她這番厚意，務須教江湖上好漢衆口紛傳，說令狐冲對任大小姐一往情深，為了她性命也不要了。我須孤身去闖少林，能救得出她來，那是最好；倘若救不出，也要鬧得衆所周知。」說道：「恆山派定閒、定逸兩位師伯上少林寺去，以兔釀成一場大動干戈的流血浩劫。」

莫大先生點頭道：「怪不得，怪不得！我一直奇怪，定閒師太如此老成持重之人，怎

林方丈求情，請他放了這位任小姐出

1089

會放心由你陪伴她們下這大羣姑娘、尼姑，自己卻另行他往，原來是為你作說客去了。」

令狐冲道：「莫師伯，小姪既知此事，著急得了不得，恨不得插翅飛去少林寺，瞧瞧兩位師太求情的結果如何。只恆山派這些師姊妹都是女流之輩，倘若途中遇上了甚麼意外，可又難處。」

莫大先生道：「你儘管去好了！」令狐冲喜道：「我先去不妨？」莫大先生不答，拿起倚在板凳旁的胡琴，咿咿呀呀的拉了起來。

令狐冲知他既這麼說，便是答允照料恆山派一衆弟子了，這位莫師伯武功識見，俱皆非凡，不論他明保還是暗護，恆山派自可無虞，當即躬身行禮，說道：「深感大德。」

莫大先生笑道：「五嶽劍派，同氣連枝。我幫恆山派的忙，要你來謝甚麼？那位任大小姐得知，只怕要喝醋了。」

令狐冲道：「小姪告辭。恆山派衆位師姊妹，相煩莫師伯代為知照。」說著直衝出店。一凝步，向江中望去，只見坐船的窗中透出燈光，倒映在漢水之中，一條黃光，緩緩閃動。身後小酒店中，莫大先生的琴聲漸趨低沉，靜夜聽來，甚是淒清。

兩日之後，羣豪來到少室山上、少林寺外，少說也有六七千人眾。大旗招展，數百面大皮鼓同時擂起，蓬蓬之聲，當真驚天動地。

令狐冲向北疾行，天明時到了一座大鎮，走進一家飯店。湖北出名的點心乃是豆皮，以豆粉製成麵條，煮以鮮湯，甚爲可口。令狐冲連盡三大碗，付帳出門。

只見迎面走來一羣漢子，其中一人又矮又胖，赫然便是「黃河老祖」之一的老頭子。令狐冲大喜，大聲叫道：「老頭子！你好啊。」

老頭子一見是他，登時神色尷尬之極，遲疑半晌，喇的一聲，抽出了大刀。

令狐冲又向前迎了一步，說道：「祖千秋……」只說了三個字，老頭子舉刀便向他砍將過來，可是這一刀雖力勁勢沉，準頭卻是奇差，和令狐冲肩頭差著一尺有餘，呼的一聲，直削了下去。令狐冲嚇了一跳，向後躍開，叫道：「老先生，我……我是令狐冲！」

老頭子叫道：「我當然知道你是令狐冲。眾位朋友聽了，聖姑當日曾有令諭，不論那一個見到令狐冲，務須將他殺了，聖姑自當重重酬謝。這句話，大夥兒可都知道麼？」

眾人轟然道：「咱們都知道。」眾人話雖如此，但大家你瞧瞧我，我瞧瞧你，臉上神情都甚古怪，沒一人拔兵刃上前動手，有些人甚至笑嘻嘻地，似覺十分有趣。

令狐冲臉上一紅，想起那日盈盈要老頭子等傳言江湖，務須將自己殺了，她是既盼自己再不離開她身邊，又要羣豪知道，她任大小姐決非痴戀令狐冲，反而恨他入骨。此後多經變故，早將當時這話忘了，此刻聽老頭子這麼說，才想起她這號令尚未通傳取消。

當時老頭子等傳言出去，羣豪已然不信，待得她爲救令狐冲之命，甘心赴少林寺就死，這事由少林寺俗家弟子洩漏了出來，登時轟動江湖。人人固讚她情深義重，卻也不免好笑，覺這位大小姐太也要強好勝，明明愛煞了人家卻又不認，拚命掩飾，不免欲蓋

彌彰。這事不但魔教屬下那些左道旁門的好漢們知之甚詳，連正派中人也多有所聞，日

常閒談往往引爲笑柄。此刻羣豪突見令狐冲出現，驚喜交集之際，卻也有些不知所措。

老頭子道：「令狐公子，聖姑有令，叫我們將你殺了。但你武功甚高，適才我這一

刀砍你不中，承你手下留情，沒取我性命，足感盛情。眾位朋友，大家親眼目睹，咱們

決不是不肯殺令狐公子，實在是殺他不了。我老頭子不行，當然你們也都不行的了。是

不是？」眾人哈哈大笑，都道：「正是！」

一人道：「適才咱們一場驚心動魄的惡鬥，雙方打得筋疲力盡，誰也殺不了誰，只

好不打。大夥兒再不妨鬥鬥酒去。倘若有那一位英雄好漢，能灌得令狐公子醉死了，日

後見到聖姑，也好有個交代。」羣豪捧腹狂笑，都道：「妙極，妙極！」又一人笑道：

「聖姑只吩咐咱們殺了令狐公子，可沒規定非用刀子不可。用上好美酒灌得醉死了他，那

也可以啊。這叫做不能刀敵，便當酒取。」

羣豪歡呼大叫，簇擁著令狐冲上了當地最大的一間酒樓，四十餘人坐滿了六張桌

子。幾個人敲枱拍櫈，大呼：「酒來！」

令狐冲一坐定後，便問：「聖姑到底怎樣啦？這可急死我了。」

羣豪聽他關心盈盈，盡皆大喜。

老頭子道：「大夥兒定了十二月十五同上少林寺去接聖姑出寺。這些日子來，卻爲

了誰做盟主之事，大家爭鬧不休，大傷和氣。令狐公子駕到，可再好不過了。這盟主若

不是你當，更有誰當？倘若別人當了，就算接了聖姑出來，她老人家也必不開心。」

一個白鬚老者笑道：「是啊。只要由令狐公子主持全局，縱然一時遇上阻難，接不到聖姑，她老人家只須得知訊息，心下也必歡喜得緊。這盟主一席，天造地設，是由令狐公子來當的了。」

令狐冲慨然道：「是誰當盟主，那是小事一件，只須救得聖姑出來，在下便粉身碎骨，也所甘願。」這幾句話倒不是隨口胡謅，他感激盈盈為己捨身，若要他為盈盈而死，那是一往無前，決不用想上一想。不過如在平日，這念頭在自己心頭思量也就是了，不用向人宣之於口，此刻卻要拚命顯得多情多義，好叫旁人不去笑話盈盈。

羣豪一聽，更加心下大慰，覺得聖姑看中此人，眼光確實不錯。

那白髮老者笑道：「原來令狐公子果然是位有情有義的英雄，若如江湖上所訛傳，說道令狐公子置身事外，全不理會，可教眾人心涼了。」

令狐冲道：「這幾個月來，在下失手身陷牢籠，江湖上的事情一概不知。既會不到聖姑，又全不知她訊息，日夜思念，想得頭髮也白了。來來來，在下敬眾位朋友一杯，衷心感謝各位為聖姑出力。」說著站起身來，舉杯一飲而盡。羣豪也都乾了。

令狐冲道：「老先生，你說許多朋友在爭盟主之位，大傷和氣，事不宜遲，咱們便須立即趕去勸止。」老頭子道：「正是。祖千秋和夜貓子都已趕去了。我們也正要去。」

令狐冲道：「不知大夥兒都在那裏？」老頭子道：「都在黃保坪聚會。」令狐冲道：「黃保坪？」那白鬚老者道：「那是在襄陽以西的荊山之中。」

令狐冲道：「咱們快些吃飯喝酒，立即去黃保坪。咱們已鬥了三日三夜酒，各位費

盡心機，放懷大飲，灌死令狐冲後他又活了過來，日後見到聖姑，已大可交代了。」

羣豪大笑，都道：「令狐公子酒量如海，只怕再鬥三日三夜，也奈何不了你。」

令狐冲和老頭子並肩而行，問道：「令愛的病，可大好了？」老頭子道：「多承公子關懷，她雖沒怎麼好，幸喜也沒怎麼壞。」令狐冲心中一直有個疑團，眼見餘人在身後相距數丈，便問：「眾位朋友都說聖姑於這許多江湖朋友？」老頭子道：「公子不是外人，原本不須相瞞，只是大家向聖姑立過誓，不能洩漏此中機密。請公子恕罪。」令狐冲點頭道：「既不便說，那就不說罷。」老頭子道：「日後由聖姑親口向公子說，那不是好得多麼？」令狐冲道：「但願此日早臨。」

羣豪在路上又遇到了兩批好漢，也都是去黃保坪的，三夥人相聚，已有二百餘人。羣豪趕到黃保坪時天已入黑，羣雄聚會處是在黃保坪以西的荒野。還在里許之外，便已聽到人聲嘈雜，有人粗聲喝罵，有人尖聲叫嚷。令狐冲加快腳步奔去，月光下見羣山圍繞的一塊草坪上，黑壓壓地聚集著無數人眾，一眼望去，少說也有一兩千。

只聽有人大聲說道：「盟主，盟主，既然稱得這個『主』字，自然只好一人來當。」另一人道：「我們六個人便是一個人，一個人便是六個人。你們六個人都要當，那還成甚麼盟主？」一人道：「我們六個人便是一個人，一個人便是六個人。你再囉裏囉唆，先將你撕成四塊再說。」令狐冲不用眼見其人，便知是「桃谷六仙」之一，但他六兄弟說話聲音都差不多，卻分辨不出是六人中的那一個。

先前那人給他一嚇，登時不敢再說。但羣雄對「桃谷六仙」顯然心中不服，有的在遠處叫罵，有的躲在黑暗中大聲嘻笑，更有人投擲石塊泥沙，亂成一團。

桃葉仙大聲嚷道：「是誰向老子投擲石塊？」黑暗中有人道：「是你老子。」桃花仙怒道：「甚麼？你是我哥哥的老子，也就是我的老子了？」另一人道：「那也未必！」桃花仙問道：「為甚麼未必？」有人說道：「這個我也不知道。」

登時數百人齊聲轟笑。桃花仙問道：「為甚麼未必？」另一人道：「這個我也不知道。」

我只生一個兒子。」桃根仙道：「你只生一個兒子，跟我有甚麼相干？」又一個粗嗓子的大聲笑道：「跟你沒相干，多半跟你兄弟相干了。」桃幹仙道：「難道跟我相干麼？」

先一人笑道：「那得看相貌像不像。」桃實仙道：「你說跟我的相貌有些相像，出來瞧瞧。」

那人笑道：「有甚麼好瞧的，你自己照鏡子好了！」

突然之間，四條人影迅捷異常的縱起，一撲向前，將那人從黑暗中抓出。這人又高又大，足足有二百來斤，給桃谷四仙抓住了四肢，竟絲毫動彈不得。四人將他抓到月光底下一照。桃實仙道：「不像我，我那有這樣難看？老三，只怕有些像你。」桃枝仙道：「呸，我就比你難看嗎？天下英雄在此，不妨請大夥兒品評品評。」

羣雄早就見到桃谷六仙個個五官不正，面貌醜陋，要說那一個更好看些，這番品評功夫可也真著實不易，這時見那大漢給四仙抓在手中，頃刻之間便會給撕成了四塊，人人懍懍危懼，誰也笑不出來。

令狐冲知桃谷六仙的脾氣，一個不對便會將這大漢撕了，朗聲說道：「桃谷六仙，讓我令狐冲來知品評品評如何？」說著緩步從暗處走了出來。

1098

群雄一聽到「令狐沖」三字，登時聳動，千餘對目光都注集在他身上。

令狐沖卻目不轉睛的凝視著桃谷四仙，唯恐他們一時興起，登時便將這大漢撕裂，說道：「你們將這位朋友放下，我才瞧得清楚。」桃谷四仙當即將他放下。

這條大漢身材雄偉已極，站在當地，便似一座鐵塔。他適才死裏逃生，已嚇得魂不附體，臉如死灰，身子簌簌發抖。他明知如此當眾發抖，實非英雄行逕，可是身子自己要抖，卻也勉強不來，想說幾句撐門面之言，只顫聲道：「我……我……我……」

令狐沖見他嚇得厲害，但此人五官倒也端正，向桃谷六仙道：「六位桃兄，你們的相貌和這位朋友全然不像，可比他俊美得多了。桃根仙骨格清奇、桃幹仙身材魁偉、桃花仙精神飽滿，任誰一見到，立刻都知是六位行俠仗義的玉面英雄，英俊少……這個目如朗星，桃實仙精神飽滿，任誰一見到，立刻都知是六位行俠仗義的玉面英雄，英俊少……這個目如朗星，桃枝仙四肢修長、桃葉仙眉清目秀，桃花仙呢……這個……這個目如朗星，桃實仙精神飽滿，任誰一見到，立刻都知是六位行俠仗義的玉面英雄，英俊少……這個……這個英俊中年。」

群雄聽了，盡皆大笑。桃谷六仙更為高興。

老頭子吃過這六兄弟的苦頭，知他們極不好惹，跟著湊趣，說道：「依在下之見，環顧天下英雄，武功高的固多，說到相貌，那是誰也比不上桃谷六仙了。」

群豪跟著起鬨，有的說：「豈僅俊美而已，簡直是風流瀟洒。前無古人，後無來者。」有的說：「潘安退避三舍，宋玉甘拜下風。」有的說：「武林中從第一到第六的美男子，自當算他們六位。令狐公子最多排到第七。」

桃谷六仙不知眾人取笑自己，還道是真心稱讚，更加笑得合不攏嘴。桃枝仙道：「我媽當年說咱六個是醜八怪，原來說得不對。」有人笑道：「當然不對了，你們只六個

人，怎能成爲醜八怪？」有人輕聲道：「加上他們爹娘……」一句話沒說完，便給人掩住了嘴巴。

老頭子大聲道：「衆位朋友，大夥兒運氣不小。令狐公子正要單槍匹馬，獨闖少林，去接聖姑出來，道上遇到我們，聽說大夥兒在此，便過來和大家商議商議。說到相貌之美，自然要算桃谷六仙……」羣雄一聽，又都轟笑。老頭子連連搖手，在衆人大笑聲中繼續說道：「可是這闖少林、接聖姑的大事，跟相貌如何干係也不太大。以在下之見，咱們齊奉令狐公子爲盟主，請他主持全局，發號施令，大夥兒一體凜遵，衆位意下如何？」

羣雄人人都知聖姑是爲了令狐冲而陷身少林，令狐冲武功卓絕，當日在河南和向問天聯手，大戰各路英雄，此事早已轟動江湖，但即令他手無縛雞之力，瞧在聖姑面上，也當奉他爲主，是以聽到老頭子的話，當即歡聲雷動，許多人都鼓掌叫好。

桃花仙突然怪聲道：「咱們去救任大小姐，救了她出來，是不是給令狐冲做老婆？」羣雄都對任大小姐十分尊敬，雖覺桃花仙這話沒錯，卻誰也不敢公然稱是。令狐冲更十分尷尬，只好默不作聲。

桃葉仙道：「他又得老婆，又做盟主，可太過便宜他了。我們去幫他救老婆，盟主卻要我們六兄弟來做。」桃根仙道：「正是！除非他本事強過我們，卻又當別論。」

驀地裏桃根、桃幹、桃枝、桃實四仙一齊動手，將令狐冲四肢抓住，提在空中。他四人出手實在太快，事先又沒半點朕兆，說抓便抓，令狐冲竟閃避不及。

羣雄齊聲驚呼：「使不得，快放手！」

桃葉仙笑道：「大家放心，我們決不傷他性命，只要他讓我們六兄弟做盟主……」

一句話沒說完，桃根、桃幹、桃枝、桃實四仙忽地齊聲怪叫，忙不迭的將令狐冲拋下，嚷道：「啊喲，你……你使甚麼妖法？」

原來令狐冲手足分別爲四人抓住，也眞怕四人傻頭傻腦，甚麼怪事都做得出來，別要眞的將自己撕了，當即運起吸星大法。桃谷四仙只覺內力源源從掌心中外洩，越運功相抗，內力奔瀉得越快，驚駭之下，立即撒手。令狐冲腰背一挺，穩穩站直。

桃葉仙忙問：「怎麼？」桃根仙、桃實仙齊道：「這……這令狐冲的功夫好奇怪，咱們可抓他不住。」桃幹仙道：「不是抓他不住，而是忽然之間，不想抓他了。」羣雄歡呼之聲大作，都道：「桃谷六仙，你們這次可服了麼？」桃根仙道：「令狐冲是我六兄弟的好朋友，令狐冲就是桃谷六仙，桃谷六仙就是令狐冲。令狐冲來當盟主，就等如是桃谷六仙當盟主，那有甚麼不服？」桃花仙道：「天下那有自己不服自己之理？那不是太謙虛麼？你們問得太笨了。」

羣雄見桃谷六仙的神情，料想適才抓住令狐冲時暗中已吃了虧，只是死要面子，不肯承認，雖不明其中緣由，卻都嘻笑歡呼。

令狐冲道：「衆位朋友，咱們這次去迎接聖姑，並相救失陷在少林寺中的許多朋友。少林寺乃武林中的泰山北斗，少林七十二絕技數百年來馳名天下，任何門派都不能與之抗衡。但咱們人多勢衆，除了這裏已有千餘位英雄之外，尚有不少好漢前來。咱們的武功就算暫且不及少林寺僧俗弟子，十個打一個，總也打贏了。」

衆人轟叫：「對，對，對！難道少林寺的和尚真有三頭六臂不成？」

令狐沖又道：「可是少林寺的大師們雖留住了聖姑，卻也沒難為於她。寺中大師們都是有道高僧，慈悲為懷，令人好生相敬。咱們縱然將少林寺毀了，只怕江湖上的好漢要說我們倚多為勝，不是英雄所為。因此依在下之見，咱們須得先禮後兵，如能說得少林寺讓了一步，對聖姑和其他朋友們不再留難，免了一場爭鬥，那便再好不過。」

祖千秋道：「令狐公子之言，正合我意。倘若當真動手，死傷必少，雙方死傷必多，那還有甚麼趣味？」桃枝仙道：「令狐公子之言，卻不合我意。雙方如不動手，死傷必少，大夥兒自當聽從。」桃根仙道：

千秋道：「咱們既奉令狐公子為盟主，他發號施令，

「不錯，這發號施令之事，還是由我們桃谷六仙來幹好了。」

羣雄聽他六兄弟儘是無理取鬧，阻撓正事，都不由得發惱，許多人手按刀柄，只待令狐沖稍有示意，便要將這六人亂刀分屍，他六人武功再高，終究擋不住數十人刀劍齊施。

祖千秋道：「盟主是幹甚麼的？那自然是發號施令的了。他如不發號施令，那還叫甚麼盟主？這個『主』字，便是發號施令之意。」

桃花仙道：「既是如此，便單叫他一個『盟』字，少了那『主』字便了。」桃葉仙搖頭道：「單叫一個『盟』字，多麼別扭。」桃幹仙道：「依我的高見，單是一個『盟』字既然別扭，便可拆將開來，稱他為『明血』！」桃枝仙叫道：「錯了，錯了！『盟』字拆開來，下面不是『血』字，比『血』字少了一撇。那是甚麼字？」

桃谷六仙都不識那器皿的『皿』字，羣雄任由他們出醜，沒人出聲指點。

桃幹仙道：「少了一些，也還是血。好比我割你一刀，割得深，出的血多，固然是血，倘若我顧念手足之情，割得很輕，出的血甚少，雖然少了些，那仍然是血。」桃枝仙怒道：「你割我一刀，就算割得輕，也不是顧念手足之情了。你又為甚麼要割我一刀？」桃枝幹仙道：「我可沒有割，我手裏也沒刀。」桃花仙道：「如果你手裏有刀呢？」

群雄聽他們越扯越遠，不禁怒喝：「安靜些，大家聽盟主的號令。」

桃枝仙道：「他號令便號令好了，又何必安靜？」

令狐沖提高嗓子說道：「眾位朋友，屈指算來，離十二月十五還有十七日，大夥兒動身慢慢行去，到得嵩山，時候也差不多了。咱們這次可不是秘密行事，乃是大張旗鼓而去。明日咱們去買布製旗，寫明『江湖群豪上少林，拜佛參僧迎任姑』的字樣，須是任大小姐的『任』字，不是神聖的『聖』字。再多買些皮鼓，一路敲擊前往，好教少林的僧俗弟子們聽到，先自膽戰心驚。」

這些左道豪客十之八九是好事之徒，聽他說要如此大鬧，都不勝之喜，歡呼聲響震山谷。其中也頗有若干老成持重之輩，但見大夥兒都喜胡鬧，也只有不置可否、捋鬚微笑而已。

次日清晨，令狐沖請祖千秋、計無施、老頭子三人率領人眾去趕製旗幟，採辦皮鼓。到得中午時分，已寫就了數十面白布大旗，皮鼓卻只買到兩面。令狐沖道：「咱們便即起程，沿路經過城鎮，不停添購便是。」

當即有人擂起鼓來，群豪齊聲吶喊，列隊向北進發。

令狐冲見過恆山派弟子在仙霞嶺上受人襲擊的情形，當下與計無施等商議，派出七個幫會，兩幫在前作為前哨，兩幫左護，兩幫右衛，另有一幫殿後接應，餘人則是中軍大隊；又派漢水的神烏幫來回傳遞消息。神烏幫是本地幫會，自鄂北以至豫南皆是其勢力範圍，若有風吹草動，自能儘早得悉。羣豪見他分派井井有條，除桃谷六仙外，盡皆悅服凜遵。

行了數日，沿途不斷有豪士來聚。旗幟皮鼓，越置越多，更有不少人提了大銅鑼，喤喤敲響。蓬蓬喤喤聲中，三千餘人喧嘩叫嚷，湧向少林。

這日將到武當山腳下。令狐冲道：「武當派是武林中的第二大派，聲勢之盛，僅次於少林。咱們這次去迎接聖姑，連少林派也不想得罪，自然更不想得罪武當派了。咱們還是避道而行，以示對武當派掌門人冲虛道長尊重之意。不知諸位意下如何？」老頭子道：「令狐公子怎麼說，便怎麼行。咱們只須接到聖姑，那便心滿意足，原不必旁生枝節，多樹強敵。如接不到聖姑，就算將武當山踏平了，又有個屁用？」

令狐冲道：「如此甚好！便請傳下令去，偃旗息鼓，折向東行。」

當下羣豪停了鑼鼓，改道東行。這日正行之際，迎面有人騎了一頭毛驢過來，驢後隨著兩名鄉農，一個挑著一擔菜，另一個挑著一擔山柴。毛驢背上騎著個老者，彎著背，不住咳嗽，一身衣服上打滿了補釘。羣豪人數眾多，手持兵刃，一路上大呼小叫，聲勢甚壯，道上行人見到，早就避在一旁。但這三人竟如視而不見，向羣豪直衝過來。

桃根仙罵道：「幹甚麼的？」伸手一推，那毛驢一聲長嘶，摔了出去，喀喇幾聲，腿骨折斷。

令狐冲好生過意不去，驢背上老者摔倒在地，哼哼唧唧的半天爬不起來。

那老者哼哼唧唧，說道：「這……這……這算甚麼？我窮漢……」

兩名鄉農放下肩頭擔子，站在大路正中，雙手叉腰，滿臉怒色。挑菜的漢子氣喘吁吁的道：「這裏是武當山腳下，你們是甚麼人，膽敢在這裏出手打人？」桃根仙道：「武當山腳下，那便怎地？」那漢子道：「武當山腳下，人人都會武功。你們外路人到這裏來撒野，當真是不知死活，自討苦吃。」

羣豪見這二人面黃肌瘦，都是五十來歲年紀，這挑菜的說話中氣不足，居然自稱會武，登時有數十人大笑起來。

桃花仙笑道：「你也會武功？」那漢子道：「武當山腳下，三歲孩兒也會打拳，五歲孩子就會使劍，那有甚麼希奇？」桃花仙指著那挑柴漢子，笑道：「他呢？他會不會使劍？」挑柴的漢子道：「我……我……小時候學過幾個月，有幾十年沒練，這功夫……咳咳，可都擱下了。」挑菜的道：「武當派武功天下第一，只要學過幾個月，你就不是對手。」桃葉仙笑道：「那麼你練幾手給我們瞧瞧。」

挑柴漢子道：「練甚麼？你們又看不懂。」羣豪轟然大笑，都道：「不懂也得瞧瞧。」挑柴漢子道：「唉，既然如此，我便練幾手，只不知是否還記得全？那一位借把劍來。」便有一人笑著遞過一把劍。那漢子接過，走到乾硬的稻田中，東刺一劍、西劈

一劍的練了起來，使得三四下，忽然忘記了，搔頭凝思，又使了幾招。

那挑柴漢子見他使得全然不成章法，身手又笨拙之極，無不捧腹大笑。

那挑柴漢子道：「有甚麼好笑？讓我來練練，借把劍來。」接了長劍在手，便即亂劈亂刺，出手極快，猶如發瘋一般，更引人狂笑不已。

令狐冲初時也是負手微笑，但看到十幾招時，不禁漸覺訝異，這兩個漢子的劍招一個遲緩，一個迅捷，可是劍法中破綻之少，實所罕見。二人的姿式固難看之極，但劍招古樸渾厚，劍上的威力似乎只發揮得一二成，其餘的卻蓄勢以待，深藏不露，當即跨上幾步，拱手說道：「今日拜見兩位前輩，得睹高招，實不勝榮幸。」語氣甚為誠懇。

兩名漢子收起長劍。那挑柴的瞪眼道：「你這小子，你看得懂我們的劍法麼？」令狐冲道：「不敢說懂。兩位劍法博大精深，這個『懂』字，怎說得上？武當派劍法馳名天下，果然令人歡為觀止。」那挑柴漢子道：「你這小子，叫甚麼名字？」

令狐冲還未答話，羣豪中已有好幾人叫了起來：「甚麼小子不小子的？」「這位是我們的盟主，令狐公子。」「鄉巴佬，你說話客氣些！」

挑柴漢子側頭道：「令狐瓜子？不叫阿貓阿狗，卻叫甚麼瓜子花生，名字難聽得緊。」令狐冲抱拳道：「令狐冲今日得見武當神劍，甚為佩服，他日自當上山叩見冲虛道長，謹致仰慕之誠。兩位尊姓大名，可能示知嗎？」挑柴漢子向地下吐了口濃痰，說道：「你們這許多人，嘩啦嘩啦的，打鑼打鼓，可是大出喪嗎？」

令狐冲情知這二人必是武當派高手，恭恭敬敬的躬身說道：「我們有位朋友，給拘

留在少林寺中，我們是去求懇方證方丈，請他老人家慈悲開釋。」挑柴漢子道：「原來

不是大出喪！可是你們打壞了我伯伯的驢子，賠不賠錢？」

令狐沖順手牽過三匹駿馬，說道：「這三匹馬，自然不及前輩的驢子了，只好請前

輩將就騎騎。晚輩們不知前輩駕到，大有衝撞，還請恕罪。」說著將三匹馬牽將過去。

羣豪見令狐沖神態越來越謙恭，絕非故意做作，無不大感詫異。

挑柴漢子道：「你既知我們的劍法了得，想不想比上一比？」令狐沖道：「晚輩不

是兩位對手。」挑柴漢子道：「你不想比，我倒想比比。」歪歪斜斜的一劍，向令狐沖

刺來。令狐沖見他這一劍籠罩自己上身九處要害，的是精妙，叫道：「好劍法！」拔出

長劍，反刺過去。那漢子向著空處亂刺一劍。令狐沖長劍迴轉，也削在空處。兩人連出

七八劍，每一劍都刺在空處，雙劍未曾一交。但那挑柴漢子卻一步又一步的倒退。

那挑柴漢子叫道：「瓜子花生，果然有點門道。」提起劍來一陣亂刺亂削，剎那間

接連劈了二十來劍。每一劍都不是劈向令狐沖，劍鋒所及，和他身子差著七八尺。

令狐沖提起長劍，有時向挑柴漢子虛點一式，有時向挑柴漢子空刺一招，劍刃離他

們身子也均有七八尺。但兩人一見他出招，便神情緊迫，或跳躍閃避，或舞劍急擋。

羣豪都看得呆了，令狐沖的劍刃明明離他們還有老大一截，他出劍之時又沒半點勁

風，決非以無形劍氣攻人，爲何這兩人如此避擋唯恐不及？看到此時，羣豪都已知這兩

人乃身負深湛武功的高手。他們出招攻擊之時雖仍一個呆滯，一個顛狂，但當閃避招架

之際，身手卻輕靈沉穩，兼而有之，同時全神貫注，不再有半分惹笑的做作。

忽聽得兩名漢子齊聲呼嘯，劍法大變，挑柴漢長劍大開大闔，勢道雄渾，挑菜漢疾

趨疾退，劍尖上幻出點點寒星。令狐冲手中長劍劍尖微微上斜，竟不再動，一雙目光有

時向挑柴漢瞪視，有時向挑菜漢斜睨。他目光到處，兩漢便即變招，或大呼倒退，或轉

攻為守。計無施、老頭子、祖千秋等武功高強之士已漸漸瞧出端倪，發覺兩個漢子所閃

避衛護的，必是令狐冲目光所及之處，也正是他二人身上的要穴。

只見挑柴漢舉劍相砍，令狐冲目光射他小腹處的「商曲穴」，那漢子一劍沒使老，當

即迴過，擋在自己「商曲穴」上。這時挑菜漢挺劍向令狐冲作勢連刺，令狐冲目光看到

他左頸「天鼎穴」處，那漢子急忙低頭，長劍砍在地下，深入稻田硬泥，倒似令狐冲的

雙眼能發射暗器，他說甚麼也不讓對方目光和自己「天鼎穴」相對。

兩名漢子又使了一會劍，全身大汗淋漓，頃刻間衣褲都汗濕了。

那騎驢的老頭一直在旁觀看，一言不發，這時突然咳嗽一聲，說道：「佩服，佩

服，你們退下罷！」兩名漢子齊聲應道：「是！」但令狐冲的目光還是盤旋往復，不離

二人身上要穴。二人一面舞劍，一面倒退，始終擺脫不了令狐冲的目光。

那老頭道：「好劍法！令狐公子，讓老漢領教高招。」令狐冲道：「不敢當！」轉

過頭來，向那老者抱拳行禮。

那兩名漢子至此方始擺脫了令狐冲目光的羈絆，同時向後縱出，便如兩頭大鳥一

般，穩穩的飛出數丈之外。羣豪忍不住齊聲喝采，他二人劍法如何，難以領會，但這一

下倒縱，躍距之遠，身法之美，誰都知道乃極上乘的功夫。

那老者道：「令狐公子劍底留情，若是真打，你二人身上早已千孔百創，豈能讓你們將一路劍法從容使完？快來謝過了。」

兩名漢子飛身過來，一躬到地。挑菜漢子說道：「今日方知天外有天，人上有人。公子高招，世所罕見，適才間言語無禮，公子恕罪。」令狐冲拱手還禮，說道：「武當劍法，的是神妙。兩位的劍招一陰一陽，一剛一柔，可是太極劍法嗎？」挑菜漢道：「卻教公子見笑了。我們使的是『兩儀劍法』，劍分陰陽，未能混而為一。」令狐冲道：「在下在旁觀看，勉強能辨別一些劍法中的精微。要是當真出手相鬥，也未必便能乘隙而進。」

那老者道：「公子何必過謙？公子目光到處，正是兩儀劍法每一招的弱點所在。咳，這路劍法……這路劍法……」不住搖頭，說道：「五十餘年前，武當派有兩位前輩師長，在這路兩儀劍法上花了數十年心血，自覺劍法中有陰有陽，亦剛亦柔，咳！」長長一聲嘆息，顯然是說：「那知遇到劍術高手，還是不堪一擊。」

令狐冲恭恭敬敬的道：「這兩位大叔劍術已如此精妙，武當派冲虛道長和其餘高手，自必更加令人難窺堂奧。晚輩和眾位朋友這次路過武當山腳下，只因身有要事，未克上山拜見冲虛道長，甚為失禮。待此事一了，自當上真武觀來，向真武大帝與冲虛道長叩頭。」令狐冲為人本來狂傲，但適才見二人劍法剛柔並濟，內中實有不少神奇之作，雖找到了其中破綻，但天下任何武功招式均有破綻，因之心下的確好生佩服，料想這老者定是武當派中的一流高手，因之這幾句話說得甚是誠摯。

那老者點頭道：「年紀輕輕，身負絕藝而不驕，也真難得。令狐公子，你曾得華山

風清揚前輩的親傳嗎？」令狐冲心頭一驚：「他目光好生厲害，竟知道我所學的來歷。我雖不能吐露風太師叔的行跡，但他既直言相詢，可不能撒謊不認。」說道：「晚輩有幸，曾學得風太師叔劍術的一些皮毛。」這句話模稜兩可，並不直認曾得風清揚親手傳劍。

那老者微笑道：「皮毛，皮毛！嘿嘿，風前輩劍術的皮毛，便已如此了得麼？」從挑柴漢手中接過長劍，握在左手，說道：「我便領教一些風老前輩劍術的皮毛。」

令狐冲躬身道：「晚輩如何敢與前輩過招？」

那老者又微微一笑，身子緩緩右轉，左手持劍向上提起，劍身橫於胸前，左右雙掌掌心相對，如抱圓球。令狐冲見他長劍未出，已蓄勢無窮，當下凝神注視。那老者左手劍緩緩向前劃出，成一弧形。令狐冲只覺一股森森寒氣，直逼過來，若不還招，已勢所不能，說道：「得罪了！」看不出他劍法中破綻所在，只得虛點一劍。

突然之間，那老者劍交右手，寒光一閃，向令狐冲頸中劃出。這一下快速無倫，旁觀羣豪都情不自禁的叫出聲來。但他如此奮起一擊，令狐冲已看到他脅下是個破綻，長劍刺出，逕指他脅下「淵液穴」。

那老者長劍豎立，嗆的一聲響，雙劍相交，兩人都退開了一步。令狐冲但覺對方劍上有股綿勁，震得自己右臂隱隱發麻。那老者「咦」的一聲，臉上微現驚異之色。

那老者又劍交左手，在身前劃了兩個圓圈。令狐冲見他劍勁連綿，護住全身，竟沒半分空隙，暗暗驚異：「我從未見過誰的招式之中，竟能如此毫無破綻。他若以此相攻，那又如何破法？任我行前輩的劍法或許比這位老先生更強，但每一招中難免仍有破

綻。難道一人使劍，竟可全無破綻？」心下生了怯意，不由得額頭滲出汗珠。

那老者右手捏著劍訣，左手劍不住抖動，突然平刺，劍尖急顫，看不出攻向何處。

他這一招中籠罩了令狐沖上盤七大要穴，但就因這一搶攻，令狐沖已瞧出了他身上

三處破綻，這些破綻不用盡攻，只攻一處已足制死命，登時心中一寬：「他守禦時全無

破綻，攻擊之時，畢竟仍有隙可乘。」當下長劍平平淡淡的指向對方左眉。那老者倘若

繼續挺劍前刺，左額必先中劍，待他劍尖再刺中令狐沖時，已遲了一步。

那老者劍招未曾使老，已然圈轉。突然之間，令狐沖眼前出現了幾個白色光圈，大

圈小圈，正圈斜圈，閃爍不已。他眼睛一花，當即迴劍向對方劍圈斜攻。噹的一響，雙

劍再交，令狐沖只感手臂一陣酸麻。

那老者劍上所幻的光圈越來越多，過不多時，他全身已隱在無數光圈之中，光圈一

個未消，另一個再生，長劍雖使得極快，卻聽不到絲毫金刀劈風之聲，足見劍勁之柔韌

已達化境。這時令狐沖已瞧不出他劍法中的空隙，只覺似有千百柄長劍護住了他全身。

那老者純採守勢，端的是絕無破綻。可是這座劍鋒所組成的堡壘卻能移動，千百個光圈

猶如浪潮一般緩緩湧來。那老者並非一招一招的相攻，而是以數十招劍法混成的一團守

勢，同時化為攻勢。令狐沖沒法抵禦，只得退步相避。

他退一步，光圈便逼進一步，頃刻之間，令狐沖已連退了七八步。

羣豪眼見盟主戰況不利，已落下風，屏息而觀，手心中都捏了把冷汗。

桃根仙忽道：「那是甚麼劍法？這是小孩子亂畫圈兒，我也會畫。」桃花仙道：

「我來畫圈，定然比他畫得還圓。」桃枝仙道：「令狐兄弟，你不用害怕，倘若你打輸了，我們把這老兒撕成四塊，給你出氣。」桃葉仙道：「此言差之極矣，第一，他是令狐盟主，不是令狐兄弟。第二，你又怎知道他害怕？」桃枝仙道：「令狐沖雖做了盟主，年紀總還是比我小，難道一當盟主，年紀便大了幾歲，便成為令狐哥哥、令狐伯伯、令狐爺爺、令狐老太爺了？」

這時令狐沖又退又再倒退，羣豪都十分焦急，耳聽桃谷六仙在一旁胡言亂語，更增惱怒。

令狐沖再退一步，波的一聲，左足踏入了一個小水坑，心念一動：「風太師叔當日諄諄教導，說道天下武術千變萬化，神而明之，存乎一心，不論對方招式如何精妙，只要有招，便有破綻。獨孤大俠傳下來的這路劍法，所以能打遍天下無敵手，便在能從敵招之中瞧出破綻。眼前這位前輩的劍法圓轉如意，竟沒半分破綻，可是我瞧不出破綻，未必便真無破綻，只是我瞧不出而已。」

他又退幾步，凝視對方劍光所幻的無數圓圈，驀地心想：「說不定這圓圈的中心，便是破綻。但若不是破綻，我一劍刺入，給他長劍這麼一絞，手臂便登時斷了。」

又想：「幸好他如此攻逼，只能漸進，當真要傷我性命，卻也不易。但我一味退避，終究是輸了。此仗一敗，大夥兒心虛氣餒，那裏還能去闖少林，救盈盈？」想到盈盈對自己情深義重，為她斷送一條手臂，又有何妨？內心深處，竟覺能為她斷送一條手臂，實乃十分快慰之事，又覺自己負她良多，須得為她受到甚麼重大傷殘，方能稍報深恩。

言念及此，內心深處，倒似渴望對方能將自己一條手臂斬斷，當下手臂一伸，長劍

1112

便從老者的劍光圈中刺了進去。

噹的一聲大響，令狐沖只感胸口劇烈一震，氣血翻湧，驚怖之下，一隻手臂卻仍完好。

那老者退開兩步，收劍而立，臉上神色古怪，既有驚詫之意，亦有慚愧之色，更帶著幾分惋惜之情，隔了良久，才道：「令狐公子劍法高明，膽識過人，佩服，佩服！」

令狐沖此時方知，適才如此冒險一擊，果真是找到了對方劍法的弱點所在，只是那老者劍法實在太高，光圈中心本是最凶險之處，他居然練得將破綻藏於其中，天下成千成萬劍客之中，只怕難得有一個膽敢以身犯險。他一逞而成，心下暗叫：「僥倖，僥倖！」只覺一道道汗水從脊樑流下，當即躬身道：「前輩劍法通神，承蒙指教，晚輩得益非淺。」這句話倒不是尋常客套，這一戰於他武功的進益確是大有好處，令他得知敵人招數中之最強處，竟然便是最弱處，最強處都能擊破，其餘自迎刃而解了。

那老者既見令狐沖敢從自己劍光圈中挺刃直入，以後也就不必再比。他向令狐沖凝視半晌，說道：「令狐公子，老朽有幾句話要跟你說。」令狐沖道：「是，恭聆前輩教誨。」那老者將長劍交給挑菜漢子，往東走去。令狐沖將長劍拋在地下，跟隨其後。

到得一棵大樹之旁，和羣豪已相去數十丈，雖可互相望見，話聲卻已傳不過去。那老者在樹蔭下坐下，指著樹旁一塊圓石，道：「請坐下說話。」待令狐沖坐好，緩緩說道：「令狐公子，年輕一輩人物之中，如你這般人才武功，那是少有得很了。」

令狐沖道：「不敢。晚輩行止不端，聲名狼藉，不容於師門，怎配承前輩如此見重？」那老者道：「我輩武人，行事當求光明磊落，無愧於心。你的所作所為，雖然有

時狂放大膽，不拘習俗，卻不失為好男兒、大丈夫的行逕。我暗中派人打聽，並沒查到你甚麼真正的劣跡。江湖上的流言蜚語，不足為憑。」

令狐沖聽他如此為自己分辯，句句都打入心坎，不由得好生感激，又想：「這位前輩在武當派中必定位居尊要，否則怎會暗中派人查察我的為人行事。」當即站起身來，恭立受教。

那老者又道：「請坐！少年人鋒芒太露，也在所難免。岳先生外貌謙和，度量卻嫌不廣……」令狐沖道：「恩師待晚輩情若父母，晚輩不敢聞師之過。」

那老者微微一笑，說道：「你不忘本，那便更好。老朽失言。」忽然間臉色鄭重，問道：「你習這『吸星大法』有多久了？」

令狐沖道：「晚輩於半年前無意中習得，當初修習，實不知是『吸星大法』。」

那老者點頭道：「這就是了！你我適才三次兵刃相交，我內力為你所吸，但我察覺你尚不善運用這項為禍人間的妖法。老朽有一言相勸，不知少俠能聽否？」令狐沖大是惶恐，躬身道：「前輩金石良言，晚輩自當凜遵。」那老者道：「這吸星妖法臨敵交戰，雖然威力奇大，可是於修習者本身卻亦大大有害，功行越深，為害越烈。少俠如能臨崖勒馬，盡棄所學妖術，自然最好不過，否則也當從此停止修習。」

令狐沖當日在孤山梅莊，便曾聽任我行言道，習了「吸星大法」後有極大後患，要自己答允參與魔教，才將化解之法相傳，其時自己曾予堅拒，此刻聽這老者如此說，更信所言非虛，說道：「前輩指教，晚輩決不敢忘。晚輩明知此術不正，也曾立意決不用

以害人，只是身上既有此術，縱想不用，亦不可得。」

那老者點頭道：「據我所聞，確是如此。有一件事，要少俠行來恐怕甚難，但英雄豪傑，須當爲人之所不能爲。少林寺有一項絕藝《易筋經》，少俠想來曾聽見過。」

令狐冲道：「正是。聽說這是武林中至高無上的內功，即是少林派當今第一輩的高僧大師，也有未蒙傳授的。」那老者道：「少俠這番率人前往少林，只怕此事不易善罷，不論那一邊得勝，雙方都將損折無數高手，實非武林之福。老朽不才，願意居間說項，請少林方丈慈悲爲懷，將《易筋經》傳於少俠，而少俠則向衆人善爲開導，就此散去，將一場大禍消弭於無形。少俠以爲如何？」

令狐冲道：「然則爲少林寺所拘的任氏小姐卻又如何？」那老者道：「任小姐殺害少林弟子四人，又在江湖上興風作浪，爲害人間。方證大師將她幽禁，決不是爲了報復本派私怨，實是出於爲江湖同道造福的菩薩心腸。少俠如此人品武功，豈無名門淑女爲配？何必拋捨不下這魔教妖女，以致壞了聲名，自毀前程？」

令狐冲道：「受人之恩，必當以報。前輩美意，晚輩衷心感激，卻不敢奉命。」

那老者嘆了口氣，搖頭道：「少年人溺於美色，脂粉陷阱，原是難以自拔。」

令狐冲躬身道：「晚輩告辭。」

那老者道：「且慢！老朽和華山派雖少往來，但岳先生多少也要給老朽一點面子，你若依我所勸，老朽與少林寺方丈一同拍胸口擔保，令你重回華山派。你信不信得過我？」

令狐冲不由得心動，重歸華山原是他最大的心願，這老者武功如此了得，聽他言

1115

語，必是武當派中一位響噹噹的前輩，他說可和方證方丈一同擔保，相信必能辦成此事。師父向來十分重視同道交誼，少林、武當是當今武林中最大的兩個門派，這兩派的頭面人物出來說項，師父極難不賣這個面子。師父對自己向來情同父子，這次所以傳書武林，將自己逐出門牆，自是因自己與向問天、盈盈等人結交，令師父無顏以對正派同道，但既有少林、武當兩大派出面，師父自然有了最好的交代。但自己回歸華山，日夕和小師妹相見，卻難道任由盈盈在少林寺後山陰寒的山洞之中受苦？想到此處，登時胸口熱血上湧，說道：「晚輩若不能將任小姐救出少林寺，枉自為人。此事不論成敗若何，晚輩若還留得命在，必當上武當山真武觀來，向沖虛道長和前輩叩謝。」

那老者嘆了口氣，說道：「你不以性命為重，不以師門為重，不以聲名前程為重，一意孤行，便為了這魔教妖女。將來她若對你負心，反臉害你，你也不怕後悔嗎？」

令狐沖道：「晚輩這條性命，是任小姐救的，將這條命還報了她，又有何足惜？」

那老者點頭道：「好，那你就去罷！」

令狐沖又躬身行禮，轉身回向羣豪，說道：「走罷！」

桃實仙道：「那老頭兒跟你比劍，怎麼沒分勝敗，便不比了？」適才二人比劍，確是勝敗未分，只是那老者情知不敵，便即罷手，旁觀眾人都瞧不出其中關竅所在。

令狐沖道：「這位前輩劍法極高，再鬥下去，我也必佔不到便宜，不如不打。」

桃實仙道：「你這就笨得很了。既然不分勝敗，再打下去你就一定勝了。」令狐沖笑道：「那也不見得。」

桃實仙道：「怎不見得？這老頭兒的年紀比你大得多，力氣當

然沒你大，時候一長，自然是你佔上風。」令狐冲還沒回答，只聽桃根仙道：「為甚麼年紀大的，力氣一定不大？」令狐冲登時省悟，桃谷六仙之中，桃根仙是大哥，桃實仙是六弟，桃實仙說年紀大的力氣不大，桃根仙便不答應。

桃幹仙道：「如果年紀越小，力氣越大，那麼三歲孩兒力氣最大了。」桃花仙道：「這話不對，三歲孩兒力氣最大這個『最』字，可用錯了，兩歲孩兒力氣又要大些。」桃葉仙道：「還沒出娘胎的胎兒，力氣最大。」

羣豪一路向北，到得河南境內，突然有兩批豪士十分從東西來會，共有二千餘人，這麼一來，總數已在五千以上。這五千餘人晚上睡覺倒還罷了，不論草地樹林、荒山野嶺，都可倒頭便睡，這吃飯喝酒卻是極大麻煩。接連數日，都是將沿途城鎮上的飯鋪酒店，吃喝得鍋鑊俱爛，桌椅皆碎。羣豪酒不醉，飯不飽，惱起上來，自是將一干飯鋪酒店打得落花流水。

令狐冲眼見這些江湖豪客兇橫暴戾，卻也皆是義氣極重的直性漢子，一旦少林寺不允釋放盈盈，雙方展開血戰，勢必慘不忍睹。他連日都在等待定閒、定逸兩位師太的回音，只盼憑著她二人的金面，方證方丈釋放盈盈，就可免去一場大廝殺的浩劫。屈指算來，距十二月十五只差三日，離少林寺也已不過二百多里，卻始終沒得兩位師太的回音。

這番江湖羣豪北攻少林，大張旗鼓而來，早已遠近知聞，對方卻一直沒任何動靜，

倒似有恃無恐一般。令狐冲和祖千秋、計無施等人談起，均也頗感憂慮。

這晚羣豪在一片曠野上露宿，四周都布了巡哨，以防敵人晚間突來偷襲。寒風凜列，鉛雲低垂，似乎要下大雪。方圓數里的平野上，到處燒起了一堆堆柴火。這些豪士並無軍令部勒，烏合之衆，聚在一起，但聽得唱歌吆喝之聲，震動四野。更有人揮刀比劍，鬥拳摔角，吵嚷成一片。

令狐冲心想：「最好不讓這些人眞的到少林寺去。我何不先去向方證、方生兩位大師相求？要是能接盈盈出來，豈不是天大喜事？」想到此處，全身一熱，但轉念又想：「但若少林僧衆對我一人動手，將我擒住甚或殺死，我死不足惜，無人主持大局，羣豪勢必亂成一團，盈盈固然救不出來，這數千位血性朋友，說不定都會葬身於少室山上。我只憑一時血氣之勇而誤此大事，如何對得住衆人？」

站起身來，放眼四望，但見一個個火堆烈燄上騰，火堆旁人頭湧湧，心想：「他們不負盈盈，我也不能負了他們。」

兩日之後，羣豪來到少室山上、少林寺外。這兩日中，又有大批豪士來會。當日曾在五霸岡上聚會的豪傑如黃伯流、司馬大、藍鳳凰等盡皆到來，九江白蛟幫史幫主帶著「長江雙飛魚」也到了，還有許許多多是令狐冲從未見過的，少說也有六七千人衆。數百面大皮鼓同時擂起，蓬蓬之聲，當眞驚天動地。

羣豪擂鼓良久，不見有一名僧人出來。令狐冲道：「止鼓！」號令傳下，鼓聲漸輕，終於慢慢止歇。令狐冲提一口氣，朗聲說道：「晚輩令狐冲，會同江湖上一衆朋

友，前來參拜如來佛祖和諸位大菩薩，拜訪少林寺方丈和各位前輩大師，敬請賜予接見。」這幾句話以充沛內力傳送出去，聲聞數里。

但寺中寂無聲息，竟沒半點回音。令狐冲又說了一遍，仍無人應答。

令狐冲道：「請祖兄奉上拜帖。」

祖千秋道：「是。」持了事先預備好的拜盒，中藏自令狐冲以下羣豪首領的名帖，來到少林寺大門之前，在門上輕叩數下，傾聽寺中寂無聲息，在門上輕輕一推，大門並未上閂，應手而開，向內望去，空蕩蕩地並無一人。他不敢擅自進內，回身向令狐冲稟報。

令狐冲武功雖高，處事卻無閱歷，更無統率羣豪之才，遇到這等大出意料之外的情境，實不知如何是好，一時呆在當地，說不出話來。

桃根仙叫道：「廟裏的和尚都逃光了？咱們快衝進去，見到光頭的便殺。」桃幹仙道：「你說和尚都逃光了，那裏還有光頭的人給你來殺？」桃花仙道：「和尚廟裏，怎會有尼姑？」桃根仙指著游迅，說道：「這個人既不是和尚，也不是尼姑，卻是光頭。」桃幹仙道：「你為甚麼要殺他？」

計無施道：「咱們進去瞧瞧如何？」令狐冲道：「甚好，請計兄、老兄、祖兄、黃幫主四位陪同在下，進寺察看。請各位傳下令去，約束屬下弟兄，不得我的號令，誰也不許輕舉妄動，不得對少林僧人有任何無禮言行，亦不可毀損少室山上的一草一木。」

令狐冲心下焦慮，掛念盈盈，大踏步向寺中走去。計無施等四人跟隨其後。

進得山門，走上一道石級，過前院，經前殿，來到大雄寶殿，但見如來佛寶相莊嚴，地下和桌上卻都積了一層薄薄的灰塵。祖千秋道：「難道寺中僧人當真都逃光了？」

令狐冲道：「祖兄別說這個『逃』字。」跪下向如來佛佛像禮拜。五個人靜了下來，側耳傾聽，所聽到的只是廟外數千豪傑的喧嘩，廟中卻無半點聲息。

計無施低聲道：「得防少林僧布下機關埋伏，暗算咱們。」令狐冲心想：「方證方丈、方生大師都是有道高僧，怎會行使詭計？但咱們這些旁門左道大舉來攻，少林僧跟我們鬥智不鬥力，也非奇事。」眼見偌大一座少林寺竟沒一個人影，心底隱隱感到一陣極大的恐懼，不知他們將如何對付盈盈。

五人眼觀四路，耳聽八方，一步步向內走去，穿過兩重院子，到得後殿，突然之間，令狐冲和計無施同時停步，打個手勢。老頭子等一齊止步。令狐冲向西北角的一間廂房一指，輕輕掩將過去。老頭子等跟著過去。隨即聽到廂房中傳出一聲極輕的呻吟。

令狐冲走到廂房之前，拔劍在手，伸手在房門上輕推，身子側在一旁，以防房中發出暗器。那房門呀的一聲開了，房中又是一聲低呻。令狐冲探頭向房中看時，不由得大吃一驚，只見兩位老尼躺在地下，側面向外的正是定逸師太，眼見她臉無血色，雙目緊閉，似已氣絕身亡。他一個箭步搶了進去。祖千秋叫道：「盟主，小心！」跟著進內。

令狐冲俯身躺在地下的定逸師太身子，去看另一人時，果然便是恆山掌門定閒師太。

令狐冲繞過躺在地下的定逸師太身子，去看另一人時，果然便是恆山掌門定閒師太。

令狐冲俯身叫道：「師太，師太！」定閒師太緩緩睜眼，初時神色呆滯，但隨即目光中閃過一絲喜色，嘴唇動了幾動，卻發不出聲音。

令狐冲身子俯得更低，說道：「是晚輩令狐冲。」

定閒師太嘴唇又動了幾下，發出幾下極低的聲音，令狐冲只聽到她說：「你……你

……你……」眼見她傷勢十分沉重，一時不知如何才好。定閒師太運了口氣，說道：

「你……你答允我……」令狐冲忙道：「是，是。師太但有所命，令狐冲縱然粉身碎骨，

也當為師太辦到。」想到兩位師太為了自己，只怕要雙雙命喪少林寺中，心中悲慟，不

由得淚水直滾而下。

定閒師太低聲說道：「你……你一定能答允……答允我？」令狐冲道：「一定能答

允！」定閒師太眼中又閃過一道喜悅的光芒，說道：「請你……請你答允接掌……接掌

恆山派門戶……」說了這幾個字，已上氣不接下氣。

令狐冲大吃一驚，說道：「晚輩是男子之身，不能作貴派掌門。不過師太放心，貴

派不論有何艱巨危難，晚輩自當盡力擔當。恆山派的事，便是晚輩的事！」

定閒師太緩緩搖了搖頭，說道：「不，不是。我……我傳你令狐冲，為恆山派……

恆山派掌門人，你若……你若不答允，我死……死不瞑目。」

祖千秋等四人站在令狐冲身後，面面相覷，均覺定閒師太這遺命太也匪夷所思。

令狐冲心神大亂，只覺這實在是件天大難事，但眼見定閒師太命在頃刻，心頭熱血

上湧，說道：「好，晚輩應允師太便是。」

定閒師太嘴角露出微笑，低聲道：「多……多謝！恆山派門下數百弟子……弟子，今

後都要累……累你令狐少俠了。」

令狐沖又驚又怒，又是傷心，說道：「少林寺如此不講情理，何以竟對兩位師太痛下毒手，晚輩……」只見定閒師太將頭一側，閉上了眼睛。令狐沖大驚，伸手去探她鼻息時，已然氣絕。他心中傷痛，回身去摸了摸定逸師太的手，著手冰涼，早死去多時，心中憤激難過，忍不住痛哭失聲。

老頭子道：「令狐公子，咱們必當為兩位師太報仇。少林寺的禿驢逃得一個不賸，咱們一把火將少林寺燒了。」

令狐沖悲憤填膺，拍腿道：「正是！咱們一把火將少林寺燒了。」

計無施忙道：「不行！不行！倘若聖姑仍囚在寺中，豈不燒死了她？」令狐沖登時恍然，背上出了一陣冷汗，說道：「我魯莽胡塗，若不是計兄提醒，險些誤了大事。眼前該當如何？」計無施道：「少林寺千房百舍，咱們五人難以遍查，請盟主傳下號令，召喚二百位弟兄進寺搜查。」令狐沖道：「對，便請計兄出去召人。」計無施道：「是！」轉身出外。祖千秋叫道：「可千萬別讓桃谷六怪進來。」

令狐沖將兩位師太的屍身扶起，放在禪床之上，跪下磕了幾個頭，心下默祝：「弟子必當盡力，為兩位師太報仇雪恨，光大恆山派門戶，以慰師太在天之靈。」站起身來，察看二人屍身上的傷痕，不見有何創傷，亦無血跡，卻不便揭開二人衣衫詳查，料想是中了少林派高手的內功掌力，受內傷而亡。

忽聽得門外有人說道：「令狐沖不讓我們進來，我們偏要進來，他又有甚麼法子？」只聽得腳步聲響，二百名豪士擁將進來，分往各處查察。

正是桃枝仙的聲音。令狐沖眉頭一皺，裝作沒聽見。只聽桃幹仙道：「來到名聞天下的少林寺，不進來逛逛，豈不冤枉？」桃葉仙道：「進了少林寺，沒見到名聞天下的少林派武功和尚，那更加冤枉。」桃枝仙道：「見不到少林寺和尚，便不能跟名聞天下的少林派武功較量較量，那可冤枉透頂，無以復加了。」桃花仙道：「大名鼎鼎的少林寺中，居然看不到一個和尚，真是奇哉怪也。」桃實仙道：「沒一個和尚，倒也不奇，奇在卻有兩個尼姑。」桃根仙道：「有兩個尼姑，倒也不奇，奇在兩個尼姑不但是老的，而且是死的。」六兄弟各說各的，走向後院。

令狐沖和祖千秋、老頭子、黃伯流三人走出廂房，帶上了房門。但見羣豪此來彼往，在少林寺中到處搜查。過得一會，便有人不斷來報，說道寺中和尚固然沒見一個，便廚子雜工也都不知去向。有人報道：寺中藏經、簿籍、用具都已移去，連碗盞也沒一隻。有人報道：寺中柴米油鹽，空無所有，連菜園中所種的蔬菜也拔得乾乾淨淨。

令狐沖每聽一人稟報，心頭便低沉一分，尋思：「少林寺僧人布置得如此周詳，甚至青菜也不留下一條，自然早將盈盈移往別處。天下如此之大，卻到那裏去找？」不到一個時辰，二百名豪士已將少林寺的千房百舍都搜了個遍，即令神像座底，匾額背後，也都查過了，便一張紙片也沒找到。有人得意洋洋的說道：「少林派是武林中第一名門大派，一聽到咱們來到，竟然逃之夭夭，那是千百年來從所未有之事。」有人說道：「咱們這一下大顯威風，從此武林中人，再也不敢小覷了咱們。」有人卻道：「趕跑少林寺和尚固然威風，可是聖姑呢？咱們是來接聖姑，卻不是來趕和尚的。」羣豪

均覺有理，有的垂頭喪氣，有的望著令狐冲聽他示下。

令狐冲道：「此事大出意料之外，誰也想不到少林僧人竟會捨寺而去。眼前之事如何辦理，在下可沒了主意。一人計短，二人計長，還請眾位各抒高見。」

黃伯流道：「依屬下之見，找聖姑難，找少林僧易。少林寺僧眾不下千人，這些人總不會躲將起來，永不露面。咱們找到了少林僧，著落在他們身上，說出聖姑芳駕的所在。」

祖千秋道：「黃幫主之言不錯。咱們便住在這少林寺中，難道少林派弟子竟會捨得這千百年的基業，任由咱們佔住？只要他們想來奪回此寺，咱們便向他們打聽聖姑的下落了。」

有人道：「打聽聖姑的下落？他們又怎肯說？」老頭子道：「所謂打聽，只是說得客氣些而已，其實便是逼供。所以啊，咱們見到少林僧，須得只擒不殺，但教能捉得十個八個來，還怕他們不說嗎？」

又一人道：「要是這些和尚倔強到底，偏偏不說，那又如何？」老頭子道：「那倒容易。請藍教主放此神龍、神物在他們身上，怕他們不吐露真相？」眾人點頭稱是。大家均知所謂「藍教主的神龍、神物」，便是五毒教教主藍鳳凰的毒蛇、毒蟲，這些毒物放在人身，咬嚙起來，可比任何苦刑都更厲害。藍鳳凰微微一笑，說道：「少林寺和尚久經修練，我的神龍、神物制他們不了，也未可知。」

令狐冲道：「如此濫施刑罰，倒也不必。咱們卻只管儘量捉拿少林僧人，捉到一百個後，以百換一，他們總得釋放盈盈了。」

突然間一個粗魯的聲音說道：「這半天沒吃肉，可餓壞我了。偏生廟裏沒和尚，否

1124

則捉個細皮白肉的和尚蒸他一蒸，倒也妙得很！」說話之人身材高大，正是「漠北雙熊」中的大個子白熊。羣豪知他和另一個和尚黑熊都愛吃人肉，他這幾句話雖聽來令人作嘔，但來到少室山上已有好幾個時辰，無飲無食，均感飢渴，有的肚子中已咕咕咕的響了起來。

黃伯流道：「少林派使的是堅壁清野甚麼之計。」祖千秋道：「堅壁清野。」黃伯流道：「正是。他們盼望咱們在寺中捱不住，就此乖乖的退下山去，可是天下那有這麼容易的事？」令狐冲道：「不知黃幫主有何高見？」黃伯流道：「咱們一面派遣兄弟，下山打探少林僧的去向，一面派人採辦糧食，大夥兒便在寺中守，以便大和尚們自投甚麼網，咱們便來個……自投甚麼……甚麼中捉鱉。」這位黃幫主愛用成語，只不大記得清楚，用起來也往往並不貼切。

令狐冲道：「這個甚是。便請黃幫主傳下令去，派遣五百位精明幹練的弟兄們下山，打聽少林僧眾的下落。採購糧食之事，也請黃幫主一手辦理。」黃伯流答應了，轉身出去。藍鳳凰笑道：「黃幫主可得趕著辦，要不然白熊、黑熊兩位餓得狠了，甚麼東西都會吃下肚去。」黃伯流笑道：「老朽理會得。但漠北雙熊就算餓瘦了肚子，也不敢碰藍教主的一根手指頭兒。」

祖千秋道：「寺中和尚是走清光的了，請各位朋友辛苦一番，再到各處瞧瞧，且看有何異狀，說不定能找到甚麼線索。」羣豪轟然答應，又到各處察看。

令狐冲坐在大雄寶殿的一個蒲團之上，見如來佛像寶相莊嚴，一副憐憫慈悲的神

情，心想：「方證方丈固然是有道高僧，得知我們大舉而來，寧可自墮少林派威名，也不願率眾出戰，終於避開了這場大殺戮、大流血的浩劫。但他們何以又將定逸、定閒兩位師太害死？料想害死兩位師太的多半是寺中的兇悍僧人，決非出於方丈大師之意。我當體念方證大師的善意，不可去找少林僧人為難，須得另行設法相救盈盈才是。」

突然之間，一陣朔風從門中直捲進來，吹得神座前的帷子揚了起來，風勢猛烈，香爐中的香灰飛得滿殿都是。令狐冲步到殿口，只見天上密雲如鉛，北風甚緊，心想：「這早晚便要下大雪了。」心中剛轉過這個念頭，半空已有一片片雪花飄下，又忖：「天寒地凍，不知盈盈身上可有寒衣？少林派人多勢眾，部署又如此周密。咱們這些人都是一勇之夫，要想救盈盈出來，只怕是千難萬難了。」負手背後，在殿前長廊上走來走去，一片片細碎的雪花飄在頭上、臉上、衣上、手上，迅即融化。

又想：「定閒師太臨死之時，受傷雖重，神智仍很清醒，絲毫無迷亂之象，她卻何以要我去當恆山派的掌門？恆山派門下沒一個男人，聽說上一輩的掌門人也都是女尼，我一個大男人怎能當恆山派掌門？這話傳將出去，豈不教江湖上好漢都笑掉了下巴？哼，哼！我既已答允了她，大丈夫豈能食言？我行我素，旁人恥笑，又理他怎地？」想到此處，胸中豪氣頓生。

忽聽得半山隱隱傳來一陣喊聲，過不多時，寺外的羣豪都喧嘩起來。令狐冲心頭一驚，搶出寺門，只見黃伯流滿臉鮮血，奔將過來，肩上中了一枝箭，箭桿兀自不住顫

動，叫道：「盟主，敵……敵人把守了下山的道路，咱們這……這可是自投那個網了。」

令狐沖驚道：「是少林寺僧人嗎？」黃伯流道：「不是和尚，是俗家人。他奶奶的，咱們下山沒夠三里，便給一陣急箭射了回來，死了十幾名弟兄，傷的怕有七八十人，那真是全軍那個沒了。」

令狐沖又問：「敵人是甚麼門派，黃幫主可瞧出些端倪麼？」

黃伯流道：「我們沒能跟敵人近鬥，他奶奶的，弓箭厲害得很，還沒瞧清楚這些王八蛋的模樣，一枝枝箭便射了過來。當真是遠交近攻，箭無虛發。」

祖千秋道：「看來少林派是故意布下陷阱，乃是個甕中捉鱉之計。」老頭子道：「甚麼甕中捉鱉？豈不自長敵人志氣，滅自己威風？這是個……這是個誘敵深入之計。」

令狐沖道：「且慢！對方弓箭了得，咱們須得想個對付之策，免得枉自損傷。」計無施道：「這和尚廟中別的沒有，蒲團倒有數千個之多。」這一言提醒了眾人，都道：「當作盾牌，當真是再好不過。」當下便有數百人衝入寺中，搬了許多蒲團出來。

令狐沖叫道：「以此擋箭，大夥兒便衝下山去。」計無施道：「盟主，下山之後在何處聚會，以後作何打算，如何設法搭救聖姑，現下都須先作安排。」令狐沖道：「正

白熊大聲叫道：「那一個跟我衝下去殺了這王八蛋？」登時有千餘人轟然答應。

令狐沖道：「好，就算是誘敵深入，咱們來都來了，還有甚麼可說的？這些和尚要將咱們都活生生的餓死在這少室山上，要咱們坐困危城！」

祖千秋道：「敵人是甚麼門派，黃幫主可瞧出些端倪麼？」

只見數百人狼狽退回，中箭的著實不少。羣豪喊聲如雷，都要衝下去決一死戰。

1127

是。你瞧我臨事毫無主張，那裏能作甚麼盟主？我想下山之後，大夥兒暫且散歸原地，各自分別訪查聖姑的下落，互通聲氣，再定救援之策。」

計無施道：「那也只好如此。」當即將令狐冲之意大聲說了。

那吃人肉的和尚黑熊叫道：「少林寺的禿驢們如此可惡，大夥兒把這鬼廟一把火燒了，再衝下去，跟他們拚個死活。」他自己也是和尚，但罵人「禿驢」，卻也毫無避忌。

羣豪轟然叫好。令狐冲連連搖手，說道：「聖姑眼下還受他們所制，大家可魯莽不得，免得聖姑吃了眼前虧。」眾人一想不錯，都道：「好，那就便宜了他們。」

令狐冲道：「計兄，如何分批衝殺，請你分派。」

計無施見令狐冲確無統率羣豪以應巨變之才，便也當仁不讓，朗聲說道：「眾位朋友聽了，大夥兒分八路下山，東南西北四路，東南、西南、東北、西北又是四路。咱們只求突圍而出，卻也不須多所殺傷。」當下分派各幫各派，從那一方下山，每一路或六七百人，或八九百人不等。

計無施道：「正南方是上山大路，想必敵人最多，盟主，咱們先從正南下山，牽制敵人，好讓其餘各路兄弟從容突圍。」令狐冲拔劍在手，也不持蒲團，大踏步便向山下奔去。羣豪齊聲吶喊，分從八方衝下山去。上山的道路本無八條之多，眾人奔躍而前，初時還分八路，到後來漫山遍野，蜂擁而下。

令狐冲奔出數里，便聽得幾聲鑼響，前面樹林中一陣箭雨，急射而至。他使開獨孤九劍中的「破箭式」，撥挑拍打，將迎面射來的羽箭一一撥開，腳下絲毫不停，向前衝去。

忽聽得身後有人「啊」的一聲，卻是藍鳳凰左腿、左肩同時中箭，倒在地下。令狐沖急忙轉身，將她扶起，說道：「我護著你下山。」藍鳳凰道：「你別管我，你……你……自己下山要緊。」這時羽箭仍如飛蝗般攢射而至，令狐沖信手揮灑，盡數擋開，卻見四下裏羣豪紛紛中箭倒地。

令狐沖左手攬住了藍鳳凰，向山下奔去，羽箭射來，便揮劍撥開。只覺來箭勢勁急，發箭之人竟皆武功高強，來箭又密，以致羣豪手中雖有蒲團，也難盡數擋開，中箭之人越來越多。令狐沖一時拿不定主意，該當衝下山去，還是回去接應眾人。

計無施叫道：「盟主，敵人弓箭厲害，弟兄們衝不下去，傷亡已眾，還是叫大夥兒暫且退回，再作計較。」

令狐沖知敗勢已成，若給對方衝殺上來，更加不可收拾，縱聲叫道：「大夥兒退回少林寺！大夥兒退回少林寺！」他內力充沛，這一叫喊，雖在數千人高呼酣戰之時，仍四處皆聞。計無施、祖千秋等數十人齊聲呼喚：「盟主有令，大夥兒退回少林寺。」

羣豪聽得呼聲，陸續退回。

少林寺前但聞一片咒罵聲、呻吟聲、叫喚聲，地下東一攤、西一片，盡是鮮血。計無施傳下號令，命八百名完好無傷之人分為八隊，守住了八方，以防敵人衝擊。來到少林寺的數千人眾，其中大半數分屬門派幫會，各有統屬，還能遵守規矩號令，其餘二千餘人卻皆是烏合之眾，這一仗敗了下來，亂成一團，各說各的，誰都不知下一步該當如何。

令狐沖道：「大夥兒快去為受傷的弟兄們敷藥救治。」心想：「可惜恆山派的女弟

子們不在山上，缺了治傷靈藥。」又想：「倘若恆山派眾人在此，是幫我呢，還是幫他

們正教各派？嗯，兩位師太遭害，恆山派眾弟子一定幫我。」

耳聽得羣豪喧擾不已，不由得心亂如麻，若是他獨自一人被困山上，早已衝了下

去，死也好，活也好，也不放在心上，但自己是這羣人的首領，這數千人的生死安危，

全在自己一念之間，偏生束手無策，這可真為難了。

眼見天色將暮，突然間山腰裏擂起鼓來，喊聲大作。令狐冲拔出長劍，搶到路口。

羣豪也各執兵刃，要和敵人決一死戰。只聽得鼓聲敲越響，敵人卻並不衝上。

過了一會，鼓聲同時止歇，羣豪紛紛議論：「鼓聲停了，要上來了。」「衝上來倒好，

便殺他們一個落花流水，免得在這裏等死。」「他奶奶的，這些王八蛋便是要咱們在這裏

餓死、渴死。」「龜兒子不上來，咱們便衝下去。」「只要衝得下去，那還用你多說？」

計無施悄聲對令狐冲道：「咱們今晚要是不能脫困，再餓得一日一晚，大夥兒可沒力

氣再戰了。」令狐冲道：「不錯。咱們挑選二三百位武功高強的朋友開路，黑夜中敵人射

箭沒準頭，只消打亂了敵人的陣腳，大家便可一擁而下。」計無施道：「也只有如此。」

便在此時，山腰裏鼓聲響起，跟著便有百餘名頭纏白布之人衝上山來。羣豪大聲呼

喝，擁上去接戰。但攻上來的這百餘人只鬥得片刻，一聲唿哨，便都退下山去。羣豪放

下兵刃休息。跟著鼓聲又起，另有一批頭纏白布之人攻上山來，殺了一陣，又即退去。

敵人雖退，擂鼓聲、吶喊聲此伏彼起，始終不息。

計無施道：「盟主，敵人使的顯是疲兵之計，要擾得咱們難以休息。」令狐冲道：

「正是。請計兄安排。」計無施傳下令去，若再有敵人衝上，只由把守山口的數百人接

戰，餘人只管休息，不可理會。祖千秋道：「在下倒有個計較，咱們選定三百名好手，也都頭纏白布，敵人再來進攻，這三百人便乘勢衝下，攻入敵陣混戰。王八羔子們便不能放箭，大夥兒就乘勢下山。為今之計，只有先攪得天下大亂，才能乘亂脫身。」令狐

沖道：「極好，請祖兄去分別挑選，囑咐眾朋友，只待勢頭一亂，便即猛衝。」群豪轟然答應。

不到半個時辰，祖千秋回報三百人已挑選定當，都是江湖上的一流好手，以此精銳奮力下衝，敵人縱有數千人列隊攔阻，也未必擋得住這三百頭猛虎。令狐沖精神一振，跟著祖千秋走到西首山邊，只見那三百人頭纏白布，排得整整齊齊，便道：「眾位請坐

對，面目也已模糊。祖千秋道：「幸好今晚下雪，否則剛好十五，月光可亮得很呢。」

這時候雪下得更大了，雪花一大片一大片的飄將下來，地下已積了薄薄的一層，群豪頭上、衣上都飄滿了雪花。寺中所有水缸固已倒得滴水不存，連水井也都用泥土填滿。各人抓起地下積雪，捏成一團，送入口中解渴。天色越來越黑，到後來即是兩人相

突然之間，四下裏萬籟無聲。少林寺寺內寺外聚集豪士數千之眾，少室山自山腰以至山腳，正教中人至少也有三四千人，竟不約而同的誰都沒出聲，便有人想說話的，也為這寂靜的氣氛所懾，話到嘴邊都縮了回去。似乎只聽到雪花落在樹葉和叢草之上，發

出輕柔異常的聲音。令狐沖心中忽想：「小師妹這時候不知在幹甚麼？」

驀地裏山腰間傳上來一陣嗚嗚嗚嗚的號角聲，跟著四面八方喊聲大作。這一次敵人似

1131

是乘黑全力進攻，再不如適才那般虛張聲勢。

令狐冲長劍一揮，低聲道：「衝！」向西北方的山道搶先奔下，計無施、祖千秋、漠北雙熊，以及那三百名精選的豪士跟著衝了下去。

三百餘人一路衝下，前途均無阻攔。奔出里許後，祖千秋取出一枚大炮仗，晃火熠點燃了，砰的一聲響，射入半空，跟著火光一閃，啪的一聲巨響，炸了開來。這是通知山上羣豪的訊號，寺中羣豪也即殺出。

令狐冲正奔之際，忽覺腳底一痛，踹著了一枚尖釘，心知不妙，急忙提氣上躍，落在一株樹上，只聽得祖千秋等紛紛叫了起來：「啊喲，不好，地下有鬼！」各人腳底都踹到了聳起的尖釘，有的尖釘直穿過腳背，痛不可當。數十人繼續奮勇下衝，突然啊啊大叫，跌入一個大陷坑中，樹叢中伸出十幾枝長槍，往坑中戳去，一時慘呼之聲，響遍山野。

計無施叫道：「盟主快傳號令，退回山上！」

令狐冲見這等情勢，顯然正教門派在山下布滿了陷阱，若再貿然下衝，非全軍覆沒不可，當即縱聲高叫：「大夥兒退回少林寺！大夥兒退回少林寺！」

他從一株樹頂躍到另一株樹頂，將到陷坑之邊，長劍下掠，刺倒了三名長槍手，縱身下地，落在一名長槍手身邊，料想此人立足處必無尖釘，霎時間刺倒了七八人。其餘的長槍手發一聲喊，四下退走。落在陷坑中的四十餘人才一二躍起，但已有十餘人喪身坑中。羣豪望出去漆黑一片，地下雖有積雪反光，卻不知何處布有陷阱，各人垂頭喪氣，一跛一拐的回到山上，幸好敵人並不乘勢來追。

羣豪回入寺中，在燈燭光下檢視傷勢，十人中倒有九人的足底給刺得鮮血淋漓，人人破口大罵，顯然對方這幾個時辰中擂鼓吶喊，乃是遮掩在山腰裏挖坑布釘的聲音。這些鐵釘長達一尺，有七寸埋在土中，三寸露在地面，釘頭尖利，倘若滿山都布滿了，怕不有數十萬枚？這許多利釘當然是事先預備好了的，敵人如此處心積慮，羣豪中凡稍有見識的，思之無不駭然。

計無施將令狐冲拉在一邊，悄聲說道：「令狐公子，大夥兒要一齊全身而退，勢已萬萬不能。咱們日思夜想，只是盼望救聖姑脫險，這件大事，只好請公子獨力承擔了。」

令狐冲驚道：「你……你……是甚麼意思？」

計無施道：「我自然知道公子義薄雲天，決不肯捨眾獨行。但人人在此就義，將來由誰來爲大夥兒報此大仇？聖姑困於苦獄，又有誰去救她重出生天？」

令狐冲嘿嘿一笑，說道：「原來計兄要我獨自下山逃命，此事再也休提。大夥兒死就死了，又怎能理會得這許多？世人有誰不死？咱們一起死了，聖姑困在獄中，將來也就死了。正教門派今日雖然得勝，過得數十年，他們還不是一個個都死了？勝負之分，也不過早死遲死之別而已。」

計無施眼見勸他不聽，情知多說也無用，但如今晚不乘黑逃走，明日天一亮，敵人大舉來攻，那可再也沒脫身之機了，不由得攤手長嘆。

忽聽得幾個人嘻嘻哈哈的大笑，越笑越歡暢。羣豪大敗之餘，坐困寺中，性命便在

旦夕之間，居然還有人笑得這麼開心，令狐冲和計無施一聽，便知是桃谷六仙，均想：

「世上也只這六個怪物，死到臨頭，還能如此嘻笑。」

只聽桃谷六仙中一人說道：「天下竟有這樣的傻子！把好好一雙腳，踏到鐵釘上去，哈哈哈，真笑死我也。」另一人道：「你們這些笨蛋，定是要試試到底腳板厲害，還是鐵釘了得，哈哈，鐵釘穿足，味道可舒服得很罷？」又一人笑道：「你們要嘗嘗鐵釘穿足的滋味，何不用個大鐵鎚，將鐵釘從腳背上自己鎚下去？哈哈哈，嘿嘿嘿，呵呵呵！」六兄弟笑得上氣不接下氣，似乎天下滑稽之事莫過於此。

羣豪給鐵釘穿足的，本已痛得叫苦連天，偏生有如此不識趣之人在旁嘲笑，無不破口大罵。可是和桃谷六仙對罵，那是艱難無比之事，每一句話他都要和你辯個明白。你罵他「直娘賊」，他就問你爲甚麼是「直娘」而不是「彎娘」：你罵他「王八蛋」，他就苦苦追問爲何不是「王七蛋、王九蛋」，而定要「王八蛋」。

一時殿上嘈聲四起，有人抄起兵刃，便要動手。

令狐冲見事情鬧得不可收拾，突然叫道：「咦，這是甚麼東西？有趣啊有趣，古怪之極了！」桃谷六仙一聽，一齊奔了過來，問道：「甚麼東西如此有趣？」令狐冲道：「我瞧見六隻老鼠咬住一隻貓，從這裏奔了過去。」桃谷六仙大喜，都道：「老鼠咬貓，我們可從來沒見過。走向那裏去了？」令狐冲隨手一指，道：「向那邊彎過去了。」桃根仙拉住他手腕，道：「去，去！大夥兒都去瞧瞧。」羣豪知道令狐冲繞彎兒罵他們六兄弟是六隻老鼠，他們居然信以爲真，都縱聲大笑。桃谷六仙卻簇擁著令狐冲，逕向後殿

奔去。

令狐冲笑道：「咦！那不是嗎？」桃實仙道：「我怎地沒瞧見？」令狐冲有意將他們遠遠引開，免得和羣豪爭鬧相鬥，當下信手亂指，七人越走越遠。

桃幹仙砰的一聲，推開一間偏殿之門，裏面黑漆漆地一無所見。令狐冲笑道：「啊喲，六隻老鼠抬了一隻大貓，鑽進洞裏去啦。」桃根仙道：「你可別騙人。」晃亮火熠，但見房中空盪盪地一無所有，只一尊菩薩石像面壁而坐。

桃根仙過去點燃了供桌上的油燈，說道：「那裏有洞？咱把老鼠趕出來。」拿了油燈四下照看，卻一個洞穴也無。

桃枝仙道：「只怕是在菩薩的背後？」桃幹仙道：「菩薩的背後，就是咱們七人，難道咱們是老鼠麼？」桃枝仙道：「菩薩對著牆壁，他的背後，就是前面。」桃花仙道：「是背後也好，前面也好，咱們拉開來瞧瞧。」桃葉仙、桃實仙齊道：「正是。」三人伸手便去拉動石像。

「你明明說錯了，偏不承認！背後怎麼會就是前面？」令狐冲叫道：「使不得，這是達摩老祖。」他知達摩老祖乃少林寺的祖師。達摩當年曾面壁九年，終於大徹大悟，因此寺中所供奉的達摩像，也是面向牆壁。達摩老祖又是中土禪宗之祖，於武學領袖羣倫，歷千餘年而不衰，便是自達摩老祖一脈相承。少林寺不論在武林或在佛教，地位均甚尊崇。此番來到少林寺，羣豪均遵從他的告誡，對寺中各物並無損毀，這達摩老祖的石像，決不可對之稍有輕侮。

但桃花仙等野性已發，那去理會令狐冲的呼喚，三人一齊使勁，力逾千斤，只聽得

軋軋連聲，已將達摩石像扳了轉來。突然之間，七人齊聲大叫，只見眼前一塊鐵板緩緩升起，露出了一個大洞。鐵板的機括日久生鏽，糾結甚固，在桃花仙等三人的大力拉扯之下，發出嘰嘰格格之聲，聞之耳刺牙酸。

桃枝仙叫道：「果然有個洞！」桃根仙道：「去瞧瞧六隻老鼠抬貓。」頭一低，已從洞中鑽了進去。桃幹仙等五人誰肯落後，紛紛鑽進。洞內似乎極大，六人進去之後，但聽得腳步之聲。但片刻之間，六人哇哇叫喊，又奔了出來。桃枝仙叫道：「裏面黑漆漆地，深不見底。」桃葉仙道：「既是黑漆漆地，又怎知一定很深？說不定再走幾步，便到了盡頭呢。」桃枝仙道：「你既知再走幾步便到盡頭，幹麼不再走幾步，以便知道盡頭所在？」桃葉仙道：「我說的是『說不定』，卻不是『一定』。『說不定』與『一定』之間，大有分別。」桃枝仙道：「你既知是『說不定』，又何必多說？」桃根仙道：「吵甚麼？快點兩根火把，進去瞧瞧。」桃實仙道：「為甚麼只點兩根，點三根不可以麼？」

六人口中不停，手下卻也十分迅捷，頃刻間已扳下桌腿，點起了四根火把，六人你爭我奪，搶了火把，鑽入洞中。

令狐冲尋思：「瞧這模樣，分明是少林寺的一條秘密地道。當日我在孤山梅莊被困，也是經過一條長長的地道。說不定盈盈便囚在其中。」思念及此，一顆心怦怦大跳，當即鑽入洞中，加快腳步，追上桃谷六仙。這地道甚是寬敞，與梅莊地道的狹隘潮濕全然不同，只洞中霉氣甚重，呼吸不暢。

桃實仙道：「那六隻老鼠還是不見？只怕不是鑽到這洞裏來的。咱們回去吧，到別的地方找找。」桃幹仙道：「到了盡頭再回去，也還不遲。」

七人又行一陣，突然間呼的一聲響，半空中一根禪杖當頭直擊下來。桃花仙走在最前，急忙後躍，重重撞在桃實仙胸前。只見一名僧人手執禪杖，迅速閃入右邊山壁之中。桃花仙大怒，喝道：「你奶奶的，賊禿驢，卻躲在這裏暗算老爺。」伸手往山壁中抓去，呼的一聲響，左邊山壁中又有一條禪杖擊了出來。這一杖將桃花仙的退路盡數封死，他無可退避，只得向前縱出，左足剛落地，右側又有一條禪杖飛出。

這時令狐冲已看得清楚，使禪杖的並非活人，黃澄澄地乃是機括操縱的銅人，但裝置得極妙，只要有人踏中了地下機括，便有禪杖擊出，而且進退呼應，每一杖都是極精妙厲害之著。桃花仙抽出短鐵棒擋架，噹的一聲大響，短鐵棒登時給震得脫手飛出。

桃花仙叫聲「啊喲」，著地滾倒，又有一柄鐵禪杖摟頭擊落。桃根仙、桃枝仙、桃葉仙、桃實仙三人撲將進去。五根短鐵棒使開，與兩壁不斷擊到的禪杖鬥了起來。

使禪杖的銅和尚雖是死物，但當時裝置之人卻是心思機靈之極的大匠，若非本人身具少林絕藝，便是有少林高僧在旁指點，是以這些銅和尚每一杖擊出，盡屬妙著，更有一樁極厲害處，銅和尚的手臂和禪杖均係鑌鐵所鑄，近百斤的重量再加機括牽引，下擊力道之強，不遜大力高手。桃谷六仙武功雖強，可是短鐵棒實在太短，難以擋架禪杖的撞擊。六兄弟叫苦連天，只想退出，後路呼呼風響，盡是禪杖影子，但每向前踏出一

步，又增添了幾個銅和尚參與夾擊。

令狐冲眼見勢危，又看出這些銅和尚招數固然極精，每一招中均具極大破綻，當即抽出長劍，刺向兩個銅和尚的手腕，噹噹兩聲，劍尖都刺中銅和尚的手腕穴道，火花微濺，長劍卻彈了轉來。便在此時，猛聽得桃根仙一聲大叫，已給禪杖擊中，倒在地下。

令狐冲本已心下驚惶，這一來神智更亂，眼見禪杖晃動，想也不想，又是兩劍刺出，錚錚兩聲，仍刺中了銅和尚的要害，但這兩下劍術中的至精至妙之著，只刮去了銅和尚胸口和小腹上的一些銅綠，頭頂風響，鐵杖罩將下來。令狐冲大驚，踏前閃避，左前方又有一根鐵杖禪杖擊到。

驀地裏眼前一黑，接著甚麼也看不到了。原來桃谷六仙攜入四根火把，搶前接戰銅和尚時都拋在地下，這些火把是燃著的桌腳，橫持在手時可以燒著，一拋落地，不久便即熄滅。令狐冲搶上之時，已有三根火把熄滅，避得幾杖時連第四根火把也熄滅了。他目不見物，登時手足無措，接著左肩一陣劇痛，俯跌了下去，但聽得「啊喲！」「哼！」

「我的媽啊！」喊叫連連，桃谷六仙一一都給擊倒。

令狐冲俯伏在地，只聽得背後呼呼風響，盡是禪杖掃掠之聲，便如身在夢魘之中，心下惶怖已達極點，卻全然的無能為力。但不久風聲漸輕，嘰嘰格格之聲不絕，似是各個銅和尚回歸了原位。

忽然間眼前一亮，有人叫道：「令狐公子，你在這裏麼？」令狐冲大喜，叫道：

「我……我在這裏……」伏在地下，不敢稍動，腳步聲響，幾個人走了進來，聽得計無施

「咦」的一聲，甚是驚奇。令狐沖道：「別⋯⋯別過來⋯⋯機關⋯⋯機關厲害得緊。」

計無施等久候令狐沖不歸，心下掛念，十餘人一路尋將過來，在達摩堂中發現了地道的入口，眼見令狐沖和桃谷六仙橫臥於地，身上盡是鮮血，無不駭然。祖千秋叫道：

「令狐公子，你怎麼了？」令狐沖道：「站住別動，一動便觸發了機關。」祖千秋叫道：

「是！我用軟鞭拖你們出來可好？」令狐沖道：「最好不過！」祖千秋軟鞭甩出，捲住桃枝仙的左足，將他著地的拖出。

桃枝仙躺在地道的最外處，祖千秋先將他拉了出來，這才用軟鞭捲住令狐沖右足，叫聲：「得罪了！」又將他拉出。如此陸續將餘下桃谷五仙都拉了出來，並未觸動機括，那些裝在兩壁的銅製和尚也就沒再躍出傷人。

令狐沖搖搖晃晃的站起，忙去察看桃谷六仙。六人肩頭、背上都為禪杖擊傷，幸好六人皮粗肉厚，又以深厚內力相抗，受的都只皮肉之傷。

桃根仙便即吹牛：「這些銅做鐵打的和尚好生厲害，可都教桃谷六仙給破了。」桃花仙覺得不便盡居其功，說道：「令狐公子也有一點功勞，只不過功勞及不上我六兄弟而已。」令狐沖強忍肩頭疼痛，笑道：「這個自然，誰又及得上桃谷六仙了？」

祖千秋問道：「令狐公子，到底是怎麼一會事？」令狐沖將情形簡略說了，說道：

「多半聖姑便給囚在其內。咱們怎生想個計較，將這些銅和尚破了？」祖千秋向桃谷六仙瞧了一眼，道：「原來銅和尚還沒破去。」

桃幹仙道：「要破銅和尚，又有何難？我們只不過一時還不想出手而已。」桃實仙

1139

道：「是啊，桃谷六仙所到之處，無堅不摧，無敵不克。」計無施道：「不知這些銅和尚到底怎樣厲害法，請桃谷六仙再衝進去引動機括，讓大夥兒開開眼界如何？」

桃谷六仙適才吃過苦頭，那肯再上前去領略那禪杖飛舞、無處可避的困境。桃幹仙道：「眾位，貓捉老鼠，大家都見過了，可是老鼠咬貓，有人見過沒有？」桃葉仙道：「我們七個人，適才便見了，當真是大開眼界，從來沒見過。」他六兄弟另有一項絕技，遇上難題無法對答，便即顧左右而言他，扯開話題。

令狐沖道：「請那一位去搬幾塊大石來，都須一二百斤的。」當下便有三人出外，搬了三塊大石進來，都是少林寺庭院中的假山石筍。令狐沖端起一塊，運起內力，著地滾去。只聽得轟隆隆一聲響，引發機括，兩壁軋軋連聲，銅和尚一個個閃將出來，眼前杖影晃動，呼呼風聲不絕，一柄柄鐵杖橫掃豎擊，過了良久，一個個銅和尚才縮回石壁。

羣豪只瞧得目眩神馳，撟舌不下。

計無施道：「公子，這些銅和尚有機括牽引，機括之力有時而盡，須得以絞盤絞緊機簧鐵鍊，銅人方能再動。只須再用大石滾動幾次，機簧力道一盡，銅和尚便不能動了。」

令狐沖急於要救盈盈脫險，說道：「我看銅和尚出杖之勢毫不緩慢，不知要再舞幾次，機簧力道方盡，再試得七八次，天也亮了。那一位兄長有寶刀寶劍，請借來一用。」

當即有人越眾而前，拔刀出鞘，道：「盟主，在下這口兵刃頗為鋒利。」令狐沖見那人高鼻深目，頷下一部黃鬚，似是西域人氏。接過那口刀來，果然冷氣森森，大非尋常，說道：「多謝了！要借兄長寶刀，去削銅人鐵杖，若有損傷莫怪。」那人笑道：

「為接聖姑，大夥兒性命尚且不惜，刀劍是身外之物，何足道哉！」

令狐沖點點頭，向前踏出。桃谷六仙齊叫：「小心！」令狐沖又踏出兩步，呼的一聲，一柄禪杖當頭擊下。這招式他已是第三次見到，毫不思索的舉刀一揮，嗤的一聲，銅和尚右腕應聲而斷，鐵手和鐵杖掉在地下。和尚雖是銅製，臉孔和身子都黃澄澄地，手臂和禪杖卻為鑌鐵所鑄。令狐沖讚道：「好寶刀！」

他初時尚恐這口刀不夠鋒利，不能一舉削斷銅和尚的手腕，待見此刀削鐵如泥，登時精神大振，喇喇兩聲，又已削斷了兩隻銅和尚的手腕。他以刀作劍，所使的全是「獨孤九劍」中的招數。銅和尚不絕從兩壁進攻，但手腕一斷，禪杖跌落，兩隻手臂雖仍上下左右的不絕揮舞，但既無禪杖，也就全無威脅之力了。令狐沖眼見越向前行，銅和尚所出的招數越是精妙，心下暗暗佩服，但畢竟是銅鑄鐵打的死物，一招既出，破綻大露，手腕既斷之後，機括雖仍不住作響，卻全成廢物了。

羣豪高舉火把跟隨，替他照明，削斷了百餘隻鐵手之後，石壁中再無銅和尚躍出。

有人一數，銅和尚共是一百零八名。羣豪在地道中齊聲歡呼，震得人人耳中嗡嗡作響。

令狐沖亟盼及早見到盈盈，接過一個火把，搶前而行，一路上小心翼翼，生恐又觸上甚麼機關，地道不住向下傾斜，越走越低，直行出三里外，地道通入了幾個天生的洞穴，始終沒再遇到甚麼機關陷阱。突然之間，前面透過來淡淡的光芒，令狐沖快步搶前，一步踏出，足底一軟，竟是踏在一層積雪之上，同時一陣清新的寒氣灌入胸臆，身子竟然已在空處。

他四下張望，黑沉沉的夜色之中，大雪紛飛飄落，跟著聽得淙淙水響，卻是處身在一條山溪之畔。霎時之間，心下好生失望，原來這地道並非通向囚禁盈盈之處。

卻聽計無施在身後說道：「大家傳話下去，千萬別出聲，多半咱們已在少室山下。」

令狐冲問道：「難道咱們已然脫險？」計無施道：「公子，隆冬之際，山上的溪流早已結冰，不會有水，看來咱們通過過地道，已到了山腳。」祖千秋喜道：「是了，咱們誤打誤撞，找到了少林寺的秘密地道。」

令狐冲驚喜交集，將寶刀還給了那西域豪士，說道：「那就快快傳話進去，要大夥兒從地道中出出來。」

計無施命眾人散開探路，再命數十人遠遠守住地道的出口，以防敵人陡然來攻，倘若地道的前後都給堵死，未及出來的兄弟可就生生困死了。

過不多時，已有探路的人回報，確是到了少室山山腳，處身之所是在後山，抬頭可望到山頂的寺院。羣豪此時未曾脫險，誰也不敢大聲說話。從地道中出來的豪士漸漸增多，跟著連傷者和死者的屍體也都抬了出來。

漠北雙熊中的黑熊說道：「盟主，那些王八羔子只道咱們仍在寺中，不如就去攻他們的屁股，斬斷王八蛋的尾巴，也好出一口胸中惡氣。」桃幹仙插口道：「王八有尾巴，那不錯！可是王八蛋是個蛋，蛋有尾巴嗎？」

羣豪死裏逃生，雖不縱聲歡呼，但竊竊私議，無不喜形於色。

令狐冲道：「咱們來到少林寺是為迎接聖姑，聖姑既然接不到，當再繼續尋訪，不

必多所殺傷。」白熊道：「哼，好歹我要捉幾個王八蛋來吃了，管它有沒有尾巴」，否則給他們欺負得太過厲害。」

令狐沖道：「請各位傳下號令，大夥兒分別散去，遇到正教門下，最好不要打鬥動粗。有誰聽到聖姑的消息，務須廣爲傳布。我令狐沖有生之日，不論經歷多大艱險，便自己性命不在，也要救聖姑脫困。寺中的兄弟可都出來了麼？」

計無施走到地道出口之處，向內叫了幾聲，隔了半晌，又叫了幾聲，裏面無人答應，這才回報：「都出來了！」

令狐沖童心忽起，說道：「咱們一齊大叫三聲，好教正教中人嚇一大跳。」

祖千秋笑道：「妙極！大夥兒跟著盟主齊聲大叫。」

令狐沖運起內力叫道：「大家跟著呼叫，一、二、三！『喂，我們下山來啦！』」數千人跟著齊聲大叫：「喂，我們下山來啦！」令狐沖又叫：「你們便在山上賞雪罷！」

羣豪跟著大叫：「你們便在山上賞雪罷！」令狐沖再叫：「青山不改，綠水長流，後會有期。」令狐沖笑道：「走罷！」

忽然有人大聲叫道：「你們這批烏龜兒子王八蛋，去你奶奶的祖宗十八代！」羣豪跟著大叫：「你們這批烏龜兒子王八蛋，去你奶奶的祖宗十八代！」這等粗俗下流的罵人之聲，由數千人齊聲喊了出來，聲震山谷，當眞是前所未有。

令狐沖大聲叫道：「好啦，不用叫了，大夥兒走罷！」

羣豪喊得興起，跟著又叫：「好啦，不用叫了，大夥兒走罷！」

眾人叫嚷了一陣，眼見半山裏並無動靜，天色漸明，便紛紛告別散去。

令狐冲心想：「眼前第一件大事，是要找到盈盈的所在，其次是須得查明定閒、定逸兩位師太是何人所害，要辦這兩件大事，該去何處才是？」腦海中忽然閃過一個念頭：「少林僧和正教中人已知我們都下了少室山，既然圍殲不成，自然都會回入少林寺去。說不定他們將盈盈帶在身邊。辦此二事，須回少林。」又想：「要混入少林寺中，人越少越好，可不能讓計無施他們同行。」

當下向計無施、老頭子、祖千秋、藍鳳凰、黃伯流等一千人作別，說道：「大家分頭努力，迎到聖姑之後，再行歡聚痛飲。」計無施問道：「公子，你要到那裏去？」令狐冲道：「小弟要捨命去尋訪聖姑，日後自當詳告。」

眾人不敢多問，當下施禮作別。

方證大師掌法變幻莫測，

每一掌擊出，甫到中途，已變為好幾個方位。

任我行的掌法卻單純質樸，

出掌收掌，似乎顯得有些窒滯生硬。

三戰

令狐冲竄入樹林，隨即縱身上樹，藏身在枝葉濃密之處，過了好半晌，耳聽得羣豪喧嘩聲漸歇，終於寂然無聲，料想各人已然散去，當下緩步回向地道的出口處，果然已無一人。出口處隱藏在兩塊大石之後，長草掩映，不知內情之人即使到了其旁，亦決不會發現。

他回入地道，快步前行，回到達摩堂中，只聽得前殿隱隱已有人聲，想來正教中人行事持重，緩緩查將過來，只怕中了陷阱機關。令狐冲凝力雙臂，將達摩石像慢慢推回原處，尋思：「該去那裏偷聽正教領袖人物議事，設法查知囚禁盈盈的所在？少林寺中千房百舍，可不知他們將在那一間屋子中聚會。」

想起當日方生大師引著自己去見方丈，依稀記得方丈禪房的所在，當即奔出達摩堂，逕向後行。少林寺中房舍實在太多，奔了一陣，始終找不到方丈的禪房。耳聽得腳步聲響，外邊有十餘人走近，他處身之所是座偏殿，殿上懸著一面金字木匾，寫著「清涼境界」四字，四顧無處可以藏身，縱身便鑽入了木匾之後。

腳步聲漸近，有七八人走進殿來。一人說道：「這些邪魔外道本事也真不小，咱們四下裏圍得鐵桶也似，居然還是給他們逃了下山。」另一人道：「看來少室山上有甚麼地道秘徑通向山下，否則他們怎逃得出去？」又一人道：「地道秘徑是決計沒有的。小僧在少林寺出家二十餘年，從來沒聽說過有甚麼秘密的下山路徑。」先前那人道：「既然說是秘徑，自不會有多少人知道啦。」那少林僧道：「就算小僧不知，難道我們當家方丈也不知道？寺中若有此秘徑地道，敝寺方丈事先自會知照各派首領，怎能容這些邪

魔外道從容脫身？

忽聽得一人大聲喝道：「甚麼人？給我出來！」

令狐冲大吃一驚：「原來我蹤跡給他們發見了？」正想縱身躍出，忽聽得東側的木匾之後傳出哈哈一笑，一人說道：「老子透了口大氣，吹落你們幾片灰塵，居然給你們見到了。眼光倒厲害得很哪！」聲音清亮，正是向問天的口音。

令狐冲又驚又喜，心道：「原來向大哥早就躲在這兒，他屏息之技甚是了得，我在這裏多時，卻沒聽出來。若不是灰塵跌落，諒來這些人也決不會知覺……」

便在這心念電轉之際，忽聽得嗒嗒兩聲，東西兩側各有一人躍下，跟著有三人齊聲呼喝：「甚……」「你……」「幹……」這三人的呼喝聲都只吐得一個字，隨即啞了。

令狐冲忍不住探頭出去，只見大殿中兩條黑影飛舞，一人是向問天，另一人身材高大，卻是任我行。這兩人出掌無聲，每出一掌，殿中便有一人倒下，頃刻之間，殿中便倒下了八人，其中五人俯伏不動，三人仰面向天，都雙目圓睜，神情可怖，臉上肌肉一動不動，顯然均已給任、向二人出掌擊斃。

任我行雙手在身側一擦，說道：「盈兒，下來罷！」

西首木匾中一人飄然而落，身形婀娜，正是多日不見的盈盈。

令狐冲腦中一陣暈眩，但見她身穿一身粗布衣衫，容色憔悴。他正想躍下相見，任我行向著他藏身處搖了搖手。令狐冲尋思：「他們先到，我藏身木匾之後，他們自然都見到了。任老先生叫我不可出來，卻是何意？」但剎那之間，便明白了任我行的用意。

1149

只見殿門中幾個人快步搶進，一瞥之下，見到了師父師娘岳不羣夫婦和少林寺方丈方證大師，其餘尚有不少人眾。他不敢多看，立即縮頭匾後，一顆心劇烈跳動，心想：「盈盈他們陷身重圍，我⋯⋯我縱然粉身碎骨，也要救她脫險。」

只聽得方證大師說道：「阿彌陀佛！三位施主好厲害的掌力。女施主既已離去少林，卻何以去而復回？這兩位想必是黑木崖的高手了，恕老衲眼生，無緣識荊。」

向問天道：「這位是日月神教任教主，在下向問天。」

他二人的名頭一出口，當真如雷貫耳，便有數人輕輕「咦」的一聲。

方證說道：「原來是任教主和向右使，確然久仰大名。兩位光臨，有何見教？」

任我行道：「老夫不問世事已久，江湖上的後起之秀都不識得了，不知這幾位小朋友都是何方高人。」

方證道：「待老衲為兩位引見。這一位是武當派掌門道長，道號上沖下虛。」

一個蒼老的聲音說道：「貧道年紀或許比任先生還大著幾歲，但執掌武當門戶，確是任先生退隱之後的事。後起是後起，這個『秀』字，可不敢當了，呵呵。」

令狐沖一聽他聲音，心想：「這位武當掌門道長口音好熟。」隨即恍然：「啊喲！我在武當山下遇到三人，一個挑柴，一個挑菜，另一位騎驢的老先生，劍法精妙無比，原來竟然便是武當派掌門。」霎時間心頭湧起了一陣自得之情，手心中微微出汗。武當派和少林派齊名數百年，一柔一剛，各擅勝場。沖虛道長劍法之精，向來眾所推崇。令

狐沖突然得知自己居然曾戰勝沖虛道長，實是意外之喜。

卻聽任我行道：「這位左大掌門，咱們以前是會過的。左師傅，近年來你的『大嵩陽神掌』又精進不少了罷？」令狐沖又微微一驚：「原來嵩山派掌門左師伯也到了。」

只聽一個冷峻的聲音道：「聽說任先生為屬下所困，蟄居多年，此番復出，實是可喜可賀。在下的『大嵩陽神掌』已有十多年未用，只怕倒有一半忘記了。」任我行笑道：「江湖上那可寂寞得很啊。老夫一隱，就沒一人再能和左兄對掌，可嘆啊可嘆！」左冷禪道：「江湖上武功與任先生相埒的，數亦不少。只是如方證大師、沖虛道長這些有德之士，決不會無緣無故的來教訓在下就是了。」任我行道：「很好。幾時有空，要再試試你的新招。」左冷禪道：「自當奉陪！」聽他二人對答，顯然以前曾有過一場劇鬥，誰勝誰敗，從言語中卻聽不出來。

方證大師道：「這位是泰山派掌門天門道長，這位是華山派掌門岳先生，這位岳夫人，便是當年的寧女俠，任先生想必知聞。」

任我行道：「華山派寧女俠我是知道的，岳甚麼先生，可沒聽見過。」

令狐沖心下不快：「我師父成名在師娘之先，他倘若二人都不知，那也罷了，卻決無只知寧女俠、不知岳先生之理。他受困西湖湖底，也不過是近十年之事，那時我師父早就名滿天下。顯然他是在故意向我師父招惹。」

岳不羣淡然道：「晚生賤名，原不足以辱任先生清聽。」任我行道：「岳先生，我向你打聽一個人，不知可知他下落。聽說此人從前是你華山派門下。」岳不羣道：「任

先生要問的是誰？」任我行道：「此人武功既高，人品又世所罕有。有些睜眼瞎子妒忌於他，出力將他排擠，我姓任的卻跟他一見如故，覺得他是個少年英雄，一心一意要將我這寶貝女兒許配給他……」

令狐冲聽他說到這裏，心中怦怦亂跳，隱隱覺得即將有件十分為難之事出現。

只聽任我行續道：「這年輕人有情有義，聽說我這個寶貝女兒給囚在少林寺中，便率領了數千位英雄豪傑，來到少林寺迎妻。只一轉眼間卻不知了去向，我做泰山的心下焦急之極，因此上要向你打聽打聽。」

岳不羣仰天哈哈一笑，說道：「任先生神通廣大，怎地連自己的好女婿也弄得不見了？任先生所說的少年，便是敝派棄徒令狐冲這小賊麼？」

任我行笑道：「明明是珠玉，你卻當是瓦礫，老弟的眼光可也真差勁得很了。我說的這少年，正是令狐冲。哈哈，你罵他是小賊，不是罵我為老賊麼？」

岳不羣正色道：「這小賊行止不端，貪戀女色，為了一個女子，竟鼓動江湖上一批旁門左道，狐羣狗黨，來到天下武學之源的少林寺大肆搗亂，若不是嵩山左師兄安排巧計，這千年古剎倘若給他們燒成了白地，豈不是萬死莫贖的大罪？這小賊昔年曾在華山派門下，在下有失教誨，思之汗顏無地。」

向問天接口道：「岳先生此言差矣！令狐兄弟來到少林，只是迎接任大姑娘，他們張開大旗，書明『江湖羣豪上少林，拜佛參僧迎任姑』，用意恭敬得很哪，決無妄施搗亂之心。你且瞧瞧，這許多朋友們在少林寺中一日一夜，可曾損毀了一草一木？連白米也

沒吃一粒，清水也沒喝一口。

忽然有人說道：「這些豬朋狗友們一來，少林寺中反而多了些東西。」

令狐冲聽這人聲音尖銳，辨出是青城派掌門余滄海，心道：「這人也來了。」

向問天道：「請問余觀主，少林寺多了些甚麼？」

余滄海道：「牛矢馬溺，遍地黃白之物。」當下便有幾個人笑了起來。

令狐冲心下微感歉仄：「我只約束眾兄弟不可損壞物事，卻沒想到叮囑他們不得隨地便溺。這些粗人拉開褲子便撒，可污穢了這清淨佛地。」

方證大師道：「令狐公子率領眾人來到少林，大旗上的口號確是客氣，老衲中心銘感，『拜佛』是要拜的，『參僧』可不敢當了。這幾日來，老衲不免憂心忡忡，唯恐眼前出現火光燭天的慘狀。但眾位朋友於少林物事不損毫末，定是令狐公子菩薩心腸，極力約束所致，合寺上下，無不感激。日後見到令狐公子，自當親謝。余觀主戲謔之言，向先生不必介意。」

向問天讚道：「究竟人家是有道高僧，氣度胸襟，何等不凡？和甚麼偽君子、甚麼眞小人，那是全然不同了。」

方證又道：「老衲卻有一事不明，恆山派的兩位師太，何以竟會在敝寺圓寂？」

盈盈淒然道：「定閒、定逸兩位師太慈和有德，突然圓寂，令人神傷……」

方證道：「她兩位的遺體在寺中發見，推想她兩位圓寂之時，正是眾位江湖朋友進入敝寺的時刻。難道令狐公子未及約束屬下，以致兩位師太眾寡不敵，命喪於斯麼？阿

1153

彌陀佛，阿彌陀佛！」跟著一聲長嘆。

盈盈道：「那日小女子在貴寺後殿與兩位師太相見，蒙方丈大師慈悲，說道瞧在兩位師太金面，放小女子離寺……」

令狐沖心下又感激，又難過：「兩位師太向方丈求情，原來方丈果真是放了盈盈出去，她二位卻在這裏送了性命。那是為了我和盈盈而死。到底害死她們的兇手是誰？我非為她們報仇不可。」

只聽盈盈道：「這些日子來，不少江湖上的朋友，為了想救小女子脫身，前來少林寺滋擾，給少林派擒住了一百多人。方丈大師慈悲為懷，說道要向他們說十天法，盼望能消解他們的戾氣，然後盡數恭送出寺。但小女子受禁已久，可以先行離去。」

令狐沖心道：「這位方證大師當真是個大大的好人，只不過未免有點迂腐。盈盈手下那些江湖豪客，又怎能聽你說十天法，便即化除了戾氣？」

只聽盈盈續道：「小女子感激無已，拜謝了方丈大師後，隨同兩位師太離開少林山，第三日上，便聽說令狐……令狐公子率領江湖上朋友，到少林寺來迎接小女子。定閒師太言道：須得兼程前往，截住眾人，以免驚擾了少林寺的眾位高僧。這天晚上，我們又遇上一位江湖朋友，他說眾人從四面八方分道而來，定十二月十五聚集少林。兩位師太便即計議，說道江湖豪士人多口雜，而且來自四方，無所統屬，未必都聽令狐公子的號令。當下定閒師太吩咐小女子趕著去和他……和令狐公子相見，請眾人立即散去。兩位師太則重上少林，要在方丈大師座下效一臂之力，維護佛門福地的清淨。」

她娓娓說來，聲音清脆，吐屬優雅，說到兩位師太時，帶著幾分傷悼念之意，說到「令狐公子」之時，卻又掩不住覥腆之情。令狐冲在木匾之後聽著，不由得心情一陣陣激盪。

方證道：「阿彌陀佛！兩位師太一番好意，老衲感激之至。少林寺有警的訊息一傳出，正教各門派的同道，不論識與不識，齊來援手，敝派實不知如何報答才好。幸得雙方未曾大動干戈，免去了一場浩劫。唉，兩位師太妙悟佛法，慈悲有德，我佛門中少了兩位高人，可惜，可嘆！」

盈盈又道：「小女子和兩位師太分手之後，當天晚上便受嵩山派劫持，寡不敵眾，為左先生的門下所擒，不知何故，又給囚禁了數日，待得爹爹和向叔叔將我救出，眾位師太於小女子有相救的大德，小女子只有感恩圖報。倘若我爹爹和向叔叔遇上了兩位師太，雙方言語失和，小女子定當從中調解，決不會不加勸阻。」方證道：「那也說得是。」

余滄海突然插口道：「魔教中人行逕與常人相反，常人是以德報德，妖邪之徒卻是恩將仇報。」向問天道：「奇怪，奇怪！余觀主是幾時入的日月神教？」余滄海怒道：「誰說我入了魔教？」向問天道：「你說我神教中人恩將仇報。但福建福威鏢局林總鏢頭，當年救過你全家性命，每年又送你一萬兩銀子，你青城派卻反去害死林總鏢頭。余

方證說道：「如此說來，兩位師太不是任先生和向右使所害了。」盈盈道：「兩位師太於小女子有相救的大德，小女子只有感恩圖報。倘若我爹爹和向叔叔將我救出，眾位師太於小女子有相救的大德，小女子只有感恩圖報。」

江湖上的朋友卻已進了少林寺。向叔叔和我父女三人，來到少林寺還不到半個時辰，也是剛發覺兩位師太圓寂，卻不知眾人如何離去。」

1155

觀主恩將仇報之名播於天下，無人不知。如此說來，余觀主必是我教的教友了。很好，很好，歡迎之至。」余滄海怒道：「胡說八道，亂放狗屁！」向問天道：「我說歡迎之至，乃是一番好意。余觀主卻罵我亂放狗屁，這不是恩將仇報，卻是甚麼？可見江山易改，本性難移，一個人一生一世恩將仇報，便在一言一動之中也流露了出來。」

方證怕他二人多作無謂爭執，便道：「兩位師太到底是何人所害，咱們向令狐公子查詢，必可水落石出。但三位來到少林寺中，一出手便害了我正教門下八名弟子，卻不知又是何故？」任我行道：「老夫在江湖上縱橫來去，從沒一人敢對老夫無禮。這八人對老夫大聲呼喝，叫老夫從藏身之處出來，豈非死有餘辜？」方證道：「阿彌陀佛，原來只不過他八人呼喝了幾下，任先生就下此毒手，那豈不是太過了嗎？」

任我行哈哈一笑，道：「方丈大師說是太過，就算太過好了。你對小女沒加留難，老夫很承你的情，本來是要謝謝你的，這一次不跟你多辯，道謝也免了，雙方就算扯直。」

方證道：「任先生既說扯直，就算扯直便了。只是三位來到敝寺，殺害八人，此事卻又如何了斷？」任我行道：「那又有甚麼了斷？我日月神教教下徒眾甚多，你們有本事，儘管也去殺八人來抵數就是。」方證道：「阿彌陀佛。胡亂殺人，大增罪業。左施主，被害八人之中，有兩位是貴派門下的，你說該當如何？」

左冷禪尚未答話，任我行搶著道：「人是我殺的。為甚麼你去問旁人該當如何，卻不來問我？聽你口氣，你們似是恃著人多，想把我三人殺來抵命，是也不是？」

方證道：「豈敢？只是任先生復出，江湖上從此多事，只怕將有無數人命傷在任先

生手下。老衲有意屈留三位在敝寺盤桓，誦經禮佛，教江湖上得以太平，三位意下如何？」任我行仰天大笑，說道：「妙，妙，這主意甚是高明。」

方證續道：「令愛在敝寺後山駐足，本寺上下對她禮敬有加，供奉不敢有缺。老衲所以要屈留令愛，倒不在爲本派已死弟子報仇。唉，冤冤相報，糾纏不已，豈是佛門弟子之所當爲？少林派那幾名弟子死於令愛手下，也是前生的業報，只是……只是女施主殺業太重，動輒傷人，若在敝寺修心養性，於大家都有好處。」任我行笑道：「如此說來，方丈大師倒是一番美意了。」方證道：「正是。不過此事竟引得江湖上大起風波，卻又非老衲始料之所及了。再說，令愛當日背負令狐少俠來寺求救，言明只須老衲肯救令狐少俠的性命，她甘願爲所殺本寺弟子抵命。老衲說道，抵命倒不必了，但須在少室山上幽居，未得老衲許可，不可自行離山。她一口答允。任小姐，這話可是有的？」

盈盈低聲道：「不錯。」

令狐冲聽方證大師親口說及當日盈盈背負自己上山求救的情景，心下好生感激，此事雖早已聽人說過，但從方證大師口中說出，而盈盈又直承其事，比之聞諸旁人之口，又自不同，不由得眼眶濕潤。

余滄海冷笑道：「倒是有情有義得緊。只可惜這令狐冲品行太差，當年在衡山城中嫖妓宿娼，貧道親眼所見，卻辜負任大小姐一番恩情了。」向問天笑問：「是余觀主在妓院中親眼目睹，並沒看錯？」余滄海道：「當然，怎會看錯？」向問天低聲道：「余觀主，原來你常逛窰子，倒是在下的同道。你在那妓院裏的相好是誰？相貌可不錯罷？

下次我作東道，請你一起再去逛逛如何？」余滄海大怒，喝道：「放屁，放屁！」向問天道：「我請你逛窯子，你卻罵我。當真是恩將仇報，臭不可當！」

方證道：「任先生，你們三位便在少室山上隱居，從此樂享清淨，豈不皆大歡喜？只須你們三位不下少室山一步，老衲擔保沒人敢來向三位招惹是非。這位佛門高僧不通世務，當真迂得厲害。令狐冲聽方證大師說得十分誠摯，心想：「這三人殺人不眨眼，你想說得他們自願給拘禁在少室山上，可真異想天開之至了。」

任我行微笑道：「方丈的美意，想得面面俱到，在下原該遵命才是。」方證喜道：「那麼施主是願意留在少室山了？」任我行道：「不錯。」方證喜道：「老衲這就設齋款待，自今而後，三位是少林寺的嘉賓。」任我行道：「只不過我們最多只能留上三個時辰，再多就不行了。」方證大為失望，說道：「三個時辰？那有甚麼用？」任我行笑道：「在下本來也想多留數日，向方丈大師請教佛法，跟諸位朋友盤桓傾談，只不過在下的名字取得不好，這叫做無可如何。」

方證茫然道：「老衲這可不明白了。為甚麼與施主的大號有關？」

任我行道：「在下姓得不好，名字也取得不好。我既姓了個『任』，又叫作『我行』。早知如此，當年叫作『你行』，那就方便得多了。現下已叫作『我行』，只好任著我行」。

任我行道：「不敢，不敢。老夫於當世高人之中，心中佩服的沒幾個，數來數去只

方證佛然道：「原來任先生是消遣老衲來著。」

方證佛然道：「原來任先生是消遣老衲來著。」

自己性子，喜歡走到那裏，就走到那裏。」

有三個半，大和尚算得是一位。還有三個半，是老夫所不佩服的。」

他這幾句話說得甚是誠懇，絕無譏嘲之意。方證道：「阿彌陀佛，老衲可不敢當。」

令狐冲聽他說於當世高人之中，佩服三個半，不佩服三個半，甚是好奇，亟盼知道他所指的，除方證之外更有何人。

只聽一個聲音洪亮之人問道：「任先生，你還佩服那幾位？」適才方證只為任我行等引見到岳不羣夫婦，雙方便即爭辯不休，餘人一直不及引見。令狐冲聽下面呼吸之聲，方證等一行共有十人，除了方證大師、師父、師娘、冲虛道長、左冷禪、天門道長、余滄海，此外尚有三人。這聲音洪亮之人，便不知是誰。

任我行笑道：「抱歉得很，閣下不在其內。」那人道：「在下如何敢與方證大師比肩？自然是任先生所不佩服的了。」任我行道：「我不佩服的三個半人之中，你也不在其內。你再練三十年功夫，或許會讓我不佩服一下。」那人嘿然不語。

令狐冲心道：「原來要叫你不佩服，卻也不容易。」

方證道：「任先生所言，倒頗為新穎。」任我行道：「大和尚，你想不想知道我佩服的是誰，不佩服的又是誰？」方證道：「正要恭聆施主的高論。」任我行道：「大和尚，你精研筋經，內功外功俱臻化境，但心地慈祥，為人謙退，不像老夫這樣囂張，那是我向來真正佩服的。」方證道：「不敢當。」

任我行道：「不過在我所佩服的人中，大和尚的排名還不是第一。我所佩服的當世第一位武林人物，是篡了我日月神教教主之位的東方不敗。」

眾人都「啊」的一聲，顯然大出意料之外。令狐冲幸而將這「啊」字忍住了，心想他為東方不敗所算，遭囚多年，定然恨之入骨，那知竟然對之不勝佩服。

任我行道：「老夫武功既高，心思又機敏之極，只道普天下已無抗手，不料竟會著了東方不敗的道兒，險些葬身湖底，永世不得翻身。東方不敗如此屬害的人物，老夫對他怎不佩服？」方證道：「那也說得是。」

任我行道：「第三位我所佩服的，乃當今華山派的絕頂高手。」令狐冲又大出意料之外，他適才言語之中，對岳不羣不留半分情面，那知他內心竟會對之頗為佩服。

岳夫人道：「你不用說這等反語，譏刺於人。」

任我行笑道：「哈哈，岳夫人，你還道我說的是尊夫麼？他……他可差得遠了。我所傾倒佩服的，乃是劍術通神的風清揚風老先生。風老先生劍術比我高明得多，非老夫所及，我是衷心佩服，決無虛假。」

方證問道：「岳先生，難道風老先生還在人世麼？」

岳不羣道：「風師叔於數十年前便已……便已歸隱，與本門始終不通消息。他老家倘若尚在人世，那可真是本門的大幸。」

任我行冷笑道：「風老先生是劍宗，你是氣宗。華山派劍氣二宗勢不兩立。他老人家仍在人世，於你何幸之有？」岳不羣給他這幾句搶白，默然不語。

令狐冲早就猜到風清揚是本派劍宗中的人物，此刻聽任我行一說，師父並不否認，那麼此事自確然無疑。

任我行笑道：「你放心。風老先生是世外高人，你還道他希罕你這華山派掌門，會來搶你的寶座麼？」岳不羣道：「在下才德庸駑，若得風師叔耳提面命，眞是天大的喜事。任先生，你可能指點一條明路，讓在下去拜見風師叔。華山門下盡感大德。」說得甚是懇切。

任我行道：「第一，我不知風老先生在那裏。第二，就算知道，也決不跟你說。明槍易躲，暗箭難防。眞小人容易對付，僞君子可叫人頭痛得很。」岳不羣不再說話。

令狐冲心道：「我師父是彬彬君子，自不會跟任先生惡言相向。」

任我行側身過來，對著武當派掌門冲虛道長道：「老夫第四個佩服的，是牛鼻子老道。你武當派太極劍頗有獨到之處，精絕妙絕，非常之了不起，你老道卻也潔身自愛，不去多管江湖上的閒事。只不過你不會教徒弟，武當門下沒甚麼傑出人材，等你牛鼻子鶴駕西歸，太極劍法的絕藝只怕要失傳。再說，你的太極劍法雖高，未必勝得過老夫，因此我只佩服你一半，算是半個。」

冲虛道人笑道：「能得任先生佩服一半，貧道已臉上貼金，多謝了！」

任我行道：「不用客氣。」轉頭向左冷禪道：「左大掌門，你倒不必臉上含笑，肚裏生氣，你雖不屬我佩服之列，但在我不佩服的三個半高人之中，閣下卻居其首。」左冷禪笑道：「在下受寵若驚。」任我行道：「你武功了得，心計也深，很合老夫的脾胃。你想合併五嶽劍派，要與少林、武當鼎足而三，才高志大，也算了不起。可是你鬼鬼祟祟，安排下種種陰謀詭計，不是英雄豪傑的行逕，可教人十分的不佩服。」

1161

左冷禪道：「在下所不佩服的當世三個半高人之中，閣下卻只算得半個。」

任我行道：「拾人牙慧，全無創見，因此你就不令人佩服了。你所學嵩山派武功雖精，卻全是前人所傳。依你的才具，只怕這些年中，也不見得有甚麼新招創出來。」

左冷禪哼了一聲，冷笑道：「閣下東拉西扯，是在拖延時辰呢，還是在等救兵？」

任我行冷笑道：「你說這話，是想倚多為勝，圍攻我們三人嗎？」

左冷禪道：「閣下來到少林，戕害良善，今日再想全身而退，可太把我們這些人不放在眼裏了。你說我們倚多為勝也好，不講武林規矩也好。你殺了我嵩山派門下弟子，眼放著左冷禪在此，今日正要領教閣下高招。」

任我行向方證道：「方丈大師，這裏是少林寺呢，還是嵩山派的下院？」方證道：「施主明知故問了，這裏自然是少林寺。」任我行道：「然則此間事務，是少林方丈作主，還是嵩山派掌門作主？」方證道：「雖是老衲作主，但眾位朋友若有高見，老衲自當聽從。」

任我行仰天打了個哈哈，說道：「不錯，果然是高見，明知單打獨鬥是輸定了的，便要羣毆爛打。姓左的，你今日攔得住任我行，姓任的不用你動手，在你面前橫劍自刎。左冷禪冷冷的道：「我們這裏十個人，攔你或許攔不住，要殺你女兒，卻也不難。」

方證道：「阿彌陀佛，殺人可使不得。」

令狐冲心中怦怦亂跳，知左冷禪所言確是實情，下面十人中雖不知餘下三人是誰，但料想必與方證、冲虛等身分相若，不是一派掌門，便是絕頂高手。任我行武功再強，

最多不過全身而退。向問天是否能夠保命脫困，已所難言，盈盈是更加沒指望了。

任我行道：「那妙得很啊。左大掌門有個兒子，名叫『天外寒松』，左挺，聽說武功差勁，腦筋不大靈光，殺起來挺容易。岳君子有個女兒。余觀主好像有幾個愛妾，還有三個小兒子。天門道長沒兒子女兒，心愛徒弟卻不少。莫大先生有老父、老母在堂。崑崙派乾坤一劍震山子有個一脈單傳的孫子。還有這位丐幫的解大幫主呢，向左使，解幫主世上有甚麼捨不得的人啊？」

令狐冲心道：「原來莫大師伯也到了。任先生其實不用方證大師引見，於對方十人不但均早知形貌，而且他們的身世眷屬也都已查得清清楚楚。」

向問天道：「聽說丐幫中的青蓮使者、白蓮使者兩位，雖然不姓解，卻都是解幫主的私生兒子。」任我行道：「你沒弄錯罷？咱們可別錯殺了好人？」向問天道：「錯不了，屬下已查問清楚。」任我行點頭道：「就算殺錯了，那也沒法子，咱們殺他丐幫中三四十人，總有幾個殺對了的。」向問天道：「教主高見！」

他一提到各人的眷屬，左冷禪、解幫主等無不凜然，情知此人言下無虛，眾人攔他是攔不住的，但若殺了他的女兒，他必以毒辣手段相報，自己至親至愛之人，只怕個個難逃他毒手，思之不寒而慄。一時殿中鴉雀無聲，人人臉上變色。

隔了半晌，方證說道：「冤冤相報，無有已時。任施主，我們決計不傷任大小姐，卻要屈三位大駕，在少室山居留十年。」

任我行道：「不行，我殺性已動，忍不住要將左大掌門的兒子斷其四肢、毀其雙

目，再將余觀主那幾個愛妾和兒子一併殺了。岳先生的令愛，更加不容她活在世上。」

令狐沖大驚，不知這喜怒難測的大魔頭只不過虛聲恫嚇，還是真的要大開殺戒。

沖虛道人說道：「任先生，咱們來打個賭，你瞧如何？」

任我行道：「老夫賭運不佳，打賭沒把握，殺高手沒把握，殺高手的父母子女、大老婆小老婆卻挺有把握。」沖虛道人道：「那些二人沒甚麼武功，殺之不算英雄。」任我行道：「雖然不算英雄，卻可教我的對頭一輩子傷心，老夫就開心得很了。」沖虛道人道：「你自己沒了女兒，也沒甚麼開心。沒有女兒，連女婿也沒了。你女婿不免去做人家的女婿，你也不見得有甚麼光采。」任我行道：「沒有法子，沒有法子。我只好將他們一古腦兒都殺了，誰教我女婿對不住我女兒？」

沖虛道人道：「這樣罷，我們不倚多為勝，你也不可胡亂殺人。大家公公平平，以武功決勝敗。你們三位，和我們之中的三個人比鬥三場，三戰兩勝。」

方證忙道：「是極，冲虛道兄高見大是不凡。點到為止，不傷人命。」

任我行道：「我們三人倘若敗了，便須在少室山上居留十年，不得下山，是也不是？」冲虛道人道：「正是。要是三位勝了兩場，我們自然服輸，任由三位下山。這八名弟子也只好算是白死了。」

任我行道：「我心中對你牛鼻子有一半佩服，覺得你所說的話，也有一半道理。那你們這一方是那三位出場？由我挑選成不成？」

左冷禪道：「方丈大師是主，他是非下場不可的。老夫的武功擱下了十幾年，也想

1164

試上一試。至於第三場嗎？這場賭賽既是冲虛道長的主意，他終不成袖手旁觀，出個難題讓人家頂缸？只好讓他的太極劍法露上一露了。」他們這邊十人之中，雖然個個不是庸手，畢竟以方證大師、冲虛道人、和他自己三人武功最高。他一口氣便舉了這三人出來，可說已立於不敗之地。盈盈不過十八九歲年紀，武功再高，修為也必有限，不論和那一位掌門相鬥，注定是要輸的。

岳不羣等一齊稱是。方證、冲虛、左冷禪三人是正教中的三大高手，任誰一人的武功都不見得會在任我行之下，比之向問天只怕尚可稍勝半籌，三戰兩勝，贏面佔了七八成，甚至三戰三勝，也是五五之數。各人所躭心的，只是怕擒不住任我行，給他逃下山去，以陰險毒辣手段戕害各人的家人弟子，只要是正大光明決戰，那就無所畏懼了。

任我行道：「三戰兩勝，這個不妥，咱們只比一場。你們挑一位出來，我們這裏也挑一人，乾乾脆脆只打一場了事。」

左冷禪道：「任兄，今日你們勢孤力單，處在下風。別說我們這裏十個人，已比你方多了三倍有餘，方丈大師一個號令出去，單是少林派一等一的高手，便有二三十位，其餘各派好手還不計在內。」任我行道：「因此你們要倚多為勝。」左冷禪道：「不錯，正是要倚多為勝。」任我行道：「不要臉之至。」左冷禪道：「無故殺人，才不要臉。」

任我行道：「殺人一定要有理由？左大掌門，你吃葷還是吃素？」左冷禪道：「你每殺一人，死者都是罪有應得的」任我行道：「在下殺人也殺，幹麼吃素？」任我行道：「你吃牛吃羊，牛羊又有甚麼罪了？」左冷禪道：「這個自然。」

方證大師道：「阿彌陀佛，任施主這句話，大有菩薩心腸。」左冷禪道：「方丈大師別上他的當。他將咱們這八個無辜喪命的弟子比作了牛羊，菩薩凡人，都是眾生。」方證又道：「是，是。阿彌陀佛！」左冷禪道：「蟲蟻牛羊，菩薩凡人，都是眾生。」方證又道：「是，是。阿彌陀佛！」任我行道：「任兄，你一意遷延時刻，今日是不敢一戰的了？」左冷禪道：「大丈夫一言既出，駟馬難追。三戰兩勝，你們之中若有三個人輸了兩個，三人便都得在少室山停留十年。」

任我行突然一聲長嘯，只震得屋瓦俱響，供桌上的十二枝蠟燭一齊暗了下來，待他嘯聲止歇，燭光這才重明。眾人聽了他這一嘯聲，都不禁心頭怦怦而跳，臉上變色。

任我行道：「好，姓左的，咱們就比劃比劃。」左冷禪道：「大丈夫一言既出，駟馬難追。三戰兩勝，我們這一夥人中，若有三個人輸了兩個，我們三人便在少室山上停留十年。」

任我行道：「也罷！三戰兩勝，你們之中若有三個人輸了兩個，三人便都得在少室山停留十年。」

正教中人聽他受了左冷禪之激，居然答允下來，無不欣然色喜。

任我行道：「我就跟你再打一場，向左使鬥余矮子，我女兒的鬥女的，便向寧女俠請教。」左冷禪道：「不行。我們這邊由那三人出場，由我們自己來推舉，豈能由你指定。」任我行道：「一定要自己來選，不能由對方指定？」

左冷禪道：「正是。少林、武當兩大掌門，再加上區區在下。」任我行道：「憑你的聲望、地位和武功，又怎能和少林、武當兩大掌門相提並論？」左冷禪哼了一聲，說道：「在下自不敢和少林、武當兩大掌門相提並論，卻勉強可跟閣下鬥鬥。」

任我行哈哈大笑，說道：「方證大師，在下向你討教少林神拳，配得上嗎？」

方證道：「阿彌陀佛，老衲功夫荒疏已久，不是施主對手。但老衲乜盼屈留大駕，只好拿幾根老骨頭來挨挨施主的拳腳。」

左冷禪見他竟向方證大師挑戰，固是擺明了輕視自己，心下卻是一喜，暗想：「我本來就心你跟我鬥，讓向問天跟沖虛鬥，卻叫你女兒去鬥方證。向問天武功了得，沖虛道人若有疏虞，我又輸了給你，那就糟了。」當下不再多言，向旁退開了幾步。

餘人將地下的八具屍體搬在一旁，空出殿中的戰場。

任我行道：「方丈大師請。」雙袖一擺，抱拳為禮。方證合什還禮，說道：「施主請先發招。」任我行道：「在下使的是日月教正宗功夫，大師使的是少林派正宗武藝。咱們正宗對正宗，這一架原是要打的。」

余滄海道：「呸！你魔教是甚麼正宗了？也不怕醜！」任我行道：「方丈，讓我先殺了余矮子，再跟你鬥。我殺余矮子，不過瞧著他討厭，今天不殺，遲早要殺，這不算一場比武。」方證忙道：「不可。」知此人出手似電，一擊如雷霆，說不定余滄海真的給他殺了，當下更不躭擱，輕飄飄拍出一掌，叫道：「任施主，請接掌。」

這一掌招式尋常，但掌到中途，忽然微微搖晃，登時一掌變兩掌，兩掌變四掌，四掌變八掌。任我行脫口叫道：「千手如來掌！」心知只須遲得頃刻，他便八掌變十六掌，進而幻化為三十二掌，當即呼的一掌拍出，攻向方證右肩。方證左掌從右掌掌底穿出，仍微微幌動，一變二、二變四的掌影飛舞。任我行身子躍起，呼呼還了兩掌。

令狐冲居高臨下，凝神細看，見方證大師掌法變幻莫測，每一掌擊出，甫到中途，已變為好幾個方位，掌法如此奇幻，直是生平所未睹。任我行的掌法卻單純質樸，出掌收掌，似乎顯得有些窒滯生硬，但不論方證的掌法如何離奇莫測，一當任我行的掌力送到，他必隨之變招，看來兩人旗鼓相當，功力悉敵。

令狐冲拳腳功夫造詣甚淺，因之獨孤九劍中那「破掌式」一招便也學不到家，既看不出對方拳腳中的破綻，便沒法乘虛而入。這兩大高手所施展的乃當世最高深的掌法，他看得莫名其妙，渾不明其中精奧，尋思：「劍法上我可勝得冲虛道長，與任先生相鬥，也不輸於他。但遇到眼前這兩位的拳掌功夫，我只好用利劍一味搶攻。風太師叔說，我要練得二十年後，方可與當世兩一爭雄長，主要當是指『破掌式』而言。」

看了一會，見任我行突然雙掌平平推出，方證大師連退三步，令狐冲一驚，暗叫：「啊喲，糟糕，方證大師要輸。」接著便見方證大師左掌劃了幾個圈子，右掌急拍，上拍下拍，左拍右拍，拍得幾拍，任我行便退了一步，再拍幾拍，任我行又退一步。

令狐冲心道：「還好，還好！」他輕吁一口氣，忽想：「為甚麼我見方證大師要輸，便即心驚，見他扳回，則覺寬慰？是了，方證大師是有道高僧，任我行畢竟是左道之士，我心中總還有善惡是非之念。」轉念又想：「可是任教主若輸，盈盈便須在少室山上囚禁十年，豈是我心中所願？」一時之間，連自己也不明白到底盼望誰勝誰敗，內心只隱隱覺得，任我行父女與向問天一入江湖，世上便即風波大作，但心中又想：「風波大作，又有甚麼不好？那不是挺熱鬧麼？」

他眼光慢慢轉過去，只見盈盈倚在柱上，嬌怯怯地一副弱不禁風模樣，秀眉微蹙，若有深憂，突然間憐念大盛，只想：「我怎忍讓她在此再給囚禁十年？她怎經得起這般折磨？」想到她為了相救自己，甘願捨生，自己一生之中，師友厚待者雖也不少，可沒一個人竟能如此甘願把性命來交託給了自己。胸口熱血上湧，只覺別說盈盈不過是魔教教主的女兒，縱然她萬惡不赦、天下人皆欲殺之而甘心，自己寧可性命不在，也決計要維護她平安周全。

殿上的十一對目光，卻都注視在方證大師和任我行的掌法之上，心下無不讚嘆。左冷禪心想：「幸虧任老怪挑上了方證大師，否則他這似拙實巧的掌法，我便不知如何對付才好。本門的大嵩陽神掌與之相比，顯得招數太繁，變化太多，不如他這掌法的攻其一點，不及其餘。」向問天卻想：「少林派武功享名千載，果然非同小可。方證大師這『千手如來掌』掌法雖繁，功力不散，那確是千難萬難。倘若讓我遇上了，只好跟他硬拚內力，掌法是比他不過的。」岳不羣、余滄海等各人心中，也均以本身武功與二人的掌法相印證。

任我行酣鬥良久，漸覺方證大師的掌法稍形緩慢，心中暗喜：「你掌法雖妙，終究年紀老了，難以持久。」當即急攻數掌，劈到第四掌時，猛覺收掌時右臂微微一麻，內力運轉，不甚舒暢，不由得大驚，知是自身內力的干擾，心想：「這老和尚所練的易筋經內功竟如此厲害，掌力沒和我掌力相交，卻已在剋制我的內力。」心知再鬥下去，對方深厚的內力發將出來，自己勢須處於下風，眼見方證大師左掌拍到，一聲呼喝，左掌

1169

迅捷無倫的迎了上去，啪的一聲響，雙掌相交，兩人各退一步。

任我行只覺對方內力雖然柔和，卻渾厚無比，自己使出了「吸星大法」，竟吸不到他絲毫內力，心下更加驚訝。方證大師道：「善哉！善哉！」跟著右掌擊到。

任我行又出右掌與之相交。兩人身子一晃，任我行但覺全身氣血都晃了一晃，當即疾退兩步，陡地轉身，右手已抓住了余滄海胸口，左掌往他天靈蓋疾拍下去。

這一下兔起鶻落，實是誰都料想不到的奇變，眼見任我行與方證大師相鬥，情勢漸居不利，按理說他力求自保尚且不及，那知竟會轉身去攻擊余滄海。這一著變得太奇太快，否則余滄海也是一代武學宗匠，若與任我行相鬥，雖最後必敗，卻決不致在一招之間便為他所擒。眾人「啊」的一聲，齊聲呼叫。

方證大師身子躍起，猶似飛鳥般撲到，雙掌齊出，擊向任我行後腦，這是武學中「圍魏救趙」之策，攻敵之不得不救，旨在逼得任我行撤回擊向余滄海頭頂的左掌，反手擋架。

眾高手見方證大師在這瞬息之間使出這一掌，都大為欽服，卻來不及喝采，情知余滄海這條性命是有救了。豈知任我行左掌固是撤了回來，卻不反手擋架，一把便抓住了方證大師的「膻中穴」，跟著右手一指，點中了他心口。方證大師身子一軟，摔倒在地。

眾人大驚之下，紛紛呼喝，一齊擁了上去。

左冷禪突然飛身而上，發掌猛向任我行後心擊到。任我行反手回擊，喝道：「好，

這是第二場。」左冷禪忽拳忽掌，忽指忽抓，片刻間已變了十來種招數。

　任我行給他陡然一輪急攻，一時只能勉力守禦。他適才和方證大師相鬥，最後這三招雖是用智，卻也已竭盡平生之力，否則以少林派掌門人如此深厚的內功，如何能讓他一把抓住「膻中穴」？一指點中心口？這幾招全力以搏，實是孤注一擲。

　任我行所以勝得方證大師，純是使詐。他算準對方心懷慈悲，自己突向余滄海痛下殺手，一來餘人相距較遠，縱欲救援也所不及，二來各派高手與余滄海無甚交情，決不會干冒大險，捨生相救，只有方證大師卻定會出手。當此情境，這位少林方丈唯有攻擊自己，以解余滄海之困，但他對方證大師擊來之掌偏又不擋不格，反拿對方要穴。這一著又險到了極處。方證大師雙掌擊他後腦，不必擊實，掌風所及，便能令他腦漿迸裂。他反擒余滄海之時，便已拿自己性命來作此大賭，賭的是這位佛門高僧菩薩心腸，眼見雙掌可將自己後腦擊碎，便會收回掌力。但方證身在半空，雙掌擊出之後隨即全力收回，縱是絕頂高手，胸腹之間內力亦必不繼。他一拿一點，果然將方證大師點倒。只是方證渾厚的掌力所及，已掃得他後腦劇痛欲裂，一口丹田之氣竟轉不上來。

　冲虛道人忙扶起方證大師，拍開他被封的穴道，嘆道：「方丈師兄一念之仁，反遭奸人所算。」方證道：「阿彌陀佛。任施主心思機敏，鬥智不鬥力，老夫是輸了。」

　岳不羣大聲道：「任先生行奸使詐，勝得毫不光明正大，非正人君子之所為。」向問天笑道：「我日月神教之中，也有正人君子麼？任教主若是正人君子，早就跟你同流合污了，還比試甚麼？」岳不羣為之語塞。

任我行背靠木柱，緩緩出掌，將左冷禪的拳腳一一擋開。左冷禪向來自負，若在平時，決不會當任我行力鬥少林派第一高手之後，又去向他索戰。明佔這等便宜，絕非一派宗師之所為，未免為人所不齒。但任我行適才點倒方證大師，純是利用對方一片好心，勝得奸詐之極，正教各人無不為之扼腕大怒。他奮不顧身的上前急攻，旁人均道他是激於義憤，已顧不到是否車輪戰。在左冷禪卻正是千載難逢的良機。

向問天見任我行一口氣始終緩緩不過來，搶到柱旁，說道：「左大掌門，你撿這便宜，可要臉麼？我來接你的。」左冷禪道：「待我打倒了這姓任的匹夫，再跟你鬥，老夫還怕你車輪戰麼？」呼的一拳，向任我行擊出。

任我行左手撩開，冷冷的道：「向兄弟，退開！」

向問天知教主極為要強好勝，不敢違拗，說道：「好，我就暫且退開。只是這姓左的無恥卑鄙，我踢他屁股。」飛起一腳，便往左冷禪後臀踢去。

左冷禪怒道：「兩個打一個嗎？」斜身避讓。豈知向問天雖作飛腿之狀，這一腿竟沒踢出，只右腳抬起，微微一動，乃是一招虛招。他見左冷禪上當，哈哈一笑，說道：「孫子王八蛋剛說過要倚多為勝。」一縱向後，站在盈盈身旁。

左冷禪這麼一讓，攻向任我行的招數緩了一緩。高手對招，相差原只一線，任我行得此餘暇，深深吸一口氣，內息暢通，登時精神大振，砰砰砰三掌劈出。左冷禪奮力化解，心下暗暗吃驚：「這老兒十多年不見，功力大勝往昔，今日若要贏他，可須全力相拚。」

兩人此番二度相逢，這一次相鬥，乃在天下頂尖高手之前一決雌雄。兩人都將勝敗

1172

之數看得極重，可不像適才任我行和方證大師較量之時那樣和平。任我行一上來便使殺著，雙掌便如刀削斧劈一般：左冷禪忽拳忽掌，忽抓忽拿，更極盡變化之能事。

兩人越鬥越快，令狐冲在木匾之後瞧得眼也花了。他看任我行和方證大師相鬥，只不過看不懂二人的招式精妙所在，但此刻二人身形招式快極，竟連一拳如何出，如何收，也都看不明白。他轉眼去看盈盈，只見她臉色雪白，雙眼長長的睫毛垂了下來，臉上卻無驚異或訹心的神態。向問天的臉色卻忽喜忽憂，一時驚疑，一時惋惜，一時攢眉怒目，一時咬牙切齒，倒似比他親自決戰猶為要緊。令狐冲心想：「向大哥的見識自比盈盈高明得多，他如此著緊，只怕任先生這一仗很是難贏。」

慢慢斜眼過去，見到那邊廂師父和師娘並肩而立，其側是方證大師和冲虛道人。兩人身後一個是泰山派掌門天門道人，一個是衡山派掌門莫大先生。莫大先生來到殿中之後，始終未曾出過半分聲息，令狐冲一見到他瘦瘦小小的身子，胸中登時感到一陣溫暖，隨即心想：「儀琳師妹她們這輩恆山弟子沒了師父，可不知怎樣了。」青城派掌門余滄海獨個兒站在牆後，手按劍柄，滿臉怒色。站在西側的是一個滿頭白髮的老者，身穿乞丐裝束，當是丐幫幫主解風。另一人穿一襲青衫，模樣頗為瀟洒，當是崑崙派掌門乾坤一劍震山子了。

這九人乃當今正教中最強的高手，若不是九人都在全神貫注的觀戰，自己在木匾後藏身這麼久，雖竭力屏氣凝息，多半還是早已給下面諸人發覺了。他暗想：「下面聚集著這許多高人，尤其有師父、師娘在內，而方證大師、冲虛道長、莫大先生這三位，更

是我十分尊敬的前輩。我在這裏偷聽他們說話，委實不敬之極，雖說是我先到而他們後至，但不論如何，總之是我在這裏竊聽，倘若給他們發覺，我可當真無地自容了。」只盼任我行儘快再勝一場，三戰兩勝，便可帶著盈盈從容下山，一等方證大師他們退出後殿，自己便趕下山去和盈盈相會。

一想到和盈盈對面相晤，不由得胸口一熱，連耳根子也熱烘烘地，自忖：「自今而後，我真的要和盈盈結爲夫妻嗎？她待我情深義重，可是我……可是我……」這些日子來，雖時時想到盈盈，但每次念及，總是想到要報她相待之恩，要助她脫卻牢獄之災，要在江湖上大肆宣揚，是自己對她傾心，並非她對己有意，免得江湖豪士譏嘲於她，令她尷尬羞慚。每當盈盈的情影在腦海中出現之時，心中卻並不感到喜悅不勝之情、溫馨無限之意，和他想到小師妹岳靈珊時溫柔纏綿的心意大不相同，對於盈盈，內心深處竟似乎有此懼怕。

他和盈盈初遇，一直當她是個年老婆婆，心中對她有七分尊敬，三分感激；其後見她舉手殺人，指揮羣豪，尊敬之中不免摻雜了幾分懼怕，直至得知她對自己頗有情意，這幾分厭憎之心才漸漸淡了：及後得悉她爲自己捨身少林，那更是深深感激。然而感激之意雖深，卻並無親近之念，只盼能報答她的恩情；聽到任我行說自己是他女婿，心底竟頗感爲難。這時見到她的麗色，不敢再看，只見向問天雙手握拳，兩目圓睜，順著他目光看任我行和左冷禪時，見左冷禪已縮在殿角，任我行一掌一掌向他劈將過去，每一掌都似開

山大斧一般，威勢驚人。左冷禪全處下風，雙臂出招極短，攻不到一尺便即縮回，顯似只守不攻。突然之間，任我行一聲大喝，雙掌疾向對方胸口推去。四掌相交，蓬的一聲大響，左冷禪背心撞向牆壁，頭頂泥沙灰塵簌簌而落，四掌卻不分開。令狐冲只感身子搖動，藏身的那張木匾似乎便要跌落。他一驚之下，便想：「左師伯這番可要糟了。他二人比拚內力，任先生使出『吸星大法』吸他內力，時刻一長，左師伯非輸不可。」

卻見左冷禪右掌一縮，竟以左手單掌抵禦對方掌力，右手伸出食中二指向任我行戳去。任我行一聲怪叫，急速躍開。左冷禪右手跟著點了過去。他連點三指，任我行連退三步。

方證大師、冲虛道長等均大爲奇怪：「素聞任我行的『吸星大法』擅吸對方內力，何以適才他二人四掌相交，左冷禪竟安然無恙？難道他嵩山派的內功居然不怕吸星妖法？」

旁觀眾高手固覺驚異，任我行心下更是駭然。

十餘年前任我行與左冷禪劇鬥，未曾使用「吸星大法」，已然佔上風，眼見便可制住了左冷禪，突感心口奇痛，眞力幾乎難以使用，心下驚駭無比，自知這是修練「吸星大法」的反擊之力，若在平時，自可靜坐運功，慢慢化解，但其時勁敵當前，如何有此餘裕？正徬徨無計之際，忽見左冷禪身後出現了兩人，乃左冷禪的師弟托塔手丁勉和大陰陽手樂厚。任我行立即跳出圈子，哈哈一笑，說道：「說好單打獨鬥，原來你暗中伏有幫手，君子不吃眼前虧，咱們後會有期，今日爺爺可不奉陪了。」

左冷禪敗局已成，對方竟自願罷戰，自是求之不得，他也不敢討嘴頭上便宜，說甚

麼「要人幫手的不是好漢」之類，只怕激惱了對方，再鬥下去，丁勉與樂厚又不便插手相助，自己一世英名不免付於流水，當即說道：「誰教你不多帶幾名魔教的幫手來？」

任我行冷笑一聲，轉身就走。

這一場拚鬥，面子上似乎未分勝敗，但任左二人內心均知，自己的武功之中具有極大弱點，當日不輸，實乃僥倖，自此分別苦練。

尤其任我行更知「吸星大法」之中伏有莫大隱患，便似附骨之疽一般。他不斷以「吸星大法」吸取對手功力，但對手門派不同，功力有異，諸般雜派功力吸在自身，無法融而為一，作往會出其不意的發作出來。他本身內力甚強，一覺異派內功作怪，立時將之壓服，從未遇過凶險，但這一次對手是極強高手，激鬥中自己內力消耗甚巨，用於壓制體內異派內功的便相應減弱，大敵當前之時，既有外患，復生內憂，自不免狼狽不堪。此後潛心思索，要揣摩出一個法門來融合體內的異派內功，心無二用，乃致聰明一世的梟雄，竟連變生肘腋亦不自知，終於為東方不敗所困。他在西湖湖底一囚十二年，心無旁騖，這才悟出了融匯體內異派內功的妥善法門，修習這「吸星大法」才不致有慘遭反噬之危。

此番和左冷禪再度相逢，一時未能取勝，當即運出「吸星大法」，與對方手掌相交，豈知一吸之下，竟發現對方內力空空如也，不知去向。任我行這一驚非同小可。對方內力凝聚，一吸不能吸到，那並不奇，適才便吸不到方證的內力；但左冷禪在瞬息間竟將內力藏得無影無蹤，教他的「吸星大法」無力可吸，別說生平從所未遇，連做夢也沒想

到過有這等奇事。

他又連吸了幾下，始終沒摸到左冷禪內力的半點邊兒，眼見左冷禪指法凌厲，於是退了三步，隨即變招，狂砍狠劈，威猛無儔。左冷禪改取守勢。兩人又鬥了二三十招，任我行左手一掌劈將過去，左冷禪無名指彈他手腕，右手食指戳向他左肋。任我行見他這一指勁力狠辣，心想：「難道你這一指之中，竟又沒有內力？」當下微微斜身，似是閃避，其實卻故意露出空門，讓他戳中胸肋，同時將「吸星神功」布於胸口，心想：「你有本事深藏內力，不讓我吸星大法吸到，但你以指攻我，指上若無內力，那麼刺在我身上只當是給我搔癢。但若有分毫內力，便非盡數給我吸來不可。」

便在心念電閃之際，噗的一聲響，左冷禪的手指已戳中他左胸「天池穴」。

旁觀眾人「啊」的一聲，齊聲呼叫。

左冷禪的手指在任我行的胸口微一停留。任我行立即全力運功，果然對方內力猶如河堤潰決，從自己「天池穴」中直湧進來。他心下大喜，加緊施為，吸取對方內力越快。

突然之間，他身子一晃，一步步的慢慢退開，一言不發的瞪視著左冷禪，身子發顫，手足不動，便如是給人封了穴道一般。

盈盈驚叫：「爹爹！」撲過去扶住，只覺他手上肌膚冰涼徹骨，轉頭道：「向叔叔！」向問天縱身上前，伸掌在任我行胸口推拿了幾下。任我行嘿的一聲，回過氣來，臉色鐵青，說道：「很好，這一著棋我倒沒料到。咱們再來比比。」

左冷禪緩緩搖了搖頭。

岳不羣道：「勝敗已分，還比甚麼？任先生適才難道不是給左掌門封了『天池穴』？」

任我行呸的一聲，喝道：「不錯，是我上了當，這一場算我輸便是。」

原來左冷禪適才這一招大是行險，他以修練了十餘年的「寒冰眞氣」注於食指之上，拚著大耗內力，將計就計，便讓任我行吸了過去，不但讓他吸去，反加內力，急速注入對方穴道。左冷禪所練的「寒冰眞氣」和梅莊黑白子所練的「玄天指」乃是一路，都是至陰至寒的功夫，不過左冷禪的內力更深厚得多，一瞬之間，任我行全身爲之凍僵。左冷禪乘著他「吸星大法」一窒的頃刻之間，內力一催，就勢封住了他的穴道。

穴道被封之舉，原只見於第二三流武林人物動手之時，高手過招，決不使用這一類平庸招式。左冷禪卻捨得大耗功力，竟以第二三流的手段制勝，這一招雖是使詐，但若無極厲害的內力，卻也決難辦到。

向問天知左冷禪雖然得勝，卻已大損眞元，只怕非花上幾個月時光，沒法復元，便上前說道：「適才左掌門說過，你打倒了任教主之後，再來打倒我。現下便請動手！」

方證大師、冲虛道人等都看得明白，左冷禪自點中任我行之後，臉色慘白，始終不敢開聲說話，可見內力消耗之重，此刻二人倘若動手，不但左冷禪非敗不可，而且數招之間便會給向問天送了性命。但這一句話左冷禪剛才確是說過了的，眼見向問天挑戰，難道是自食前言不成？

衆人正躊躇間，岳不羣道：「咱們說過，這三場比試，那一方由誰出馬，由該方自行決定，卻不能由對方指名索戰。這一句話，任教主是答應過了的，是不是？任教主是

大英雄、大豪傑，說過了的話豈能不算？」

向問天冷笑道：「岳先生能言善辯，令人好生佩服，只不過和『君子』二字，未免有些不稱。這般東拉西扯，倒似個反覆無常的小人了。」

岳不羣淡淡的道：「自君子的眼中看出來，天下滔滔，皆是君子。自小人的眼中看來，世上無一而非小人。」

左冷禪慢慢挨了幾步，說道：「自君子的眼中看出來，天下滔滔，皆是君子。自小人的眼中看來，世上無一而非小人。」

左冷禪慢慢挨了幾步，將背脊靠到柱上，以他此時的情狀，簡直要站立不倒也十分為難，更不用說和人動手過招了。

武當掌門冲虛道人走上兩步，說道：「素聞向右使人稱『天王老子』，實有驚天動地的能耐。貧道忝居武當掌門，於正教諸派與貴教之爭始終未能出甚麼力，常感慚愧，今日有幸，若能以『天王老子』為對手，實感榮寵。」

他武當掌門何等身分，對向問天說出這等話來，那是將對方看得極重了。向問天在情在理，實難推卻，便道：「恭敬不如從命。久仰冲虛道長的『太極劍法』天下無雙，在下捨命陪君子，只好獻醜。」抱拳行禮，退了幾步。冲虛道人寬袍大袖雙手一擺，躬身還禮。兩人相對而立，凝目互視，一時卻均不拔劍。

冲虛道人與向問天在武林中均享大名已久，卻全無跡象不知誰高誰下，這一戰決定少林寺是否能留住任我行等一行，事關重大，可是誰也看不出勝負之數。旁觀眾人均和任我行及向問天一般的心情，都所謂「提心吊膽」。

任我行突然說道：「且慢！向兄弟，你且退下。」一伸手，從腰間拔出了長劍。

眾人盡皆駭然：「他已連鬥兩位高手，內力顯已大為耗損，竟然要連鬥三陣，再來接沖虛道長。」左冷禪更為驚詫，心想：「我苦練十多年的寒冰真氣傾注於他『天池穴』中，縱是武功高他十倍之人，只怕也得花三四個時辰方能化解。難道此人一時三刻之間，猶似有數十把小刀在亂攢亂刺，他便又能與人動手？」眾人怎知此刻任我行丹田之中，使盡了力氣，才將這幾句話說得平平穩穩，沒洩出半點痛楚之情。

沖虛道人微笑道：「任教主要賜教麼？咱們先前說過，雙方由那一位出手，由每一方自定，任教主若要咱們約定之議。只是貧道這個便宜，卻佔得太大了。」

任我行道：「在下拚鬥了兩位高手之餘，再與道長動手，未免小覷了武當派享譽數百年的神妙劍法，在下雖然狂妄，卻還不致於如此。」

沖虛道人心下甚喜，點頭道：「多謝了。」他一見到任我行拔劍，心下便大為躊躇，以車輪戰勝得任我行，說不上有何光采，但此仗若敗，武當派在武林中可無立足之地了，聽說不是他自己出戰，這才寬心。

任我行道：「沖虛道長在貴方是生力軍，我們這一邊也得出一個生力軍才是。」抬頭叫道：「令狐冲小兄弟，你下來罷！」

眾人大吃一驚，都順著他目光向頭頂的木匾望去

令狐冲更為驚訝，一時手足無措，狼狽之極，當此情勢，沒法再躲，只得踴身跳下，向方證大師跪倒在地，納頭便拜，說道：「小子擅闖寶剎，罪該萬死，謹領方丈責罰。」

方證呵呵笑道：「原來是令狐少俠。我聽得少俠呼吸勻淨，內力深厚，心下正在奇怪，不知是那一位高人光臨敝寺。請起，請起，行此大禮，可不敢當。」說著合什還禮。

令狐冲心想：「原來他早知我藏在匾後了。」

丐幫幫主解風忽道：「令狐冲，你來瞧瞧這幾個字。」

令狐冲站起身來，順著他手指向一根木柱後看去，見柱上刻著三行字。第一行是：「且慢，此人內功亦正亦邪，未知是友是敵。」每一字都深入柱內，木質新露，自是方證大師和解風二人以指力在柱上所刻。

令狐冲甚是驚佩，心想：「方證大師從我極微弱的呼吸之中，能辨別我武功家數，真乃神人。」隨即抱拳躬身，團團行禮，說道：「眾位前輩來到殿上之時，小子心虛，未敢下來拜見，還望恕罪。」料想此刻師父的臉色必定難看之極，那敢和他目光相接？

解風笑道：「你作賊心虛，到少林寺偷甚麼來啦？」令狐冲道：「小子聞道任大小姐留居少林，斗膽前來接她出去。」解風笑道：「原來是偷老婆來著，哈哈，這不是賊膽心虛，這叫做色膽包天。」令狐冲正色道：「任大小姐有大恩於我，小子縱為她粉身碎骨，亦所甘願。」解風嘆了口氣，說道：「可惜，可惜。好好一個年輕人，一生前途卻為女子所誤。你若不墮邪道，這華山派掌門的尊位，日後還會逃得出你手掌麼？」

任我行大聲道：「華山掌門，有甚麼希罕？將來老夫一命歸天，日月神教教主的尊位，難道還逃得出我這乘龍快婿的手掌麼？」

令狐沖吃了一驚，顫聲道：「不……不……不能……」

任我行笑道：「好啦。閒話少說。沖兒，你就領教一下這位武當掌門的神劍。沖虛道長的劍法以柔克剛，圓轉如意，世間罕有，可要小心了。」他改口稱他為「沖兒」，當真是將他當作女婿了。

令狐沖默察眼前情勢，雙方已各勝一場，這第三場的勝敗，將決定是否能救盈盈，那是非出場不可，當下轉過身來，向沖虛道人跪倒在地，叩首為禮。

沖虛道人忙伸手相扶，說道：「不敢當！少俠何以行此大禮？」令狐沖道：「道長高義，愛護小子，小子好生感激相敬。現下迫於情勢，要向道長領教，心中不安。」沖虛道人哈哈一笑，道：「小兄弟忒也多禮了。」

過了良久，沖虛道長吁一口氣，說道：「這一場不用比了，你們四位下山去罷。」

此言一出，眾人盡皆駭然。令狐沖大喜，激動之餘，又欲跪倒，沖虛忙伸手攔住。

令狐沖站起身來，任我行遞過長劍。令狐沖接劍在手，劍尖指地，側身站在下首。沖虛道人舉目望著殿外天井中的天空，呆呆出神，心下盤算令狐沖的劍招。

眾人見他始終不動，似是入定一般，都覺十分奇怪。

山；自己曾和沖虛道人比過劍，劍法上可以勝得過他，要救盈盈，那是非出場不可，當

解風道：「道長，你這話是甚麼意思？」沖虛道：「我想不出破解他的劍法之道，這場比試，貧道認輸。」解風道：「兩位可還沒動手啊。」沖虛道：「數日之前，在武當山腳下，貧道曾和他拆過三百餘招，那次是我輸了。今日再比，貧道仍然要輸。」方證等

都問：「有這等事？」沖虛道：「令狐小兄弟深得風清揚風前輩劍法真傳，貧道不是他對手。」說著微微一笑，退在一旁。

任我行呵呵大笑，說道：「道長虛懷若谷，令人好生佩服。老夫本來只佩服你一半，現下可佩服你七分了。」說是七分，畢竟還沒十足。他向方證大師拱了拱手，說道：「方丈大師，咱們後會有期。」

令狐冲走到師父、師娘跟前，跪倒磕頭。岳不羣側身避開，冷冷的道：「可不敢當！」岳夫人心中一酸，淚水盈眶。令狐冲又過去向莫大先生行禮，知他不願旁人得悉兩人之間過去的交往，只磕了三個頭，卻不說話。莫大先生作揖還禮。

任我行一手牽了盈盈，一手牽了令狐冲，笑道：「走罷！」大踏步走向殿門。

解風、震山子、余滄海、天門道人等自知武功不及沖虛道人，既然沖虛自承非令狐冲之敵，他們心下雖將信將疑，卻也不敢貿然上前挑戰，自取其辱。

任我行正要出殿，忽聽得岳不羣喝道：「且慢！」任我行回頭道：「怎麼？」岳不羣道：「冲虛道長大賢不和小人計較，這第三場可還沒比。令狐冲，我來跟你比劃比劃。」

令狐冲大吃一驚，不由得全身皆顫，囁嚅道：「師父，我……我……怎能……」

岳不羣卻泰然自若，說道：「人家說你蒙本門前輩風師叔指點，劍術已深得華山派神髓，看來我也已不是你對手。雖然你已被逐出本門，但在江湖上揚名立萬，使的仍是華山派劍法。我管教不善，使得正教中各位前輩，都爲你這不肖少年嘔氣，倘若我不出手，難道讓別人來負此重任？我今天如殺不了你，你就將我殺了罷。」說到後來，已聲

色俱厲，嗤的一聲，抽出長劍，喝道：「你我已無師徒之情，亮劍！」

令狐冲退了一步，道：「弟子不敢！」

岳不羣嗤的一劍，當胸平刺。令狐冲側身避過。岳不羣接著又刺出兩劍，令狐冲又避開了，長劍始終指地，並不出劍擋架。岳不羣道：「你已讓我三招，算得已盡了敬長之義，這就拔劍！」

任我行道：「冲兒，你再不還招，當真要將小命送在這兒不成？」

令狐冲應道：「是。」橫劍當胸。這場比試，是讓師父得勝呢，還是須得勝過師父？倘若故意容讓，輸了這一場，縱然自己身受重傷，也不打緊，可是任我行、向問天、盈盈三人卻得在少室山上苦受十年囚禁。方證大師固是有道高僧，但左冷禪和少林寺中其他僧眾，難保不對盈盈他們三人毒計陷害，說是囚禁十年，挨得過這十年光陰，卻難說得很。若說不讓罷，自己自幼孤苦，得蒙師父、師娘教養成材，直與親生父母一般，大恩未報，又怎能當著天下英雄之前，將師父打敗，令他面目無光，聲名掃地？

便在他躊躇難決之際，岳不羣已急攻了二十餘招。令狐冲只以師父從前所授的華山劍法擋架，「獨孤九劍」每一劍都攻人要害，一出劍便是殺著，當下不敢使用。他自從習得「獨孤九劍」後，見識大進，加之內力渾厚之極，雖使的只尋常華山劍法，劍上所生的威力自然與儔昔大不相同。岳不羣連連催動劍力，始終攻不到他身前。

旁觀眾人見令狐冲如此使劍，自均知他有意相讓。任我行和向問天相對瞧了一眼，

都深有憂色。兩人不約而同的想起，那日在杭州孤山梅莊，任我行邀令狐沖投身日月神教，許他擔當光明右使之位，日後還可出任教主，又允授他祕訣，用以化解「吸星大法」中異種內力反噬的惡果。但這年輕人絲毫不爲所動，足見他對師門甚爲忠義。此刻更見他對舊日的師父、師娘神色恭謹之極，直似岳不羣便要一劍將他刺死，也是心所甘願。他所使招式全爲守勢，如此鬥下去爲有勝望？令狐沖顯然決不肯勝過師父，更不肯當著這許多成名的英雄之前勝過師父。若不是他明知這一仗輸了之後，盈盈等三人便要在少室山囚禁，只怕拆不上十招，便已棄劍認輸了。任、向二人徬徨無計，相對又望了一眼，目光中便只三個字：「怎麼辦？」

任我行轉過頭來，向盈盈低聲道：「你到對面去。」盈盈明白父親意思，他是怕令狐沖顧念昔日師門之恩，這一場比試要故意相讓，他叫自己到對面去，是要令狐沖見到自己之後，想到自己待他的情義，便會出力取勝。她輕輕嗯了一聲，卻不移動腳步。

過了片刻，任我行見令狐沖不住後退，更加焦急，又向盈盈道：「到對面去。」盈盈仍然不動，連「嗯」的那一聲也不答應。她心中在想：「我待你如何，你早已知道。你如以我爲重，決意救我下山，你自會取勝。你如以師父爲重，我便拉住你衣袖哀哀求告，也是無用。我何必站到你的面前來提醒你？」深覺兩情相悅，貴乎自然，倘要自己有所示意之後，令狐沖再爲自己打算，那可無味之極了。

令狐沖隨手揮洒，將師父攻來的劍招一一擋開，所使已不限於華山劍法。他若還擊，一招半式，早便已逼得岳不羣棄劍認輸，雖見師父劍招破綻大露，卻始終不出手攻擊。

岳不羣自己明白他的心意，運起紫霞神功，將華山劍法發揮得淋漓盡致。他既知令狐冲不會還手，每一招便全是進手招數，不再顧及自己劍法中是否留有破綻。這麼一來，劍法威力何止大了一倍。

旁觀眾人見岳不羣劍法精妙，又佔盡了便宜，卻始終沒法刺中令狐冲；又見令狐冲出劍有時有招，有時無招，而無招之時，長劍似乎亂擋亂架，卻曲盡其妙，輕描淡寫的便將岳不羣極盡巧妙的劍招化解了，越看越佩服，均想：「冲虛道長自承劍術不及，當非虛言。」

岳不羣久戰不下，心下焦躁，突然想起：「啊喲，不好！這小賊不願負那忘恩負義的惡名，卻如此跟我纏鬥。他雖不來傷我，卻總叫我難以取勝。這裏在場的個個都是目光如炬的高手，便在此時，也早已瞧出這小賊是在故意讓我。我不斷的死纏爛打，成甚麼體統？那裏還像是一派掌門的模樣？這小賊是要逼我知難而退，自行認輸。」

他當即將將紫霞神功都運到了劍上，呼的一劍，當頭直劈。令狐冲斜身閃開。岳不羣圈轉長劍，攔腰橫削。令狐冲縱身從劍上躍過。岳不羣長劍反撩，疾刺他後心，這一劍變招快極，令狐冲身在半空，隱隱感到後心來劍，勢在難以躲避。眾人「啊」的一聲，都叫了出來。

令狐冲背後不生眼睛，既已無處借勢再向前躍，回劍擋架也已不及，他只得長劍挺出，拍在身前數尺外的木柱之上，這一借力，身子便已躍到了木柱之後。只聽得噗的一聲響，岳不羣長劍刺入木柱。劍刃柔韌，但他內勁所注，長劍竟穿柱而過，劍尖和令狐冲身子相距不過數寸。

衆人又都「啊」的一聲。這一聲叫喚，聲音中充滿了喜悅、欣慰和讚嘆之情，人人都不禁爲令狐冲歡喜，既佩服他這一下躲避巧妙之極，又慶幸岳不羣終於沒刺中他。

岳不羣施展平生絕技，連環三擊，仍奈何不了令狐冲，又聽得衆人的叫喚，竟然都在同情對方，心下大爲懊怒。

這「奪命連環三仙劍」是華山派劍宗的絕技，他氣宗弟子原本不知。當年兩宗自殘，劍宗弟子曾以此劍法殺了好幾名氣宗好手。後來氣宗弟子將劍宗的弟子屠戮殆盡、奪得華山派掌門，氣宗好手仔細參研這三式高招「奪命連環三仙劍」。諸人想起當日拚鬥時這三式連環的威力，心下猶有餘悸，參研之時，各人均說這三招劍法入了魔道，但求劍法精妙，卻忘了本派「以氣馭劍」的不易至理，大家嘴裏說得漂亮，內心深處對這劍法卻無不佩服。

當岳不羣與令狐冲兩人出劍相鬥，岳夫人就已傷心欲涕，見丈夫突然使出這三招，心頭大震：「當年兩宗同門相殘，便因重氣功、重劍法的紛爭而起。師哥是華山氣宗的掌門人，在這時居然使用劍宗絕技，若給外人識破了，豈不令人輕視齒冷？唉，他既用此招，自是迫不得已，其實他非冲兒敵手，早已昭然，又何必苦苦纏鬥？」有心上前勸阻，但此事關涉實在太大，並非單是本門一派之事，欲前又卻，手按劍柄，憂心如焚。

岳不羣右手一提，從柱中拔出長劍。令狐冲站在柱後，並不轉出。岳不羣只盼他就此躲在木柱之後，不再出來應戰，算是怕了自己，也就顧全了自己顏面。兩人相對而視。

令狐冲低頭道：「弟子不是你老人家敵手。咱們不用再比試了罷？」岳不羣哼了一聲。

任我行道：「他師徒二人動手，沒法分出勝敗。方丈大師，咱們這三場比試，雙方就算不勝不敗。老夫向你賠個罪，咱們就此別過如何？」

岳夫人暗自舒了口長氣，心道：「這一場比試，我們明明是輸了。任教主如此說，總算顧全到我們面子，如此了事，那就再好不過。」

方證說道：「阿彌陀佛！任施主這等說，大家不傷和氣，足見高明，老衲自無異……」這個「議」字尚未出口，左冷禪忽道：「那麼我們便任由這四人下山，從此爲害江湖，屠殺無辜？任由他們八隻手掌沾滿千千萬萬人的鮮血，任由他們殘殺天下良善？岳師兄以後還算不算是華山派掌門？」方證遲疑道：「這個……」

嗤的一聲響，岳不羣繞到柱後，挺劍向令狐冲刺去。

令狐冲閃身避過，數招之間，二人又已鬥到了殿心。岳不羣快劍進擊，令狐冲或擋或避，又成了纏鬥悶戰之局。

再拆得二十餘招，任我行笑道：「這場比試，勝敗終究是會分的，且看誰先餓死，再打得七八天，相信便有分曉了。」

眾人覺得他這番話雖是誇張，但如此打法，只怕幾個時辰之內，也的確難有結果。

任我行心想：「這岳老兒倘若老起臉皮，如此胡纏下去，他是立於不敗之地，說甚麼也不會輸的。可是冲兒只須有一絲半分疏忽，那便糟了，久戰下去，可於咱們不利。」便道：「向兄弟，今日咱們來到少林寺中，當真是大開眼界。」

須得以言語激他一激。

向問天道：「不錯。武林中頂兒尖兒的人物，盡集於此……」任我行道：「其中一

位，更加了不起。」向問天道：「是那一位？」任我行道：「此人練就了一項神功，令人嘆爲觀止。」向問天道：「請問是甚麼神功？」任我行道：「此人練的是金臉罩、鐵面皮神功。」向問天道：「屬下只聽過金鐘罩、鐵布衫，卻沒聽過金臉罩、鐵面皮。」任我行道：「人家金鐘罩、鐵布衫功夫是周身刀槍不入，此人的金臉罩、鐵面皮，卻只練硬一張臉皮。」任我行道：「這功夫說來非同小可，乃西嶽華山、華山派掌門人、江湖上鼎鼎大名的君子劍岳不羣岳先生所創。」向問天道：「素聞君子劍岳先生氣功蓋世，劍術神妙，果然不是浪得虛名之輩。這金臉罩、鐵面皮神功，將一張臉皮練得刀槍不入，不知有何用途？」任我行道：「這用處可說之不盡。我們不是華山派門下弟子，其中訣竅，難以了然。」向問天道：「岳先生創下這路神功，從此名揚江湖，永垂不朽的了。」任我行道：「這個自然。咱們以後遇上華山派的人物，對他們這路鐵面皮神功，可得千萬小心在意。」向問天道：「是，屬下牢記在心。練得臉皮老，誰也沒法搞！」

他二人一搭一檔，便如說相聲一般，儘量的譏刺岳不羣。余滄海聽得嘻笑不絕，大爲幸災樂禍。岳夫人一張粉臉脹得通紅。

岳不羣卻似一句話也沒聽進耳中。他提劍刺出，令狐冲向左閃避，岳不羣側身向右，長劍斜揮，突然回頭，劍鋒猛地倒刺，正是華山劍法中一招妙著，叫作「浪子回頭」。令狐冲舉劍擋格，岳不羣劍勢從半空中飛舞而下，卻是一招「蒼松迎客」。令狐冲揮劍擋開。

1189

岳不羣唰唰兩劍，令狐冲一怔，急退兩步，不由得滿臉通紅，叫道：「師父！」岳不羣哼的一聲，又一劍刺將過去，令狐冲再退一步。

旁觀眾人見令狐冲神情忸怩，狼狽萬狀，都大惑不解，均想：「他師父這三劍平平無奇，有甚麼了不起？何以竟使令狐冲難以抵擋？」

眾人自均不知，岳不羣所使的這三劍，乃是令狐冲和岳靈珊二人練劍時私下所創的「冲靈劍法」。當時令狐冲一片痴心，只盼日後能和小師妹共締鴛盟，岳靈珊對他也是極好。二人心中都有個孩子氣的念頭，心想岳不羣夫婦所傳的武功，其餘同門都會，這一套「冲靈劍法」，天下卻只他二人會使，因此使到這套劍法時，內心都有絲絲甜意。

不料岳不羣竟在此時將這三招劍法使了出來，令狐冲登時手足無措，既覺羞慚，又感傷心，心道：「小師妹對我早已情斷義絕，你卻使出這套劍法來，叫我觸景生情，心神大亂。你要殺我，便殺好了。」只覺活在世上了無意趣，不如一死了之，反而爽快。

岳不羣長劍跟著刺到，這一招卻是「弄玉吹簫」。令狐冲熟知此招，迷迷糊糊中順手擋架。岳不羣跟著使出下一式「蕭史乘龍」。這兩式相輔相成，姿勢曼妙，尤其「蕭史乘龍」這一式，長劍矯矢飛舞，直如神龍破空一般，卻又瀟洒蘊藉，頗有仙氣。

相傳春秋之時，秦穆公有女，小字弄玉，最愛吹簫。有一青年男子蕭史，乘龍而至，奏簫之技精妙入神，前來教弄玉吹簫。秦穆公便將愛女許配他為妻。「乘龍快婿」這典故便由此而來。後來夫妻雙雙仙去，居於華山中峯。華山玉女峯有「引鳳亭」，中峯有玉女祠、玉女洞、玉女洗頭盆、梳裝台，皆由此傳說得名。這些所在，令狐冲和岳靈

珊不知曾多少次並肩同遊，蕭史和弄玉這故事中的綢繆之意，逍遙之樂，也不知曾多少次繚繞在他二人心底。

此刻眼見岳不羣使出這招「蕭史乘龍」，令狐冲心下亂成一片，隨手擋架，只想：「師父為甚麼要使這一招？他要激得我神智錯亂，以便乘機殺我麼？」

只見岳不羣使完這一招後，又使一招「弄玉吹簫」，一招「蕭史乘龍」。高手比武，即令拚到千餘招以上，招式也不會重複，這一招既能為對方所化解，再使也必無用，反令敵方熟知了自己的招式之後，乘隙而攻。岳不羣卻將這幾招第二次重複，旁觀眾人均大惑不解。

令狐冲見岳不羣第二次「蕭史乘龍」使罷，又使出三招「冲靈劍法」時，突然之間，腦海中靈光一閃，登時恍然：「原來師父是以劍法點醒我。只須我棄邪歸正，浪子回頭，便可重歸華山門下。」

華山上有數株古松，枝葉向下伸展，有如張臂歡迎上山的遊客一般，稱為「迎客松」。這招「蒼松迎客」，便是從這幾株古松的形狀上變化而出。他想：「師父是說，我若重歸華山門牆，不但師父、師娘與眾同門歡迎，連山上的松樹也會歡迎我了。」驀地裏心頭大震：「師父是說，不但我可重入華山門戶，他還可將小師妹配我為妻。師父使那數招『冲靈劍法』，明明白白的說出了此意，只是我胡塗不懂，他才又使『弄玉吹簫』、『蕭史乘龍』這兩招。」

重歸華山和娶岳靈珊為妻，那是他心中兩個最大的願望，突然之間，師父當著天下

高手之前，將這兩件事向他允諾了，雖非明言，但在這數招劍法之中，已說得明白無比。令狐冲素知師父最重然諾，說過的話決無反悔，他既答允自己重列門牆，又將女兒許配自己為妻，自是言出如山，一定會做到的事。霎時之間，喜悅之情充塞胸臆。

他自知岳靈珊和林平之love愛正濃，對自己不但已無愛心，且大有恨意。但男女婚配，全憑父母之命，做兒女的不得自主，千百年來皆是如此。岳不羣既允將女兒許配於他，岳靈珊決計無可反抗。令狐冲心想：「我得重回華山門下，已然謝天謝地，更得與小師妹為偶，那實是喜從天降了。小師妹初時定然不樂，但我處處將順於她，日子久了，定會感於我的至誠，慢慢的回心轉意。」岳靈珊向他大發嬌嗔，他終於哄得她轉嗔為喜，過往已不知有幾十百次，而他深知小師妹性情，有把握必能辦到。

他心下大喜，臉上自也笑逐顏開。岳不羣又是一招「蒼松迎客」，兩招連綿而至。劍招漸急，若不可耐。令狐冲猛地省悟：「師父叫我浪子回頭，當然不是口說無憑，是要我立刻棄劍認輸，這才將我重行收歸門下。我得重返華山，再和小師妹成婚，人生又復何求？但盈盈、任教主、向大哥卻又如何？這場比試一輸，他們三人便得留在少室山上，說不定尚有殺身之禍。我貪圖一己歡樂，卻負人一至於斯，那還算是人麼？」言念及此，不由得背上出了一陣冷汗，眼中瞧出來也模模糊糊，只見岳不羣長劍橫過，在他自己口邊掠過，跟著劍鋒便推將過來，正是一招「弄玉吹簫」。

令狐冲心中又是一動：「盈盈甘心為我而死，我竟可捨之不顧，天下負心薄倖之人，還有更比得上我令狐冲嗎？無論如何，我可不能負了盈盈對我的恩義。」突然腦中

一暈，只聽得錚的一聲響，一柄長劍落在地下。

旁觀眾人「啊」的一聲，叫了出來。

令狐冲身子晃了晃，睜開眼來，只見岳不羣正向後躍開，滿臉怒容，右腕上鮮血淋漓而下，再看自己長劍時，劍尖上鮮血點點滴滴的掉將下來。他大吃一驚，才知適才心神混亂之際，隨手擋架攻來的劍招，不知如何，竟使出了「獨孤九劍」中的劍法，刺中了岳不羣右腕。他立即拋去長劍，跪倒在地，說道：「師父，弟子罪該萬死。」

岳不羣一腿飛出，正中他胸膛。這一腿力道好不凌厲，令狐冲登時身子飛起，身在半空之時，便只覺眼前一團漆黑，直挺挺的摔將下來，耳中隱約聽得砰的一聲，身子落地，卻已不覺疼痛，就此人事不知了。

岳靈珊道：「我要在這四個雪人身上寫幾個字。」

拔出長劍，用劍尖在雪人上劃字。

積
雪

也不過了多少時候，令狐冲漸覺身上寒冷，慢慢睜開眼來，只覺火光耀眼，又即閉上，聽得盈盈歡聲叫道：「你……你醒轉來啦！」

令狐冲再度睜眼，見盈盈一雙妙目正凝視著自己，滿臉都是喜色。令狐冲便欲坐起，盈盈搖手道：「躺著再歇一會兒。」令狐冲一看周遭情景，見處身在一個山洞之中，洞外生著一堆大火，這才記得是給師父踢了一腳，問道：「我師父、師娘呢？」

盈盈扁扁嘴道：「你還叫他作師父嗎？天下也沒這般不要臉的師父。你一味相讓，他卻不知好歹，終於弄得下不了台，還這麼狠心踢你一腿。震斷了他腿骨，才真活該。」

令狐冲驚道：「我師父斷了腿骨？」盈盈微笑道：「沒震死他是客氣的呢？爹爹說，你對吸星大法還不會運用，否則也不會受傷。」令狐冲喃喃的道：「我刺傷了師父，又震斷了他腿骨，真是……真是……」盈盈道：「你懊悔嗎？」令狐冲心下惶愧已極，說道：「我實是大大的不該。當年若不是師父、師娘撫養我長大，說不定我早已死了，焉能得有今日？我恩將仇報，真是禽獸不如。」

盈盈道：「他幾次三番的痛下殺手，想要殺你。你如此忍讓，實已報了師恩。像你這樣的人，到那裏都不會死，就算岳氏夫婦不養你，你在江湖上做小叫化，也決計死不了。他把你逐出華山派，師徒間的情義早已斷了，還想他作甚？」說到這裏，慢慢放低了聲音，道：「冲哥，你為了我而得罪師父、師娘，我……我心裏……」說著低下了頭，暈紅雙頰。

令狐冲見她露出了小兒女的覷覥神態，洞外熊熊火光照在她臉上，直是明艷不可方

物，不由得心中一蕩，伸出手去握住了她左手，嘆了口氣，不知說甚麼才好。

盈盈柔聲道：「你爲甚麼嘆氣？你後悔識得我嗎？」令狐沖道：「沒有，沒有！我怎會後悔？你爲了我，寧肯把性命送在少林寺裏，我以後粉身碎骨，也報不了你的大恩。」

盈盈凝視他雙目，道：「你爲甚麼說這等話？你直到現下，心中還是在將我當作外人。」

令狐沖內心一陣慚愧，在他心中，確然總對她有一層隔膜，說道：「是我說錯了，自今而後，我要死心塌地的對你好。」這句話一出口，不禁想到：「小師妹呢？難道我從此忘了小師妹？」

盈盈眼光中閃出喜悅的光芒，道：「冲哥，你這是眞心話呢，還是哄我？」

令狐沖當此之時，再也不自計及對岳靈珊銘心刻骨的相思，全心全意的道：「我如是哄你，教我天打雷劈，不得好死！」

盈盈的左手慢慢翻轉，也將令狐沖的手握住了，只覺一生之中，實以這一刻光陰最是難得，全身都暖烘烘地，一顆心卻又如在雲端飄浮，但願天長地久，永恆如此。過了良久，緩緩說道：「咱們武林中人，只怕是注定要不得好死的了。你日後倘若對我負心，我也不盼望你天打雷劈，我……我……我寧可親手一劍刺死了你。」

令狐沖心頭一震，萬料不到她竟會說出這句話來，怔了一怔，笑道：「我這條命是你救的，早就歸於你了。你幾時要取，隨時來拿去便是。」盈盈微微一笑，道：「人家說你是個浮滑無行的浪子，果然說話這般油腔滑調，沒點正經。也不知是甚麼緣份，我就是……就是喜歡了你這輕薄浪子。」令狐沖笑道：「我幾時對你輕薄過了？你這麼說

我，我可要對你輕薄了。」說著坐起身來。

盈盈雙足一點，身子彈出數尺，沉著臉道：「我心中對你好，咱們可得規規矩矩的。你若當我是個水性女子，可以隨便欺我，那可看錯人了。」

令狐冲一本正經的道：「我怎敢當你是水性女子？你是一位年高德劭、不許我回頭瞧一眼的婆婆。」

盈盈噗哧一笑，想起初識令狐冲之時，他一直叫自己為「婆婆」，神態恭謹之極，不由得笑靨如花，坐了下來，卻和令狐冲隔著有三四尺遠。

令狐冲笑道：「你不許我對你輕薄，今後我仍一直叫你婆婆好啦。」盈盈笑道：「好啊，乖孫子。」令狐冲道：「婆婆，我心中有……」盈盈道：「不許叫婆婆啦，待過得六十年，再叫不遲。」令狐冲道：「若從現下叫起，能一直叫你六十年，這一生也可不枉了。」

盈盈心神盪漾，尋思：「當真得能和他廝守六十年，便天上神仙，也是不如。」令狐冲見到她的側面，鼻子微聳，長長睫毛低垂，容顏嬌嫩，臉色柔和，心想：「這樣美麗的姑娘，為甚麼江湖上成千成萬桀傲不馴的豪客，竟會對她又敬又畏，又甘心為她赴湯蹈火？」想要詢問，卻覺在這時候說這等話未免大煞風景，欲言又止。

盈盈道：「你想說甚麼話，儘管說好了。」令狐冲道：「我一直心中奇怪，為甚麼老頭子、祖千秋他們，會對你怕得這麼厲害。」盈盈嫣然一笑，說道：「我知道你若不問明白這件事，總是不放心。只怕在你心中，始終當我是個妖魔鬼怪。」令狐冲道：

「不，不，我當你是位神通廣大的活神仙。」

盈盈微笑道：「你說不了三句話，便會胡說八道。其實你這人，也不見得真的是浮薄無行，只不過愛油嘴滑舌，以致大家說你是個浪蕩子弟。」令狐冲道：「我叫你作婆婆之時，可曾油嘴滑舌嗎？」盈盈道：「那你一輩子叫我婆婆好了。」令狐冲道：「我要叫你一輩子，只不過不是叫婆婆。」

盈盈臉上浮起紅雲，心下甚甜，低聲道：「只盼你這句話，不是油嘴滑舌才好。」

令狐冲道：「你怕我油嘴滑舌，這一輩子你給我煮飯，菜裏不放豬油豆油。」盈盈微笑道：「我可不會煮飯，連烤青蛙也烤焦了。」

令狐冲想起那日二人在荒郊溪畔烤蛙，只覺此時此刻，又回到了當日的情景，心中滿是纏綿之意。

盈盈低聲道：「只要你不怕我煮的焦飯，我便煮一輩子飯給你吃。」令狐冲笑道：「只要是你煮的，每日我便吃三大碗焦飯，卻又何妨？」盈盈輕輕的道：「你愛說笑，儘管說個夠好了。其實，你說話逗我歡喜，我也開心得很呢。」

兩人四目交投，半晌無語。隔了好一會，盈盈緩緩道：「我爹爹本是日月神教的教主，你是早知道的。後來東方叔叔……不，東方不敗，我一直叫他叔叔，可叫慣了，他行使詭計，把爹爹囚禁起來，欺騙大家，說爹爹在外逝世，遺命要他接任教主。當時我年紀還小，東方不敗又機警狡猾，這件事做得不露半點破綻，我也就沒絲毫疑心。東方不敗爲了掩人耳目，對我異乎尋常的優待客氣，我不論說甚麼，他從來沒一次駁回。因

此我在教中，地位甚爲尊榮。」令狐沖道：「那些江湖豪客，都是日月神教屬下的了？」

盈盈道：「他們並非全都是正式教衆，大多數是掛名的，一向歸我教統屬，他們的首領也大都服過我教的『三尸腦神丹』。」

令狐沖哼了一聲。當日他在孤山梅莊，曾見魔教長老鮑大楚、桑三娘等人一見任我行那幾顆火紅色的「三尸腦神丹」，登即嚇得魂不附體，想到當日情景，不由得眉頭微皺。

盈盈續道：「這『三尸腦神丹』服下之後，每年須服一次解藥，否則毒性發作，死得慘不堪言。東方不敗對那些江湖豪士十分嚴厲，小有不如他意，便扣住解藥不發，每次總是我去求情，討得解藥給了他們。」令狐沖道：「那你可是他們的救命恩人了。」

盈盈道：「也不是甚麼恩人。他們來向我磕頭求告，我可硬不了心腸，置之不理。原來這也是東方不敗掩人耳目之策，他是要使人人知道，他對我十分愛護尊重。這樣一來，自然再也無人懷疑他的教主之位是篡奪來的。」

令狐沖點頭道：「此人也當眞工於心計。」盈盈道：「不過老是要我向東方不敗求情，實在太煩。再者，教裏的情形也跟以前大不相同了。人人見了東方不敗都要滿口諛詞，肉麻無比。前年春天，我叫師姪綠竹翁陪伴，出來遊山玩水，見到洛陽城綠竹巷鬧中有靜，住下來挺好，便隱居了一段時日，既免再管教中的閒事，也不必向東方不敗說那些三無恥言語。想不到竟撞到了你。」她向令狐沖瞧了一眼，想起綠竹巷中初遇的情景，輕輕嘆息一聲，心中充滿了柔情。過了好一會，說道：「來到少林寺的這數千豪客，當然並非都曾服過我求來的解藥。但只要有一人受過我的恩惠，他的親人好友、門

下弟子、所屬幫眾等等，自然也都承我的情了。再說，他們到少室山來，也未必眞的是爲了我，多半還是應令狐大俠的召喚，不敢不來。」說到這裏，抿嘴一笑。

令狐冲嘆道：「你跟著我沒甚麼好處，這油嘴滑舌的本事，倒也長進了三分。」

盈盈咪了一聲，笑了出來。她一生下地，日月神教中人人便當她公主一般，誰也不敢違拗她半點，待得年紀愈長，更加頤指氣使，要怎麼便怎麼，從沒一人敢和她說一句笑話。此刻和令狐冲如此笑謔，當眞是生平從無此樂。

過了一會，盈盈將頭轉向山壁，說道：「你率領眾人到少林寺來接我，我自然歡喜。那些人貧嘴貧舌，背後都說我……說我眞心對你好，而你卻是個風流浪子，到處留情，壓根兒沒將我放在心上……」說到這裏，聲音漸漸低了下來，幽幽的道：「你這般大大的胡鬧一場，總算是給足了我面子，我……我就算死了，也不枉擔了這虛名。」

令狐冲道：「你負我到少林寺求醫，我當時一點也不知道，後來又給關在孤山梅莊的西湖底牢，待得脫困而出，又遇上了恆山派的事。好容易得悉情由，再來接你，已累你受了不少苦啦。」

盈盈道：「我在少林寺後山，也沒受甚麼苦。我獨居一間石屋，每隔十天，便有個老和尚給我送柴送米，平時有個傭婦給我煮飯洗衣。那老和尚與傭婦甚麼都不知道，也就甚麼都沒說。直到定閒、定逸兩位師太到少林，方丈要我去相見，才知道他沒傳你易筋經。我發覺上了當，生氣得很，便罵了方丈。定閒師太勸我不用著急，說你平安無恙，又說是你求她二位師太來向少林方丈求情的。」

令狐冲道：「你聽她這麼說，才不罵方丈大師了？」

盈盈道：「少林寺方丈聽我罵他，只是微笑，也不生氣，說道：『女施主，老衲當日要令狐少俠歸入少林門下，算是我的弟子，老衲便可將本門易筋經內功相授，助他驅除體內的異種真氣。但他堅決不允，老衲也沒法相強。再說，你當日揹負他上……當日他上山之時，朝不保夕，奄奄一息，下山時內傷雖然未愈，卻已能步履如常，少林寺對他總也不無微功。』我想這話也有道理，便說：『那你為甚麼留我在山上？出家人不打誑語，那不是騙人麼？』」

令狐冲道：「是啊，他們可不該瞞著你。」盈盈道：「方丈說起來卻又是一片道理。他說留我在少室山，是盼望以佛法化去我的甚麼暴戾之氣，當真胡說八道之至。」

令狐冲道：「是啊，你又有甚麼暴戾之氣了？」盈盈道：「你不用說好話討我歡喜。我暴戾之氣當然是有的，不但有，而且相當不少。不過你放心，我不會對你發作。」令狐冲道：「承你另眼相看，那可多謝了。」

盈盈道：「當時我對方丈說：『你年紀這麼大了，卻來欺侮我們年紀小的，也不怕醜。』方丈道：『那日你自願在少林寺捨身，以換令狐少俠這條性命。我們雖沒治愈令狐少俠，可也沒要了你的性命。聽恆山派兩位師太說，令狐少俠近來在江湖上著實做了不少行俠仗義的好事，老衲也代他歡喜。衝著恆山兩位師太的金面，你這就下山去罷。』他還答允釋放我百餘名江湖朋友，我很承他的情，向他拜了幾拜。就這麼著，我跟恆山派兩位師太下山來了。後來在山下聽到消息，說你已率領了數千人到少林寺來接我。兩

位師太言道：「少林寺有難，她們不能袖手。於是和我分手，要我來阻止你。不料兩位心地慈祥的前輩，竟會死在少林寺中。」說著長長的嘆了口氣，不禁泫然欲泣。

令狐冲嘆道：「不知是誰下的毒手。兩位師太身上並沒傷痕，連如何喪命也不知。」

盈盈道：「怎麼沒傷痕？我和爹爹、向叔叔在寺中見到兩位師太的屍身，我曾解開她們衣服察看，見到二人心口都有一粒針孔大的紅點，是給人用鋼針刺死的。」

令狐冲「啊」的一聲，跳了起來，道：「毒針？武林之中，有誰是使毒針的？」

盈盈搖頭道：「爹爹和向叔叔見聞極廣，可是他們也不知。爹爹說，這針並非毒針，其實是件兵刃，刺入要害，致人死命，只是刺入定閒師太心口那一針，略略偏斜了些。」令狐冲道：「是了。我見到定閒師太之時，她還沒斷氣。這針既是當心刺入，那就並非暗算，而是正面交鋒。那麼害死兩位師太的，定是武功絕頂的高手。」盈盈道：「我爹爹也這麼說。既有了這條線索，要找到兇手，想亦不難。」

令狐冲伸掌在山洞的洞壁上用力一拍，大聲道：「盈盈，我二人有生之年，定當為兩位師太報仇雪恨。」盈盈道：「正是。」

令狐冲扶著石壁坐起身來，但覺四肢運動如常，胸口也不疼痛，竟似沒受過傷一般，說道：「這可奇了，我師父踢了我這一腿，好似沒傷到我甚麼。」

盈盈道：「我爹爹說，你已吸到不少別人的內力，內功高出你師父甚遠。只因你不肯運力和你師父相抗，這才受傷，但有深厚內功護體，受傷甚輕。向叔叔給你推拿了幾次，激發你自身的內力療傷，很快就好了。只是你師父的腿骨居然會斷，那可奇怪得很。爹爹

想了半天，難以索解。」令狐沖道：「我內力既強，師父這一腿踢來，我內力反震，害得他老人家折斷腿骨，爲甚麼奇怪？」盈盈道：「不是的。爹爹說，吸自外人的內力雖可護體，但必須自加運用，方能傷人，比之自己練成的內力，畢竟還是遜了一籌。」

令狐沖道：「原來如此。」他不大明白其中道理，也就不去多想，只是想到害得師父受傷，更當著天下眾高手之前失盡了面子，實是負咎良深。

一時之間，兩人相對默然，偶然聽到洞外柴火燃燒時的輕微爆裂之聲，但見洞外大雪飄揚，比在少室山上之時，雪下得更大了。

突然之間，令狐沖聽得山洞外西首有幾下呼吸粗重之聲，當即凝神傾聽，盈盈內功不及他，沒聽到聲息，見了他神情，便問：「聽到了甚麼？」令狐沖道：「剛才我聽到一陣喘氣聲，有人來了。但喘聲急促，那人武功低微，不足爲慮。」又問：「你爹爹呢？」

盈盈道：「爹爹和向叔叔說出去溜躂溜躂。」說這句話時，臉上一紅，知道父親故意避開，好讓令狐沖醒轉之後，和她細敘離情。

令狐沖又聽到了幾下喘息，道：「咱們出去瞧瞧。」兩人走出洞來，見向任二人踏在雪地裏的足印已給新雪遮了一半。令狐沖指著那兩行足印道：「喘息聲正是從那邊傳來。」兩人順著足跡，行了十餘丈，轉過山坳，突見雪地之中，任我行和向問天並肩而立，卻一動也不動。兩人吃了一驚，同時搶過去。

盈盈叫道：「爹！」伸手去拉任我行的左手，剛和父親的肌膚相接，全身便是一

震，只覺一股冷入骨髓的寒氣，從他手上直透過來，驚叫：「爹，你……你怎麼……」一句話沒說完，已全身戰慄，牙關震得格格作響，心中卻已明白，父親中了左冷禪的「寒冰真氣」後，一直強自抑制，此刻終於鎮壓不住，寒氣發作了出來，向問天是在竭力助她父親抵擋。任我行在少林寺中如何給左冷禪以詭計封住穴道，下山之後，曾向她簡略說過。

令狐沖卻尚未明白，白雪的反光之下，只見任向二人臉色甚為凝重，跟著任我行又重重喘了幾口氣，才知適才所聞的喘息聲是他所發。他登時恍然，任我行中了敵人的陰寒內力，正在全力散發，於是依照西湖底鐵板上所刻散功之法，將鑽進體內的寒氣緩緩化去。

任我行得他相助，心中登時一寬，向問天和盈盈的內功和他所習並非一路，只能助他抗寒，卻不能化散。他自己全力運功，以免全身凍結為冰，已再無餘力散發寒氣，堅持既久，越來越覺吃力。令狐沖這運功之法卻是釜底抽薪，將「寒冰真氣」從他體內一絲絲的抽將出來，散之於外。

四人手牽手的站在雪地之中，便如僵硬了一般。大雪紛紛落在四人頭上臉上，漸漸將四人的頭髮、眼睛、鼻子、衣服都蓋了起來。

令狐沖一面運功，心下暗自奇怪：「怎地雪花落在臉上，竟不消融？」他不知左冷禪所練的「寒冰真氣」厲害之極，散發出來的寒氣遠比冰雪寒冷。此時他四人只臟腑血液才保有暖氣，肌膚之冷已若堅冰，雪花落在身上，竟絲毫不融，比之落在地下還積得

更快。

過了良久，天色漸明，大雪仍不斷落下。令狐沖擔心盈盈嬌女弱質，受不起這寒氣長期侵襲，只是任我行體內的寒毒並未去盡，雖喘息之聲已不再聞，卻不知此時是否便可罷手，罷手之後是否另有他變。他拿不定主意，只得繼續助他散功，好在從盈盈的手掌中覺到，她肌膚雖冷，身子卻已不再顫抖，自己掌心覺察到她手掌上脈搏微微跳動。這時他雙眼上早已積了數寸白雪，只隱隱覺到天色已明，卻甚麼也看不到了。當下不住加強運功，將任我行體內的陰寒之氣，一絲絲抽將出來，通過奇經八脈，從「少商」、「商陽」等手指上的穴道逼出體外。

又過良久，忽然東北角上遠遠傳來馬蹄聲，漸奔漸近，聽得出是一騎前，一騎後，跟著聽得一人大聲呼叫：「師妹，師妹，你聽我說。」

令狐沖雙耳外雖堆滿了白雪，仍聽得分明，正是師父岳不羣的聲音。兩騎不住馳近，又聽得岳不羣叫道：「你不明白其中緣由，便亂發脾氣，你聽我說啊。」跟著聽得岳夫人叫道：「我自己不高興，關你甚麼事了？又有甚麼好說？」聽兩人叫喚和馬匹奔跑之聲，是岳夫人乘馬在前，岳不羣乘馬在後追趕。

令狐沖甚是奇怪：「師娘生了好大的氣，不知師父如何得罪了她。」但聽得岳夫人那乘馬筆直奔來，突然間她「咦」的一聲，跟著坐騎噓哩哩一聲長嘶，想必是她突然勒馬止步，那馬人立了起來。不多時岳不羣縱馬趕到，說道：「師

妹，你瞧這四個雪人堆得很像，是不是？」岳夫人哼的一聲，似乎餘怒未息，跟著自言自語：「在這曠野之地，怎麼有人來堆了這四個雪人？」

令狐沖剛想：「這曠野間有甚麼雪人？」隨即明白：「我們四人全身堆滿了白雪，朧腫不堪，以致師父、師娘把我們當作了雪人。」師父、師娘便在眼前，情勢尷尬，但這件事卻實在好笑之極。跟著卻又慄慄危懼：「師父一發覺是我們四人，勢必一劍一個。他此刻要殺我們，實是容易之極，用不著花多少力氣。」

岳不羣道：「雪地裏沒足印，這四個雪人堆了有好幾天啦。師妹，你瞧，似乎三個是男的，一個是女的。」岳夫人道：「我看也差不多，又有甚麼男女之別了？」一聲吆喝，催馬欲行。岳不羣道：「師妹，你性子這麼急！這裏左右無人，咱們從長計議，豈不是好？」岳夫人道：「甚麼性急性緩？我自回華山去。你愛討好左冷禪，你獨自上嵩山去罷。」

岳不羣道：「誰說我愛討好左冷禪了？我好端端的華山派掌門不做，幹麼要向嵩山派低頭？」岳夫人道：「是啊！我便是不明白，你為甚麼要向左冷禪低首下心，聽他指使？雖說他是五嶽劍派盟主，可也管不著我華山派的事。五個劍派合而為一，武林中還有華山派的字號嗎？當年師父將華山派掌門之位傳給你，曾說甚麼話來？」岳不羣道：「恩師要我發揚光大華山一派的門戶。」岳夫人道：「是啊。你若答應了左冷禪，將華山派歸入嵩山，怎對得住泉下的恩師？常言道得好：寧為雞口，毋為牛後。華山派雖小，咱們儘可自立門戶，不必去依附旁人。」

岳不羣嘆了口氣，道：「師妹，恆山派定閒、定逸兩位師太武功，和咱二人相較，誰高誰下？」岳夫人道：「沒比過。我看也差不多。你問這個又幹甚麼？」岳不羣道：「我也看是差不多，這兩位師太在少林寺中喪命，顯然是給左冷禪害的。」

令狐沖心頭一震，他本來也早疑心是左冷禪作的手腳，否則別人也沒這麼好的功夫。少林、武當兩派掌門武功雖高，但均是有道之士，決不會幹這等害人的勾當。嵩山派數次圍攻恆山三尼不成，這次定是左冷禪親自出手。任我行這等厲害的武功，尚且敗在左冷禪手下，恆山派兩位師太自然非他之敵。

岳夫人道：「是左冷禪害的，那又如何？你如拿到了證據，便當邀集正教中的英雄，齊向左冷禪問罪，為兩位師太伸冤雪恨才是。」岳不羣道：「一來沒證據，二來又強弱不敵。」

岳夫人道：「甚麼強弱不敵？咱們把少林派方證方丈、武當派沖虛道長兩位都請出來主持公道，左冷禪又敢怎麼樣了？」岳不羣道：「就只怕方證方丈他們還沒請到，咱夫妻已如恆山那兩位師太一樣了。」岳夫人道：「你說左冷禪下手將咱二人害了？哼，咱們既在武林立足，又怎顧得了這許多？前怕虎、後怕狼的，還能在江湖上混麼？」

令狐沖暗暗佩服：「師娘雖是女流之輩，豪氣尤勝鬚眉。」

岳不羣道：「咱二人死不足惜，可又有甚麼好處？左冷禪暗中下手，咱二人死得不明不白，結果他還不是開山立派，創成了那五嶽派？說不定他還會捏造個難聽的罪名，加在咱們頭上呢。」

岳夫人沉吟不語。岳不羣又道：「咱夫婦一死，華山門下的羣弟子

1208

盡成了左冷禪刀下魚肉，那還有反抗的餘地？不管怎樣，咱們總得為珊兒想想。」

岳夫人唔了一聲，似已給丈夫說得心動，隔了一會，才道：「嗯，咱們那就暫且不揭破左冷禪的陰謀，依你的話，面子上跟他客客氣氣的敷衍，待機而動。」

岳不羣道：「你肯答應這樣，那就很好。平之那家傳的《辟邪劍譜》，偏偏又給令狐冲這小賊吞沒了，倘若他肯還給平之，我華山羣弟子大家學上一學，又何懼於左冷禪的欺壓？我華山派又怎致如此朝不保夕、難以自存？」

岳夫人道：「你怎麼仍在疑心冲兒劍術大進，是由於吞沒了平兒家傳的辟邪劍譜？少林寺中這一戰，方證大師、冲虛道長這等高人，都說他的精妙劍法是得自風師叔的真傳。雖然風師叔是劍宗，終究還是咱們華山派的。冲兒跟魔教妖邪結交，的確大大不對，但無論如何，咱們再不能冤枉他吞沒了辟邪劍譜。倘若方證大師與冲虛道長的話你仍信不過，天下還有誰的話可信？」

令狐冲聽師娘如此為自己分說，心中感激之極，忍不住便想撲出去抱住她。

突然之間，他頭上震動了幾下，正是有人伸掌在他頭頂拍擊，心道：「不好，咱們的行藏給識破了。任教主寒毒尚未去盡，師父、師娘又再向我動手，那便如何是好？」只覺盈盈手上傳過來的內力跟著劇震數下，料想任我行也是心神不定。但頭頂給人這麼輕輕拍了幾下後，便不再有甚麼動靜。

只聽得岳夫人道：「昨天你跟冲兒動手，連使『浪子回頭』、『蒼松迎客』、『弄玉吹簫』、『蕭史乘龍』這四招，那是甚麼意思？」岳不羣嘿嘿一笑，道：「這小賊人品雖

然不端，畢竟是你我親手教養長大，眼看他誤入歧途，實在可惜，只要他浪子回頭，我便許他重歸華山門戶。」岳不羣道：「這意思我理會得。可是另外兩招呢？」岳不羣道：「你心中早已知道，又何必問我？」岳夫人道：「倘若冲兒肯棄邪歸正，你就答允將珊兒許配他爲妻，是不是？」岳不羣道：「不錯。」岳夫人道：「你這樣向他示意，是一時的權宜之計呢，還是確有此意？」

岳不羣不語。令狐冲又感到頭頂有人輕輕敲擊，當即明白，岳不羣是一面沉思，一面伸手在雪人的頭上輕拍，倒不是識破了他四人。

只聽岳不羣道：「大丈夫言出如山，我既答允了他，自無反悔之理。」岳夫人道：「他對那魔教妖女十分迷戀，你豈有不知？」岳不羣道：「不，他對那妖女感激則有之，迷戀卻未必。平日他對珊兒那般情景，和對那妖女大不相同，難道你瞧不出來？」岳夫人道：「我自然也瞧出了。你說他對珊兒仍未忘情？」岳不羣道：「豈但並未忘情，簡直是相思入骨。他一明白了我那幾招劍招的用意之後，你不見他那一股喜從天降、心花怒放的神氣？」岳夫人冷冷的道：「正因爲如此，因此你是以珊兒爲餌，要引他上鉤？要引得他爲了珊兒之故，故意輸了給你？」

令狐冲雖積雪盈耳，仍聽得出師娘這幾句話中，充滿著憤怒和譏刺之意。這等語氣，他從來沒聽到曾出之於師娘之口。岳不羣夫婦向來視他如子，平素說話，在他面前亦無避忌。岳夫人性子較急，在家務細事上，偶爾和丈夫頂撞幾句，原屬常有，但遇上門戶弟子之事，她向來尊重丈夫的掌門身分，絕不違拗其意。此刻如此說法，足見她心

1210

中已不滿之極。

　　岳不羣長嘆一聲，道：「原來連你也不能明白我的用意。我一己的得失榮辱事小，華山派的興衰成敗卻是事大。倘若我終能勸服令狐沖，令他重歸華山，那是一舉四得的大大美事。」岳夫人道：「甚麼一舉四得？」岳不羣道：「令狐沖劍法高強之極，遠勝於我。他是得自辟邪劍譜也好，是得自風師叔的傳授也好，他如能重歸華山，我華山派自必聲威大振，名揚天下，這是第一樁大事。左冷禪吞併華山派的陰謀固難以得逞，連泰山、恆山、衡山三派也得保全，這是第二樁大事。他重歸正教門下，令魔教不但去了一個得力臂助，反而多了一個大敵，正盛邪衰，這是第三樁大事。師妹，你說是不是呢？」

　　岳夫人道：「嗯，那第四樁呢？」岳不羣道：「這第四樁啊，我夫婦膝下無子，向來當沖兒是親生孩兒一般。他誤入歧途，我實在痛心非凡。我年紀已不小了，這世上的虛名，又何足道？只要他真能改邪歸正，咱們一家團圓，融融洩洩，豈不是天大的賞心樂事？」

　　令狐沖聽到這裏，不由得心神激盪，「師父！師娘！」這兩聲，險些便叫出口來。

　　岳夫人道：「珊兒和平之情投意合，難道你忍心硬生生的將他二人拆開，令珊兒終身遺恨？」岳不羣道：「我這是為了珊兒好。」岳夫人道：「為珊兒好？平之勤勤懇懇，規規矩矩，有甚麼不好了？」岳不羣道：「平之雖然用功，可是和令狐沖相比，那是天差地遠了，他天資不如，這一輩子拍馬也追人家不上。」岳夫人道：「武功強便是好丈夫嗎？我真盼沖兒能改邪歸正，重入本門。但他胡鬧任性、輕浮好酒，珊兒倘若嫁

1211

了他，勢必給他誤了終身。」

令狐沖心下慚愧，尋思：「師母說我『胡鬧任性，輕浮好酒』，這八字確是的評。可是倘若我真能娶小師妹為妻，難道我會辜負她嗎？不，萬萬不會！要我規矩便規矩，戒酒便戒酒！」

岳不羣又嘆了口氣，說道：「反正我枉費心機，這小賊陷溺已深，咱們這些話，也都是白說了。師妹，你還生我氣麼？」

岳夫人不答，過了一會，問道：「你腿上痛得厲害麼？」岳不羣道：「那只是外傷，不打緊。咱們這就回華山去罷。」岳夫人「嗯」了一聲。但聽得二騎踏雪之聲，漸漸遠去。

令狐沖心亂如麻，反覆思念師父、師娘適才的說話，竟爾忘了運功，突然一股寒氣從手心中湧來，不禁機伶伶的打個冷戰，只覺全身奇寒徹骨，忙運功抵禦，一時運得急了，忽覺內息在左肩之處阻住，沒法通過。他急忙提氣運功。可是他練這「吸星大法」，只是依據鐵板上所刻要訣，無師自通，種種細微精奧之處，未得明師指點，這時強行衝盪，內息反而岔得更加厲害，先是左臂漸漸僵硬，跟著麻木之感隨著經脈通至左脅、左腰，順而向下，整條左腿也麻木了。令狐沖惶急之下，張口大呼，卻發覺口唇也已無法動彈。

便在此時，馬蹄聲響，又有兩乘馬馳近。有人說道：「這裏蹄印雜亂，爹爹、媽媽

曾在這裏停留。」正是岳靈珊的聲音。令狐冲又驚又喜：「怎地小師妹也來了？」聽得另一人道：「師父腿上有傷，別要出了岔子，咱們快隨著蹄印追去。」卻是林平之的聲音。令狐冲心道：「是了，雪地中蹄印清晰。小師妹和林師弟追尋師父、師娘，一路尋了過來。」

岳靈珊忽然叫道：「小林子，你瞧這四個雪人兒多好玩，手拉手的站成一排。」林平之道：「附近好像沒人家啊，怎地有人到這裏堆雪人玩兒？」岳靈珊笑道：「咱們也堆兩個雪人玩玩好不好？」林平之道：「好啊，堆一個男的，一個女的，也要手拉手的。」岳靈珊翻身下馬，捧起雪來便要堆砌。

林平之道：「咱們還是先去找尋師父、師娘要緊。找到他二位之後，慢慢再堆雪人不遲。」岳靈珊道：「你便掃人家的興。爹爹腿上雖然受傷，騎在馬上便跟不傷一般無異，有媽媽在旁，還怕有人得罪他們麼？他兩位雙劍縱橫江湖之時，你都還沒生下來呢。」林平之道：「話是不錯。不過師父、師娘還沒找到，咱們卻在這裏貪玩，總是心中不安。」岳靈珊道：「好罷，就聽你的。不過找到了爹媽，你可得陪我堆兩個挺好看的雪人。」林平之道：「這個自然。」

令狐冲心想：「我料他必定會說：『就像你這般好看。』不料他只說『這個自然』，就算了事。」轉念又想：「林師弟穩重厚實，那似我這般輕佻？小師妹倘若要我陪她堆雪人，便有天大的事，我也置之腦後了。偏生小師妹就服他的，雖然不願意，卻半點也不使小性兒，沒鬧別扭，那裏像她平這樣好看，可就難了。」不料他只說『這個自然』，就算了事。」

時對我這樣？嗯，林師弟身子是大好了，不知那一劍是誰砍他的，小師妹卻把這筆帳算在我頭上。」

他全神貫注傾聽岳靈珊和林平之說話，忘了自身僵硬，這一來，正合了「吸星大法」行功的要訣：「無所用心，渾不著意。」左腿和左腰的麻木便漸漸減輕。

只聽得岳靈珊道：「好，雪人便不堆，我卻要在這四個雪人身上寫幾個字。」嘶的一聲，拔出了長劍。

令狐沖又是一驚：「她要用劍在我們四人身上亂劃亂刺，那可糟了。」要想出聲叫喚，揮手阻止，苦於口不能言，手不能動。但聽得嗤嗤幾聲輕響，她已用劍尖在向問天身外的積雪上劃字，一路劃將過來，劃到了令狐沖身上。幸好她劃得甚淺，沒破雪見衣，更沒傷到令狐沖皮肉。令狐沖尋思：「不知她在我們身上寫了些甚麼字？」

只聽得岳靈珊柔聲道：「你也來寫幾個字罷。」林平之道：「好！」接過劍來，也在四個雪人身上劃字，也是自左而右，至令狐沖身上而止。

令狐沖尋思：「不知他又寫了甚麼字？」

只聽岳靈珊道：「對了，咱二人定要這樣。」良久良久，兩人默然無語。

令狐沖更是好奇，尋思：「一定要怎麼樣？只有他二人走了之後，任教主身上的寒毒去淨，我才能從積雪中掙出來看。啊喲不好，我身子一動，積雪跌落，他們在我身上刻的字可就毀了。如四人同時行動，更加一個字也沒法看到。」

又過一會，忽聽得遠處隱隱傳來一陣馬蹄之聲，相隔尚遠，但顯是向這邊奔來。令

狐冲聽蹄聲聲共有十餘騎之多，心道：「多半是本派其餘的師弟妹們來啦。」蹄聲漸近，但林岳二人似乎始終未曾在意。聽得那十餘騎從東北角上奔來，到得數里之外，有七八騎向西馳去，列成橫隊後才繼續馳近，顯然要兩翼包抄。令狐冲心道：「來人不懷好意！」

突然之間，岳靈珊驚呼：「啊喲，有人來啦！」蹄聲急響，十餘騎發力疾馳，隨即颼颼兩聲響，兩枝長箭射來，兩匹馬齊聲悲嘶，中箭倒地。令狐冲心道：「來人武功不弱，用意更加歹毒，先射死小師妹和林師弟的坐騎，教他們難以逃走。」

只聽得十餘人大笑吆喝，縱馬逼近。岳靈珊驚呼一聲，退了幾步。只聽一人笑道：「二個小弟弟，一個小妹妹，你們是那一家、那一派的門下啊？」林平之朗聲道：「在下華山門下林平之，這位是我師姊姓岳。眾位素不相識，何故射死了我們的坐騎？」那人笑道：「華山門下？嗯，你們師父，便是那個比劍敗給徒兒的，甚麼君子劍岳先生了？」

令狐冲心頭一痛：「此番羣豪聚集少林，我得罪師父，還只昨日之事，但頃刻間便天下皆知。我累得師父給旁人如此恥笑，當真罪孽深重。」

林平之道：「令狐冲素行不端，屢犯門規，早在一年之前，便已逐出了華山派門戶。」意思是說，師父雖輸了給他，卻只是輸於外人，並非輸給本門弟子。

那人笑道：「這個小姐兒姓岳，是岳不羣的甚麼人？」岳靈珊怒道：「關你甚麼事了？你射死我的馬，賠我馬來。」那人笑道：「瞧她這副浪勁兒，多半是岳不羣的小老婆。」其餘十餘人轟然大笑。

令狐冲暗自吃驚：「此人吐屬粗鄙，絕非正派人士，只怕對小師妹不利。」

林平之道：「閣下是江湖前輩，何以說話如此不乾不淨？我師姊是我師父的千金。」

那人笑道：「原來是岳不羣的大小姐，當真是浪得虛名。」旁邊一人問道：「盧大哥，為甚麼浪得虛名？」那人道：「我曾聽人說，岳不羣的女兒相貌標致，算是後一輩人物中的美女，一見之下，卻也不過如此。」另一人笑道：「這妞兒相貌稀鬆平常，倒也細皮白肉，脫光了瞧瞧，只怕不差。哈哈，哈哈！」十幾個人又都大笑，笑聲中充滿了淫穢之意。

岳靈珊、林平之、令狐冲聽到如此無禮的言語，盡皆怒不可遏。林平之拔出長劍，喝道：「你們再出無恥之言，林某誓死周旋。」

那人笑道：「你們瞧，這兩個奸夫淫婦，在雪人上寫了甚麼字啊？」

林平之大叫：「我跟你們拚了！」令狐冲只聽得噹的一聲響，知是林平之挺劍刺出，跟著兵兵兵兵聲響，有人躍下馬來，跟他動上了手。隨即岳靈珊挺劍上前。七八名漢子同時叫道：「我來對付這妞兒。」一名漢子笑道：「大家別爭，誰也輪得到。」兵刃撞擊，岳靈珊也和敵人動上了手。猛聽一名漢子大聲怒吼，叫聲中充滿了痛楚，當是中劍受傷。一名漢子道：「這妞兒下手好狠，史老三，我跟你報仇。」

刀劍格鬥聲中，岳靈珊叫道：「小心！」噹的一聲大響，跟著林平之哼了一聲。岳靈珊驚叫：「小林子！」似是林平之受了傷。有人叫道：「將這小子宰了罷！」那帶頭的道：「別殺他，捉活的。拿了岳不羣的女兒女婿，不怕那偽君子不聽咱們的。」

令狐冲凝神傾聽，只聞金刀劈空之聲呼呼而響。突然噹的一聲，又是啪的一響。一

名漢子罵道：「他媽的，臭小娘！」令狐冲忽覺有人靠在自己身上，聽得岳靈珊喘息甚促，正是她靠在自己這個「雪人」之上。叮噹數響，一名漢子歡聲叫道：「這還拿不住你？」岳靈珊「啊」的一聲驚叫，不再聽得兵刃相交，眾漢子卻都哈哈大笑起來。

令狐冲感到岳靈珊給人拖開，又聽她叫道：「放開我！放開我！」一人笑道：「閔老二，你說她一身細皮白肉，老子可就不信，咱們剝光了她衣衫瞧瞧。」眾人鼓掌歡呼。林平之罵道：「狗強……」啪的一聲，給人踢了一腳，跟著嗤的一聲響，竟是布帛撕裂之聲。

令狐冲耳聽小師妹為賊人所辱，那裏還顧得任我行我行的寒毒是否已經驅盡，使力一掙，從積雪中躍出，右手拔出腰間長劍，左手便去抹眼上積雪，豈知左手竟不聽使喚，沒法動彈。

眾人驚呼聲中，他伸右臂在眼上一抹，一見到光亮，長劍遞出，三名漢子咽喉中劍。他迴過身來，唰唰兩劍，又刺倒二人。眼見一名漢子拿住了岳靈珊雙手，將她雙臂反在背後，另一名漢子站在她身前，拔刀欲待迎敵，令狐冲長劍從他左脅下刺入，右腿一抬，將那人踢開，長劍從屍身中拔出，耳聽得背後有人偷襲，側過頭來，反手兩劍，刺中了背後二人的心口，順手挺劍，從岳靈珊身旁掠過，直刺拿住她雙手那人的咽喉。

那人雙手一鬆，撲在岳靈珊肩頭，喉頭血如泉湧。

這一下變故突兀之極，令狐冲連殺九人，僅是瞬息間之事。那帶頭的一聲吆喝，舞動雙鐵牌向令狐冲頭頂砸到。令狐冲長劍抖動，從他兩塊鐵牌間的空隙中穿入，直刺他

左眼。那人大叫一聲，向後便倒。令狐冲回過頭來，橫削直刺，又殺了三人。餘下四人只嚇得心膽俱裂，發一聲喊，沒命價四下奔逃。

令狐冲叫道：「你們辱我小師妹，一個也休想活命。」追上二人，長劍疾刺，都是從後背穿向前胸。這二人奔行正急，中劍氣絕，腳下未停，兀自奔出十餘步這才倒地。

眼見餘下二人一個向東，一個向西，令狐冲疾奔往東，奔行十餘丈後，已追到那人身後，長劍幻作一道銀光，從那人後腰插入。令狐冲轉頭向西首那人追去，那人背上一痛，回刀砍來。令狐冲拳腳功夫平平，適才這一指雖戳中了敵人，但不知運力之法，卻傷不了他，見他舉刀砍到，不由得心下發慌，急忙閃避，見他右脅下是個老大破綻，左手一拳直擊過去，不料左臂只微微一動，抬不起來，敵人的鋼刀卻已砍向面前。

令狐冲大駭之下，急向後躍。那漢子舉刀猛撲。令狐冲手中沒了兵刃，不敢和他對敵，只得轉身而逃。岳靈珊拾起地下長劍，叫道：「大師哥，接劍！」將長劍擲來。令狐冲右手一抄，接住了劍，轉過身子，哈哈一笑。那漢子鋼刀舉在半空，作勢欲砍下，突然見到他手中長劍閃爍，登時嚇呆了，這一刀竟爾砍不下來。

令狐冲慢慢走近，那漢子全身發抖，雙膝一屈，跪倒在雪地之中。令狐冲怒道：「你辱我師妹，須饒你不得。」長劍指在他咽喉之上，心念一動，走近一步，低聲問道：「寫在雪人上的，是此甚麼字？」那漢子顫聲道：「是……是……『海枯……海枯……石爛，兩……情不……不渝』。」自從世上有了「海枯石爛，兩情不渝」這八個字以

來，說得如此膽戰心驚、喪魂落魄的，只怕這是破題兒第一遭了。令狐沖一呆，道：

「嗯，是海枯石爛，兩情不渝。」心頭酸楚，長劍送出，刺入他咽喉。

回過身來，只見岳靈珊正在扶起林平之，兩人滿臉滿身都是鮮血。

林平之站直身子，向令狐沖抱拳道：「多謝令狐兄相救之德。」令狐沖道：「那算得甚麼？你傷得不重嗎？」林平之道：「還好！」令狐沖將長劍還給了岳靈珊，指著地下兩行馬蹄印痕，說道：「師父、師娘向此而去。」林平之道：「是。」

岳靈珊牽過敵人留下的兩匹坐騎，翻身上馬，道：「咱們找爹爹、媽媽去。」林平之掙扎著上了馬。岳靈珊縱馬馳過令狐沖身邊，將馬一勒，向他臉上望去。

令狐沖見到她的目光，也向她瞧去。岳靈珊道：「大……大師哥，多……多謝你……」一回頭，提起韁繩，兩騎馬隨著岳不羣夫婦坐騎所留下的蹄印，向西北方而去。

令狐沖怔怔的瞧著他二人背影沒在遠處樹林之後，這才慢慢轉過身子，只見任我行、向問天、盈盈三人都已抖去身上積雪，凝望著他。

令狐沖喜道：「任教主，我沒累到你的事？」任我行苦笑道：「我的事沒累到，你自己可糟得很了。你左臂怎樣？」令狐沖道：「臂上經脈不順，氣血不通，竟不聽使喚。」

任我行皺眉道：「這件事有點兒麻煩，咱們慢慢再想法子。你救了岳家大小姐，總算報了師門之德，從此誰也不欠誰的情。向兄弟，盧老大怎地越來越不長進了。幹起這些卑鄙齷齪的事來？」向問天道：「我聽他口氣，似是要將這兩個年輕人擒回黑木崖去。」任我行道：「難道是東方不敗的主意？他跟這偽君子又有甚麼樣子了？」

令狐沖指著雪地中橫七豎八的屍首，問道：「這些人是東方不敗的屬下？」任我行道：「是我的屬下。」令狐沖點了點頭。

盈盈道：「爹爹，他手臂怎麼了？」任我行笑道：「你別心急！乖女婿給爹爹驅除寒毒，泰山老兒自當設法治好他手臂。」說著呵呵大笑，睨視令狐沖，瞧得他甚感尷尬。

盈盈低聲道：「爹爹，你休說這等言語。」

君子是甚麼東西？他的女兒又怎能和我的女兒相比？再說，這岳姑娘早已另外有了心上人，這等水性的女子，冲兒今後也不會再將她放在心上。小孩子時候的事怎作得準？」

盈盈道：「冲哥為了我大鬧少林，天下知聞，又為了我而不願重歸華山，單此兩件事，女兒已心滿意足，其餘的話不用提了。」

任我行知女兒十分要強好勝，令狐沖既未提出求婚，此刻就不便多說，反正那也只是遲早間之事，當下又哈哈一笑，說道：「很好，很好，終身大事，慢慢再談。冲兒，打通左臂經脈的秘訣，我先傳你。」將他招往一旁，將如何運氣、如何通脈的法門說了，待聽他複述一遍，記憶無誤，又道：「你助我驅除寒毒，我教你通暢經脈，咱倆仍兩不虧欠。要讓左臂經脈復元，須得七日時光，可不能躁進。」令狐沖應道：「是。」

任我行招招手，叫向問天和盈盈過來，說道：「冲兒，那日在孤山梅莊，我邀你入我日月神教，當時你一口拒卻。今日情勢已大不相同，老夫舊事重提，這一次，你再不會推三阻四了罷？」令狐沖躊躇未答，任我行又道：「你習了我的吸星大法之後，他日

後患無窮，體內異種真氣發作之時，當真是求生不能，求死不得。老夫說過的話，決無反悔，你若不入本教，縱然盈盈嫁你，我也不能傳你化解之道。就算我女兒怪我一世，我也是這一句話。我們眼前大事，是去向東方不敗算帳，你是不是隨我們同去？」

令狐冲道：「教主莫怪，晚輩決計不入日月神教。」這兩句話朗朗說來，斬釘截鐵，絕無轉圜餘地。

任我行等三人一聽，登時變色。向問天道：「那卻是為何？你瞧不起日月神教嗎？」

令狐冲指著雪地上十餘具屍首，說道：「日月神教中盡是這些人，晚輩雖然不肖，卻也羞與為伍。再說，晚輩已答允了定閒師太，要去當恆山派的掌門。」

任我行、向問天、盈盈三人臉上都露出怪異之極的神色。令狐冲不願入教，並不如何出奇，而他最後這一句話當真奇峯突起，三人簡直不相信自己的耳朵。

任我行伸出食指，指著令狐冲的臉，突然哈哈大笑，直震得周遭樹上的積雪簌簌而落。他笑了好一陣，才道：「你……你……你要去做尼姑？」

令狐冲正色道：「不是做尼姑，是去做恆山派掌門人。定閒師太臨死之時，親口求我，晚輩若不答允，老師太死不瞑目。定閒師太是為我而死，晚輩明知此事勢必駭人聽聞，當時卻沒法推卻。」

任我行仍笑聲不絕。盈盈道：「定閒師太是為了女兒而死的。」令狐冲向她瞧去，眼光中充滿了感激之意。任我行慢慢止住了笑聲，道：「你是受人之託，忠人之事？」

令狐冲道：「不錯。定閒師太是受我之託，因此喪生。」

任我行點頭道：「那也好！我是老怪，你是小怪。不行驚世駭俗之事，何以成驚天動地之人？你去當大小尼姑的掌門人罷。你這就上恆山去？」

令狐冲搖頭道：「不！晚輩要上少林寺去。」

任我行微微一奇，隨即明白，道：「是了，你要將兩個老尼姑的屍首送回恆山。」

轉頭向盈盈道：「你要隨冲兒一起上少林寺去罷？」盈盈道：「不，我隨著爹爹。」

任我行道：「對啦，終不成你跟著他上恆山去做尼姑。」說著呵呵呵的笑了幾聲，笑聲中卻盡是苦澀之意。

令狐冲一拱到地，說道：「任教主，向大哥，盈盈，咱們就此別過。」轉過身來，大踏步的去了。他走出十餘步，回頭說道：「任教主，你們何時上黑木崖去？」

任我行道：「這是本教教內之事，可不勞外人操心。」他知令狐冲問這句話，意欲屆時拔刀相助，共同對付東方不敗，當即一口拒卻。

令狐冲點了點頭，從雪地裏拾起一柄長劍，掛在腰間，轉身而去。

恆山派四名大弟子將法器依次遞過，乃是一卷經書，一個木魚，一串念珠，一柄短劍。

令狐冲見到木魚、念珠，不由得發窘。

掌門

傍晚時分，令狐沖又到少林寺外，向知客僧說明來意，要將定閒、定逸兩位師太的遺體迎歸恆山。知客僧進內稟告，過了一會，出來說道：「方丈言道：兩位師太的法體已然火化。本寺僧眾正在誦經恭送。兩位師太的荼毘舍利，我們將派人送往恆山。」

令狐沖走到正在為兩位師太做法事的偏殿，向骨灰罈和蓮位靈牌跪倒，恭恭敬敬的磕了幾個頭，暗暗禱祝：「令狐沖有生之日，定當盡心竭力，協助恆山一派發揚光大，不負師太的付託。」

令狐沖也不求見方證方丈，逕和知客僧作別，便即出寺。到得山下，大雪兀自未止，便在一家農家中借宿。次晨又向北行，在市集上買了一匹馬代步。每日只行七八十里，便即住店，依著任我行所授法門，緩緩打通經脈，七日之後，左臂經脈運行如常。

又行數日，這日午間在一家酒樓中喝酒，見街上人來人往，甚是忙碌，家家戶戶正預備過年，一片喜氣洋洋。令狐沖自斟自飲，心想：「往年在華山，師娘早已督率眾師弟妹到處打掃，磨年貨，辦年貨，縫新衣，小師妹也已剪了不少窗花，熱鬧非凡。今年我卻孤另另的在這裏喝悶酒。」

正煩惱間，忽聽得樓梯上腳步聲響，有人說道：「口乾得很了，在這裏喝上幾杯，倒也不壞。」另一人道：「就算口不乾，喝上幾杯，難道就壞了？」又一人道：「越是喝酒口越乾，兩件事非但不能混為一談，而且截然相反。」令狐沖一聽，自知是桃谷六仙到了，心中大喜，叫道：「六位桃兄，快快上來，跟我一起喝酒。」

歸喝酒，口乾歸口乾，兩件事豈能混為一談？」又一人道：「喝酒

突然間呼呼聲響，桃谷六仙一齊飛身上樓，搶到令狐冲身旁，伸手抓住他肩頭、手臂，紛紛叫嚷：「是我先見到他的。」「是我先抓到他。」「是我第一個說話，令狐公子才聽到我聲音。」「若不是我說要到這裏來，怎能見得到他？」

令狐冲大是奇怪，笑問：「你們六個又搞甚麼鬼了？」

桃花仙奔到酒樓窗邊，大聲叫道：「小尼姑，大尼姑，老尼姑，不老不小中尼姑！我桃花仙找到令狐公子啦，快拿一千兩銀子來。」桃枝仙跟著奔過去，叫道：「是我桃枝仙第一個發見他，大小尼姑，快拿銀子來。」桃根仙和桃實仙各自抓住令狐冲一條手臂，兀自叫嚷：「是我尋到的！」「是我！是我！」

只聽得長街彼端有個女子聲音叫道：「找到了令狐大俠麼？」

桃實仙道：「是我找到了令狐冲，快拿錢來。」桃幹仙道：「一手交錢，一手交貨！」桃根仙道：「對，對！小尼姑倘若賴帳，咱們便將令狐冲藏了起來，不給她們。」

桃枝仙問道：「怎生藏法？將他關起來，不給小尼姑們見到麼？」

樓梯上腳步聲響，搶上幾個女子，當先一人正是恆山派弟子儀和，後面跟著四個尼姑，另有兩個年輕姑娘，卻是鄭萼和秦絹。七人一見令狐冲，滿臉喜色，有的叫「令狐大俠」，有的叫「令狐師兄」，也有的叫「令狐公子」的。

桃幹仙等一齊伸臂，攔在令狐冲面前，說道：「不給一千兩銀子，不能交人。」

令狐冲笑道：「六位桃兄，那一千兩銀子，卻是如何？」

桃枝仙道：「剛才我們見到她們，她們問我有沒有見到你。我說暫時還沒見到，過不

多時便見到了。」秦絹道：「這位大叔當面撒謊，他說：『沒有啊，令狐冲身上生腳，他這會兒多半到了天涯海角，我們怎見得到？』桃花仙道：「不對，不對。我們早有先見之明，早就算到要在這裏見到令狐冲。」桃幹仙道：「是啊！否則的話，怎地我們不去別的地方，偏偏到這裏來？」

令狐冲笑道：「我猜到啦。這幾位師姊師妹有事尋我，託六位相助尋訪，你們便開口要一千兩銀子，是不是？」

桃幹仙道：「我們開口討一千兩銀子，那是漫天討價，她們如會做生意，該當著地還錢才是。那知她們大方得緊，這中尼姑說道：『好，只要找到令狐大俠，我們便給一千兩銀子。』這句話可是有的？」儀和道：「不錯，六位相幫尋訪到了令狐大俠，我們

恆山派該當奉上紋銀一千兩便是。」

六隻手掌同時伸出，桃谷六仙齊道：「拿來。」

儀和道：「我們出家人，身上怎會帶這許多銀子？相煩六位隨我們到恆山去取。」她只道桃谷六仙定然怕麻煩，豈知六人竟一般心思，齊聲道：「很好，便跟你們上恆山去，免得你們賴帳。」

令狐冲笑道：「恭喜六位發了大財哪，將區區在下賣了這麼大價錢。」

桃谷六仙橘皮般的臉上滿是笑容，拱手道：「託福，託福！沾光，沾光！」令狐冲驚道：「各位何以行此大禮？」儀和等七人卻慘然變色，齊向令狐冲拜倒。令狐冲道：「你們都知道了？快請起來。」急忙還禮。儀和道：「參見掌門人。」

桃根仙道：「是啊，跪在地下，說話可多不方便。」令狐冲站起身來，說道：「六位桃兄，我和恆山派這幾位有要緊事情商議，請六位在一旁喝酒，不可打擾，以免你們這一千兩銀子拿不到手。」桃谷六仙本來要大大囉唆一番，聽到最後一句話，當即住口，走到靠街窗口一張桌旁坐下，呼酒叫菜。

儀和等站起身來，想到定閒、定逸兩位師太慘死，不禁都痛哭失聲。

桃花仙道：「咦，奇怪，奇怪，怎麼忽然哭了起來？你們見到令狐冲要哭，那就不用見了。」令狐冲向他怒目而視，桃花仙嚇得伸手按住了口。

儀和哭道：「那日令狐師兄……不，掌門人你上岸喝酒，沒再回船，後來衡山派的莫大師伯來向我們諭示，說你到少林寺去見掌門師叔和定逸師叔去了。大夥兒一商量，都說不如也往少林寺來，以便和兩位師叔及你相聚。不料行到中途，便遇到幾十個江湖豪客，聽他們高談闊論，大講你如何率領羣豪攻打少林寺，如何將少林寺數千僧衆盡數嚇跑之事。有一個大頭矮胖子，說是姓老，還有個中年書生，說是姓祖，他二人……他二人說掌門師叔和定逸師叔兩位，在少林寺中為人所害。掌門師叔臨終之時，要你……要你接任本派掌門，你已答允了。這一句話，當時許多人都親耳聽見的……」她說到這裏，已泣不成聲，其餘六名弟子也都抽抽噎噎的哭泣。

令狐冲嘆道：「定閒師太當時確是命我肩負這個重任，但想我是個年輕男子，聲名又極差，人人都知我是無行浪子，如何能做恆山派掌門？只不過眼見當時情勢，我若不答允，定閒師太死不瞑目。唉，這可為難得緊了。」

儀和道：「我們……我們大夥兒都盼望你……盼望你來執掌恆山門戶。」鄭萼道：

「掌門師叔，你領著我們出死入生，不止一次救了眾弟子性命。恆山派眾弟子人人都知你是位正人君子，雖然你是男子，但本門門規之中，也沒不許男子做掌門那一條。」一個中年尼姑儀文道：「大夥兒聽到師父和師叔圓寂的訊息，自是不勝悲傷，但得悉由掌門師叔你來接掌門戶，恆山一派不致就此覆滅，都大感寬慰。」儀和道：「我師父和兩位師叔都給人害死，恆山派『定』字輩三位師長，數月之間先後圓寂，我們可連兒手是誰也不知道。掌門師叔，你來做掌門人當真最好不過，你算『定』字輩，不妨改名令狐冲。若不是你，也不能給我們三位師長報仇。」

令狐冲點頭道：「為三位師太報仇雪恨的重任，我自當肩負。」

秦絹道：「你給華山派趕了出來，現下來做恆山派掌門。西嶽北嶽，武林中並駕齊驅。以後你見到岳先生，也不用叫他做師父啦，最多稱他一聲岳師兄便是。」

令狐冲只有苦笑，心道：「我可沒面目再去見這位『岳師兄』了。」

鄭萼道：「我們得知兩位師尊的噩耗後，兼程趕往少林寺，途中又遇到了莫大師伯。他說你已不在寺中，要我們趕快尋訪你掌門師叔。」秦絹道：「莫大師伯說道，越早尋著你越好，要是遲了一步，你給人勸得入了魔教，正邪水火不容，恆山派可就沒了掌門人啦。」鄭萼向她白了一眼，道：「秦師妹便口沒遮攔。掌門師叔怎會去入魔教？」

令狐冲心想：「莫大師伯推算得極準，我沒參與日月神教，相差也只一線之間。當

秦絹道：「是，不過莫大師伯可真的這麼說。」

日任教主若不是以內功秘訣相誘，而是誠誠懇懇的邀我入教，我情面難卻，又瞧在盈盈和向大哥份上，說不定會答允料理了恆山派大事之後便即加盟。」說道：「因此上你們便定下一千兩銀子賞格，到處捉拿令狐沖了？」

秦絹破涕爲笑，說道：「捉拿令狐沖？我們怎敢啊？」鄭萼道：「當時大家聽了莫大師伯的吩咐，便分成七人一隊，尋訪掌門師叔，要請你早上恆山，處理派中大事。今日見到桃谷六仙，他們出口要一千兩銀子。只要尋到掌門師叔，別說一千兩，就是要一萬兩，我們也會設法去化了來給他們。」

令狐沖微笑道：「我做你們掌門，別的好處沒有，向貪官污吏、土豪劣紳化緣要銀子，這副本事大家定有長進。」

七名弟子想起那日在福建向白剝皮化緣之事，悲苦少抑，忍不住都臉露微笑。

令狐沖道：「好，大家不用就心，令狐沖既答允了定閒師太，說過的話不能不算。我倒不必改名爲令狐定沖，只要你們大家不反對，我這恆山派掌門是做定了。咱們吃飽了飯，這就上恆山去罷。」七名弟子盡皆大喜，連說：「當然不反對。」

令狐沖和桃谷六仙共席飲酒，問起六人要一千兩銀子何用。桃根仙道：「夜貓子計無施窮得要命，若沒一千兩銀子便過不了日子，我們答允給他湊乎湊乎。」桃幹仙道：「你們和計無施打賭，輸的定是你們。」桃花仙搶著道：「結果自然是計無施輸了，這小子怎能贏得我們兄弟？」令狐沖道：「你們和計無施打了個賭……」

「那日在少林寺中，我們跟計無施打了個賭……」令狐沖道：「賭的這件事，可和你有關。我們料你一定不會做恆」問道：「賭甚麼事？」桃實仙道：「賭的這件事，可和你有關。我們料你一定不會做恆

山派掌門，不……不……不……我們料定你必定不做恆山派掌門，我們說，大丈夫言而有信，你已答允老尼姑做恆山派掌門，天下英雄，盡皆知聞，怎能抵賴？」桃枝仙道：「夜貓子說道，令狐冲浪蕩江湖，不久便要娶魔教的聖姑做老婆，那肯去跟老尼姑、小尼姑們磨菇？」

令狐冲心想：「夜貓子對盈盈十分敬重，怎會口稱『魔教』？定是桃谷六仙將言語顛倒了來說。」說道：「於是你們便賭一千兩銀子？」

桃根仙道：「不錯，當時我們想那是贏定了的。計無施又道：這一千兩銀子可得正大光明掙來，不能去偷去搶。我說這個自然，桃谷六仙還能去偷去搶麼？」桃葉仙道：「今天我們撞到這幾個尼姑，她們打起了鑼到處找你，說要去當恆山派掌門，我們答允幫她們找你，這尋訪費是一千兩銀子。」令狐冲微笑道：「你們想到夜貓子要輸一千兩銀子，太過可憐，因此要掙一千兩銀子來給他，好讓他輸給你們？」桃谷六仙齊聲說道：「正是，正是。你料事如神。」桃葉仙道：「和我們六兄弟料事的本領，也就相差並不太遠。」

令狐冲等一行往恆山進發，不一日到了山下。

派中弟子早已得訊，齊在山腳下恭候，見到令狐冲都拜了下去。令狐冲忙即還禮。

說起定閒、定逸兩位師太逝世之事，盡皆傷感。

令狐冲見儀琳雜在眾弟子之中，容色憔悴，別來大見清減，問道：「儀琳師妹，近

1232

來你身子不適麼?」儀琳眼圈兒一紅,道:「也沒甚麼。」頓了一頓,又道:「你做了我們掌門人,可不能再叫我做師妹啦。」

一路之上,儀和等都叫令狐冲作「掌門師叔」。他叫各人改口,眾人總是不允,此刻聽儀琳又這般叫,朗聲道:「眾位師姊師妹,令狐冲承本派前掌門師太遺命,前來執掌恆山派門戶,其實是無德無能,決不敢當。」眾弟子都道:「掌門師叔肯負此重任,實是本派大幸。」令狐冲道:「不過大家須答允我一事。」儀和等道:「掌門師叔有何吩咐,弟子等無有不遵。」令狐冲道:「我只做你們掌門師兄,卻不做掌門師叔。」

儀和、儀清、儀真、儀文等諸大弟子低聲商議了幾句,回稟道:「掌門人既如此謙光,自當從命。」令狐冲喜道:「如此甚好。」

當下眾人共上恆山。恆山主峯甚高,眾人腳程雖快,到得見性峯峯頂,也花了大半日時光。恆山派主庵無色庵是座小小庵堂,庵旁有三十餘間瓦屋,分由眾弟子居住。令狐冲見無色庵只前後兩進,和構築宏偉的少林寺相較,直如螻蟻之比大象。來到庵中,見堂上供奉一尊白衣觀音,四下裏一塵不染,陳設簡陋,想不到恆山派威震江湖,主庵竟然質樸若斯。

令狐冲向觀音神像跪拜後,由于嫂引導,來到定閒師太日常靜修之所,但見四壁蕭然,只地下有個舊蒲團,此外一無所有。

令狐冲最愛熱鬧,愛飲愛食,如何能在這靜如止水般的斗室中清修?若將酒罈子、熟狗腿之類搬到這靜室來,未免太過褻瀆了,向于嫂道:「我雖來做恆山掌門,但既不

出家，又不做尼姑，派中師姊師妹們都是女流，我一個男子住在這庵中諸多不便。請你在遠處搬空一間屋子，我和桃谷六仙到那邊居住，較為安善。」

于嫂道：「是。峯西有三間大屋，原是客房，以供本派女弟子的父母們上峯探望時住宿之用。掌門人倘若合意，便暫且住在那邊如何？咱們另行再為掌門人建造新居。」

令狐冲喜道：「那再好沒有了。另建甚麼新居，倒也不必了。」尋思：「難道我一輩子當這恆山派掌門人？一旦在派中找到合適人選，只要羣弟子服她，我這掌門人之位便即傳了給她，到江湖上逍遙快樂去也。以後恆山派若有危難，我全力扶持便是了。」

來到峯西客房，見床褥桌椅便和鄉間的富農人家相似，雖仍粗陋，卻已不似無色庵那樣空盪盪地一無所有。

于嫂道：「掌門人請坐，我去給你拿酒。」令狐冲喜道：「這山上有酒？」這件事可令他喜出望外。于嫂微笑道：「不但有酒，且有好酒，儀琳小師妹聽說掌門人要上恆山來，跟我說若無好酒，只怕你這掌門人做不長。我們連夜派人下山，買得有數十罈好酒在此。」令狐冲有些不好意思，笑道：「本派人人清苦，為我一人太過破費，那可說不過去。」儀清微笑道：「那日向白剝皮化來的銀子，雖分了一半救濟窮人，還賸下許多，又賣了那幾十匹官馬，掌門師兄便喝十年二十年，酒錢也足夠了。」

當晚令狐冲和桃谷六仙痛飲一頓。次日清晨，便和于嫂、儀清、儀和等人商議如何迎回兩位師太的骨灰，如何設法為三位師太報仇。

儀清道：「掌門師兄接任此位，須得公告武林同道才是，也須得遣人告知五嶽劍派的盟主左師伯。」儀和怒道：「呸，師父就是他嵩山派這批奸賊害死的，兩位師叔多半也是他們下的毒手，告知他們幹甚麼？」儀清道：「禮數可不能缺了。待得咱們查明確實，倘若三位師尊真是嵩山派所害，那時在掌門師兄率領之下，自當大舉向他們問罪。」

令狐沖點頭道：「儀清師姊之言有理。只是這掌門人嘛，做就做了，卻不用行甚麼典禮啦。」記得幼年之時，師父接任華山掌門，繁文縟節，著實不少，上山來道賀觀禮的武林同道不計其數；又想起衡山派劉正風「金盆洗手」，衡山城中也是羣豪畢集。恆山派和華山、衡山兩派齊名，自己出任掌門，到賀的人如寥寥無幾，未免丟臉，但如到賀之人極多，眼見自己一個大男人做一羣女尼的掌門人，又未免可笑。

儀清明白他心意，說道：「掌門師兄既不願驚動武林朋友，那麼屆時不請賓客上山觀禮，也就是了，但咱們總得定下一個正式就任的日子，知會四方。」

令狐沖心想恆山派是五嶽劍派之一，掌門人就任倘若太過草草，未免有損恆山派威名，點頭稱是。儀清取過一本曆本，翻閱半晌，說道：「二月十六、三月初八、三月二十七，這三天都是黃道吉日，大吉大利。掌門師兄你瞧那一天合適？」

令狐沖素來不信甚麼黃道吉日、黑道凶日那一套，心想典禮越行得早，上山來參預的人越少，就免了不少尷尬狼狽，說道：「正月裏有好日子嗎？」

儀清道：「正月裏好日子倒也不少，不過都是利於出行、破土、婚姻、開張等等的，要到二月裏，才有利於『接印、坐衙』的好日子。」令狐沖笑道：「我又不是做

官，甚麼接印、坐衙？」儀和笑道：「你不是做過大將軍嗎？做掌門人也是接印。」

令狐沖不願拂逆眾意，道：「既是如此，便定在二月十六罷。」當下派遣弟子，分赴少林寺迎回兩位師太的骨灰，向各門派分送通知。他向下山的諸弟子一再叮囑，千萬不可張揚其事，又道：「你們向各派掌門人稟明，定閒師太圓寂，大仇未報，恆山派眾弟子在居喪期內，不行甚麼掌門人就任的大典，請勿遣人上山觀禮道賀。」

打發了下山傳訊的弟子後，令狐沖心想：「我既做恆山掌門，恆山派的劍法武功，可得好好揣摩一下才是。」當下召集留在山上的眾弟子，命各人試演劍法武功，自入門的基本功夫練起，最後是儀和、儀清兩名大弟子拆招，施展恆山劍法中最上乘的招式。

令狐沖見恆山派劍法綿密嚴謹，長於守禦，而往往在最令人出其不意之處突出殺著，劍法綿密有餘，凌厲不足，正是適於女子所使的武功。恆山派歷代高手都是女流，自不及男子所練的武功那樣威猛兇悍。但恆山劍法可說是破綻極少的劍法之一，若言守禦之嚴，僅遜於武當派的「太極劍法」，但偶爾忽出攻招，卻又在「太極劍法」之上。恆山一派在武林中卓然成家，自有其獨到處。

心想在華山思過崖後洞石壁之上，曾見到刻有恆山劍法，變招之精奇，遠在儀和、儀清所使劍法之上。但縱是那套劍法，亦為人所破，恆山派日後要在武林中發揚光大，其基本劍術顯然尚須好好改進才是。又想起曾見定靜師太與人動手，內功渾厚，招式老辣，遠非儀和等諸弟子所及，聽說定閒師太的武功更高，看來三位前輩師太的功夫，尚有一大半未能為諸弟子所習得。三位師太數月間先後謝世，恆山派許多精妙功夫，只怕

就此失傳了。

儀和見他呆呆出神，對諸弟子的劍法不置可否，便道：「掌門師兄，我們的劍法你自瞧不入眼，還請多多指點。」令狐沖道：「有一套恆山派的劍法，不知三位師太傳過你們沒有？」從儀和手中接過劍來，將石壁上所刻的恆山派劍法，一招招使了出來。他使得甚慢，好讓眾弟子看得分明。

使不數招，羣弟子便都大聲喝采，但見他每一招均包含了本派劍法的精要，可是變化之奇，卻比自己以往所學的每一套劍法都高明得不知多少，一招一式，人人瞧得血脈賁張，心曠神怡。這套劍招刻在石壁之上，乃是死的，令狐沖使動之時，將一招串連在一起，其中轉折連貫之處，不免加上一些自創的新意。一套劍法使罷，羣弟子轟然喝采，個個喜不自勝，一齊躬身拜服。

儀和道：「掌門師兄，這明明是我們恆山派劍法，可是我們從未見過，只怕師父和兩位師叔也是不會，不知你從何處學來？」令狐沖道：「我是在一個山洞中的石壁上看來的。你們倘若願學，便傳了你們如何？」羣弟子大喜，連聲稱謝。

這日令狐沖便傳了她們三招，將這三招中奧妙之處細細分說，命各弟子自行練習。劍法雖只三招，但這三招博大精深，縱是儀和、儀清等大弟子，也得七八日功夫，才略明其中精要所在，至於鄭萼、儀琳、秦絹等人，更加不易領悟。到第九日上，令狐沖又傳了她們兩招劍法。這套石壁上的劍法，招數並不甚多，卻也花了一個多月時光，才大致授完，至於是否能融會貫通，那得瞧各人的修爲與悟性了。

這一個多月中，下山傳訊的眾弟子陸續回山，大都面色不愉，向令狐冲回稟時說話吞吞吐吐。令狐冲情知她們必是受人譏嘲羞辱，說她們一輩尼姑，卻要個男子來做掌門，也不細問，只好言安慰幾句，要她們分別向師姊學習所傳劍法，遇有不明之處，親自再加指點。

華山派那通書信，由于嫂與儀文兩名老成持重之人送去。華山和恆山相距不遠，按理該當早回。但往南方送信的弟子都已歸山，于嫂和儀文卻一直沒回來，眼見二月十六將屆，始終不見于嫂和儀文的影蹤，於是又派了兩名弟子儀光、儀空前去接應。

羣弟子料想各門各派無人上山道賀觀禮，也不準備賓客的食宿，大家只除草洗地，將數十座屋子打掃得乾乾淨淨，各人又均縫了新衣新鞋。鄭萼等為令狐冲縫了一件黑布長袍，以待這日接任時穿著。恆山是五嶽中的北嶽，服色尚黑。

二月十六清晨，令狐冲起床後出來，只見見性峯上每一座屋子前懸燈結綵，布置得一片喜氣。一眾女弟子心細，連一紙一線之微，也均安排得十分安貼。令狐冲又慚愧又感激，心想：「因我之故，累得兩位師太慘死，她們非但不來怪我，反而對我如此看重。令狐冲若不能為三位師太報仇，好好為恆山派出一番大力，當真枉自為人了。」

忽聽得山坳後有人大聲叫道：「阿琳，阿琳，你爹爹瞧你來啦，你好不好？阿琳，阿琳……阿琳……你爹爹……你爹爹……你爹爹來啦！」聲音宏亮，震得山谷間回聲不絕：「爹爹，爹爹！」

儀琳聽到叫聲，忙奔出庵來，叫道：「爹爹，爹爹……你爹

1238

山坳後轉出一個身材魁梧的和尚，正是儀琳的父親不戒和尚，他身後又有個和尚。

兩人行得甚快，片刻間已走近身來。不戒和尚大聲道：「令狐公子，你受了重傷居然不死，還做了我女兒的掌門人，那好得很啊。」令狐沖笑道：「這是託大師的福。」

儀琳走上前去，拉住父親的手，甚是親熱，笑道：「爹，你知道今日是令狐師兄接任恆山派掌門的好日子，因此來道喜嗎？」

不戒笑道：「道喜也不用了，我是來投入恆山派。大家是自己人，又道甚麼喜？」

令狐沖微微一驚，問道：「大師要投入恆山派？」

不戒道：「是啊。我女兒是恆山派，我是她老子，自然也是恆山派。他奶奶的，我可不知你家多情多義，別有居心……」他眉花眼笑，顯得十分歡喜，向女兒瞧了一眼，又道：「老子一拳就打落他滿口牙齒，喝道：『你這小子懂個屁！恆山派怎麼全是尼姑和女娘們？老子就是恆山派的，老子雖剃了個光頭，你瞧老子是尼姑嗎？老子解開褲子給你瞧瞧！』我伸手便解褲子，這小子嚇得掉頭就跑，哈哈，哈哈！」

令狐沖和儀琳也都大笑。儀琳笑道：「爹爹，你做事就這麼粗魯，也不怕人笑話！」

不戒道：「不給他瞧個清楚，只怕這小子還不知老子是尼姑還是和尚。令狐兄弟，我自己入了恆山派，又帶了個徒孫來。不可不戒，快參見令狐掌門。」

他說話之時，隨著他上山的那個和尚一直背轉了身子，不跟令狐沖、儀琳朝相，這時轉過身來，滿臉尷尬之色，向令狐沖微微一笑。

令狐冲只覺那和尚相貌極熟，一時卻想不起是誰，一怔之下，才認出他竟然便是萬里獨行田伯光，不由得大為驚奇，衝口而出：「是……是田兄？」

那和尚正是田伯光。他微微苦笑，躬身向儀琳行禮，道：「參……參見師父。」

儀琳也詫異之極，問道：「你……你怎地出了家？是假扮的嗎？」

不戒大師洋洋得意，笑道：「貨真價實，童叟無欺，的的確確是個和尚。不可不戒，你法名叫做甚麼，說給你師父聽。」田伯光苦笑道：「師父，太師父給我取了個法名，叫做『不可不戒』。」儀琳奇道：「甚麼『不可不戒』，那有這樣長的名字？」

不戒道：「你懂得甚麼？佛經中菩薩的名字要多長便有多長。『大慈大悲救苦救難觀世音菩薩』，名字不長嗎？他的名字只四個字，怎會長了？」儀琳點頭道：「原來如此。他怎麼出了家？爹，是你收了他做徒弟嗎？」不戒道：「不。他是你的徒弟，我是他祖師爺。不過你是小尼姑，他拜你為師，若不做和尚，於恆山派名聲有礙。因此我勸他做了和尚。」儀琳笑道：「甚麼勸他？爹爹，你定是硬逼他出家，是不是？」

不戒道：「他是自願，出家是不能逼的。這人甚麼都好，就是一樣不好，因此我給他取個法名叫做『不可不戒』。」儀琳臉上微微一紅，明白了爹爹用意。田伯光這人貪花好色，以前不知怎樣給她爹爹捉住了，饒他不殺，卻有許多古怪的刑罰加在他身上，這一次居然又硬逼他做了和尚。

只聽不戒大聲道：「我法名叫不戒，甚麼清規戒律，一概不守。可是這田伯光在江湖上做的壞事太多，倘若不戒了這一樁壞事，怎能在你門下做你弟子？令狐公子也不喜

歡啊。他將來要傳我衣缽，因此他法名之中，也應該有『不戒』二字。」

忽聽得一人說道：「不戒和尚和不可不戒投入恆山派，我們桃谷六仙也入恆山派。」

正是桃谷六仙到了，說話的是桃幹仙。桃根仙道：「我們最先見到令狐沖，因此我們六人是大師兄，不戒和尚是小師弟。」

令狐沖心想：「恆山派既有不戒大師和田伯光，不妨再收桃谷六仙，免得江湖上說令狐沖是一羣尼姑、姑娘的掌門。」說道：「六位桃兄肯入恆山派，那是再好不過。師兄師弟大小排起來麻煩得緊，大家都免了罷！」

桃葉仙忽道：「不戒的弟子叫做不可不戒，不可不戒將來收了徒弟，法名叫作甚麼？」桃實仙道：「不可不戒的弟子，法名中須有不可不戒四字，可稱為『當然不可不戒』。」桃枝仙問道：「那麼『當然不可不戒』的弟子，法名又叫做甚麼？」

令狐沖見田伯光處境尷尬，便攔了他手道：「我有幾句話問你。」田伯光道：「他的法名可以叫做『理所當然不可不戒之至』。」桃花仙道：「那麼『理所當然不可不戒』的弟子，法名又叫做甚麼？」

「是。」二人加緊腳步，走出了數丈，卻聽得背後桃幹仙說道：「上面加不上了，只好加在下面，叫做『理所當然不可不戒之至』。」

田伯光苦笑道：「令狐掌門，那日我受太師父逼迫，來華山邀你去見小師太，這中間的經過，當真一言難盡。」令狐沖道：「我只知他逼你服了毒藥，又騙你說點了你的死穴。」

田伯光道：「這件事得從頭說起。那日在衡山羣玉院外跟余矮子打了一架，心想這

當兒湖南白道上的好手太多，不能多耽，於是北上河南。這天說來慚愧，老毛病發作，在開封府黑夜裏摸到一家富戶小姐的閨房之中。我掀開紗帳，伸手一摸，竟摸到個光頭。」令狐冲哈哈大笑，說道：「不料是個尼姑。」田伯光苦笑道：「不，是個和尚。」令狐冲哈哈大笑，說道：「不料是個尼姑。」田伯光苦笑道：「不，是個和尚。」令狐冲哈哈

田伯光搖頭道：「不是！那位和尚便是太師父。我白天在這家人家左近踩盤子，給太師父瞧在眼裏。他老人家料到我不懷好意，跟這家人說了，叫小姐躲了起來，他老人家睡在床上等我。」

令狐冲笑道：「田兄這一下就吃了苦頭。」田伯光苦笑道：「那還用說嗎？當時我一伸手摸到太師父的光頭，便知不妙，跟著小腹上一麻，已給點中了穴道。太師父跳下床來，點了燈，問我要死要活。我自知一生作惡多端，終有一日會遭到報應，當下便道：『要死！』太師父大為奇怪，問我：『爲甚麼要死？』我說：『我不小心給你制住，難道還能想活命嗎？』太師父臉孔一板，怒道：『你說不小心給我制住，倒像如果小心些，便不會給我制住了。好！』他說了這『好』字，一伸手便解開了我穴道。

「我坐了下來，問道：『有甚麼吩咐？』他說：『你帶得有刀，幹麼不向我砍？你生得有腳，幹麼不跳窗逃走？』我說：『姓田的男子漢大丈夫，豈是這等無恥小人？』他哈哈一笑，道：『你不是無恥小人？你答允拜我女兒爲師，怎地賴了？』我大是奇怪，問道：『你女兒？』他道：『在那酒樓之上，你跟那華山派的小伙子打賭，說道輸了便拜我女兒爲師，難道那是假的？我上恆山去跟我女兒相認，她一五一十，從頭至尾的都

跟我說了。」我道：「原來如此。那個小尼姑是你大和尚的女兒，那倒奇了。」他道：

「有甚麼奇怪了？」我自然說不出。」

令狐冲笑道：「這件事本來頗為奇怪。人家是生了兒女再做和尚，不戒大師卻是做了和尚再生女兒，他法名叫做不戒，便是甚麼清規戒律都不遵守之意。」

田伯光道：「是。當時我說：『打賭之事，乃是戲言，又如何當得真？這場打賭是我輸了，那不錯，我再也不去騷擾那位小師太，也就是了。』太師父道：『那不行。你說過要拜師，一定得拜師。你非拜我女兒為師不可。我可不能生了個女兒，你如不再幹這採花的勾當，要捉到你可還真不容易。』我見他糾纏不清，當下一個『倒踩三疊雲』，從窗口中跳了出去。在下自以為輕功了得，太師父定然追趕不上，不料只聽得背後腳步聲響，太師父直追了下來。我叫道：『大和尚，剛才你沒殺我，我此刻也不殺你。你再追來，我可要不客氣了。』

「太師父哈哈笑道：『你怎生不客氣？』我拔刀轉身，向他砍了過去。但太師父的武功也真高強，他以一雙肉掌和我拆招，封得我的快刀沒法遞進招去，拆到四十招後，他一把抓住我後頸，跟著又將我單刀奪了下來，問我：『服了沒有？』我說：『服了，你殺了我罷！』他道：『我殺了你有甚麼用？又救不活我女兒了？』我吃了一驚，問道：『小師太死了嗎？』他道：『這時候還沒死，可也就差不多了。我在恆山見到她，她瘦得皮包骨頭似的，見到我就哭，我慢慢問明白了她的事，原來都是給你害的。』我說：

「你要殺便殺，田伯光生平光明磊落，不打誑語。我本想對你的小姐無禮，可是她給華山派的令狐沖救了，田某可沒侵犯到你小姐，她仍是一位冰清玉潔的姑娘，不，是冰清玉潔的尼姑師太。」太師父道：「你奶奶的，冰清玉潔有甚麼用？我閨女生了相思病啦，倘若令狐沖不娶她，她便活不了。但我一提到這件事，我閨女便罵我，說甚麼出家人不可動凡心，否則菩薩要責怪，死後打入十八層地獄。」他說了一會，忽然揪住我頭頸，罵我：「臭小子，都是你搞出來的事。那日若不是你對我女兒非禮，令狐沖便不會出手相救，我女兒就不致瘦成這個樣子。」我道：『那倒不然。小師太美若天仙，當日我就算不對她無禮，令狐沖也必定會另借因頭，上前去勾勾搭搭。』」

令狐沖皺眉道：「田兄，你這幾句話可未免過份了。」

田伯光笑道：「對不起，這可得罪了。當時情勢危急，我若不這麼說，太師父決計不會放我。果然他一聽之下，便即轉怒為喜，說道：『臭小子，你自己想想，你一生做過多少壞事？要不是你非禮我女兒，老子早就將你腦袋捏扁了。』」

令狐沖奇道：「你對她女兒無禮，他反而高興？」田伯光道：「那也不是高興，他讚我有眼光。」令狐沖不禁莞爾。

田伯光道：「太師父左手將我提在半空，右手打了我十七八個耳光，我給他打得暈了過去。他將我浸入小河之中，浸醒了我，說道：『我限你一個月之內，去請令狐沖到恆山來見我女兒，就算一時不能娶她，讓他們說說情話，也是好的，我女兒的一條性命就可保得下來。師父有難，你做徒弟的怎可不救？』他點了我幾處穴道，說是死穴，又

逼我服了一劑毒藥，說道倘若一個月之內邀得你去見小師太，便給解藥，否則劇毒發作，無藥可救。」

令狐沖這才恍然，當日田伯光到華山來邀自己下山，滿腹難言之隱，甚麼都不肯明說，怎料到其間竟有這許多過節。

田伯光續道：「我到華山來邀你大駕，卻給人打得一敗塗地，只道這番再也性命難保，不料太師父放心不下，親自帶同小師太上華山找你，又給了我解藥，我聽你的勸，從此不再做採花奸淫的勾當。不過田伯光天生好色，女人是少不了的，反正身邊金銀有的是，要找蕩婦淫娃、娼妓歌女，絲毫不是難事。半個月前，太師父又找到了我，說你做了恆山派掌門，卻給人家背後譏笑，江湖上的名聲不大好聽，他老人家愛屋及烏，愛女及婿……」

令狐沖皺眉道：「田兄，這等無聊的話，以後可再也不能出口。」

田伯光道：「是，是。我只不過轉述太師父的話而已。他說他老人家要投入恆山派，叫我跟著一起來，第一步他要代女收徒。我不肯答應，他老人家揮拳就打，我打是打不過，逃又逃不了，只好拜師。」說到這裏，愁眉苦臉，神色甚是難看。

令狐沖道：「就算拜師，也不一定須做和尚。少林派不也有許多俗家弟子？」

田伯光搖頭道：「太師父是另有道理的。他說：『你這人太也好色，入了恆山派，師伯師叔們都是美貌尼姑，那可大大不安。須得斬草除根，方為上策。』他出手將我點倒，拉下我的褲子，提起刀來，就這麼喀的一下，將我那話兒斬去了半截。」

1245

令狐沖一驚，「啊」的一聲，搖了搖頭，雖覺此事甚慘，但想田伯光一生所害的良家婦女太多，那也是應得之報。

田伯光也搖了搖頭，說道：「當時我便暈了過去。待得醒轉，太師父已給我敷上了金創藥，包好傷口，命我養了幾日傷。跟著便逼我剃度，做了和尚，給我取個法名，叫做『不可不戒』。」他說：『我已斬了你那話兒，你已幹不得不採花壞事，本來也不用做和尚。我叫你做和尚，取個「不可不戒」的法名，以便眾所周知，那是為了恆山派的名聲。本來嘛，做和尚的人，跟尼姑們混在一起，大大不安，但打明招牌「不可不戒」，就不要緊了。』」

令狐沖微笑道：「你太師父倒挺細心，想得周到。」田伯光道：「太師父為了寶貝女兒，只好用盡心思，要救她一命。太師父說：定是你欺負了她。』令狐沖道：我師父。」令狐沖奇道：「我為甚麼要責怪你師父？全沒這回子事。」

田伯光道：「太師父說：每次見到我師父，她總更加瘦了一些，臉色也越來越壞，問起她時，她總是流淚，一句話不說。太師父說：我要我向你說明此事，又要我請你別責怪我師父。」

「沒有啊！我從來沒重言重語說過你師父一句。再說，她甚麼都好，我怎會責罵她？」田伯光道：「就是你從來沒罵過她一句，因此我師父要哭了。」令狐沖驚道：「這個我可不明白了。」田伯光道：「太師父為了這件事，又狠狠打了我一頓。」

令狐沖搔了搔頭，心想這不戒大師之胡纏瞎攪，與桃谷六仙實有異曲同工之妙。

田伯光道：「太師父說：他當年和太師母做了夫妻後，時時吵嘴，越罵得兇，越是

1246

恩愛。你不罵我師父，就是不想娶她為妻。」

令狐沖道：「這個……你師父是出家人，我可從來沒想過這件事。」田伯光道：

「我也這樣說，太師父大大生氣，便打了我一頓。他說：我太師母本來是尼姑，他為了要娶她，才做和尚。如果出家人不能做夫妻，世上怎會有我師父，又怎會有我？」令狐沖忍不住好笑，心想你比儀琳小師妹年紀大得多，如果世上沒我師父，又怎會有我？」令狐沖又道：「太師父還說：如果你不是想娶我師父，幹麼要做恆山派掌門？他說：恆山派尼姑雖多，可沒一個比我師父更貌美的，人人差得遠了！你不是為我師父，卻又為了那一個尼姑？」

令狐沖暗暗苦不迭，心想：「不戒大師當年為了要娶一個尼姑為妻，才做和尚，他只道普天下人個個和他一般心腸。這句話如傳了出去，豈不糟糕之至？」

田伯光苦笑道：「太師父問我：我師父是不是世上最美貌的女子。我說：『就算不是最美，那也是美得很了。』他一拳打落了我兩枚牙齒，大發脾氣，說道：『為甚麼不是最美？如果我女兒不美，你當日為甚麼圖對她非禮？令狐沖這小子為甚麼捨命救她？』我連忙說：『最美，最美。太師父你老人家生下來的姑娘，豈不是天下最美貌之理？』他聽了這話，這才高興，大讚我眼光高明。」

令狐沖微笑道：「儀琳小師妹本來相貌甚美，那也難怪不戒大師誇耀。」

田伯光道：「你也說我師父相貌甚美，那就好極啦。」令狐沖奇道：「為甚麼那就好極啦？」田伯光喜道：「太師父交了一件好差使給我，說道著落在我身上，要我設法叫你……叫你

……」令狐冲道：「叫我甚麼？」田伯光笑道：「叫你做我的師公。」

令狐冲一呆，道：「田兄，不戒大師愛女之心，無微不至。然而這樁事情，你也明知是辦不到的。」田伯光道：「是啊。我說那可難得很，說你曾為了神教的任大小姐，率眾攻打少林寺。我說：『任大小姐的相貌雖及不上我師父的一成，可是令狐公子和她有緣，已給她迷上了，旁人那也沒法可施。』令狐公子，在太師父面前，我不得不這麼說，以便保得幾枚牙齒來吃東西，你可別見怪。」令狐冲微笑道：「我自然明白。」

田伯光道：「太師父說：這件事他也知道，他說那很好辦，想個法子將任大小姐殺了，不讓你知道，那就成了。我忙說不可，倘若害死了任大小姐，令狐公子將任大小姐殺了，我女兒要守活寡，豈不倒霉？這樣罷，

太師父道：『這也說得是。令狐冲這小子死了，你去跟令狐冲這小子說，我女兒嫁給他做二房，也無不可。』我說：『太師父，你老人家的堂堂千金，豈可如此委屈？』他嘆道：『你不知道，我這個姑娘如嫁不成令狐冲，早晚便死，定然活不久長。』他說到這裏，突然流下淚來。唉，這是父女天性，真情流露，可不是假的。」

兩人面面相對，都感尷尬。田伯光道：「令狐公子，太師父對我的吩咐我都對你說了。我知道這其中頗有難處，尤其你是恆山派掌門，更加犯忌。不過我勸你對我師父多說幾句好話，讓她高高興興，將來再瞧著辦罷。」

令狐冲點頭道：「是了。」想起這些日來每次見到儀琳，確是見她日漸瘦損，卻原來是為相思所苦。儀琳對他情深一往，他如何不知？但她是出家人，又年紀幼小，料想

這些閒情稍經時日，也便收拾起了，此後在仙霞嶺上和她重逢，自閩至贛，始終沒單獨跟她說過甚麼話。此番上恆山來，更加大避嫌疑。自己名聲早就不佳，於世人毀譽原不放在心上，可不能壞了恆山派的清名，是以除了向恆山女弟子傳授劍法之外，平日極少和誰說甚麼閒話，往日裝瘋喬痴的小丑模樣，更早已收得乾乾淨淨。此刻聽田伯光說到往事，儀琳對自己的一番柔情，驀地裏湧上心頭。

眼望著遠處山頭皚皚積雪，正自沉思，忽聽得山道上有大羣人喧嘩之聲。見性峯上向來清靜，從無有人如此吵嚷，正詫異間，只聽得腳步聲響，數百人擁將上來，當先一人叫道：「恭喜令狐公子，你今日大喜啊！」這人又矮又肥，正是老頭子。他身後計無施、祖千秋，以及黃伯流、司馬大、藍鳳凰、游迅、漠北雙熊等一千人竟都到了。

令狐冲又驚又喜，忙迎上前去，說道：「在下受定閒師太遺命，只得前來執掌恆山派門戶，沒敢驚動眾位朋友。怎地大夥兒都到了？」

這些人曾隨令狐冲攻打少林寺，經過一場生死搏鬥，已是患難之交。眾人紛紛搶上，將他圍在中間，十分親熱。老頭子大聲道：「大夥兒聽得公子已將聖姑接了出來，人人都十分歡喜。公子出任恆山派掌門，此事早已轟傳江湖，大夥兒今日若不上山道喜，可眞該死之極了。」這些人豪邁爽快，三言兩語之間，已笑成一片。

令狐冲自上恆山之後，對著一羣尼姑、姑娘，說話行事，無不極盡拘束，此刻陡然間遇上這許多老友，自不勝之喜。

黃伯流道：「我們是不速之客，恆山派未必備有我們這批粗胚的飲食。酒食飯菜這就挑上山來了。」令狐沖喜道：「那再好也沒有了。」心想：「這情景倒似當年五霸岡上的羣豪大會。」說話之間，又有數百人上山。計無施笑道：「令狐公子，咱們自己人不用客氣。你那些斯斯文文的女弟子，也招呼不來我們這些渾人。大家自便最好。」

這時見性峯上已喧鬧成一片。恆山眾弟子絕未料到竟有這許多賓客到賀，均各興奮。有些見多識廣的老成弟子，察覺來賀的這些客人頗為不倫不類，雖有不少知名之士，卻均是邪派高手，也有許多是綠林英雄、黑道豪客。恆山派門規素嚴，羣弟子人人潔身自愛，縱然同是正教之士，也少交往。這些左道旁門的人物，向來對之絕不理睬，今日竟一窩蜂的擁上峯來。但眼見掌門人和他們抱腰拉手，神態親熱，也只得自己心下皺眉。

到得午間，數百名漢子挑了雞鴨牛羊、酒菜飯麵來到峯上。令狐沖心想：「見性峯上供奉白衣觀音，自己一做掌門人，便即大魚大肉，殺豬宰羊，未免對不住恆山派歷代祖宗。」當下命這些漢子在山腰間埋灶造飯。一陣陣酒肉香氣飄將上來，羣尼無不暗暗嘀咕而已。

羣豪用過中飯，團團在見性峯主庵前的曠地上坐定。令狐沖坐在西首之側，數百名女弟子依著長幼之序，站在他身後，只待吉時一到，便行接任之禮。

忽聽得絲竹聲響，一羣樂手吹著簫笛上峯。中間兩名青衣老者大踏步走上前來，羣豪中「咦、啊」之聲四起，不少人站起身來。

左首青衣老者蠟黃面皮，朗聲說道：「日月神教東方教主，委派兩位長老賈布、上官雲，前來祝賀令狐大俠榮任恆山派掌門。恭祝恆山派發揚光大，令狐掌門威震武林。」

此言一出，羣豪都「啊」的一聲，轟然叫了起來。

這些左道之士大半與魔教頗有瓜葛，其中還有人服了東方不敗的「三尸腦神丹」，聽到「東方教主」四字便即心驚膽戰。羣豪就算不識得這兩個老者的，也都久聞其名，左首那人是「黃面尊者」賈布，右首那人複姓上官，單名一個雲字，外號叫做「鵰俠」。兩人武功之高，據說遠在一般尋常門派的掌門人與幫主、總舵主之上。兩人在日月神教中的資歷也不甚深，但近數年來教中變遷甚大，元老耆宿如向問天一類人或遭排斥，或自行退隱，眼前賈布與上官雲是教中極有權勢、極有頭臉的第一流人物。這一次東方不敗派他二人親來，對令狐沖可說是給足面子了。

令狐沖上前相迎，說道：「在下與東方先生素不相識，有勞二位大駕，愧不敢當。」

他見那「黃面尊者」賈布一張瘦臉蠟也似黃，兩邊太陽穴高高鼓起，便如藏了一枚核桃相似。那「鵰俠」上官雲長手長腳，雙目精光燦爛，甚有威勢，足見二人內功均甚深厚。

賈布說道：「令狐大俠今日大喜，東方教主說道原該親自前來道賀才是。只是教中俗務羈絆，難以分身，令狐掌門勿怪才好。」

令狐沖道：「不敢。」心想：「瞧東方不敗這副排場，任教主自是尚未奪回教主之位，不知他和向大哥、盈盈三人現下怎樣了？」

賈布側過身來，左手一擺，說道：「一些薄禮，是東方教主的小小心意，請令狐掌

門晒納。」絲竹聲中，數十名漢子抬了四十口朱漆大箱上來。每一口箱子都由兩名壯漢抬著，瞧各人腳步沉重，箱子中所裝物事著實不輕。

令狐沖忙道：「兩位大駕光臨，令狐沖已感榮寵，如此重禮，卻萬萬不敢拜領。還請上覆東方先生，說道令狐沖多謝了，恆山弟子山居清苦，也不需用這些華貴的物事。」

賈布道：「令狐掌門若不笑納，在下與上官兄弟可為難得緊了。」略略側頭，向上官雲道：「上官兄弟，你說這話對不對？」上官雲道：「正是！」

令狐沖心下為難：「恆山派是正教門派，和你魔教勢同水火，就算雙方不打架，也不能結交為友。再說，任教主和盈盈就要去跟東方不敗算帳，我怎能收你的禮物？」便道：「兩位兄台請上覆東方先生，所賜萬萬不敢收受。兩位倘若不肯將原禮帶回，在下只好遣人送到貴教總壇來了。」

賈布微微一笑，說道：「令狐掌門可知這四十口箱中，裝的是甚麼物事？」令狐沖道：「在下自然不知。」賈布笑道：「令狐掌門看了之後，一定再也不會推卻了。這四十口箱子中所裝，其實也並非全是東方教主的禮物，有一部分原是該屬令狐掌門所有，我們抬了來，只物歸原主而已。」令狐沖大奇，道：「怎麼會是我的東西？那是甚麼？」

賈布踏上一步，低聲道：「其中大多數是任大小姐留在黑木崖上的衣衫首飾和常用物事，另外也有一些，是教主送給令狐大俠與任大小姐的薄禮。許多物事混在一起，分也分不開，令狐掌門也不用客氣了。哈哈，哈哈！」

令狐沖生性恬達隨便，向來不拘小節，見東方不敗送禮之意甚誠，其中又有許多是

盈盈的衣物，卻也不便堅拒，跟著哈哈一笑，說道：「如此便多謝了。」

只見一名女弟子快步走過來，稟道：「武當派沖虛道長親來道賀。」

令狐冲吃了一驚，忙迎到峯前。只見沖虛道人帶著八名弟子走上峯來。令狐冲躬身行禮，說道：「有勞道長大駕，令狐冲感激不盡。」沖虛道人笑道：「老弟榮任恆山掌門，貧道聞知，不勝之喜。少林寺方證、方生兩位大師也要前來道賀，不知他們兩位到了沒有？」令狐冲更是驚訝。

便在此時，山道上走上來一羣僧人，當先二人大袖飄飄，正是方證方丈和方生大師。方證叫道：「沖虛道兄，你腳程好快，可比我們先到了。」

令狐冲迎下山去，叫道：「兩位大師親臨，令狐冲何以克當？」方生笑道：「令狐少俠，你曾三入少林，我們到恆山來回拜一次，那也是禮尚往來啊。」

令狐冲將一眾少林僧和武當道人迎上峯來。峯上羣豪見少林、武當兩大門派的掌門人親身駕到，無不駭異，說話也不敢這麼大聲了。

恆山一眾女弟子個個喜形於色，均想：「掌門師兄的面子可大得緊啊。」

賈布與上官雲對望一眼，站在一旁，對方證、方生、沖虛等人上峯，似是視而不見。

令狐冲招呼方證大師和沖虛道人上座，尋思：「記得師父當年接任華山派掌門，少林派和武當派的掌門人並未到來，只遣人到賀而已。其時我雖年幼，不知有那些賓客，但師父、師娘後來跟衆弟子講述當年就任掌門時的風光，也從未提過少林、武當的掌門人大駕光臨。今日他二位同時到來，難道真的是向我道賀，還是別有用意？」

這時上峯來的賓客絡繹不絕，大都是當日曾參與攻打少林寺之役的羣豪。此外崑崙派、點蒼派、峨嵋派、崆峒派、青城派、丐幫等各大門派幫會，也都派人呈上掌門人、幫主的賀帖和禮物。令狐冲見賀客眾多，心下釋然：「他們都是瞧著恆山派和定閒師太的臉面，才來道賀，可不是憑著我令狐冲的面子。」

嵩山、華山、衡山、泰山四派，卻均並未遣人來賀。

耳聽得砰砰砰三聲號炮，吉時已屆。令狐冲站到場中，躬身抱拳，向眾人團團為禮，朗聲說道：「恆山派前任掌門定閒師太不幸遭人暗算，與定逸師太同時圓寂。小子令狐冲秉承定閒師太遺命，接掌恆山一派的門戶。承眾位前輩、眾位朋友不棄，大駕光臨，恆山派上下同蒙榮寵，不勝感激。」

磬鈸聲中，恆山派羣弟子列成兩行，魚貫而前，居中是儀和、儀清、儀真、儀質四名大弟子。四名大弟子手捧法器，走到令狐冲面前，躬身行禮。令狐冲長揖還禮。

儀和說道：「四件法器，乃恆山派創派之祖曉風師太所傳，向由本派掌門人接管。新任掌門人令狐師兄便請收領。」令狐冲應道：「是。」

四名大弟子將法器依次遞過，乃是一卷經書，一個木魚，一串念珠，一柄短劍。令狐冲見到木魚、念珠，不由得發窘，只得伸手接過，雙眼視地，不敢與眾人目光相接。

儀清展開一個卷軸，說道：「恆山派門人，須當嚴守佛戒，以及本門五大戒律：一戒犯上忤逆，二戒同門相殘，三戒妄殺無辜，四戒持身不正，五戒結交奸邪。恆山派祖宗遺訓，掌門師兄須當身體力行，督率弟子，一概凜遵。」令狐冲應道：「是！」心

想：「前三戒倒也罷了，可是令狐沖持身不大端正，至於不得結交奸邪那一款，更加令人為難。今日上峯來的賓客，倒有一大牛是左道旁門之士。」

忽聽得山道上有人叫道：「五嶽劍派左盟主有令，令狐沖不得擅篡恆山派掌門之位。」呼喝聲中，五個人飛奔而至，後面跟著數十人。當先五人各執一面錦旗，正是五嶽劍派的盟旗。五人奔至人羣外數丈處站定，居中那人高大魁梧，五十來歲年紀。

令狐沖認得此人姓丁名勉，外號「托塔手」，是嵩山掌門左冷禪的師弟，「嵩山十三太保」中的第一太保，當日曾在藥王廟外見過，當下抱拳說道：「丁前輩，您好。」

丁勉將手中錦旗一展，說道：「恆山派是五嶽劍派之一，須遵左盟主號令。」

令狐沖道：「丁前輩想必忘了。那日在浙南龍泉鑄劍谷中，嵩山派的朋友們假扮日月教人士，圍攻定閒、定逸兩位師太，死傷了多位恆山師姊妹。定閒師太早已聲明，恆山派從此不奉左盟主號令，這番言語，想來姓趙、姓張、姓司馬那三位仁兄，都已稟明左掌門了。令狐沖接掌恆山門戶，自當遵奉定閒師太遺命，不再加盟五嶽劍派。」

這時其餘數十人都已上峯，卻是嵩山、華山、衡山、泰山四派的弟子。華山派那八人都是令狐沖當年的師弟，林平之卻不在其內。這數十人分成四列，手按劍柄，默不作聲。

丁勉大聲道：「恆山一派，向由出家的女尼執掌門戶。令狐沖身為男子，豈可壞了恆山派數百年來的規矩？」

令狐沖道：「規矩是人所創，也可由人所改。況且恆山派早已不奉左盟主號令，恆

山派之事，與嵩山派全不相干。」

羣豪之中已有人向丁勉叫罵起來：「他恆山派的事，要你嵩山派來多管甚麼鳥閒事？」「你奶奶的，快給我滾罷！」「甚麼五嶽盟主？狗屁盟主，好不要臉。」

當年衡山派劉正風意欲金盆洗手，退出武林，左冷禪派出丁勉、陸柏、費彬等嵩山派高手，率領史登達等弟子，持五嶽令旗前來阻止。由於事先布置周詳，聲勢浩大，泰山、華山、恆山各派首腦均無法與抗，最後劉正風不但金盆洗手之舉作罷，其弟子家人亦都死於非命。定逸師太曾欲主持公道，從中調解，反爲丁勉擊傷，憤而退走。今日嵩山派的作爲，與當年阻止劉正風金盆洗手甚爲相似，而派來的人馬，除嵩山派之外，尚有華山、衡山、泰山三派弟子，聲勢更較當日「衡山攻劉」爲盛。

儀和、儀清等恆山弟子原不免心中慄慄，然見賀客甚衆，不但少林、武當兩派掌門親臨，更有五湖四海的豪士近千人，嵩山派再想舊事重演，強行阻止令狐冲接掌恆山派門戶，只怕難以辦到了。眼見羣豪氣勢甚壯，心中登即大定，反覺這些人亂糟糟的來搗亂一番，倒於己方有利。

丁勉向令狐冲道：「這些口出污言之人，在這裏幹甚麼來著？」

令狐冲道：「這些兄台都是在下的朋友，是上峯來觀禮的。」丁勉道：「這就是了。恆山派五大戒律，第五條是甚麼？」令狐冲心道：「你存心跟我過不去，我便來跟你強辯。」說道：「恆山五大戒律，第五戒是不得結交奸邪。像丁兄這樣的人，以及嵩山派其餘的奸邪之徒，令狐冲是決計不會結交的。」

羣豪一聽，登時轟笑起來，都道：「奸邪之徒，快快滾罷！」

丁勉以及嵩山、華山等各派弟子見了這等聲勢，均想敵眾我寡，對方倘若翻臉動手，那可糟糕。丁勉更想：「左師哥這次可失算了。他料想見性峯上冷冷清清，只不過一些恆山派的尼姑、姑娘，我們四派數十名好手，儘可制得住。令狐沖劍術雖精，我們乘他手中無劍之時，師兄弟五人突以拳腳夾攻，必可取他性命。那知賀客竟這麼多，連少林、武當的兩大掌門也到了。」當下轉身向方證和沖虛說道：「兩位掌門是當今武林中的泰山北斗，人所共仰，今日須請兩位說句公道話。令狐沖這樣一個歷時已久、享譽甚隆的名門正派，在令狐沖手中轉眼便鬧得萬劫不復，兩位是否坐視不理？」

方證咳嗽一聲，說道：「這個……這個……唔……」心想此人的話倒也在理，這裏果然大多數是旁門左道之士，可是難道要令狐沖將他們都逐下山去不成？

忽聽得山道上傳來一個女子清脆的叫聲：「日月神教任大小姐到！」

令狐沖驚喜交集，情不自禁的衝口而出：「盈盈來了！」急步奔到崖邊，只見兩名大漢抬著一乘青呢小轎，快步上峯。小轎之後跟著四名青衣女婢。

左道羣豪聽得盈盈到來，紛紛衝下山道去迎接，歡聲雷動，擁著小轎，來到峯頂。小轎停下，轎帷掀開，走出一個身穿淡綠衣衫的豔美少女，正是盈盈。

羣豪大聲歡呼：「聖姑！聖姑！」一齊躬身行禮。瞧這些人的神情，對盈盈又敬畏，又感佩，歡喜之情出自心底。

令狐冲走上幾步，微笑道：「盈盈，你也來啦！」

盈盈微笑道：「今天是你大喜的日子，我怎能不來？」眼光四下一掃，走上幾步，向方證與沖虛二人斂衽為禮，說道：「方丈大師，掌門道長，小女子有禮。」

方證和沖虛一齊還禮，心下都想：「你和令狐冲再好，今日卻也不該前來，這可叫令狐冲更加為難了。」

丁勉大聲道：「這個姑娘，是魔教中的要緊人物。令狐冲，你說是也不是？」令狐冲道：「是又怎樣？」丁勉道：「恆山派五大戒律，規定不得結交奸邪。你若不與這些奸邪人物一刀兩斷，便做不得恆山派掌門。」令狐冲道：「做不得便做不得，那又有甚麼打緊？」

盈盈向他瞧了一眼，目光中深情無限，心想：「你為了我，甚麼都不在乎了。」問道：「請問令狐掌門，這位朋友是甚麼來頭？憑甚麼來過問恆山派之事？」

令狐冲道：「他自稱是嵩山派左掌門派來的，手中拿的，便是左掌門的令旗。別說這是左掌門的一面小小令旗，就是左掌門自己親至，又怎管得了我恆山派的事。」

盈盈點頭道：「不錯。」想起那日少林寺比武，左冷禪千方百計的為難，寒冰真氣又使爹爹身受重傷，險些性命不保，不由得惱怒，說道：「誰說這是五嶽劍派的盟旗？他是來騙人的……」一言未畢，身子微晃，左手中已多了柄寒光閃閃的短劍，疾向丁勉胸口刺去。

丁勉武功雖高，但萬萬料不到這樣一個嬌怯怯的美貌少女說打便打，事先更沒半點

朕兆，出手如電，挺劍便刺了過來，拔劍招架已然不及，只得側身閃避。他更沒料到盈盈這一招乃是虛招，身子略轉之際，右手稍鬆，手中錦旗已給這姑娘奪了過去。嵩山派其子不停，連刺五劍，連奪五面錦旗，所使身法劍招一模一樣，五招皆是如此。盈盈身餘四人都是丁勉的師弟，個個拳腳功夫甚為了得，左冷禪派了來，原是要避令狐冲劍招之長，以拳腳襲擊令狐冲的，可是盈盈出手實在太快，一霎之間，給她奇兵突出，攻了個措手不及，與其說是輸招，還不如說是中了奇襲暗算。

盈盈手到旗來，轉到了令狐冲身後，大聲道：「令狐掌門，這些旗果然是假的。這那裏是五嶽劍派的令旗，這是五仙教的五毒旗啊。」

她將手中五面錦旗張了開來，人人看得明白，五面旗上分別繡著青蛇、蜈蚣、蜘蛛、蝎子、蟾蜍五樣毒物，色彩鮮明，奕奕如生，那裏是五嶽劍派的令旗了？

丁勉等人只驚得目瞪口呆，說不出話來。老頭子、祖千秋等羣豪卻大聲喝采。人人均知盈盈奪到令旗之後，立即便掉了包，將五嶽令旗換了五毒旗，只她手腳實在太快，誰也沒看清楚她掉旗之舉。

盈盈叫道：「藍教主！」人羣中一個身穿苗家裝束的美女站了出來，笑道：「在！聖姑有何吩咐？」正是五仙教教主藍鳳凰。盈盈問道：「你教中的五毒旗，怎會落入了嵩山派手中？」藍鳳凰笑道：「這幾個嵩山弟子，都是我教下女弟子的好朋友，想必是他們甜言蜜語，將我教中的五毒旗騙了去玩兒。」盈盈道：「原來如此。這五面旗兒，便還了你罷。」說著將五面旗子擲將過去。藍鳳凰笑道：「多謝。」伸手接了。

1259

丁勉怒極大罵：「無恥妖女，在老子面前使這掩眼的妖法，快將令旗還來。」盈盈笑道：「你要五毒旗，不會向藍教主去討嗎？」丁勉無法可施，向方證和冲虛道：「方丈大師、冲虛道長，請你二位德高望重的前輩主持公道。」

方證道：「這個……唔……不得結交奸邪，恆山派戒律中原是有這麼一條，不過……今日江湖上朋友們前來觀禮，令狐掌門也不能閉門不納，太不給人家面子……」

丁勉突然指著人羣中一人，大聲道：「他……我認得他是採花大盜田伯光，他這麼扮成個和尚，便想瞞過我的眼去嗎？像這樣的人，也是令狐冲的朋友？」厲聲道：「田伯光，你到恆山幹甚麼來著？」田伯光道：「拜師來著。」丁勉奇道：「拜師？」

田伯光道：「正是。」走到儀琳面前，跪下磕頭，叫道：「師父，弟子請安。弟子痛改前非，法名叫做『不可不戒』。」儀琳滿臉通紅，側身避過，道：「你……你……」

盈盈笑道：「田師傅有心改邪歸正，另投明師，那是再好不過。他落髮出家，法名『不可不戒』，更顯得其意極誠。方證大師，有道是放下屠刀，立地成佛。一個人只要決心改過遷善，佛門廣大，便會給他一條自新之路，是不是？」

方證喜道：「正是！不可不戒投入恆山派，從此嚴守門規，實是武林之福。」

盈盈大聲道：「眾位聽了，咱們今日到來，都是來投恆山派的。只要令狐掌門肯收留，咱們便都是恆山弟子了。恆山弟子，怎能算是妖邪？」

令狐冲恍然大悟：「原來盈盈早料到我身為眾女弟子的掌門，十分尷尬，倘若派中有許多男弟子，那便無人恥笑了。因此特地叫這一大羣人來投入恆山派。」當即朗聲問

道：「儀和師姊，本派可有不許收男弟子這條門規麼？」

儀和道：「不許收男弟子的門規倒沒有，不過……不過……」她腦子一時轉不過來，總覺派中突然多了這許多男弟子出來，實是大大不安。

令狐冲道：「眾位要投入恆山派，那是再好不過。但也不必拜師。恆山派另設一處，歷代相傳為張果老倒騎驢子所踏出。如此堅硬的花崗石上，居然有驢蹄之痕深印，若不是仙人遺跡，何以生成？唐玄宗封張果老為『通元先生』，通元谷之名，便由此而來。通元谷和見性峯上主庵相距雖然不遠，但由谷至峯，山道絕險。令狐冲將這批江湖豪客安置在通元谷中，令他們男女隔絕，以免多生是非。

……唔……一個『恆山別院』，安置各位，那邊通元谷，便是一個極好去處。」

那通元谷在見性峯之側，相傳唐時仙人張果老曾在此煉丹。恆山大石上有蹄印數

方證連連點頭，說道：「如此甚好。這些朋友們歸入了恆山派，受恆山派門規約束，真是武林中一件大大的美事。」

丁勉見方證大師也如此說，對方人多勢眾，看來今日已無法阻止令狐冲出任恆山派掌門，只得傳達左冷禪的第二道命令，咳嗽一聲，朗聲說道：「五嶽劍派左盟主有令：三月十五清晨，五嶽劍派各派師長弟子齊集嵩山，推舉五嶽派掌門人，務須依時到達，不得有誤。」

令狐冲問道：「嵩山、泰山、華山、衡山四派，均已一致同意。你恆山派倘若獨持異

議，便是公然跟四派過不去，只有自討苦吃了。」轉身向泰山派等人問道：「你們說是不是？」站在他身後的數十人齊聲道：「正是！」丁勉一陣冷笑，轉身便走。走出幾步，不禁回頭向盈盈瞧了一眼，心想：「那五面令旗，如何想法子奪回來才好。」

藍鳳凰笑道：「丁老師，你失了旗子，回去怎麼向左掌門交代啊？不如我還了你罷！」說著右手一揮，將一面錦旗擲了過去。

丁勉見一面小旗勢挾勁風飛來，心想：「這是你的五毒旗，又不是五嶽令旗，我要來幹甚麼？」心念甫轉，那旗已飛向面前，戳向他咽喉，當即伸手抄住。突然一聲大叫，急忙將旗擲下，只覺掌心猶似烈火燒炙，提手一看，掌心已成淡紫之色，才知旗桿上餵有劇毒，已受了五毒教暗算，又驚又怒，氣急敗壞的罵道：「妖女……」

藍鳳凰笑道：「你叫一聲『令狐掌門』，向他求情，我便給你解藥，否則你這隻手掌要整個兒爛掉。」

丁勉素知五毒教使毒的厲害，一猶豫間，但覺掌心麻木，知覺漸失，心想我畢生功力，全在兩掌，爛掉手掌便成廢人，情急之下，只得叫道：「令狐掌門，你……」藍鳳凰笑道：「求情。」丁勉道：「令狐掌門，在下得罪了你，是我不是。求……求你賜給解……解藥。」

令狐冲微笑道：「藍姑娘，這位丁兄不過奉左掌門之命而來，請你給他解藥罷！」

藍鳳凰一笑，向身畔一名苗女揮手示意。那苗女從懷中取出一個白紙小包，走上幾步，拋給了丁勉。丁勉伸手接過，在羣豪轟笑聲中疾趨下峯。其餘數十人都跟了下去。

令狐冲朗聲道：「眾位朋友，大夥兒既願在恆山別院居住，可得遵守本派的戒律。這戒律其實也不怎麼難守，只是第五條不得結交奸邪，有些麻煩。但自今而後，大夥兒都算是恆山派的人，恆山派弟子自然不是奸邪。不過和派外之人交友時，卻得留神些了。」群豪轟然稱是。令狐冲又道：「你們要喝酒吃肉，也無不可，可是吃葷之人，過了今日，便不能再上這見性峯來。」

方證合什道：「善哉，善哉！清淨佛地，原是不可褻瀆了。」

令狐冲笑道：「好啦，我這掌門人，算是做成了。大家肚子也餓啦，快開素齋來，我陪少林方丈、武當掌門和各位前輩用飯。到得明日，再和各位喝酒。」

素齋後，方證道：「令狐掌門，老衲和冲虛道兄二人有幾句話，想和掌門人商議。」

令狐冲應道：「是。」心想：「當今武林中二大門派的掌門人親身來到恆山，必有重要話說。見性峯上龍蛇混雜，不論在那裏說話，都不免隔牆有耳。」當下吩咐儀和、儀清等弟子分別招待賓客，向方證、冲虛二人道：「下此峯後，磁窰口側有一座山，叫作翠屏山，峭壁如鏡。山上有座懸空寺，是恆山的勝景。二位前輩若有雅興，讓晚輩導往一遊如何？」

冲虛道人喜道：「久聞翠屏山懸空寺建於北魏年間，於松不能生、猿不能攀之處，發偌大願力，憑空建寺。那是天下奇景，貧道仰慕已久，正欲一開眼界。」

令狐冲和方證、冲虛來到飛橋之上。

飛橋闊僅數尺，放眼四周皆空，

雲生足底，有如身處天上，

三人臨此勝境，胸襟大暢。

令狐冲引著方證大師和冲虛道長下見性峯，趨磁窰口，來到翠屏山下。方證與冲虛閣之人當真妙想天開，果然是天下無難事，只怕有心人。」

仰頭而望，但見飛閣二座，聳立峯頂，宛似仙人樓閣，現於雲端。方證嘆道：「造此樓

三人緩步登山，來到懸空寺中。那懸空寺寺共有樓閣二座，皆高三層，凌虛數丈，來，瞠目以視，既不招呼，也不行禮。令狐冲於十多日前曾偕儀和、儀清、儀琳等人來相距數十步，二樓之間，聯以飛橋。寺中有一年老僕婦看守打掃，見到令狐冲等三人到

過，知這僕婦又聾又啞，甚麼事也不懂，當下也不理睬，逕和方證、冲虛來到飛橋之上。

飛橋闊僅數尺，若是常人登臨，放眼四周皆空，雲生足底，有如身處天上，自不免心目俱搖，手足如廢，但三人皆是一等一的高手，臨此勝境，胸襟大暢。

方證和冲虛向北望去，於縹緲煙雲之中，隱隱見到城郭出沒，磁窰口雙峯夾峙，一水中流，形勢甚為雄峻。方證說道：「古人說一夫當關，萬夫莫開，這裏的形勢，確是如此。」冲虛道：「北宋年間楊老令公扼守三關，屯兵於此，這原是兵家必爭的要塞。始見懸空寺，但覺鬼斧神工，驚詫古人的功夫毅力，待見到這五百里開鑿的山道，懸空寺又渺不足道了。」

令狐冲奇道：「道長，你說這數百里山道，都是人工開鑿出來的？」冲虛道：「史書記載，北魏道武帝天興元年克燕，將兵自中山歸平城，發卒數萬人鑿恆嶺，通直道五百餘里，磁窰口便是這直道的北端。」方證道：「所謂直道五百餘里，當然大多數是天生的。北魏皇帝發數萬兵卒，只是將其間阻道的山嶺鑿開而已。但縱是如此，工程之

大，也已令人撟舌難下。

令狐沖道：「無怪乎有這許多人想做皇帝。他只消開一句口，數萬兵卒便將阻路的山嶺給他鑿了開來。」沖虛道：「權勢這一關，古來多少英雄豪傑，卻都難以鑿開。別說做皇帝，今日武林中所以風波迭起，紛爭不已，還不是為了那『權勢』二字。」

令狐沖心下一凜，便道：「晚輩不明，請二位前輩指點。」

方證道：「令狐掌門，今日嵩山派的丁老師率眾前來，為的是甚麼？」令狐沖道：「他傳達左盟主的號令，不許晚輩接任恆山派掌門。」方證道：「左盟主要將五嶽劍派併而為一，晚輩曾一再阻撓他的大計，殺了不少嵩山派之人，左盟主對晚輩自是痛恨之極。」方證道：「你為甚麼要阻撓他的大計？」

令狐沖一呆，一時難以回答，順口重複了一句：「我為甚麼要阻撓他的大計？」

方證問道：「你以為五嶽劍派合而為一，這件事不安麼？」

令狐沖道：「晚輩當時也沒想過此事妥或不妥。只是嵩山派為了脅迫恆山派答允假扮日月教教眾，劫擄恆山弟子，圍攻定靜師太，所使的手段太過卑鄙。晚輩心想，五嶽劍派合併之舉倘是美事、好事，嵩山派何不正大光明的與各派掌門商議，卻要幹這鬼鬼祟祟的勾當？」

沖虛點頭道：「令狐掌門所見不差。左冷禪野心極大，要做武林中的第一人。自知

1267

難以服眾，只好暗使陰謀。」方證嘆道：「左盟主文才武略，確是武林中的傑出人物，五嶽劍派之中，原本沒第二人比得上。不過他抱負太大，急欲壓倒武當、少林兩派，未免有些不擇手段。」冲虛道：「少林派向為武林領袖，數百年來眾所公認。少林之次，便是武當。更其次是崑崙、峨嵋、崆峒諸派。令狐賢弟，一個門派創建成名，那是數百年來無數英雄豪傑，花了無數心血累積而成，一套套的武功家數，都是一點一滴、千錘百鍊的積聚起來，決非一朝一夕之功。五嶽劍派在武林崛起，不過是近六七十年的事，雖然興旺得快，家底總還不及崑崙、峨嵋，更不用說和少林派博大精深的七十二絕藝相比了。」令狐冲點頭稱是。

冲虛又道：「各派之中，偶爾也有一二才智之士，武功精強，雄霸當時。一個人在武林中出人頭地，揚名立萬，事屬尋常。但若只憑一人之力，便想壓倒天下各大門派，那可從所未有。左冷禪滿腹野心，想幹的卻正是這件事。當年他一任五嶽劍派的盟主，方丈大師就料到武林中從此多事。近年來左冷禪的所作所為，果然證明了方丈大師的先見。」方證唸了一句：「阿彌陀佛！」

冲虛道：「左冷禪當上五嶽劍派盟主，那是第一步。第二步是要將五派歸一，由他自任掌門。五派歸一之後，實力雄厚，便可隱然與少林、武當成為鼎足而三之勢。那時他會進一步蠶食崑崙、峨嵋、崆峒、青城諸派，一一將之合併，那是第三步。然後他向魔教啓釁，率領少林、武當諸派，一舉將魔教挑了，這是第四步。」

令狐冲內心感到一陣懼意，說道：「這等事情難辦之極，左冷禪的武功未必當世無

1268

敵，他何以要花偌大心力？」

沖虛道：「人心難測。世上之事，不論多麼難辦，總是有人要去試上一試。你瞧，這五百里山道，不是有人鑿開了？這懸空寺，不是有人建成了？左冷禪若能滅了魔教，在武林中已是唯我獨尊之勢，再要吞併武當，收拾少林，也未始不能。兵敗如山倒固然不錯，勝勢若潮湧也非奇事。」方證又唸了一句：「阿彌陀佛！」

令狐沖道：「原來左冷禪是要天下武林之士，個個遵他號令。」

沖虛道：「正是！那時候只怕他想做皇帝了，做了皇帝之後，又想長生不老，萬壽無疆！這叫做『人心不足蛇吞象』，自古以來，皆是如此。英雄豪傑之士，絕少有人能逃得過這『權位』的關口。」

令狐沖默然，一陣北風疾颻過來，不由得機伶伶的打了個寒噤，說道：「人生數十年，但貴適意，卻又何苦如此？左冷禪要挑了魔教，要消滅崆峒、崑崙，要吞併少林、武當，不知將殺多少人，流多少血？」

沖虛雙手一拍，說道：「照啊，咱三人身負重任，須得阻止左冷禪，不讓他野心得逞，以免江湖之上，遍地血腥。」

令狐沖悚然道：「道長這等說，可令晚輩大是惶恐。晚輩見識淺陋，謹奉二位前輩教誨驅策。」

沖虛說道：「那日你率領羣豪，赴少林寺迎接任大小姐，不損少林寺一草一木，方

丈夫大師很承你的情。」令狐冲臉上微微一紅，道：「晚輩胡鬧，甚是惶恐。」冲虛道：

「你走了之後，左冷禪等人也分別告辭，我卻又在少林寺中住了七日，和方丈大師日夜長談，深以左冷禪的野心勃勃爲憂。那日任我行使詭計佔了方證大師的上風，方丈大師即以其人之道，還治其人之身，本來那也算不了甚麼，但武林中無知之徒不免會說：『方證大師敵不過任我行，任我行又敵不過左冷禪……』」

令狐冲連連搖頭，道：「不見得，不見得！」冲虛道：「我們都知不見得。可是經此一戰，左冷禪的名頭終究又響了不少，也增長了他的自負與野心。後來我們分別接到你老弟出任恆山派掌門的訊息，決定親自上恆山來，一來是向老弟道賀，二來是商議這件大事。」令狐冲道：「兩位如此抬舉，晚輩實不敢當。」

冲虛道：「那丁勉傳來左冷禪的號令，說道三月十五，五嶽劍派人衆齊集嵩山，推舉五嶽派的掌門人。此舉原早在方丈大師的意料之中，只是我們沒想到左冷禪竟會如此性急。他說推舉五嶽派掌門人，倒似五嶽派合而爲一之事已成定局。其實，衡山莫大先生脾氣怪僻，是不會附和左冷禪的。泰山天門道兄性子剛烈，也決計不肯屈居人下。令師岳先生外圓內方，對華山一派的道統看得極重，左冷禪要他取消華山派的名頭，岳先生該會據理力爭。只恆山一派，三位前輩師太先後圓寂，一衆女弟子無力和左冷禪相抗，說不定就此屈服。豈知定閒師太竟能破除成規，將掌門人一席重任，交託在老弟手中。我和方丈師兄談起定閒師太的胸襟遠見，當眞欽佩之極。她在身受重傷之際，仍能想到這一著，更是難得，足見定閒師太平素修爲之高，直至壽終西歸，始終靈台清明。

只要泰山、衡山、華山、恆山四派聯手，不允併成五嶽派，左冷禪為禍江湖的陰謀便不能得逞了。」

令狐冲道：「然而瞧丁勉今日前來傳令的聲勢，似乎泰山、衡山、華山三派均已受了左冷禪的挾制。」冲虛點頭道：「正是。令師岳先生的動向，也令方丈大師和貧道大惑不解。聽說福州林家有一名子弟，拜在令師門下，是不是？」令狐冲道：「正是。這林師弟名叫林平之。」冲虛道：「他祖傳有一部辟邪劍譜，江湖上傳言已久，均說譜中所載劍法，威力極大，老弟想來必有所聞。」令狐冲道：「是。」當下將如何在福州向陽巷中尋到一件袈裟、如何嵩山派有人謀奪、自己如何受傷暈倒等情說了。

冲虛沉吟半晌，道：「按情理說，令師見到了這件袈裟，自會交給你林師弟。」

令狐冲道：「是。可是後來師妹卻又向我追討辟邪劍譜。其中疑難，實無法索解。」

晚輩蒙冤已久，那也不去理他，但辟邪劍法到底實情如何，要向二位前輩請教。」

冲虛向方證瞧了一眼，道：「方丈大師，其中原委，請你向令狐老弟解說罷。」

方證點了點頭，說道：「令狐掌門，你可聽到過《葵花寶典》的名字？」

令狐冲道：「曾聽晚輩師父提起過，他老人家說，《葵花寶典》是武學中至高無上的秘笈，可是失傳已久，不知下落。後來晚輩又聽任教主說，他曾將《葵花寶典》傳給了東方不敗，然則這部《葵花寶典》，目下是在日月教手中了。」

方證搖頭道：「日月教所得的殘缺不全，並非原書。」令狐冲應道：「是。」心想武林中的重大隱秘之事，這兩位前輩倘若不知，旁人更不會知道了，料來有一件武林大

事，即將從方證大師口中透露出來。

方證抬起頭來，望著天空悠悠飄過的白雲，說道：「華山派當年有氣宗、劍宗之分，一派分為兩宗。華山派前輩，曾因此而大動干戈，自相殘殺，這一節你是知道的？」

令狐冲道：「是。只是我師父亦未詳加教誨。」方證點頭道：「本派中同室操戈，實非美事，是以岳先生不願多談。華山派所以有氣宗、劍宗之分，據說便是因那部《葵花寶典》而起。」

「嗯。」方證道：「至於這位前輩的姓名，已無可查考，以他這樣一位大高手，為甚麼在皇宮中做太監，那更加誰也不知道了。至於寶典中所載的武功，卻精深之極，三百餘年來，始終沒一人能據書練成。百餘年前，這部寶典為福建泉州少林寺下院所得。其時泉州少林寺方丈紅葉禪師，乃是一位大智大慧的了不起人物，依照他老人家的武功悟性，該當練成寶典上所載武功才是。但據他老人家的弟子說道，紅葉禪師並未練成。更有人說，紅葉禪師參究多年，直到逝世，始終就沒起始修練寶典中所載武功。」

令狐冲道：「說不定此外另有秘奧訣竅，卻不載在書中，以致以紅葉禪師這樣的智慧之士，也難以全部領悟，甚至根本無從著手。」

方證大師點頭道：「這也大有可能。老衲和冲虛道兄都無緣法見到寶典，否則雖不

他頓了一頓，緩緩說道：「這部《葵花寶典》，武林中向來都說，是前朝皇宮中一位宦官所著。」令狐冲道：「宦官？」冲虛道：「宦官就是太監。」令狐冲點頭道：

敢說修習，但看看其中到底是些甚麼高深莫測的文字，也是好的。」

沖虛微微一笑，道：「大師卻動塵心了。咱們學武之人，不見到寶典則已，要是見到，定然會廢寢忘食的研習參悟，結果不但誤了清修，反而空惹一身煩惱。咱們沒緣份見到，其實倒是福氣。」

方證哈哈一笑，說道：「道兄說得是，老衲塵心不除，好生慚愧。」他轉頭又向令狐沖道：「據說華山派有兩位師兄弟，曾到泉州少林寺作客，不知因何機緣，竟看到了這部《葵花寶典》。」

令狐沖心想：「《葵花寶典》既如此要緊，泉州少林寺自然秘不示人。華山派這兩位前輩得能見到，定是偷看。方證大師說得客氣，不提這個『偷』字而已。」

方證又道：「其時匆匆之際，二人不及同時遍閱全書，當下二人分讀，一個人讀一半，後來回到華山，共同參悟研討。不料二人將書中功夫一加印證，竟然牛頭不對馬嘴，全然合不上來。二人都深信對方讀錯了書，只有自己所記才是對的。可是單憑自己所記得的一小半，卻又不能依之照練。兩個本來親逾同胞骨肉的師兄弟，到後來竟變成了對頭冤家。華山派分爲氣宗、劍宗，也就由此而起。」

令狐沖道：「這兩位前輩師兄弟，想來便是岳肅和蔡子峯兩位華山前輩了？」岳肅是華山氣宗之祖，蔡子峯則是劍宗之祖。華山一派分爲二宗，那是許多年前之事了。

方證道：「正是。岳蔡二位私閱《葵花寶典》之事，紅葉禪師不久便即發覺。他老人家知道這部寶典中所載武學不但博大精深，兼且凶險之極。據說最難的還是第一關，

1273

只消第一關能打通，以後倒也沒甚麼了。天下武功都是循序漸進，越到後來越難。這葵花寶典最艱難之處卻在第一步，修習時只要有半點岔錯，立時非死即傷。當下派遣他的得意弟子渡元禪師前往華山，勸諭岳蔡二位，不可修習寶典中的武學。」

令狐冲道：「這門功夫竟是第一步最難，如無人指點，照書自練，定然凶險之極。」方證道：「其實那也怪不得岳蔡二人。想我輩武學之人，一旦得窺精深武學的秘奧，如何肯不修習？老衲出家修為數十載，一旦想到寶典的武學，也不免起了塵念，冲虛道兄適才以此見笑，何況是俗家武師？不料渡元禪師此一去，卻又生出一番事來。」令狐冲道：「難道岳蔡二位，對渡元禪師有所不敬嗎？」

方證搖頭道：「那倒不是。渡元禪師上得華山，岳蔡二人對他好生相敬，承認私閱《葵花寶典》，一面深致歉意，一面卻以經中所載武學向他請教。殊不知渡元禪師雖是紅葉禪師的得意弟子，寶典中的武學卻未蒙傳授。只因紅葉禪師自己也不大明白，自不能以之傳授弟子。岳蔡二人只道他定然精通寶典中所載的學問，那想得到其中另有原由。渡元禪師也不點明，聽他們背誦經文，隨口解釋，心下卻暗自記憶。渡元禪師武功本極高明，又是絕頂機智之人，聽到一句經文，便以己意演繹幾句，居然也說來頭頭是道。」

令狐冲道：「這樣一來，渡元禪師反從岳蔡二位那裏，得悉了寶典中的經文？」方證道：「不錯。不過岳蔡二人所記的，本來便已不多，經過這麼一轉述，不免又打了折扣。據說渡元禪師在華山上住了八日，這才作別，但從此卻也沒再回泉州少林寺去。」令狐冲奇道：「他不再回去？卻到了何處？」方證道：「當時就沒人得知了。不

久紅葉禪師就收到渡元禪師的一通書信，說道他凡心難抑，決意還俗，無面目再見師父云云。」令狐冲大爲奇怪，心想此事當眞出乎意料之外。

方證道：「由於這一件事，少林下院和華山派之間，便生了許多嫌隙，而華山弟子偷窺《葵花寶典》之事，也流傳於外。過不多時，即有魔教十長老攻華山之舉。」

令狐冲登時想起在思過崖後洞所見的骷髏，以及石壁上所刻的武功劍法，不禁「啊」的一聲。方證道：「怎麼？」令狐冲臉上一紅，道：「打斷了方丈的話頭，恕罪則個。」

方證點了點頭，說道：「算來那時候連你師父也還沒出世呢。魔教十長老攻華山，便是想奪這部《葵花寶典》，其時華山派已與泰山、嵩山、恆山、衡山四派結成了五嶽劍派，其餘四派得訊便即來援。華山腳下一場大戰，魔教十長老多數身受重傷，鎩羽而去，但岳肅、蔡子峯兩人均在這一役中斃命，而他二人所筆錄的《葵花寶典》殘本，也給魔教奪了去，因此這一仗的輸贏卻也難說得很。五年之後，魔教捲土重來。這一次十長老有備而來，對五嶽劍派劍術中的精妙之著，都想好了破解之法。冲虛道兄與老衲推想，魔教十長老武功雖高，但要在短短五年之內，盡破五嶽劍派的精妙劍招，多半也還是由於從《葵花寶典》中得到了好處。二次決鬥，五嶽劍派著實吃了大虧，高手耆宿，死傷慘重，五派許多精妙劍法從此失傳湮沒。只是那魔教十長老卻也不得生離華山。想像那一場惡戰，定是慘烈非凡。」

令狐冲道：「晚輩曾在華山思過崖的一個石洞之中，見到這魔教十長老的遺骨，又見到石壁上刻下的若干題字。」冲虛道：「有這等事？題字中寫此甚麼？」令狐冲道：

「有十六個大字，寫的是『五嶽劍派，無恥下流，比武不勝，暗算害人。』此外還有許多小字，都是咒罵五嶽劍派卑鄙無賴，不要臉等等。」冲虛道：「華山派怎地容得這些誹謗的字跡留在石壁之上，這倒奇了。」令狐冲道：「這石洞是晚輩無意中發見的，旁人均不知道。」當下將如何發見這石洞的經過說了，又說那使斧之人以利斧開山數十丈，卻只相差不到一尺，力盡而死，毅力可佩，而命運之蹇，著實令人可嘆。

方證大師道：「使斧頭的？難道是十長老中的『大力神魔』范松？」令狐冲道：「正是！石壁上刻有一行字，說『范松趙鶴破恆山劍法於此』。」方證道：「趙鶴？他是十長老中的『飛天神魔』。他是不是使雷震擋的？」令狐冲道：「這個晚輩卻不知道，但石洞中地下，確有一具雷震擋。晚輩記得石壁上題字，破了華山派劍法的，是兩個姓張的，叫甚麼張乘風、張乘雲。」方證道：「果然不錯，『金猴神魔』張乘風，『白猿神魔』張乘雲，乃兄弟二人，據說所使兵刃是熟銅棍。」令狐冲道：「正是。石壁上圖形，確是以棍棒破了我華山派的劍法，設想之奇，令人嘆服。」

方證道：「從你所見者推想，似乎魔教十長老中了五嶽劍派的埋伏，被誘入山洞之中，囚禁了起來，沒法脫身。」令狐冲道：「晚輩也這麼想，料想因此這些人心懷不平，既在石壁上刻字痛罵五嶽劍派，又刻下破解五嶽劍派劍招的法門，好使後人得知，他們並非戰敗，只是誤中機關而已。石壁上所刻華山派劍法，確是精妙非凡，我師父說適才聽了方丈大師述說往事，才知華山派前輩大都在此役中喪命，這些高招就此失傳。恆山、泰山等四派想來也是這樣。」

冲虛道：「確是如此。」

令狐冲道：「在魔教十長老的骷髏之旁，還有好幾柄長劍，卻是五嶽劍派的兵刃。」

方證出了一會神，道：「那就難以推想了，說不定是十長老從五嶽劍派手中奪來的。你在後洞中所見，一直沒跟人說過？」令狐冲道：「晚輩發見了後洞中的奇事之後，變故迭生，一直沒機緣向師父、師娘提起此事。風太師叔卻早就知道了。」

方證點頭道：「我方生師弟當年曾與風老前輩有數面之緣，頗受過他老人家的恩惠。方生師弟說道，你的劍法確是風老前輩嫡傳。我們只道風老前輩當年在華山氣劍兩宗火併之後便已仙去，原來尚仍健在，實乃可喜。」

冲虛道：「當年武林中傳說，華山兩宗火併之時，風老前輩剛好在江南娶親，得訊之後趕回華山，劍宗好手已傷亡殆盡，一敗塗地。否則以他劍法之精，倘若參與鬥劍，氣宗無論如何不能佔到上風。風老前輩隨即發覺，江南娶親云云，原來是一場大騙局，他那岳丈暗中受了華山氣宗之託，買了個妓女來冒充小姐，將他羈絆在江南。風老前輩重回江南岳家，他的假岳丈全家早已逃得不知去向。江湖上都說，風老前輩惱怒羞愧，就此自刎而死。」

方證連使眼色，要他住口。冲虛卻裝作並未會意，最後才道：「令狐掌門，貧道對風老前輩好生敬仰，決不敢揭他老人家的舊日陰私。今日所以重提此事，是盼你明白，英雄難過美人關，大丈夫一時誤中奸計，那也算不了甚麼，只不可愈陷愈深。」

令狐冲知他其意所指，說的是盈盈，他言語中比喻不倫，不過總是一番好意，當下

喟然不答，尋思：「風太師叔這些年來一直在思過崖畔隱居，原來是懺悔前過，想是他無面目見武林中同道，因此命我決計不可洩露他的行蹤，又說從此不再見華山派之人。他一生遭遇極慘，數十年來孤單寂寞，待我大事一了，須得上思過崖去陪陪他說話解悶才是。我現下已不屬華山派，去拜見他老人家，不算是不遵囑咐。」

三人說了半天話，太陽快下山了，照映得半天皆紅。

方證道：「華山派岳肅、蔡子峯二人錄到《葵花寶典》不久，便即為魔教十長老所殺，兩人都來不及修習，寶典又給魔教奪了去。因此華山派中沒人學到寶典中的絲毫武功。但兩人由於所見寶典經文不同，在武學上重氣、重劍的偏歧，卻已分別跟門人弟子詳細講論過，華山派後來分為氣劍兩宗，同門相殘，便種因於此。說這部寶典是不祥之物，也不為過。」沖虛點頭道：「五色令人目盲，五音令人耳聾，本來就是這個道理。」

方證道：「魔教得到了岳蔡二人手錄的寶典殘本，恐怕也沒甚麼得益。十長老慘死華山，那不必說了。令狐掌門說道，任教主將那寶典傳給了東方不敗。那麼兩人交惡，說不定也與這部手錄本有關。其實這部手錄本殘缺不全，本上所錄，只怕還不及林遠圖所悟。」

令狐冲問道：「林遠圖是誰？」方證道：「嗯，林遠圖便是你師弟的曾祖，福威鏢局的創辦人，以七十二路辟邪劍法鎮懾羣小的，便是他了。」令狐冲道：「這位林前輩，也曾得見《葵花寶典》嗎？」

方證道：「他便是渡元禪師，便是紅葉禪師的弟子！」令狐冲身子一震，道：「原

來如此。」

令狐冲道：「原來以七十二路辟邪劍法威震江湖的林前輩，便是這位渡元禪師，那真料想不到。」

方證道：「渡元就是圖遠。這位前輩禪師還俗之後，復了原姓，卻將他法名顛倒過來，取名爲遠圖，後來娶妻生子，創立鏢局，在江湖上轟轟烈烈的幹了一番事業。這位林前輩立身甚正，吃的雖是鏢局子飯，但行俠仗義，急人之難，他不在佛門，行的卻是佛門之事。一個人只要心地好，心即是佛，是否出家，也沒多大分別。紅葉禪師當然不久即知，這林鏢頭便是他的得意弟子，但聽說師徒之間，以後也沒來往。」

令狐冲道：「這位林前輩從華山派岳蔡二位前輩口中，獲知《葵花寶典》的精要，不知那《辟邪劍譜》又從何而來？而林家傳下來的辟邪劍法，卻又不甚高明？」

方證道：「辟邪劍法是從葵花寶典殘本中悟出來的武功，兩者系出同源，但都只得到了原來寶典的一小部分。」轉頭向冲虛道：「道兄，劍法之道，你是大行家，比我懂得多了，這中間的道理，你向令狐少俠說說。」

冲虛笑道：「你這麼說，若非多年知己，老道可要怪你取笑我了。當今劍術之精，除了風老前輩，又有誰及得上令狐少俠？」方證道：「令狐少俠劍術雖精，劍道上的學問卻遠不及你。大家是自己人，無話不說，那也不用客氣。」

冲虛嘆道：「其實以老道之所知，與劍道中浩如煙海的學問相比，實只太倉一粟而已。將來也不知是否得有機緣拜見風老前輩，向他老人家請教疑難。」向令狐冲道：

「今日林家的辟邪劍法平平無奇，而林遠圖前輩曾以此劍法威震江湖，卻又絕不虛假。當年青城派掌門長青子，號稱『三峽以西劍法第一』，卻也敗在林前輩手下。這個道理，老道已想了很久，其實，天下學劍之士，人人都曾想過這個道理。」

冲虛道：「林師弟家破人亡，父母雙雙慘死，便是由於這疑團難解而起？」

令狐冲道：「正是。辟邪劍法的威名太甚，而林震南的武功太低，這中間的差別，自然而然令人推想，定然是林震南太蠢，學不到家傳武功。進一步便想，倘若這劍譜落在我手中，定然可以學到當年林遠圖那輝煌顯赫的劍法。老弟，百餘年來以劍法馳名的，原不只林遠圖一人。但少林、武當、峨嵋、崑崙、點蒼、青城，以及五嶽劍派諸派，後代各有傳人，旁人決計不會去打他們的主意。只因林震南武功低微，那好比一個三歲娃娃，手持黃金，在鬧市之中行走，誰都會起心搶奪了。」

令狐冲道：「這位林遠圖前輩既是紅葉禪師的高足，然則他在泉州少林寺中，早已學到了一身驚人武功，甚麼辟邪劍法，說不定只是他將少林派劍法略加變化而已，未必真的另有劍譜。」

冲虛道：「這麼想的人，本來也是不少。不過辟邪劍法與少林派武功截然不同，任何學劍之士，一見便知。嘿嘿，起心搶奪劍譜的人雖多，終究還是青城矮子臉皮最老，第一個動手。可是余矮子臉皮雖厚，腦筋卻笨，怎及得上令師岳先生不動聲色，坐收巨利。」令狐冲臉上變色，顫聲道：「道長，你⋯⋯你說甚麼？」

冲虛微微一笑，道：「那林平之拜入了你華山門下，辟邪劍譜自然跟著帶進來了。

聽說岳先生有個獨生愛女，也要許配你那林師弟，是不是？果然是深謀遠慮。」

令狐冲初時聽冲虛說「令師岳先生不動聲色、坐收巨利」，辱及師尊，頗為氣惱，待

又聽他說到師父「深謀遠慮」，突然想起，那日師父派遣二師弟勞德諾喬裝改扮，攜帶小

師妹到福州城外開設酒店，當時不知師父用意，此刻想來，自是為了針對福威鏢局。林

震南武功平平，師父如此處心積慮，若說不是為了辟邪劍譜，又為了甚麼？只是師父所

用的策略乃是巧取，不像余滄海和木高峯那樣豪奪罷了。隨即又想：「小師妹是個妙齡

閨女，師父為甚麼要她拋頭露面，去開設酒店？」想到這裏，不由得心頭湧起一陣寒

意，突然省悟：「師父要將小師妹許配給林師弟，其實在他二人相見之前，早就有這安

排了。」

方證和冲虛見他臉上陰晴不定，神氣甚為難看，知他向來尊敬師父，這番話頗傷他

心意。方證道：「這些言語，也只是老衲與冲虛道兄閒談之時胡亂推測的。尊師為人方

正，武林中向有君子之稱。只怕我們是以小人之心，妄度君子之腹了。」冲虛微微一笑。

令狐冲心下一片混亂，只盼冲虛所言非實，但內心深處，卻知他每句話說的都是實

情，忽然又想：「是了，林遠圖前輩本是和尚，因此他向陽巷老宅之中，有一佛堂，而

那劍譜又是寫在袈裟上。猜想起來，他在華山與岳肅、蔡子峯兩位前輩探討葵花寶典，

一字一句記在心裏，當時他尚是禪師，到得晚上，便筆錄在袈裟之上，以免遺忘。」

冲虛道：「時至今日，這部葵花寶典上所載的武學秘奧，魔教手中有一些，令師岳先

生手上有一些。你林師弟既拜入華山派門下，左冷禪便千方百計的來找岳先生麻煩，用意顯然有二：一是想殺了岳先生，便於他歸併五嶽劍派；其二自然是劫奪辟邪劍譜了。」

令狐冲連連點頭，說道：「道長推想甚是。那寶典原書是在泉州少林寺，左冷禪可知道嗎？倘若他得知此事，只怕更要去滋擾泉州少林寺了。」

方證微笑道：「泉州少林寺中的《葵花寶典》早已毀了，那倒不足爲慮。」令狐冲奇道：「毀了？」方證道：「紅葉禪師臨圓寂之時，召集門人弟子，說明這部寶典的前因後果，便即投入爐中火化，說道：『這部武學秘笈精微奧妙，但其中許多關鍵之處，當年的撰作人並未能妥爲參通解透，留下的難題太多，尤其是第一關難過，不但難過，簡直是不能過、不可過，流傳後世，實非武林之福。』他有遺書寫給嵩山本寺方丈，也說及了此事。」

令狐冲嘆道：「這位紅葉禪師前輩見識非凡。倘若世上從來就沒有《葵花寶典》，這許許多多變故，也就不會發生了。」他心中想的是：「倘若沒有辟邪劍法，師父就不會安排將小師妹許配給林師弟，林師弟不會投入華山派門下，也就不會遇見小師妹。」但轉念又想：「可是我令狐冲浮滑無行，與旁門左道之士結交，又跟葵花寶典有甚麼干係了？男子漢大丈夫，自己種因，自己得果，不用怨天尤人。」

冲虛道：「下月十五，左冷禪召集五嶽劍派齊集嵩山推舉掌門，令狐少俠有何高見？」令狐冲微笑道：「那有甚麼推舉的？掌門之位，自然是非左冷禪莫屬。」冲虛道：「令狐少俠便不反對嗎？」令狐冲道：「他嵩山、泰山、衡山、華山四派早已商

妥，我恆山派孤掌難鳴，縱然反對，也屬枉然。恆山派既已不再聽令於左冷禪，這嵩山之會那也不必去了。」

沖虛搖頭道：「不然！泰山、衡山、華山三派，懾於嵩山派之威，不敢公然異議，容或有之，若說當真贊成併派，卻為事理之所必無。」

方證道：「以老衲之見，五嶽劍派唇齒相關，恆山一派絕難置身事外。這嵩山之會，少俠理應前往，而且一上來就該反對五派合併，理正辭嚴，他嵩山派未必說得人心盡服。倘若五派合併之議終於成了定局，那麼掌門人一席，便當以武功決定。少俠如全力施為，劍法上當可勝得過左冷禪，索性便將這掌門人之位搶在手中。」

令狐沖大吃一驚，道：「我……我……那怎麼成？萬萬不能！」

沖虛道：「方丈大師和老道商議良久，均覺老弟是直性子人，隨隨便便，無可無不可，又跟魔教左道之士結交，你如做了五嶽派掌門人，老實說，五嶽派不免門規鬆弛，眾弟子行為放縱，未必是武林之福……」

令狐沖哈哈大笑，說道：「道長說得真對，要晚輩去管束別人，那如何能夠？上樑不正下樑歪，令狐沖自己，便是個浮滑無行、好酒貪杯的浪子。」

沖虛道：「浮滑無行，為害不大，好酒貪杯更於人無損，野心勃勃，可害得人多了。老弟如做了五嶽派掌門，第一，不會欺壓五嶽劍派的前輩耆宿與門人弟子；第二，不會大動干戈，想去滅了魔教，不會來吞併我們少林、武當；第三，大概吞併峨嵋、崑崙諸派的興致，老弟也不會太高。」方證微笑道：「沖虛道兄和老衲如此打算，雖說是

為江湖同道造福，一半也是自私自利。」冲虛道：「打開天窗說亮話，老和尚、老道士來到恆山，一來是為老弟捧場，二來是為正邪雙方萬千同道請命。」方證合什道：「阿彌陀佛！左冷禪倘若當上了五嶽派門人，這殺劫一起，可不知伊於胡底了。」

令狐冲沉吟道：「兩位前輩如此吩咐，令狐冲原不敢推辭。但兩位明鑑，晚輩後生小子，這麼一塊胡塗材料，做這恆山掌門，已經狂妄之極，實是迫於無奈；如再想做五嶽派掌門，勢必給天下英雄笑掉了牙齒。這三分自知之明，晚輩總還是有的。這麼著，做五嶽派掌門，晚輩萬萬不敢，但三月十五這一天，晚輩一定去嵩山大鬧一場，說甚麼也要讓左冷禪做不成五嶽派掌門。令狐冲成事不足，搗搗亂或許還行。」

冲虛道：「一味搗亂，也不成話。屆時倘若事勢所逼，你非做掌門人不可，所謂當仁不讓，可就不能推辭。」令狐冲只是搖頭。

冲虛道：「你如不跟左冷禪搶，當然是他做掌門。那時五派歸一，左掌門手操生殺之權，第一個自然來對付你。」令狐冲默然，嘆了口氣，說道：「那也無可奈何。」冲虛道：「就算你一走了之，他捉你不到，左冷禪對付你恆山派門下的弟子，卻也不會客氣。定閒師太交在你手上的這許多弟子，你便任由她們聽憑左冷禪宰割麼？」令狐冲伸手在欄干上一拍，大聲道：「不能！」冲虛又道：「那時你師父、師娘、師弟、師妹，左冷禪一定也容他們不得。數年之間，他們一個個大禍臨頭，你也忍心不理嗎？」令狐冲心頭一凜，不由得全身毛骨悚然，退後兩步，向方證與冲虛二人深深作揖，說道：「多蒙二位前輩指點，否則令狐冲不自努力，貽累多人。」

方證、沖虛行禮作答。方證道：「三月十五，老衲與沖虛道兄率同本門弟子，前赴嵩山為令狐少俠助威。」沖虛道：「他嵩山派若有甚麼不軌異動，我們少林、武當兩派自當出手制止。」

令狐沖大喜，說道：「得有二位前輩在場主持大局，諒那左冷禪也不敢胡作非為。」冲虛笑道：「咱們該回去了罷。新任掌門人陪著一個老和尚、一個老道士不知去了那裏，只怕大家已在躭心了。」

三人計議已罷，雖覺前途多艱，但既有了成算，便覺寬懷。冲虛笑道：「咱們該回去了罷。新任掌門人陪著一個老和尚、一個老道士不知去了那裏，只怕大家已在躭心了。」

三人轉過身來，剛走得七八步，突然間同時停步。令狐沖喝道：「甚麼人？」他察覺天橋彼端傳來多人的呼吸之聲，顯然懸空寺左首的靈龜閣中伏得有人。

他一聲呼喝甫罷，只聽得砰砰砰幾聲響，靈龜閣的幾扇窗戶同時給人擊飛，窗口露出十餘枝長箭的箭頭，對準了三人。便在此時，身後神蛇閣的窗門也為人擊飛，窗口也有十餘人彎弓搭箭，對準三人。

方證、沖虛、令狐沖三人均是當世武林中頂尖高手，雖然對準他們的強弓硬弩，自非尋常弓箭之可比，而伏在窗後的箭手料想也非庸手，但畢竟奈何不了三人。只是身處二閣之間的天橋上，下臨萬丈深淵，既不能縱躍而下，而天橋橋身窄僅數尺，亦無迴旋餘地，加之三人身上均未攜帶兵刃，猝遇變故，不禁都吃了一驚。

令狐沖身為主人，斜身閃過，擋在二人身前，喝道：「大膽鼠輩，怎地不敢現身！」

只聽一人喝道：「射！」卻見窗中射出十七八道黑色水箭。這些水箭竟是從箭頭上

1285

射將出來，原來這些箭並非羽箭，而是裝有機括的水槍，用以射水。水箭斜射向天，顏色烏黑，在夕陽反照之下，顯得詭異之極。

令狐冲等三人跟著便覺奇臭沖鼻，既似腐爛的屍體，又似大批死魚死蝦，聞著忍不住便要作嘔。十餘道水箭射上天空，化作雨點，洒將下來，有些落上了天橋欄干，片刻之間，木欄干上腐蝕出一個個小孔。方證和冲虛雖見多識廣，卻也從未見過這等猛烈的毒水。若是羽箭暗器，他三人手中雖無兵刃，也能以袍袖運氣擋開，但這等遇物即爛的毒水，身上只須沾上一點一滴，只怕便腐爛至骨。二人對視一眼，都見到對方臉上變色，眼中微露懼意。要令這二大掌門眼中顯露懼意，那可真難得之極了。

一陣毒水射過，窗後那人朗聲說道：「這陣毒水是射向天空的，要是射向三位身上，那便如何？」只見十七八枝長箭慢慢斜下，又平平的指向三人。天橋長十餘丈，左端與靈龜閣相連，右端與神蛇閣相連，雙閣之中均伏有毒水機弩，要是兩邊機弩齊發，三人武功再高，也必難以逃生。

令狐冲聽得這人的說話聲音，微一凝思，便已記起，說道：「東方教主派人前來送禮，送的好禮！」

伏在靈龜閣中說話之人，正是東方不敗派來送禮道賀的那個黃面尊者賈布。

賈布哈哈一笑，說道：「令狐公子好聰明，認出了在下口音。既是在下暗使卑鄙詭計，佔到了上風，聰明人不吃眼前虧，令狐公子便暫且認輸如何？」他把話說在頭裏，自稱是「暗使卑鄙詭計」，倒免得令狐冲出言指責了。

令狐冲氣運丹田，朗聲長笑，山谷鳴響，說道：「我和少林、武當兩位前輩在此閒談，只道今日上山來的都是好朋友，沒作防範的安排，可著了賈兄的道兒。此刻便不認輸，也不可得了。」

賈布道：「如此甚好。東方教主素來尊敬武林前輩，看重後起之秀的少年英俠。何況任大小姐自幼在東方教主照料下長大，便如是東方教主的嫡親姪女一般，便看在任大小姐面上，我們也不敢對令狐公子無禮。」令狐冲哼了一聲，並不答話。

方證和冲虛當令狐冲和賈布對答之際，察看周遭情勢，要尋覓空隙，冒險一擊，但見前後水槍密密相對，僧道二人同時出手，當可掃除得十餘枝水槍，但若要一股盡殲，卻萬萬不能，只須有一枝水槍留下發射毒水，三人便均難保性命。僧道二人對望了一眼，眼光中所示，心意都是說：「不能輕舉妄動。」

只聽賈布又道：「既然令狐公子願意認輸，雙方免傷和氣，正合了在下心願。我和上官兄弟下山之時，東方教主吩咐下來，要請公子和少林寺方丈、武當掌門道長，同赴黑木崖敝教總壇盤桓數日。此刻三位同在一起，那是再好不過，咱們便即起行如何？」

令狐冲又哼了一聲，心想天下那有這樣的便宜事，己方三人只消一離開天橋，要制住賈布、上官雲和他一千手下，自是易如反掌。

果然賈布跟著便道：「只不過三位武功太高，倘若行到中途，忽然改變主意，不願去黑木崖了，我們可沒法交差，吃罪不起，因此斗膽向三位借三隻右手。」令狐冲道：

「借三隻右手？」賈布道：「正是，請三位各自砍下右臂，那我們就放心得多了。」

令狐冲哈哈一笑，說道：「原來如此。東方不敗是怕了我們三人的武功劍術，因此布下了這圈套。只消我們砍下了自己右臂，使不了兵刃，他便高枕無憂了。」賈布道：「高枕無憂倒不見得。任我行少了令狐公子這樣一位強援，便勢孤力弱得多了。」令狐冲道：「閣下說話倒坦率得很。」

賈布道：「在下是真小人。」他提高嗓子說道：「方丈大師，掌門道長，兩位是寧可捨卻一臂呢，還是甘願把性命拚在這裏？」

冲虛道：「好！東方不敗要借手臂，我們把手臂借給他便是。只是我們身上不帶兵刃，要割手臂，卻有些難。」

他這個「難」字剛脫口，窗口中寒光一閃，一個鋼圈擲了出來。這鋼圈直徑近尺，邊緣鋒利，圈中有一橫條作為把手，乃是外門的短打兵刃，若有一對，便是「乾坤圈」之類了。令狐冲站在最前，伸手一抄，接了過來，不由得微微苦笑，心想這賈布也真工於心計，這鋼圈外緣鋒利如刀，一轉之下，便可割斷手臂，但不論舞得如何迅捷，總因兵刃太短，沒法擋開飛射過來的水箭。

賈布厲聲喝道：「既已答應，快快下手！別要拖延時刻，妄圖救兵到來。我叫一、二、三！若不斷臂，毒水齊發。一！」

令狐冲低聲道：「我向前急衝，兩位跟在我身後！」冲虛道：「不可！」

賈布叫道：「二！」

令狐冲左手將鋼圈一舉，心想：「方證大師和冲虛道長是我恆山客人，說甚麼也不

能讓他二位受到傷害。他『三』字一叫出口，我擲出鋼圈，舞動袍袖衝上，只要毒水都射在我身上，他二位便有機會乘隙脫身。」

只聽得賈布叫道：「大家預備，我要叫『三』了！」

忽聽得靈龜閣屋頂一個清脆的女子聲音喝道：「且慢！」跟著便似有一團綠雲冉冉從閣頂飄落，擋在令狐沖身前，正是盈盈。

令狐沖急叫：「盈盈，退後！」盈盈反過左手，在身後搖了搖，叫道：「賈叔叔，黃面尊者在江湖上好響的萬兒，怎地幹起這等沒出息的勾當來啦！」賈布道：「這個……大小姐，你……退開，別淌渾水。」盈盈道：「你在這裏幹甚麼來著？東方叔叔叫你和上官叔叔來送禮給我，你怎地受了嵩山派左冷禪的賄賂，竟來對恆山派掌門無禮？」

賈布道：「誰說我受了左冷禪的賄賂？我奉有東方教主密令，捉拿令狐沖送交總壇。」

盈盈道：「你胡說八道。教主的黑木令在此。教主有令：賈布密謀不軌，一體教眾見之即行擒拿格殺，重重有賞！」說著右手高高舉起，手中果然是一根黑木令牌。

賈布大怒，喝道：「放箭！」盈盈道：「上官叔叔，你將叛徒賈布拿下，你便升作青龍堂長老。」

上官雲自負武功較賈布為高，入教資歷也較他為深，但賈布是青龍堂長老，自己……白虎堂長老，排名反在其下，本來就對賈布頗有心病，聽得盈盈的呼喚，不禁遲疑。盈盈是前任教主之女，現下任教主重入江湖，謀復教主之位，東方教主雖向來對這位任大小姐尊重有加，今後卻勢必不同，但要他指揮部屬向盈盈發射毒水，卻萬萬不能。

盈盈道：「東方教主叫你殺我嗎？」賈布道：「你違抗教主令旨……」盈盈叫道：

1289

賈布又叫：「放箭！」但他那些部屬一直視盈盈有若天神，又見她手中持有黑木令，如何敢對她無禮？

正僵持間，靈龜閣下忽然有人叫道：「火起，火起！」紅光閃動，黑煙衝上，正是樓閣底下著了火。盈盈大聲叫道：「賈布，你好狠心，幹麼放火想燒死你的老部下？」

賈布怒道：「胡說八……」

盈盈叫道：「千秋萬載，一統江湖！日月神教教眾，東方教主有令……快下去救火！」

說著向前疾衝。令狐冲、方證、冲虛三人乘勢奔前。盈盈叫的是本教切口，加之閣下火起，混亂中諸教眾只一呆，令狐冲等三人便已橫越半截飛橋，破窗入閣。

三人衝入閣內，毒水機弩即已無所施其技。令狐冲搶到眞武大帝座前，提起一隻燭台，右臂一振，蠟燭飛出。他知道毒水實在太過厲害，只須身上濺到一點，那便後患無窮，眼見方證、冲虛二人掌劈足踢，下手毫不容情，霎時間已料理了七八人，他提起燭台當劍使，手臂一抬便刺入一人咽喉，頃刻間殺了六人。

賈布與上官雲這次來到恆山，共攜帶四十口箱子，每口箱子兩人扛抬，一共有八十名漢子。這八十人都是日月教中的得力教眾，武功均頗了得。四十人分布懸空寺四周，其餘四十人便取出暗藏在身的機弩，分自神蛇閣、靈龜閣中出襲。令狐冲等三人片刻之間，將賈布手下的二十人屠戮乾淨，毒水機弩散了一地。

賈布手持一對判官筆，和盈盈手中一長一短的雙劍鬥得甚緊。

令狐冲和盈盈交往，初時是聞其聲而不見其人，隨後是見其威懾羣豪而不知其所

1290

由，感其深情而不知其所蹤。當日她手殺少林弟子，力鬥方生大師，令狐沖也只是見其影而不見其形，直至此刻，才初次正面見到她與人相鬥。但見她身形輕靈，倏來倏往，劍招攻人，出手詭奇，長短劍或虛或實，極盡飄忽，雖然一個實實在在的人便在眼前，令狐沖心中，仍覺得飄飄紗紗，如煙如霧。

賈布所使的一對判官筆份量極重，揮舞之際，發出有似鋼鞭、鐵鐧般聲息。盈盈的雙劍始終不和他判官筆相碰。賈布每一招都是筆尖指向盈盈身上各處大穴，但總是差之毫釐。

方證大師喝道：「孽障，還不撤下兵刃就擒？」

賈布眼見今日之勢已有死無生，雙筆歸一，疾向盈盈喉頭戳去。令狐沖一驚，生怕盈盈避不開這招，手中燭台刺出，嗤嗤兩聲，刺在賈布雙手腕脈之上。賈布手指無力，判官筆脫手，雙掌上揮，和身向令狐沖撲來。

方證大師斜刺裏穿上，一舉臂，兩隻手掌將他雙掌拿住了。賈布使力掙扎，沒法脫出對方手掌，當即飛起左腿，踢向方證下陰，招式毒辣。方證嘆一口氣，雙手一送，賈布向外直飛，穿門而出。只聽得叫聲慘厲，越叫越遠，跌入翠屏山外深谷之中。

令狐沖向盈盈一笑，說道：「虧得你來相救！」

盈盈笑道：「總算及時趕到！」縱聲叫道：「撲熄了火！」閣下有人應道：「是！」原來樓閣下起火，是以硫磺硝石之屬燒著茅草，用以擾亂賈布心神，並非真的起火。

盈盈走到窗口，向對面神蛇閣叫道：「上官叔叔，賈布抗命，自取其禍，你率領部

屬下閣來罷，我不跟你爲難。」上官雲道：「大小姐，你可得言而有信。」盈盈道：

「我向本教歷代神魔發誓，只消上官雲聽我號令，今後我決不加害於他。若違此誓，給三尸蟲嚼食腦髓而死。」這是日月教最重的毒誓，上官雲一聽，便即放心，率領二十名部屬下閣。

令狐沖等四人走下靈龜閣，只見老頭子、祖千秋等數十人已候在閣下。令狐沖問盈盈道：「你怎知賈布他們前來偷襲？」盈盈道：「東方不敗那有這等好心，會誠心來給你送禮？我初時還道四十口箱子之中藏著甚麼詭計，後來見賈布鬼鬼祟祟，領著從人到這邊來，我起了疑心，帶老先生他們一起過來瞧瞧。那些守在翠屏山下的飯桶居然不許我們上山，一下子便露出了馬腳。」老頭子、祖千秋等盡皆大笑。

上官雲低下了頭，臉上深有慚色。

令狐沖嘆道：「我這恆山派掌門第一天上任，也便露出了馬腳，胡塗無能！明知東方不敗派人前來決無善意，卻也不加防範。令狐沖死了，那是活該，倘若方證大師和沖虛道長竟也遭到奸人暗算……唉！」說著不住搖頭。

盈盈道：「上官叔叔，今後你是跟我呢，還是跟東方不敗？」上官雲臉上變色，在這頃刻之間，要他決定背叛東方教主，那可爲難之極。

盈盈道：「神教十長老之中，已有六人服了我爹爹給他們的三尸腦神丹。」說著伸出手掌，一顆殷紅色的藥丸，在她手中滴溜溜的打轉。這一顆丹丸，你服是不服？」

雲顫聲道：「大小姐，你說本教十大長老之中，已有六位長老……六位長老……」盈盈

道：「不，你從未跟過我爹爹辦事，這幾年跟隨東方不敗，並不算是背叛我爹爹。你若能棄暗投明，我固然定當借重，我爹爹自也另眼相看。」

上官雲向四周一瞧，心道：「我若不投降，眼見便得命喪當場，既然十長老中已有六人歸順了任教主，大勢所趨，我上官雲也不能獨自向東方教主效忠。」當即上前，從盈盈掌上取過三尸腦神丹，嚥入腹中，說道：「上官雲蒙大小姐不殺之恩，今後奉命驅使，不敢有違。」一面說，一面躬身行禮。盈盈笑道：「今後咱們都是自己人，不必如此多禮。你手下這些兄弟，自然也跟著你罷？」

上官雲轉頭向二十名部屬瞧去。那些漢子見首領已降，且已服了三尸腦神丹，當即向盈盈拜伏於地，說道：「願聽聖姑差遣，萬死不辭。」

這時羣豪已撲熄了火，見盈盈收服上官雲，盡皆慶賀。上官雲在日月教中武功既高，職位又尊，歸降盈盈，於任我行奪回教主之事自必助力甚大。

方證和冲虛見事已平息，當即告辭下山。令狐冲送出數里，這才互道珍重而別。

盈盈與令狐冲並肩緩緩回見性峯來，說道：「東方不敗此人行事陰險毒辣，適才你已親見。我爹爹和向叔叔下正在向教中故舊遊說，要他們重投舊主。欣然順服的自然最好，不肯歸降的便一一解決，以削弱東方不敗的勢力。東方不敗這當兒也已展開反攻，他派遣賈布和上官雲來向你下手，便是一著極厲害的棋子。只因我爹爹和向叔叔行蹤隱秘，東方不敗沒法找到他們，若能傷害了你，我……我……」說到這裏，臉上微微

一紅，轉過了頭。

其時暮色蒼茫，晚風吹動她柔髮，從後腦向雙頰邊飄起。令狐冲見到她雪白的後頸，心中一蕩，尋思：「她對我一往情深，天下皆知，連東方不敗也想到要擒拿了我，向她要脅，再以此要脅她爹爹。適才懸空寺天橋之上，她明知毒水中人即死，卻擋在我身前，唯恐我受傷。有妻如此，令狐冲便復有何求？」伸出雙臂，便往她腰中抱去。

盈盈嗤的一笑，身子微側，令狐冲便抱了個空。他劍法雖精，內力雖厚，但於拳腳、擒拿、輕身等功夫，卻差得遠了。盈盈笑道：「一派掌門大宗師，如此沒規沒矩嗎？」

令狐冲笑道：「普天下掌門人之中，以恆山派掌門最為莫名奇妙，貽笑大方了。」

盈盈正色道：「為甚麼這樣說？連少林方丈、武當掌門對你也禮敬有加，還有誰敢瞧你不起？你師父將你逐出華山門牆，你可別老將這件事放在心頭，自覺愧對於人。」

盈盈這幾句話，正說中了令狐冲的心事，他生性雖然豁達，但於被逐出師門之事，卻一直既慚愧又痛心，不由得長嘆一聲，低下了頭。

盈盈拉住他手，說道：「你身為恆山掌門，已於天下英雄之前揚眉吐氣。恆山華山兩派向來齊名，難道堂堂恆山派掌門，還及不上一個華山派的弟子嗎？」令狐冲道：「多謝你相勸。只是我總覺做尼姑頭兒，有點兒尷尬可笑。」盈盈道：「今日已有近千名英雄好漢投入恆山派麾下，五嶽劍派之中，說到聲勢之盛，只嵩山派尚可跟你較量一下，泰山、衡山、華山三派，又怎及得上你？」盈盈微笑道：「謝甚麼？」令狐冲道：

令狐冲道：「這件大事，我還沒謝你呢。」

1294

「你怕我做尼姑頭兒不大體面光采，於是派遣手下好漢，投歸恆山。若不是聖姑有令，這些放蕩不羈、桀傲不馴的江湖朋友，怎肯來做大小尼姑的同門？來乖乖的受我約束？這些放蕩不羈、桀傲不馴的江湖朋友，怎肯來做大小尼姑的同門？來乖乖的受我約束？」

盈盈抿嘴一笑，說道：「那也未必盡然，你做他們的盟主，攻打少林寺，大夥兒都很服你呢。」

盈盈抿嘴一笑，說道：「那也未必盡然，你做他們的盟主，攻打少林寺，大夥兒都很服你呢。」

兩人談談說說，離主庵已近，隱隱聽到羣豪笑語喧嘩。盈盈停步道：「咱們暫且分手，待爹爹大事已定，我再來見你。」

令狐冲胸口突然一熱，說道：「你去黑木崖嗎？」盈盈道：「是。」令狐冲道：「我和你同去。」盈盈目光中放出十分喜悅的光采，卻緩緩搖頭。

「我和你同去。」盈盈目光中放出十分喜悅的光采，卻緩緩搖頭。

令狐冲道：「你不要我同去？」盈盈道：「你今天剛做恆山派掌門，便和我一起去辦日月教的事。雖說恆山派新掌門行事令人莫測高深，但這樣幹，我難道能置身事外，總未免過份此罷？」

令狐冲道：「對付東方不敗，那是艱危之極的事，我難道能置身事外，忍心你去涉險？」

盈盈道：「那些江湖漢子住在恆山別院之中，難保他們不向恆山派的姑娘囉唆。」令狐冲道：「只須你去傳個號令，諒他們便有天大膽子，再也不敢。」

盈盈道：「好，你肯和我同去，我代爹爹多謝了。」令狐冲笑道：「咱二人你謝我、我謝你的，幹麼這樣客氣？」盈盈嫣然一笑，道：「以後我對你不客氣，可別怪我。」

我謝你的，幹麼這樣客氣？」盈盈嫣然一笑，道：「以後我對你不客氣，可別怪我。」

走了一陣，盈盈道：「我爹爹說過，你既不允入教，他去奪回教主之事，便不能要你相助，可是……可是……」說著紅暈上臉。令狐冲道：「我雖不屬日月神教，跟你卻是生死與共。就算你爹爹要攆我走，我也是厚了臉皮，死賴活挨。」盈盈微笑道：「我

爹爹得你相助，心中也一定挺歡喜的。」

二人回到見性峯上，分別向眾弟子吩咐。令狐冲命諸弟子勤練武功，說自己要送盈盈一程，辦完事後，即行回山。盈盈則叮囑羣豪，過了今天之後，若是有人踏上見性峯一步，上左足砍左足，上右足砍右足，雙足都上便兩腿齊砍。

次日清晨，令狐冲和盈盈跟眾人別過，帶同上官雲及二十名教眾，向黑木崖進發。

黑木崖是在河北境內，由恆山而東，不一日到了平定州。令狐冲和盈盈一路都分別坐在兩輛大車之中，車帷低垂，以防為東方不敗的耳目知覺。當晚盈盈和令狐冲在平定客店之中歇宿。該地和日月神教總壇相去不遠，城中頗多教眾來往，上官雲派遣四名得力部屬，在客店前後把守，不許閒雜人等行近。

晚膳之時，盈盈陪著令狐冲小酌。店房中火盆裏的熊熊火光映在盈盈臉上，更增嬌艷。令狐冲喝了幾杯酒，說道：「你爹爹那日在少林寺中，說道他於當世豪傑之中，佩服三個半人，其中以東方不敗居首。此人既能從你爹爹手中奪得教主之位，自然是個才智極高之士。江湖上又向來傳言，天下武功以東方不敗為第一，不知此言眞假如何？」

盈盈道：「東方不敗這厮富於機智，極工心計，那不必說了。武功到底如何，我卻不大了然，近幾年來我極少見到他面。」

令狐冲點頭道：「近幾年你在洛陽城中綠竹巷住，自是少見他面。」盈盈道：「那倒也不盡然。我雖在洛陽城，每年總回黑木崖一兩次，但回到黑木崖，往往也見不著東

方不敗。聽教中長老說，這些年來，越來越難見到教主。」令狐冲道：「身居高位之人，往往裝神弄鬼，令人不易見到，以示與眾不同。」盈盈道：「這自然是一個原因。但我猜想他是在苦練《葵花寶典》上的功夫，不願教中事務打擾他心神。」令狐冲道：

「你爹爹曾說，當年他日夕苦思『吸星大法』中融合異種真氣之法，不理教務，這才讓東方不敗篡奪了權位。難道東方不敗又來重蹈覆轍麼？」

盈盈道：「東方不敗自從不親教務之後，這些年來，教中事務，盡歸那姓楊的小子大權獨攬了。這小子不會奪東方不敗的權，重蹈覆轍之舉，倒決不至於。」令狐冲道：「姓楊的小子？那是誰啊？怎地我從來沒聽見過？」盈盈臉上忽現忸怩之色，微笑道：「說起來沒的污了口。教中知情之人，誰也不提；教外之人，誰也不知。你自然不會聽到了。」

令狐冲好奇之心大起，道：「好妹子，你便說給我聽聽。」盈盈道：「那姓楊的叫做楊蓮亭，只二十來歲年紀，武功既低，又沒辦事才幹，但近來東方不敗卻對他寵信得很，當真莫名奇妙。」說到這裏，臉上一紅，嘴角微斜，顯得甚是鄙夷。

令狐冲恍然道：「啊，這姓楊的是東方不敗的男寵了。原來東方不敗雖是英雄豪傑，卻喜歡……喜歡變童。」

盈盈道：「別說啦，我不懂東方不敗搞甚麼鬼。總之他把甚麼事兒都交給楊蓮亭去辦，教裏很多兄弟都害在這姓楊的手上，當真該殺……」

突然之間，窗外有人笑道：「這話錯了，咱們該得多謝楊蓮亭才是。」

盈盈喜叫：「爹爹！」快步過去開門。

任我行和向問天走進房來。二人都穿著莊稼漢衣衫，頭上破氈帽遮住了大半張臉，若非聽到聲音，當真見了面也認不出來。令狐冲上前拜見，命店小二重整杯筷，再加酒菜。

任我行精神勃勃，意氣風發，說道：「這些日子來，我和向兄弟聯絡教中舊人，竟出乎意料之外的順利。十個中倒有八個不勝之喜，均說東方不敗近年來倒行逆施，已近於眾叛親離的地步。尤其那楊蓮亭，本來不過是神教中一個無名小卒，只因巴結上東方不敗，大權在手，作威作福，將教中不少功臣斥革的斥革，害死的害死。若不是限於教中嚴規，早已有人起來造反了。那姓楊的幫著咱們幹了這樁大事，豈不是須得多謝他才是。」

盈盈道：「正是。」又問：「爹爹，你們怎知我們到了？」

任我行笑道：「向兄弟和上官雲打了一架，後來才知他已歸降了你。」盈盈道：

「向叔叔，你沒傷到他罷？」向問天微笑道：「要傷到上官鵰俠，可也真不容易。」

正說到這裏，忽聽得外面噓溜溜、噓溜溜的哨子聲響，靜夜中聽來，令人毛骨悚然。

盈盈道：「難道東方不敗知道我們到了？」轉向令狐冲解說：「這哨聲是教中捉拿刺客、叛徒的訊號，本教教眾一聞訊號，便當一體戒備，奮勇拿人。」

過了片刻，聽得四匹馬從長街上奔馳而過，馬上乘者大聲傳令：「教主有令：風雷堂長老童百熊勾結敵人，謀叛本教，立即擒拿歸壇，如有違抗，格殺勿論。」

盈盈失聲道：「童伯伯！那怎麼會？」只聽得馬蹄聲漸遠，號令一路傳了下去。瞧這聲勢，日月教在這一帶囂張得很，簡直沒把地方官放在眼裏。

任我行道：「東方不敗消息倒也靈通，咱們前天剛和童老會過面。」盈盈吁了口氣，道：「童伯伯也答應幫咱們？」

任我行搖頭道：「他怎肯背叛東方不敗？我和向兄弟二人跟他剖析利害，說了半天，最後童老說道：『我和東方兄弟是過命的交情，兩位不是不知，今日跟我說這些話，那分明是瞧不起童百熊，把我當作了出賣朋友之人。東方教主近來受小人之惑，的確幹了不少錯事。但就算他身敗名裂，我姓童的也決不做半件對不起他的事。姓童的不是兩位敵手，要殺要剮，便請動手。』這位童老，果然是老薑越老越辣。」

令狐冲讚道：「好漢子！」

盈盈道：「他既不答應幫咱們，東方不敗又怎地要拿他？」

向問天道：「這就叫做倒行逆施了。東方不敗年紀沒怎麼老，行事卻已顛三倒四。

像童老這麼對他忠心耿耿的好朋友，普天下又那裏找去？」

任我行拍手笑道：「連童老這樣的人物，東方不敗竟也和他翻臉，咱們大事必成！來，乾一杯！」四個人一齊舉杯喝乾。

盈盈向令狐冲道：「這位童伯伯是本教元老，昔年曾立有大功，教中上下，人人對他甚為尊敬。他向來和爹爹不和，跟東方不敗卻交情極好。按情理說，他便犯了再大的過失，東方不敗也決不會難為他。」

任我行興高采烈，說道：「東方不敗捉拿童百熊，黑木崖上自是吵翻了天，咱們乘這時候上崖，當真最好不過。」向問天道：「咱們請上官兄弟一起來商議商議。」任我

行點頭道：「甚好。」向問天轉身出房，隨即和上官雲一起進來。

上官雲一見任我行，便即躬身行禮，說道：「屬下上官雲，參見教主，教主千秋萬載，一統江湖。」任我行笑道：「上官兄弟，向來聽說你是個不愛說話的硬漢子，怎地今日初次見面，卻說這等話？」上官雲一楞，道：「屬下不明，請教主指點。」

盈盈道：「爹爹，你聽上官叔叔說『教主千秋萬載，一統江湖』，覺得這句話很突兀，是不是？」任我行道：「甚麼千秋萬載，一統江湖，當我是秦始皇嗎？」

盈盈微笑道：「這是東方不敗想出來的玩意兒，他要下屬眾人見到他時，都說這句話，就是他不在跟前，教中兄弟們互相見面之時，也須這麼說。那還是不久之前搞的花樣。上官叔叔說慣了，對你也這麼說了。」

上官雲道：「原來如此。千秋萬載，一統江湖，倒想得挺美！然而又非神仙，那有千秋萬載的事？上官兄弟，聽說東方不敗下了令要捉拿童老，料想黑木崖上甚是混亂，咱們今晚便上崖去，你說如何？」

任我行心下暗自嘀咕：「江湖上多說『鵰俠』上官雲武功既高，為人又極耿直，怎地說起話來滿口諛詞，陳腔爛調，直似個不知廉恥的小人？難道江湖上傳聞多誤，他只是浪得虛名？」不由得皺起了眉頭。

盈盈笑道：「爹爹，咱們要混上黑木崖去，第一自須易容改裝，別給人認了出來。

上官雲道：「教主令旨英明，算無遺策，燭照天下，造福萬民，戰無不勝，攻無不克。屬下謹奉令旨，忠心為主，萬死不辭。」

可是更要緊的，卻得學會一套黑木崖上的切口，否則你一開口便錯。」任我行道：「甚麼叫做黑木崖上的切口？」盈盈道：「上官叔叔說的甚麼『教主令旨英明，算無遺策』，甚麼『屬下謹奉令旨，忠心為主，萬死不辭』等等，便是近年來在黑木崖上流行的切口。這一套都是楊蓮亭那廝想出來奉承東方不敗的。他越聽越喜歡，到得後來，只要有人不這麼說，便是大逆不道的罪行，說得稍有不敬，立時便有殺身之禍。」任我行道：「你見到東方不敗之時，也說這些狗屁嗎？」盈盈道：「身在黑木崖上，不說又有甚麼法子？女兒所以常在洛陽城中住，便是聽不得這些教人生氣的言語。」

任我行道：「上官兄弟，咱們之間，今後這一套全都免了。」上官雲道：「是。教主指示聖明，歷百年而常新，垂萬世而不替，明如日月，光照天下，屬下自當凜遵。」

盈盈抿著嘴，不敢笑出聲來。

任我行道：「你說咱們該當如何上崖才好？」上官雲道：「教主胸有成竹，神機妙算，當世無人能及萬一。教主座前，屬下如何敢參末議？」任我行皺眉道：「東方不敗會商教中大事之時，也沒人敢發一言嗎？」盈盈道：「東方不敗才智超羣，別人原不及他的見識。就算有人想到甚麼話，那也是誰都不敢亂說，免遭飛來橫禍。」

任我行道：「原來如此。那很好，好極了！上官兄弟，東方不敗命你去捉拿令狐冲，當時如何指示？」上官雲道：「他說捉到令狐大俠，重重有賞，捉拿不到，提頭來見。」任我行笑道：「很好！你就綁了令狐冲去領賞。」

上官雲退了一步，臉上大有驚惶之色，說道：「令狐大俠是教主愛將，有大功於本

教，屬下何敢得罪？」任我行笑道：「東方不敗的居處，甚是難上，你綁縛了令狐冲去黑木崖，他定要傳見。」

盈盈笑道：「此計大妙，咱們便扮作上官叔叔的下屬，一同去見東方不敗。只要見到他面，大夥兒抽兵刃齊上，憑他武功再高，總是雙拳難敵四手。」向問天道：「令狐兄弟最好假裝身受重傷，手足上綁了布帶，染些血跡，咱們幾個人用擔架抬著他，一來好叫東方不敗不防，二來擔架之中可暗藏兵器。」任我行道：「甚好，甚好！」

只聽得長街街彼端傳來馬蹄聲響，有人大呼：「拿到風雷堂主了，拿到風雷堂主了！」

盈盈向令狐冲招了招手。兩人走到客店大門後，只見數十人騎在馬上，高舉火把，擁著一個身材魁梧的老者疾馳而過。那老者鬚髮俱白，滿臉是血，當是經過一番劇鬥。他雙手給綁在背後，雙目炯炯，如要噴出火來，顯是心中憤怒已極。盈盈低聲道：「以前東方不敗見到童伯伯時，熊兄長，熊兄短，親熱之極，那想到今日竟會反臉無情。」

過不多時，上官雲取來了擔架等物。盈盈將令狐冲的左臂用白布包紮了，吊在他頭頸之中，宰了口羊，將羊血洒得他滿身都是。任我行和向問天都換上教中兄弟的衣服，盈盈也換上男裝，塗黑了臉。各人飽餐之後，帶同上官雲的部屬，向黑木崖進發。

離平定州西北四十餘里，山石殷紅如血，一片長灘，水流湍急，那便是有名的猩猩灘。更向北行，兩邊石壁如牆，中間僅有一道寬約五尺的石道。一行人經過三處山道，來到一處水灘之前，上官雲放出響箭，對岸搖過來三艘小船，將一行人接了過去。令狐冲暗想：「日月教數百年嚴密，但一見到上官雲，都十分恭謹。一行人經過三處山道，來到一處水灘之前，上官

基業，果然非同小可。若不是上官雲作了內應，咱們要從外攻入，那是談何容易？」

到得對岸，一路上山，道路陡峭。盈盈守在擔架之側，手持雙劍，全神監視。這一路上山，地勢極險，抬擔架之人倘若拚著性命不要，將擔架往萬丈深谷中一拋，令狐冲不免命喪宵小之手。

柴火把照耀下徒步上坡。盈盈拉了任我行一把，低聲道：「教主令旨到，快站起來。」任我行當即站起，放眼瞧去，只見總壇中一千教眾在這剎那間突然都站在原地不動，便似中邪著魔一般。

到得總壇時天尚未明，上官雲命人向東方不敗急報，說道奉行教主令旨，已成功而歸。過了一會，半空中銀鈴聲響，上官雲立即站起，恭恭敬敬的等候。

銀鈴聲從高而下的響將下來，十分迅速，鈴聲止歇不久，一名身穿黃衣的教徒走進來，雙手展開一幅黃布，讀道：「日月神教文成武德、仁義英明教主東方令曰：賈布、上官雲遵奉令旨，成功而歸，殊堪嘉尚，著即帶同俘虜，上崖進見。」

上官雲躬身道：「教主千秋萬載，一統江湖。」

令狐冲見了這情景，暗暗好笑：「這不是戲台上太監宣讀聖旨嗎？」

只聽上官雲大聲道：「教主賜屬下進見，大恩大德，永不敢忘。」他屬下眾人一齊說道：「教主賜屬下進見，大恩大德，永不敢忘。」

任我行、向問天等隨著眾人動動嘴巴，肚中暗暗咒罵。

一行人沿著石級上崖，經過了三道鐵門，每一處鐵閘之前，均有人喝問當晚口令，

1303

檢查腰牌。到得一道大石門前，只見兩旁刻著兩行大字，右首是「文成武德」，左首是「仁義英明」，橫額上刻著「日月光明」四個大紅字。

過了石門，只見地下放著一隻大竹簍，足可裝得十來石米。上官雲喝道：「把俘虜抬進去。」和任我行、向問天、盈盈三人彎腰抬了擔架，跨進竹簍。

銅鑼三響，竹簍緩緩升高。原來上有絞索絞盤，將竹簍絞了上去。

竹簍不住上升，令狐冲抬頭上望，只見頭頂有數點火星，這黑木崖著實高得厲害。盈盈伸出右手，握住了他左手。黑夜之中，仍可見到一片片輕雲從頭頂飄過，再過一會，身入雲霧，俯視簍底，但見黑沉沉的一片，連燈火也望不到了。

過了良久，竹簍才停。上官雲等抬著令狐冲踏出竹簍，向左走了數丈，又抬進了另一隻竹簍，原來崖頂太高，中間有三處絞盤，共分四次才絞到崖頂。令狐冲心想：「東方不敗住得這樣高，屬下教眾要見他一面自是極難。」

好容易到得崖頂，太陽已高高升起。日光從東射來，照上一座漢白玉的巨大牌樓，牌樓上四個金色大字「澤被蒼生」，在陽光下發出閃閃金光，不由得令人肅然起敬。

令狐冲心想：「東方不敗這副排場，武林中確實無人能及。少林、嵩山，俱不能望其項背，華山、恆山，那更差得遠了。他胸中大有學問，可不是尋常的草莽豪雄。」

我行輕聲道：「澤被蒼生，哼！」

上官雲朗聲叫道：「屬下白虎堂長老上官雲，奉教主之命，前來進謁。」

右首一間小石屋中出來四人，都身穿紫袍，走了過來。為首一人道：「恭喜上官長

老立了大功，賈長老是怎地沒來？」上官雲道：「賈長老力戰殉難，已報答了教主的大恩。」那人道：「原來如此，然則上官長老立時便可升級了。」上官雲道：「若蒙教主提拔，決不敢忘了老兄的好處。」那人聽他答應行賄，眉花眼笑的道：「我們可先謝謝你啦！」他向令狐冲瞧了一眼，笑道：「任大小姐口中的，便是這小子嗎？我還道是潘安宋玉一般的容貌，原來也不過如此。青龍堂上官長老，請這邊走。」上官雲道：「教主還沒提拔我，可別叫得太早了，倘若傳進了教主和楊總管耳中，可吃罪不起。」那人伸了伸舌頭，當先領路。

從牌樓到大門之前，是一條筆直的石板大路。進得大門後，另有兩名紫衣人將五人引入後廳，說道：「楊總管要見你，你在這裏等著。」上官雲道：「是！」垂手而立。

過了良久，那「楊總管」始終沒出來，上官雲一直站著，不敢就座。令狐冲尋思：「這上官長老在教中職位著實不低，可是上得崖來，人人沒將他放在眼裏，似乎一個斷養侍僕也比他威風些。那楊總管是甚麼人？多半便是那楊蓮亭了，原來他只是個總管，是打理雜務瑣事的僕役頭兒，可是日月教的白虎堂長老，竟要恭恭敬敬的站著，靜候他到來。東方不敗當真欺人太甚！」

又過良久，才聽得腳步聲響，步聲顯得這人下盤虛浮，無甚內功。一聲咳嗽，屏風後轉出一個人來。令狐冲斜眼瞧去，只見這人三十歲不到年紀，穿一件裹紅色緞面皮袍，身形魁梧，滿臉虯髯，形貌極為雄健威武。

令狐冲尋思：「盈盈說東方不敗對此人甚是寵信，又說二人之間關係曖昧。我總道是

個姑娘般的美男子，那知竟是個彪形大漢，可大出意料之外了。難道他不是楊蓮亭？」

只聽這人說道：「上官長老，你大功告成，擒了令狐冲而來，教主極是歡喜。」聲音低沉，甚為悅耳動聽。

上官雲躬身道：「那是託賴教主的洪福，楊總管事先的詳細指點，屬下只是遵照教主的令旨行事而已。」

令狐冲心下暗暗稱奇：「這人果然便是楊蓮亭！」

楊蓮亭走到擔架旁，向令狐冲臉上瞧去。令狐冲目光散渙，嘴巴微張，裝得一副身受重傷後的痴呆模樣。楊蓮亭道：「這人死樣活氣的，當真便是令狐冲，你可沒弄錯？」

上官雲道：「屬下親眼見到他接任恆山派掌門，並沒弄錯。只是他給賈長老點了三下重穴，又中了屬下兩掌，受傷甚重，一年半載之內，只怕不易復原。」楊蓮亭笑道：「你將任大小姐的心上人打成這副模樣，小心她找你拚命。」上官雲道：「屬下忠於教主，旁人的好惡也顧不得了。若得能為盡忠於教主而死，那是屬下畢生之願。」

楊蓮亭道：「很好。你這番忠心，我必告知教主知道，教主定然重重有賞。風雷堂堂主背叛教主、犯上作亂之事，想來你已知道了？」上官雲道：「屬下不知其詳，正要向總管請教。教主和總管若有差遣，屬下奉命便行，赴湯蹈火，萬死不辭。」

楊蓮亭在椅中一坐，嘆了口氣，說道：「童百熊這老兒，平日仗著教主善待於他，一直倚老賣老，把誰都不放在眼裏。近年來他暗中營私結黨，陰謀造反，我早已瞧出不妥，那知他越來越無法無天，竟然去和反教大逆任我行勾結，真正豈有此理。」

上官雲道：「他竟去和那……那姓任的勾結嗎？」話聲發顫，顯然大為震驚。

楊蓮亭道：「上官長老，你為甚麼怕得這樣厲害？那任我行也不是甚麼三頭六臂之徒，教主昔年便將他玩弄於掌心之中，擺布得他服服貼貼。只因教主開恩，才容他活到今日。他不來黑木崖便罷，倘若膽敢到來，還不是像宰雞一般的宰了。」上官雲道：「是，是。只不知童百熊如何暗中和他勾結？」

楊蓮亭道：「童百熊和任我行偷偷相會，長談了幾個時辰，還有一名反教的大叛徒向問天在側。那是有人親眼目睹的。跟任我行、向問天這兩個大叛徒有甚麼好談的？那自是密謀反叛教主了。童百熊回到黑木崖來，我問他有無此事，他竟然一口認了！」上官雲道：「他竟一口承認，那自然不是冤枉的了。」

楊蓮亭道：「我問他既和任我行見過面，為甚麼不向教主稟報？他說：『任老弟瞧得起我姓童的，跟我客客氣氣的說話。他當我是朋友，我也當他是朋友，朋友之間說幾句話，有甚麼了不起？』我問他：『任我行重入江湖，意欲和教主搗亂，這一節你又不是不知。他既對不起教主，你怎可還當他是朋友？』他可回答得更加不成話了，他媽的，這老傢伙竟說：『只怕是教主對不起人家，未必是人家對不起教主！』」

上官雲道：「這老兒胡說八道！教主義薄雲天，對待朋友向來是最厚道的，怎會對不起人？那自然是忘恩負義之輩對不起教主。」這幾句話在楊蓮亭聽來，自然以為「教主」二字是指東方不敗，令狐沖等卻知他是在討好任我行，只聽他又道：「屬下既決意向教主效忠，有那個鼠輩膽敢言語中對教主他老人家稍有無禮，我上官雲決計放他不過。」

這幾句話，其實是當面在罵楊蓮亭，可是他卻那裏知道，笑道：「很好，教中眾兄弟倘若都能像你上官長老一般，對教主忠心耿耿，何愁大事不成？你辛苦了，這就下去休息罷。」

上官雲一怔，說道：「屬下很想參見教主。屬下每見教主金面一次，便覺精神大振，做事特別有勁，全身發熱，似乎功力修為陡增十年。」

楊蓮亭淡淡一笑，說道：「教主很忙，恐怕沒空見你。」

上官雲探手入懷，伸出來時，掌心中已多了十來顆大珍珠，走上幾步，低聲道：「楊總管，屬下這次出差，弄到了這十八顆珍珠，盡數孝敬了總管，只盼總管讓我參見教主。教主一歡喜，說不定升我的職，那時再當重酬謝。」

楊蓮亭皮笑肉不笑的道：「自己兄弟，又何必這麼客氣？那可多謝你了。」放低了喉嚨道：「教主座前，我盡力為你多說好話，勸他升你做青龍堂長老便了。」

上官雲連連作揖，說道：「此事若成，上官雲終身不敢忘了教主和總管的大恩大德。」楊蓮亭道：「你在這裏等著，待教主有空，便叫你進去。」上官雲道：「是，是！」將珍珠塞在他手中，躬身退下。楊蓮亭站起身來，大模大樣的進內去了。

【金庸簡介】

本名查良鏞，浙江海寧人，一九二四年生。曾任報社記者、編譯、編輯，電影公司編劇、導演等；一九五九年在香港創辦明報機構，出版報紙、雜誌及書籍，一九九三年退休。先後撰寫武俠小說十五部，廣受當代讀者歡迎，至今已蔚為全球華人的共同語言，並興起海內外金學研究風氣。曾獲頒眾多榮銜，包括英國政府O.B.E.勳銜，法國「榮譽軍團騎士」勳銜、「藝術文學高級騎士」勳章；香港大學、香港理工大學、香港公開大學、加拿大英屬哥倫比亞大學、日本創價大學和英國劍橋大學的榮譽博士學位：香港大學、加拿大UBC大學、北京大學、華東師範大學、中山大學、南開大學、蘇州大學和臺灣清華大學的名譽教授，以及英國牛津大學聖安東尼學院及慕蓮學院、英國劍橋大學魯賓森學院及李約瑟研究院、澳洲墨爾本大學和新加坡東亞研究所選為榮譽院士。現任英國牛津大學漢學學術研究院高級研究員、加拿大UBC大學文學院兼任教授、浙江大學人文學院院長、教授。其《金庸作品集》分由香港、臺灣及廣州出版，有英、日、韓、泰、越、印尼等多種譯文。

為使全世界金庸迷能夠彼此分享閱讀心得，遠流特別架設「金庸茶館」網站，以整合、提供、聯結、傳播一切與金庸作品相關的資訊，站址是：http://jinyong.ylib.com

趙懿「襟上杭州舊酒痕」。

趙懿，浙江錢塘人，清嘉慶年間著名印人，工詞，「夜來微雨曉來晴，時節近清明」一句傳誦人口。「襟上杭州舊酒痕」是白居易的詩句。

金庸作品集

全世界華人的共同語言 金庸新校新序‧全十五部

從台北到紐約，從香港到倫敦，從東京到上海，中國人在不同的地方，可能說不同的方言，可能吃不同的菜式，也可能有不同的政治立場，但他們都讀——金庸作品集。

笑傲江湖／金庸作.--四版.--臺北市：
　遠流，2006 [民95]
　　冊；　公分.--（金庸作品集；28-31）
ISBN 957-32-5740-8（全套：精裝）
857.9　　　　　　　　95004568

金庸作品集⓷⓪

笑傲江湖 (三)〔公元2006年金庸新修版〕

The Smiling, Proud Wanderer, Vol. 3

作者 金庸

執行主編　李佳穎
執行副主編　鄭祥琳
特約編輯　許雅婷
封面設計　霍榮齡
內頁插畫　王司馬
美術編輯　霍榮齡設計工作室
封面原圖　元　黃公望「富春山居圖」，國立故宮博物院（臺灣）藏品。

發 行 人　王榮文
出版‧發行　遠流出版事業股份有限公司
　　　　　　臺北市南昌路二段81號6樓
電　　話　886-2-23926899
傳　　真　886-2-23926658
郵　　撥　01894561

1987 年 2 月 1 日　初版一刷
2018 年 11 月 1 日　四版十三刷
新修版 每冊 280 元（本作品全四冊，共1120元）
〔另有典藏版共 36 冊（不分售），平裝版共 36 冊，文庫版共 72 冊，大字版共 72 冊（陸續出版中）〕

行政院新聞局版臺業字第1295號
有著作權‧侵害必究（缺頁或破損的書，請寄回更換）
ISBN 957-32-5740-8（套：精裝）
ISBN 957-32-5743-2（第三冊：精裝）
Printed in Taiwan

金庸茶館網站
http://jinyong.ylib.com E-mail:jinyong@ylib.com
Ylib 遠流博識網
http://www.ylib.com E-mail:ylib@ylib.com